ULLSTEIN

Das Buch

Ohne zu ahnen, dass sie manipuliert wird, nimmt Eve Duncan einen neuen Auftrag an, der sie weit fortführt von ihrer Adoptivtochter und ihrem Freund und Beschützer Joe Quinn. Als sie nach einem heftigen Streit mit Quinn den Auftrag erhält, anhand eines Schädels nachzuweisen, dass der ehemalige Kandidat für ein Senatorenamt jahrelang tot in einem Sumpfgebiet lag, widmet sie sich vor Ort mit gewohntem Fingerspitzengefühl der Schädelrekonstruktion. Anschläge auf ihr Leben machen ihr jedoch nur zu bald bewusst, dass jemand Interesse daran hat, die Identifizierung des Toten zu vereiteln. Wer aber ist es, der Eve Duncan aufhalten will, die Wahrheit ans Licht zu bringen? Und warum? Zum Glück steht Eve der gewiefte Sean Galen bei und hilft ihr, die wirklichen Drahtzieher hinter diesem geheimnisvollen Fall zu entlarven, die mit verbrecherischen Kräften auf der ganzen Welt im Bunde zu stehen scheinen. Doch wird es ihr auch gelingen, sich mit Joe Quinn zu versöhnen?

Die Autorin

Iris Johansen schafft mit ihrem Psychothriller immer wieder den Sprung auf die obersten Plätze der Bestsellerlisten der USA und wurde für ihre Bücher mit zahlreichen Preisen ausgezeichnet. Sie lebt in der Nähe von Atlanta, Georgia. Mit *Und dann der Tod* sowie *Komm, dunkle Nacht* begeisterte sie auch die deutschen Leser.

Von Iris Johansen sind in unserem Hause bereits erschienen:

Das Auge des Tänzers
Im Profil des Todes
Komm, dunkle Nacht
Und dann der Tod
Das verlorene Gesicht

Iris Johansen

Knochenfunde

Roman

Aus dem Englischen von
Charlotte Breuer und Norbert Möllemann

Ullstein

Besuchen Sie uns im Internet:
www.ullstein-taschenbuch.de

Umwelthinweis:
Dieses Buch wurde auf chlor- und säurefreiem Papier gedruckt.

Ullstein Verlag
Ullstein ist ein Verlag der Ullstein Buchverlage GmbH, Berlin.
1. Auflage August 2004

Published by Arrangement with Johansen Publishing LLLP.
Dieses Werk wurde vermittelt durch die
Literarische Agentur Thomas Schlück GmbH, Garbsen,
für Jane Rotrosen Agency LLC, New York.
Titel der amerikanischen Originalausgabe: *Body of Lies*
(Bantam Books, New York, ein Unternehmen der Random House Group Ltd.)
Übersetzung: Charlotte Breuer und Norbert Möllemann
Umschlaggestaltung: Hauptmann und Kampa Werbeagentur, München – Zürich
Titelabbildung: © Jeanloup Sieff, Paris
Gesetzt aus der Sabon
Druck und Bindearbeiten: Ebner & Spiegel, Ulm
Printed in Germany
ISBN 3-548-25869-7

Eins

Sarah Bayou, Louisiana
1.05 Uhr
4. Oktober

Das Flachboot glitt langsam durch den Sumpf.

Zu langsam, dachte Jules Hebert angespannt. Er hatte sich entschieden, statt eines Motorboots ein Flachboot zu nehmen, weil es zu dieser nächtlichen Stunde weniger auffällig war. Aber er hatte nicht damit gerechnet, dass er die Nerven verlieren würde.

Ruhig bleiben. Die Kirche lag gleich vor ihnen.

»Es wird alles gut gehen, Jules«, raunte Etienne, während er weiterruderte. »Du machst dir zu viele Gedanken.«

Und mein Bruder Etienne macht sich zu wenig Gedanken, dachte Jules verzweifelt. Schon als sie Kinder waren, war Jules immer der Ernste gewesen, derjenige, der die Verantwortung übernahm, während Etienne mit beneidenswerter Sorglosigkeit durchs Leben ging. »Hast du dafür gesorgt, dass die Männer uns an der Kirche erwarten?«

»Klar.«

»Und du hast ihnen nichts erzählt?«

»Nur dass sie für ihre Arbeit gut bezahlt werden. Und das Motorboot, mit dem sie herkommen sollen, habe ich zur vereinbarten Stelle gebracht.«

»Gut.«

»Es wird alles glatt laufen.« Etienne lächelte. »Ich versprech's dir, Jules. Hab ich dich schon mal enttäuscht?«

Jedenfalls nicht absichtlich. Dafür liebten die Brüder sich zu sehr. »War nicht so gemeint, kleiner Bruder. Wollte mich nur vergewissern.« Jules hielt den Atem an, als sie um die Biegung kamen und er die alte, steinerne Kirche sah, die vor ihnen im fahlen Mondlicht aufragte. Sie war seit zehn Jahren verwaist, und es roch nach Feuchtigkeit und Verfall. Jules' Blick wanderte zu den wenigen, verstreut liegenden Plantagenhäusern auf beiden Seiten des Sumpfes.

Niemand zu sehen. Kein Lebenszeichen.

»Ich hab's dir ja gesagt«, meinte Etienne. »Das Glück ist auf unserer Seite. Wie sollte es auch anders sein? Das Glück ist immer mit den Gerechten.«

Jules hatte die Erfahrung zwar etwas anderes gelehrt, aber er wollte sich nicht mit seinem Bruder streiten. Nicht heute Nacht.

Als sie anlegten, sprang Jules auf den Steg, und die vier Männer, die Etienne angeheuert hatte, stiegen ins Boot.

»Seht euch vor«, sagte Jules. »Lasst ihn um Himmels willen nicht fallen.«

»Ich helfe ihnen.« Etienne sprang auf. »Gott, ist der schwer.« Er stemmte seine kräftige Schulter unter die Last. »Bei drei.«

Vorsichtig hoben sie den riesigen schwarzen Sarg auf den Steg.

Haus am See
Atlanta, Georgia

Sarg.

Eve Duncan fuhr aus dem Schlaf. Ihr Herz raste.

»Was ist los?«, fragte Joe Quinn schläfrig. »Stimmt was nicht?«

»Alles in Ordnung.« Eve schwang ihre Beine aus dem Bett. »Nur ein schlechter Traum. Ich hole mir ein Glas Wasser.« Sie ging ins Badezimmer. »Schlaf ruhig weiter.«

Herrgott, sie zitterte ja regelrecht. Wie konnte sie sich nur so anstellen? Sie klatschte sich kaltes Wasser ins Gesicht, trank einen Schluck und ging zurück ins Schlafzimmer.

Die Lampe auf ihrem Nachttisch brannte, und Joe saß aufrecht im Bett. »Ich hab dir doch gesagt, du sollst weiterschlafen.«

»Ich will nicht schlafen. Komm her.«

Sie legte sich in seine Arme und kuschelte sich an ihn. Sicherheit. Liebe. Joe. »Möchtest du mit mir schlafen?«

»Keine schlechte Idee. Vielleicht später. Jetzt will ich erst mal von deinem Alptraum hören.«

»Jeder träumt mal schlecht, Joe. Das ist normal, es passiert jedem mal.«

»Aber du hast schon lange nicht mehr schlecht geträumt. Ich dachte, deine Alpträume hätten aufgehört.« Er drückte sie fester an sich. »Ich *möchte*, dass sie aufhören.«

Das wusste sie, und sie wusste auch, dass er alles tat, um ihr die Sicherheit und Geborgenheit zu geben, die ihren Alpträumen ein Ende setzen würden. Aber Joe müsste eigentlich wissen, dass sie nie ganz verschwinden würden. »Gib einfach Ruhe und schlaf.«

»Hatte der Traum mit Bonnie zu tun?«

»Nein.« Eve spürte, wie sich ihr schlechtes Gewissen regte. Irgendwann würde sie ihm sagen müssen, warum die Träume von Bonnie sie nicht mehr ängstigten. Aber noch nicht. Obwohl sie jetzt seit einem Jahr zusammenlebten, brachte sie es noch nicht fertig. Irgendwann.

»War es der neue Schädel? Du arbeitest so hart daran. Vielleicht überforderst du dich?«

»Ich bin fast fertig. Es ist Carmelita Sanchez, Joe. In ein paar Tagen bin ich so weit, dann kann ich die Eltern informieren.« Dann wäre der Fall abgeschlossen, und vielleicht konnten sie dann ihren Frieden finden. »Und du weißt doch, dass meine Arbeit mich immer sehr befriedigt. Sie verursacht bestimmt keine Alpträume.« Nur Trauer und Mitleid und den leidenschaftlichen Wunsch, die Verlorenen nach Hause zu holen. »Hör auf, in mich zu dringen. Nicht alle Alpträume haben eine psychologische Bedeutung. Das war bloß ein verrückter, unzusammenhängender ... Wahrscheinlich hab ich was gegessen, das mir nicht bekommen ist. Janes Pizza war ein bisschen mächtig –«

»Worum ging es in dem Traum?«

Joe wollte einfach nicht aufgeben. Er würde auf dem Thema herumreiten, bis er alles wusste. »Es ging um einen Sarg, okay? Ich ging auf den Sarg zu, und das hat mir Angst gemacht.«

»Wer war in dem Sarg?« Er überlegte. »Ich? Jane?«

»Hör auf, eine Bedeutung hineinzulegen. Der Sarg war verschlossen.«

»Und warum hat er dir Angst gemacht?«

»Es war nur ein Traum. Herrgott noch mal, ich habe täglich mit Toten zu tun. Es ist völlig normal, dass ich ab und zu makabre –«

»Warum hattest du Angst?«

»Lass es gut sein. Der Traum ist vorbei.« Sie zog ihn an sich und küsste ihn. »Hör auf, den Beschützer zu spielen. Die einzige Therapie, die ich im Moment von dir will, ist rein körperlicher Art.«

Er verstummte, sträubte sich. Dann entspannte er sich und legte sich auf sie. »Wenn du darauf bestehst, dann werde ich wohl ein Gentleman sein müssen und mich von dir verführen lassen.«

Eve war überrascht. Sie wusste, wie stur Joe sein konnte. Sie lächelte und kraulte ihm zärtlich das Haar. »Da hast du verdammt Recht.«

»Über den Sarg reden wir dann später ...«

Sarah Bayou

Der Sarg stand an seinem vorgesehenen Platz auf dem Altar der Kirche.

Jules bückte sich, um nachzusehen, ob der Sockel unter dem Altar stabil genug war, um das Gewicht des extra verstärkten, luftdicht verschlossenen Sargs zu tragen. Er hatte ihn nach eigenen Angaben anfertigen lassen, und man hatte ihm versichert, dass es keine Probleme geben würde, aber er trug die Verantwortung, und er wollte auf keinen Fall riskieren, dass irgendetwas schief ging. Nichts durfte den kostbaren Inhalt des Sargs beschädigen.

»Ich hab sie bezahlt. Sie sind weg«, sagte Etienne, der in der Tür stand. Er kam auf Jules zu, den Blick auf den Sarg gerichtet. »Er sieht so seltsam aus, wie er da steht ... Wir haben's geschafft, nicht wahr?«

Jules nickte. »Ja, wir haben's geschafft.«

Etienne schwieg einen Augenblick. »Du warst sauer auf mich, aber jetzt verstehst du alles, nicht wahr?«

»Ja, ich verstehe es.«

»Gut. Jetzt haben wir das Ding hier. Wir haben es zusammen geschafft.« Etienne legte liebevoll einen Arm um Jules' Schultern. »Das gibt mir ein gutes Gefühl. Dir auch?«

»Nein.« Jules schloss die Augen, um den Schmerz zu unterdrücken. »Kein gutes Gefühl.«

»Weil du dir zu viele Gedanken machst. Aber das ist jetzt vorbei.«

»Nicht ganz.« Jules öffnete die Augen. Sie waren voller Tränen. »Habe ich dir jemals gesagt, wie sehr ich dich liebe, was für ein guter Bruder du mir immer gewesen bist?«

Etienne lachte. »Wenn du das getan hättest, hätte *ich* angefangen, mir Gedanken zu machen. Du bist nicht der Typ, der viele Worte –« Seine Augen weiteten sich, als er die Pistole in der Hand seines Bruders erblickte. »Was hast du –«

Jules schoss ihm mitten ins Herz.

Ein Ausdruck der Fassungslosigkeit gefror auf Etiennes Gesicht, als er zu Boden stürzte.

Auch Jules konnte es nicht fassen. Großer Gott, mach diesen Augenblick ungeschehen.

Nein, lieber nicht, denn er würde es wieder tun müssen.

Jules sank neben Etienne auf die Knie und nahm ihn in die Arme. Tränen liefen ihm über die Wangen, während er ihn sanft wiegte. Kleiner Bruder. Kleiner Bruder ...

Kontrolle. Bevor er sich der Trauer hingeben konnte, musste er noch eine Sache erledigen. Das Motorboot, mit dem die Männer auf dem Rückweg waren, müsste inzwischen den Sumpf verlassen und die breiteste Stelle des Flusses erreicht haben.

Er suchte in seiner Hosentasche nach dem Schalter und drückte auf den roten Knopf. Er konnte die Explosion nicht hören, aber er wusste, dass sie stattgefunden hatte. Die Sprengladung hatte er eigenhändig angebracht, und er machte nie Fehler. Es würde keine Überlebenden geben und auch keine Beweise.

Es war erledigt.

Jules schaute Etienne an und schob ihm zärtlich die Haare aus der Stirn. Schlaf, kleiner Bruder. Er hoffte inständig, dass Etienne seinen Frieden gefunden hatte. Zum Glück war es zu dunkel in der Kirche, um das Entsetzen in Etiennes Gesicht zu sehen.

Nein, die Kirche war gar nicht so dunkel. Es war der große, dunkle Sarg, der seinen Schatten über Jules und Etienne warf.

Der seinen Schatten über die ganze Welt warf.

»Nein, Senator Melton«, sagte Eve bestimmt. »Ich bin nicht interessiert. Ich habe so viel Arbeit, dass ich bis zum Ende des Jahres beschäftigt sein werde. Ich möchte mir nicht noch mehr aufhalsen.«

»Es wäre uns eine enorme Hilfe, wenn Sie Ihre Meinung ändern könnten. Die Situation ist äußerst heikel, und wir brauchen Ihre Hilfe.« Der Senator zögerte. »Und als Bürgerin dieses Landes ist es Ihre patriotische Pflicht –«

»Kommen Sie mir nicht mit so einem Blödsinn«, fiel Eve ihm ins Wort. »Jedes Mal, wenn irgendein Bürokrat vorrangig behandelt werden will, zückt er diese Trumpfkarte. Sie haben mir noch nicht mal gesagt, worum es überhaupt geht bei diesem Auftrag. Ich weiß nur, dass ich mein Heim und meine Familie verlassen und nach Baton Rouge fahren müsste. Ich kann mir keinen Auftrag vorstellen, der wichtig genug wäre, mich dazu zu bewegen.«

»Ich sagte Ihnen ja bereits, die Situation ist sehr heikel und streng geheim, und ich bin nicht befugt, mit Ihnen darüber zu diskutieren, solange Sie sich nicht bereit erklärt haben –«

»Suchen Sie sich jemand anderen. Ich bin nicht die einzige Gesichtsrekonstrukteurin auf der Welt.«

»Aber Sie sind die Beste.«

»Bloß weil die Presse so viel Wirbel um mich macht, bedeutet das noch lange nicht, dass –«

»Sie sind die Beste. Falsche Bescheidenheit passt nicht zu Ihnen.«

»Meinetwegen, ich bin verdammt gut.« Sie holte tief Luft. »Aber ich stehe nicht zur Verfügung. Holen Sie sich Dupree oder McGilvan.« Sie legte auf.

Joe blickte von seinem Buch auf. »Melton schon wieder?«

»Der ist wirklich hartnäckig. Gott bewahre mich vor Politikern.« Eve trat an den Sockel und glättete den Ton über dem Schädel. »Die sind so was von großkotzig.«

»Melton steht im Ruf, ein ziemlich nüchterner Typ zu sein. Auf jeden Fall ist er sehr beliebt. Es heißt, die Demokraten wollen ihn zum Präsidentschaftskandidaten nominieren.«

»Ich traue keinem Politiker. Die stecken doch in Washington alle unter einer Decke und kratzen sich gegenseitig den Rücken.«

»Klingt ziemlich widerlich.« Joe musterte sie. »Aber du interessierst dich für die Sache. Man sieht es dir regelrecht an.«

»Ich bin halt neugierig, na und? Offenbar weiß Melton, wie er es anstellen muss, Neugier zu wecken«, sagte sie, ohne ihren Blick von ihrer Skulptur abzuwenden. »Er hat mir überhaupt keine Informationen gegeben, nur an meine patriotische Pflicht appelliert. Schwachsinn.«

»Mehr hat er nicht gesagt?«

»Er meinte, wir würden darüber diskutieren, sobald ich den Auftrag annehme.« Sie glättete den Bereich unterhalb der Augenhöhlen. »Ich wüsste mal gern, um wen es sich ihrer Meinung nach handelt ...«

Eine Zeit lang schaute Joe ihr schweigend zu. »Louisiana im Oktober ist gar nicht schlecht. Wir könnten einen Ausflug nach New Orleans machen. Ich hab noch ein bisschen Urlaub übrig, und Jane würde es vielleicht auch gefallen.«

»Du bist nicht zu der Party eingeladen.« Sie verzog das Gesicht. »Streng geheimer Auftrag.«

»Dann soll er uns den Buckel runterrutschen.« Er überlegte. »Kann es sein, dass du ein bisschen gereizt bist? Ich habe mich doch noch nie in deine Arbeit eingemischt. Und falls du versucht bist, den Auftrag anzunehmen, ich glaube, wir beide könnten es schon ein paar Wochen ohne dich aushalten.«

»Warum sollte ich in Versuchung sein?« Sie wischte sich die Hände an einem Tuch ab und trat ans Fenster. Der See schimmerte blau in der warmen Herbstsonne, und am Ufer spielte Jane mit ihrem neuen Welpen, den Eves Freundin Sarah Patrick ihr geschenkt hatte. Sie warf einen Stock, und Toby rannte los, um ihn zu holen. Die beiden wirkten so lebhaft und gesund und glücklich.

Was sollte es auch für einen Grund geben, hier und jetzt nicht glücklich zu sein?

»Eve?«

Sie schaute über die Schulter zu Joe, ihrem Beschützer, ihrem besten Freund, ihrem Geliebten. Er war der ruhende Pol in ihrem Leben, und jede Minute mit ihm und mit Jane war kostbar. Sie lächelte ihn an. »Nein, verdammt, ich bin nicht in Versuchung. Melton kann mich mal.«

»Sie hat abgelehnt«, sagte Melton, als Jules Hebert ans Telefon ging. »Sie meinte, ich solle mir Dupree holen.«

»Ich will Dupree nicht«, erwiderte Hebert. »Wir brauchen Eve Duncan. Das hab ich Ihnen von Anfang an gesagt. Es muss Duncan sein.«

»Sieht so aus, als müssten Sie sich mit Dupree zufrieden geben. Er hat einen guten Ruf.«

Hebert holte tief Luft. Er hatte sich auf wissenschaftlichen Websites Beispiele von Eve Duncans Arbeit angesehen und sie mit der anderer führender Gesichtsrekonstrukteure verglichen. Es war, als würde man ein Meisterwerk von da Vinci mit Höhlenmalerei vergleichen. Er konnte seinen Schädel keinem Neandertaler anvertrauen. Die Sache war viel zu wichtig. Melton und den anderen war sie auch wichtig, aber das interessierte Jules nicht. Jetzt nicht mehr. Melton hatte einen sicheren Job in einer sicheren Welt. Er saß in seinem warmen Büro und brauchte nur mit dem kleinen Finger zu schnippen, um Männer wie Hebert in Bewegung zu setzen und sich von ihnen die Kohlen aus dem Feuer holen zu lassen. »Sie haben mir gesagt, ich soll Beweise liefern. Geben Sie mir Eve Duncan, und Sie bekommen Ihren Beweis.«

»Es war Ihr Fehler, und jetzt sehen Sie gefälligst zu, wie Sie das wieder in Ordnung bringen.«

Jules' Hand umklammerte den Hörer. »Wenn es darauf ankommt, gibt es immer eine Möglichkeit zu kriegen, was man will. Wo ist das Problem?«

»Ich schätze, sie geht so sehr in ihrer Familienidylle auf, dass sie außer ihrem Häuschen in Georgia nichts mehr interessiert. Aber was soll man von einer Frau schon anderes erwarten?«

»Hüten Sie sich, Frauen zu unterschätzen. Ich kenne einige, denen ich lieber aus dem Weg gehe, anstatt mich mit ihnen anzulegen. Duncan ist offenbar sehr willensstark. Haben Sie es so versucht, wie ich es Ihnen vorgeschlagen habe?«

»Ja, sie schien sogar interessiert, aber es hat nicht gereicht, um sie zu einer Zusage zu bewegen.«

»Dann haben wir noch nicht auf den richtigen Knopf gedrückt. Es muss eine Möglichkeit geben. Erzählen Sie mir von ihr.«

»Sie wissen doch, welches Ansehen sie genießt, sonst würden Sie nicht so hartnäckig darauf bestehen, dass sie den Auftrag übernimmt.«

Jules betrachtete die Zeitung mit dem Bild von Eve Duncan, das ihn veranlasst hatte, Melton anzurufen. Das Foto zeigte eine Frau von Anfang dreißig mit einem selbstbewussten, intelligenten, von braunen Locken eingerahmten

Gesicht. Sie trug eine Nickelbrille und strahlte eine ungewöhnliche Mischung aus Mut und Sensibilität aus. »Ich bin über ihre professionellen Fähigkeiten im Bilde, aber ich muss mehr über ihren Hintergrund wissen. Ich muss wissen, wie ich an sie herankommen kann.«

»Sie wurde unehelich geboren und ist bei ihrer cracksüchtigen Mutter in den Slums von Atlanta aufgewachsen. Später wurde die Mutter von ihrer Drogensucht geheilt, und seitdem haben die beiden ein enges Verhältnis zueinander. Eve bekam mit sechzehn eine Tochter namens Bonnie. Danach ist sie wieder zur Schule und anschließend an die Uni gegangen. Sie war mitten im Studium, als ihre siebenjährige Tochter von einem Verrückten ermordet wurde, der schon elf weitere Kinder auf dem Gewissen hatte. Die Leiche wurde nie gefunden, was Duncan dazu veranlasste, Gesichtsrekonstrukteurin zu werden. Sie hat ihren Abschluss an der Georgia State University gemacht und sich zu einer der Besten auf ihrem Gebiet entwickelt. Sie arbeitet freiberuflich und für mehrere Polizeidirektionen im ganzen Land.«

»Und ihr Privatleben?«

»Sie lebt mit Joe Quinn zusammen, einem Detective bei der Polizei von Atlanta. Sie sind befreundet, seit ihre Tochter vor über zwölf Jahren ermordet wurde, aber sie leben erst seit etwa zwei Jahren zusammen. Vor kurzem hat sie ein zwölfjähriges Mädchen adoptiert, Jane MacGuire, die, genau wie Duncan, auf der Straße aufgewachsen ist. Die drei wohnen in einem Haus am See, in der Nähe von Atlanta. Duncans Tochter Bonnie ist auf ihrem Grundstück begraben.«

»Sie sagten doch, die Leiche wurde nie gefunden.«

»Doch, letztes Jahr. Es waren neue Informationen aufgetaucht, und man fand das Skelett im Chattahoochee National Forest. DNS-Tests ergaben, dass es sich um Bonnie Duncan handelte.«

Und Eve Duncan hat ihren Frieden gefunden, dachte Hebert. Er wusste, was es bedeutete, wenn ein Fall abgeschlossen war. Er konnte sich gut vorstellen, in welcher düsteren Welt Eve all die Jahre gelebt hatte.

»Sonst noch was?«, fragte Melton. »Ich kann Ihnen alle Einzelheiten liefern, falls Sie sie brauchen.«

Eiskalt und ungerührt. Jules war sich sicher, dass Melton die Einzelheiten ebenso kühl und lässig von sich geben würde, wie er ihm Eve Duncans Geschichte erzählt hatte. »Nicht nötig.«

Diese Sache konnte er Melton nicht überlassen. Mit Eve Duncans Schwächen musste er sich persönlich befassen.

Sie geht so sehr in ihrer Familienidylle auf, dass sie außer ihrem Häuschen in Georgia nichts mehr interessiert.

Sie hatte einen Mann und ein Kind, und ihr eigen Fleisch und Blut war auf ihrem Grundstück begraben. Wahrscheinlich war sie sehr glücklich. Warum auch nicht? Sie hatte sich ihren Frieden verdient.

Um also zu bekommen, was er wollte, musste er diesen Frieden zerstören. Und er wusste, dass er es tun würde, so wie er alles tat, was getan werden musste. Er würde alles stehen und liegen lassen und zum Flughafen fahren. Er musste sie dazu bringen, sofort von Atlanta aufzubrechen.

Aber eins musste er vor seiner Abreise noch erledigen.

»Ich fahre nach Atlanta.«

»Gut, dass Sie aktiv werden. Ich rate Ihnen, das Problem so bald wie möglich zu lösen. Vergessen Sie nicht, Ihnen bleibt nicht mehr viel Zeit, um den Schlamassel in Ordnung zu bringen. Boca Raton ist für den neunundzwanzigsten Oktober angesetzt.«

»Daran brauchen Sie mich nicht zu erinnern. Ich werde beides in die Hand nehmen.«

»Wir haben Ihnen lange Zeit vertraut, aber die Leute

vom Cabal sind ziemlich verstimmt seit diesem Patzer mit Etienne.«

Vor allem war Melton sauer. Wahrscheinlich fürchtete er, er würde der Nächste sein. Feiger Hund.

»Ich musste ihn erschießen. Es war Notwehr.«

»Ach ja?« Melton atmete aus. »Ich gebe zu, ich habe mich schon gefragt, ob Sie ein doppeltes Spiel treiben.«

»Sie haben keinen Grund, mich dessen zu vedächtigen.«

»Na, dann sorgen Sie mal dafür, dass Ihr Fehler kein Nachspiel hat.«

»Deswegen fahre ich nach Atlanta. Ich werde eine Lösung finden.«

»Das würde ich Ihnen auch raten.« Melton legte auf.

Melton hatte die Drohung nur indirekt ausgesprochen, doch sie war unmissverständlich. Jules schluckte seine Wut hinunter und versuchte, sich zu beruhigen. Es war das erste Mal seit Jahren, dass irgendeiner der Cabal-Leute auch nur die leiseste Kritik an ihm geäußert hatte. Er hatte ihnen stets treu gedient. Hätte er es also nicht verdient, dass sie ihm vertrauten?

Tja, was Etienne anging, hatten sie ihm auch vertraut, und diese Geschichte musste er wieder gutmachen.

Boca Raton.

Das würde in Ordnung gehen. Jules hatte alles vorbereitet, und sein Plan entwickelte sich zu seiner Zufriedenheit. Er konnte die Sache vorerst auf sich beruhen lassen und sich auf Duncan konzentrieren.

Eve Duncan. Hebert lehnte sich zurück und schloss die Augen. Er würde bald aufbrechen, aber ein paar Minuten konnte er sich noch Zeit lassen. Man sollte meinen, nach all den Jahren wäre er abgebrüht, aber das war weit gefehlt. Nicht, wenn es um Unschuldige ging.

Reiß dich zusammen, ermahnte er sich. Er hatte Etienne getötet. Im Vergleich dazu würde alles andere ein Kinderspiel sein.

Joe Quinn, Jane MacGuire. Und hatte Melton nicht auch von Eve Duncans Mutter gesprochen?

Wer von den dreien würde dran glauben müssen?

»Sieh ihn dir an.« Jane strahlte vor Stolz, als sie ihren Welpen anschaute. »Ich glaub, er ist noch schlauer als sein Vater Monty, meinst du nicht?«

»Na ja ... er ist wirklich geschickt. Aber sich vom Bauch auf den Rücken zu drehen ist nicht ganz dasselbe wie nach einem Erdbeben Menschenleben zu retten.« Lächelnd verstaute Eve Carmelitas rekonstruierten Schädel in einer Kiste. »Da muss er noch eine ganze Menge lernen.«

»Er ist ja auch erst vier Monate alt. Ich muss ihn trainieren.« Jane schnippte mit den Fingern, und der Hund sprang auf die Beine. »Vielleicht sollte ich nach Kalifornien fahren und mir von Sarah dabei helfen lassen. Ich wette, sie könnte ihm ganz schnell alles beibringen, was er braucht. Sie hat es mir angeboten, als sie mir Toby geschenkt hat.«

Vorausgesetzt, Sarah hatte Zeit, sich darum zu kümmern, dachte Eve wehmütig. Neben ihrer Aufgabe, mit ihren Rettungshunden zu Einsatzorten auf der ganzen Welt zu reisen, versuchte Sarah, mit ihrer Ehe zurechtzukommen und ihre beiden Hunde, den Golden Retriever Monty und dessen Gefährtin Maggie, bei Laune zu halten. Ein ruhiges Leben zu führen, war nicht so einfach, wenn man es mit einer ungezähmten Wölfin wie Maggie zu tun hatte. »Das ist vielleicht gar keine schlechte Idee. Wir werden sie fragen, wann sie Zeit hat«, sagte Eve, während sie die Kiste adressierte. »Aber nicht vor den Herbstferien.«

»Ich könnte den Stoff nachholen. Ich bin den anderen sowieso voraus.«

Und zwar nicht nur, was ihre schulischen Leistungen anging. Aufgrund ihrer Geschichte hatte sie ihren Altersgenossen sowohl an Erfahrung als auch in Bezug auf ihre charakterliche Entwicklung eine Menge voraus. Eve freute sich über Janes Begeisterung für den Welpen. Das Mädchen war lange genug um die Freuden der Kindheit betrogen worden. »Mal sehen. Darüber reden wir später.«

»Gehst du gleich zu Federal Express? Können Toby und ich mitkommen?«

»Klar. Aber erst muss ich noch ein paar frische Blumen auf Bonnies Grab stellen. Ich bin diese Woche noch gar nicht bei ihr gewesen.«

»Ein paar von den Chrysanthemen, die neben dem Haus stehen? Ich hole sie für dich. Toby und ich kommen mit. Er braucht ein bisschen Bewegung.«

»Wie bitte? Er macht doch nichts anderes als den lieben langen Tag herumzutoben.«

»Aber bergauf zu laufen ist was anderes. Das ist gutes Training und kräftigt die Lunge.« Jane lief nach draußen. »Bis gleich.«

Lächelnd schüttelte Eve den Kopf, als sie auf die Veranda trat. Die beiden würden lange vor ihr beim Grab eintreffen, und sie konnte nur hoffen, dass Toby die Blumen nicht ruinierte, die Jane in die Vase stellte.

Nicht dass das eine große Rolle spielte. Es waren nur Blumen. Und Bonnie hätte es gefallen zu sehen, wie der Welpe sich freudig auf die Blüten stürzte und sie genüsslich zerfetzte. Sie machte sich auf den Weg, der am See entlang führte.

Zu ihrer Überraschung verhielt Toby sich vergleichsweise ruhig. Er lag neben dem Grab auf dem Rücken und ließ sich von Jane den Bauch kraulen. »Ich hab dir ja gesagt, bergauf laufen ist was anderes«, sagte Jane. »Jetzt ist er müde. Ich muss dafür sorgen, dass er mehr Kondition bekommt.« Sie drehte sich um und begann, Unkraut vom Grab zu zupfen. »Um diese Jahreszeit macht es nicht viel Arbeit. Ich war vor drei Tagen hier, und da war kaum ein Unkraut zu sehen.«

»Du bist hier gewesen?«

»Ja, ich weiß doch, wie wichtig dir das hier ist, wie sehr du Bonnie liebst.« Jane richtete die Blumen in der Vase. »So. Eigentlich wollte ich das Ahornlaub wegharken, aber dann fand ich die rote Farbe so hübsch. Es sieht aus wie eine warme Decke.«

»Ja, das stimmt.« Eve betrachtete die Herbstblätter. Eine Decke für Bonnie. Das klang nach zu Hause und nach Schutz vor Gefahr. Nach allem, was sie sich für ihre Tochter gewünscht hatte.

»Ist das in Ordnung?«, fragte Jane.

»Es ist wunderschön.« Eve schluckte. »Habe ich dir in letzter Zeit schon mal gesagt, wie sehr ich dich liebe, Jane?«

»Das brauchst du mir nicht zu sagen.« Ohne Eve anzusehen, sprang Jane auf. »Wahrscheinlich denkst du dauernd, du würdest mir was vorenthalten oder so was. Du brauchst mich nicht genauso sehr zu lieben wie Bonnie. Das erwarte ich nicht.«

»Aber ich liebe dich ebenso sehr wie Bonnie ... nur auf andere Weise.«

»Alles klar. Wir treffen uns am Auto. Vielleicht können wir uns ein Video ausleihen, wenn wir schon mal in der Stadt sind, jetzt wo du mit Carmelita fertig bist. Joe sagt, er möchte sich gern diesen neuen Science-Fiction-Streifen ansehen.« Sie lief los, dicht gefolgt von Toby.

Es gab immer noch ein paar Probleme, aber sie waren schon weit gekommen. Ihre Beziehung war stark, und Eve zweifelte nicht daran, dass sie nach und nach alle Probleme lösen würden.

Zeit, sich auf den Weg zu machen. Sie schaute auf das Grab hinunter. »Auf Wiedersehen, Bonnie«, flüsterte sie. Dann drehte sie sich um und machte sich auf den Rückweg.

Plötzlich lief ihr ein eiskalter Schauer über den Rücken.

Sie fuhr herum und schaute den Hügel hinauf. »Bonnie?«

Nichts. Kein Laut. Kein Rascheln in den Bäumen ...

Und dennoch, da war doch ... irgendetwas?

Einbildung. Wahrscheinlich war sie einfach überarbeitet. Bonnie machte ihr nie Angst …

»Eve!« Jane winkte ihr von weitem zu. »Toby hat ein Eichhörnchen auf einen Baum gescheucht. Oder vielleicht ist es auch ein Waschbär. Komm her und sieh es dir an.«

Eve eilte den Hügel hinunter. »Ich komme.«

Zwei

Das Kind könnte der Schlüssel sein.

Jules Hebert zog sich ins Gebüsch zurück, als Eve sich vom Grab entfernte. Ihr Gesichtsausdruck hatte ihm alles gesagt. Sie war eine Mutter, und sie strahlte die Liebe, die Aufopferungsbereitschaft und die Zärtlichkeit aus, die allen Müttern eigen war. Der Tod eines Kindes konnte eine Mutter fast zu allem motivieren.

Jane MacGuire?

Die Vorstellung drehte ihm den Magen um. Kinder zu töten lag ihm nicht. Er blieb stehen und lehnte sich am Fuß des Hügels an eine Birke. Er konnte es tun. Er konnte alles tun, was er tun musste. Er hatte es bewiesen.

Aber vielleicht war es ja gar nicht nötig. Er musste einen klaren Kopf bekommen und nachdenken. Musste er es wirklich tun? Würde es ihn überhaupt zum Ziel führen? Die Situation war kritisch, aber wäre es nicht besser, nach anderen Möglichkeiten zu suchen? Jeder hatte Geheimnisse. Angenommen, er suchte und forschte so lange, bis er alles über das Leben dieser Leute wusste. Darin war er schon immer gut gewesen. Möglicherweise würde er irgendwann auf etwas stoßen, das ihm nützlich sein konnte …

Das würde allerdings dauern.

Nicht, wenn er sich mit aller verfügbaren Energie in die

Aufgabe stürzte. Er bewunderte Eve Duncan. Mit ihrer Kraft und ihrer Intelligenz erinnerte sie ihn an seine Mutter. Ein paar Tage würde er noch warten können.

Boca Raton.

Drei Tage. Sich mehr Zeit zu lassen, wäre verantwortungslos. Er würde sich drei Tage Zeit lassen, um eine andere Lösung zu finden.

Dann würde er das Mädchen töten müssen.

»Ich muss mit dir reden.« Janes Stimme klang unsicher. »Hast du einen Augenblick Zeit, Eve?«

»Nein, ich habe jetzt keine Zeit, um –« Als Eve von ihrer Arbeit an dem Schädel aufblickte, sah sie, dass Jane ganz blass war. »Was ist los? Ist Toby etwas passiert?«

»Nein, Toby geht es gut.« Jane leckte sich die Lippen. »Ich wusste nicht, was ich tun sollte. Erst wollte ich mit Joe darüber sprechen, aber eigentlich geht es dich an … Ich hab versucht, es wegzumachen, aber es ging nicht. Andererseits wollte ich nicht, dass du hingehst und es entdeckst – ich musste es dir einfach sagen.«

»Wovon redest du, Jane?«

»Komm mit.« Jane ging auf die Tür zu. »Du musst es dir ansehen.«

»Was denn?«

»Bonnie …«

»Was –«

Aber Jane war bereits die Verandastufen hinuntergesprungen und rannte den Weg entlang.

»Jane!«

Eve lief ihr nach, doch sie holte Jane erst ein, als sie oben auf dem Hügel war. »Warum –«

Dann sah sie es.

»Ich wusste nicht, was ich tun sollte«, sagte Jane mit zitternder Stimme. »Ich hab versucht, es wegzumachen.«

Der ganze Grabstein war mit Blut beschmiert.

Eve erschauderte. »Was hast du – Was ist hier passiert?«

»Ich weiß es nicht. Als ich heute hierher gekommen bin, um Unkraut zu jäten, war es schon so. Nein, nicht so. Ich hab es noch schlimmer gemacht. Tut mir Leid, Eve.«

»Blut.«

»Nein, ich glaube nicht. Anfangs hab ich das auch gedacht ... Aber es ist Farbe oder so was.« Sie trat auf Eve zu. »Es lässt sich nicht abwaschen.«

»Farbe?«

Jane nickte. »Jemand hat ein großen rotes X über die ganze Grabinschrift geschmiert.« Sie nahm Eves Hand. »Warum tut dir jemand so was an?«

Eve konnte sich nicht vorstellen, wer so etwas Entsetzliches tun würde. Sie fühlte sich ... verwundet. »Ich weiß es nicht.« Sie konnte kaum einen klaren Gedanken fassen. »Vielleicht irgendein Jugendlicher, der sich einen Spaß daraus macht, Gräber zu schänden.« Aber nicht Bonnies Grab. Nicht ihre Bonnie. »Etwas anderes fällt mir nicht ein.«

»Den kriege ich«, sagte Jane wütend. »Vielleicht kommt er ja noch mal zurück. Ich warte hier, und wenn er auftaucht, dann kann er was erleben.«

Eve schüttelte den Kopf. »Das würde alles nur noch schlimmer machen.« Sie wandte sich ab. »Komm, lass uns zurückgehen. Vielleicht finden wir was, womit wir den Grabstein reinigen können.«

Jane folgte ihr. »Wir werden es Joe sagen, sobald er nach Hause kommt. Der kriegt ihn bestimmt.«

»Erst, wenn wir den Grabstein gesäubert haben.«

»Hast du Angst, er könnte so wütend werden, dass er dem Grabschänder was antut? Das hätte der doch verdient. Ich werde Joe helfen.«

Gott, sie wusste nicht, wie sie sich verhalten sollte, dachte Eve. Sie wusste, dass Joe ebenso heftig reagieren würde wie Jane, und sie war zu erschüttert, um den Friedensengel zu spielen. Außerdem hatte sie keine Lust, ein Friedensengel zu sein. Allmählich verwandelte sich ihr Entsetzen in Wut. Am liebsten würde sie diesem Verrückten den Hals umdrehen. Kein gutes Vorbild für Jane. Und Joe war ein ehemaliger SEAL und für ihn wäre es ein Klacks, jemandem den Hals umzudrehen. »Geh in den Schuppen und sieh nach, ob du was findest. Vielleicht ist noch ein bisschen Terpentin übrig vom letzten Jahr, als wir die Veranda gestrichen haben.«

»Probleme?«

George Capel drehte sich unwirsch nach dem Mann in dem blauen Saturn um, der neben ihm am Straßenrand gehalten hatte. Was für eine blöde Frage, wo er sich gerade über die offene Motorhaube seines Mercedes beugte. »Nicht, wenn Sie Autoschlosser sind.«

»Tut mir Leid. Ich verkaufe Computer.« Der Mann in dem Saturn verzog das Gesicht. »Und ich bin auch schon oft genug liegen geblieben. Ich weiß noch, wie ich einmal in Macon mitten in der Nacht –« Er unterbrach sich. »Aber das interessiert Sie bestimmt nicht. Soll ich Ihnen vielleicht Starthilfe geben?«

»Ein Versuch kann nicht schaden.« Capel warf einen Blick auf den eleganten blauen Anzug des Mannes. »Seien Sie lieber vorsichtig. Ich hab mir schon das Hemd mit Öl beschmiert.«

Der Mann lächelte. »Ich bin immer vorsichtig.«

Zehn Minuten später stieß Capel eine Reihe von Flüchen aus, weil sein Motor immer noch nicht ansprang. »Scheißkiste. Verdammt, das ist ein Mercedes. Haben Sie eine Ahnung, was der mich gekostet hat?«

»Eine Menge. Neu?«

»Ein Jahr alt.«

»Tut mir Leid, dass ich Ihnen nicht helfen konnte. Vielleicht sollten Sie einen Abschleppwagen rufen.«

»Wenn mein Wagen nicht anspringt, ist mein Autotelefon ebenfalls tot. Haben Sie vielleicht ein Handy?«

Der Mann lächelte. »Anscheinend haben Sie Probleme mit der Technik. Es gibt ein Buch von Stephen King, in dem irgendwelche Maschinen durchdrehen. Ich hab es mir als Hörbuch zu Gemüte geführt, als ich mal durch Iowa gefahren bin.«

Capel hatte Mühe, die Fassung zu wahren. »Haben Sie ein Handy?«, wiederholte er.

»Klar, aber es steckt im Ladegerät in meinem Motelzimmer. Ich bin nur auf der Suche nach einem Restaurant, um zu Abend zu essen.« Er wischte sich die Stirn mit einem Taschentuch ab. »Aber ich bringe Sie gern zur nächsten Tankstelle. Ich kenne mich hier in der Gegend nicht aus. Wissen Sie, wo es eine gibt?«

»In etwa zwei Kilometern kommt eine Texaco-Tankstelle.« Capel zögerte und betrachtete seinen Mercedes.

»Der wird schon nicht von alleine wegfahren.«

»Garantiert nicht. Scheißkarre.« Capel ging um den Saturn herum und stieg auf den Beifahrersitz. »Fahren Sie los. Das hat mir gerade noch gefehlt. Ich hab früh Feierabend gemacht, weil ich Tickets für das Basketballspiel heute Abend habe. Und dann muss mir so was passieren. Verdammt, ich hasse Pannen. Je eher wir das hinter uns bringen, umso besser.«

»Ganz meine Meinung. Ich hasse Unannehmlichkeiten.« Jules Hebert setzte sich ans Steuer. »Bringen wir es hinter uns.«

Joe wandte sich vom Grab ab. »Wir werden einen neuen Stein aufstellen.«

»Ich habe doch fast die ganze Farbe weggemacht.«

»Aber jedes Mal, wenn du ihn siehst, wirst du dich daran erinnern. Wir besorgen einen neuen Grabstein. Ich werde mich darum kümmern, wenn ich morgen zur Arbeit fahre.« Er schaute sie an. »Hast du in den letzten Tagen hier irgendjemanden gesehen?«

Eve schüttelte den Kopf.

»Keine Sorge, es wird nicht wieder passieren.«

»Das ist ein großes Grundstück. Es ist schwer zu verhindern, dass sich jemand hier rumtreibt.«

»Es wird nicht wieder passieren«, wiederholte Joe. »Geh ins Haus, ich werde mich mal ein bisschen umsehen.«

Sie sah ihn misstrauisch an.

»Hey, ich bin ein Bulle. Das ist mein Job.«

Aber so wie er vor ihr stand, war er kein Bulle. Joe fühlte sich als ihr Beschützer, und in diesem Zustand der Wut konnte er todbringend sein. »Ich möchte nicht, dass du deinen Job auf die Spitze treibst. Das war Vandalismus.«

»Es hat dir wehgetan«, erwiderte Joe knapp. »Das lasse ich nicht zu. Nie wieder.«

»Und ich lasse nicht zu, dass du einen Jugendlichen tötest, der sich bloß einen Spaß machen wollte.«

Joe schwieg einen Moment. »Wenn es ein Jugendlicher war, wird er mit einer Lektion davonkommen, die er nicht so bald vergisst. Einverstanden?«

»Nein.« Aber mehr Zugeständnisse würde er ihr nicht machen. Allmählich wünschte Eve sich, sie würden nie herausfinden, wer das getan hatte. »Wegen Grabschändung kannst du nicht die Spurensicherung hierher bestellen.«

»Ich komme auch allein ganz gut zurecht.« Joe wandte sich ab. »Geh zurück ins Haus. Jane braucht dich. Sie ist ziemlich aufgewühlt.«

»Jetzt nicht mehr. Sie will dasselbe wie du. Sie hat gesagt, sie würde ›ihn kriegen‹.«

»Gut. Kluges Mädchen. Aber sie braucht sich nicht darum zu kümmern.«

Verzweifelt schaute Eve Joe nach, als er im Gebüsch verschwand. Sein Jagdinstinkt war geweckt, und es gab nichts, was sie dagegen unternehmen konnte.

Sie drehte sich um und ging den Hügel hinunter.

Joe entdeckte die Fußspuren ohne langes Suchen.

Keine Sportschuhe und auch keine Stiefel, wie sie die meisten Jugendlichen in der Gegend trugen. Ganz normale Schuhe. Größe acht oder neun, und der Abdruck war nicht besonders tief, was bedeutete, dass der Träger nicht sehr groß und schwer war.

Und er hatte nicht versucht, seine Spuren zu verwischen. Das war dumm genug, um zu einem Jugendlichen zu passen. Joe folgte den Spuren den Hügel hinunter.

Reifenspuren.

Allmählich wurde es dunkel. Joe schaltete seine Taschenlampe an, kniete sich auf den Boden und betrachtete die Spuren. Mit Reifen kannte er sich nicht gut genug aus, um sie zu identifizieren. Er würde einen Gipsabdruck davon machen und sie am nächsten Morgen auf dem Revier mit den dort im Computer verfügbaren Mustern vergleichen.

Das gefiel ihm alles überhaupt nicht. Seine Hand umklammerte die Taschenlampe, als er an das Grab dachte und an Eves Gesichtsausdruck, während sie ihm von der Schändung erzählte.

Er würde diesen Hundesohn erwischen.

Heberts Telefon klingelte, als er wieder in seinen Wagen stieg.

»Ich habe nichts von Ihnen gehört«, sagte Melton. »Muss ich Sie daran erinnern, dass die Zeit drängt?«

»Nein.«

»Die Situation könnte eskalieren. Haben Sie sich überlegt, ob Sie Dupree anheuern wollen?«

»Vergessen Sie Dupree.« Jules lehnte sich erschöpft zurück. »Den werden wir nicht brauchen.«

»Warum nicht?«

»Es sieht gut aus. Ich möchte, dass Sie noch einen Tag warten. Dann rufen Sie Eve Duncan an und machen ihr noch mal dasselbe Angebot.«

»Sie hat sich ziemlich klar ausgedrückt.«

»Versuchen Sie's.«

»Wie Sie wünschen. Gut, dass alles so glatt läuft.« Melton legte auf.

An dieser Sache war überhaupt nichts gut außer dem Endergebnis, dachte Jules. Er hatte eine grässliche Nacht hinter sich. Mit dem Mann hatte er mehr Mühe gehabt als erwartet, und Folter war stets schlimmer als ein sauberer Mord. Als er die Stopptaste drückte, fiel ihm auf, dass das Telefon mit Blut beschmiert war. Er betrachtete seine Hände. Auch an ihnen klebte Blut.

Mit einem Taschentuch wischte er sich zuerst die Hände ab, dann säuberte er das Telefon. Er warf einen Blick auf das Blatt Papier, das auf dem Beifahrersitz lag. Gut. Kein Blut auf dem Papier. Er wollte keine Spuren hinterlassen.

Durch das Fenster betrachtete er den Graben, der wenige Meter neben der Straße verlief. Das Wasser würde alle Spuren wegwaschen, die er womöglich hinterlassen hatte.

Er wünschte, er könnte seine Gedanken und seine Seele ebenso leicht reinwaschen.

»Ich hab den Mann von Federal Express draußen getroffen.« Jane legte ihre Schulbücher auf dem Wohnzimmertisch ab und warf den FedEx-Brief auf Eves Schreibtisch.

»Von wem ist er?«

»Keine Ahnung. Ohne Absender. Wo ist Toby?«

»Draußen am See. Er hat heute Morgen ein paar Enten gescheucht.«

»Tja, das ist das Retrieverblut in ihm.«

»Aber als eine wütende Ente ihn in die Nase beißen wollte, hat er Reißaus genommen.« Eve grinste. »Ein echter Retriever.«

»Der arme Toby.« Jane lief zur Tür. »Das hat ihn bestimmt in seinem Stolz gekränkt. Ich muss ihn sofort trösten.«

»Ach, das hat er längst vergessen. Eine Stunde später hab ich gesehen, wie er einen Schmetterling gejagt hat. Vielleicht hat er sich gesagt, der ist nicht ganz so gefährlich.«

Jane lachte. »Ein bisschen mehr Respekt, wenn ich bitten darf.« Sie lief aus dem Haus und sprang die Stufen hinunter. »Toby!«

Immer noch lächelnd nahm Eve den Brief und riss ihn auf. Toby war ein Geschenk des Himmels. Er lenkte Jane völlig von dem Schrecken vor zwei Tagen ab. Sie wünschte nur, Joe würde sich ebenso ablenken lassen von –

O Gott.

»Du musst nach Hause kommen, Joe«, sagte Jane, als er den Hörer abnahm. »Du musst sofort kommen.«

»Moment mal. Was ist los?«

»Eve. Sie sitzt einfach nur da. Sie hat gesagt, es ist nichts, aber sie sitzt einfach nur da.«

»Vielleicht ist es ja auch nichts.«

»Erzähl mir nicht so einen Blödsinn.« Janes Stimme zitterte. »Komm nach Hause, Joe.«

»Bin schon unterwegs.«

»Eve?«

Es war Joe. Sie kauerte sich noch tiefer in die Ecke des Sofas. Geh weg. Geh weg.

»Was zum Teufel ist passiert?«

Sie sprach es aus. »Geh weg.«

Er setzte sich neben sie. »Es geht mir auf die Nerven, wenn du so dichtmachst. Ich werde nicht weggehen. Also, was ist los?«

»Ich will jetzt … nicht darüber reden.«

»Aber ich. Das gehört zu einer Beziehung. Dass man alles miteinander teilt.«

»Dass man was miteinander teilt? Lügen?«

Er verstummte. »Wovon redest du?«

»Ich hab dir gesagt, ich will nicht darüber reden.« Sie wollte nur allein sein und mit ihrem Schmerz fertig werden. »Geh und kümmere dich um Jane. Ich glaube, ich habe ihr Angst gemacht.«

»Du machst mir Angst. Ist wieder was mit Bonnies Grab passiert?«

»Ich weiß es nicht«, sagte sie tonlos. »Es spielt auch keine Rolle.«

»Jane hat gesagt, du hast einen FedEx-Brief bekommen. Kann ich ihn sehen?«

Sie stand auf. »Jetzt nicht.«

Er schwieg einen Augenblick lang. »Lass mich dir helfen, Eve. Du bist nicht fair.«

Wütend fuhr sie herum. »*Ich* bin nicht fair? Mein Gott, du bringst es fertig, das zu sagen, nach allem, was du mir angetan hast?«

»Und was habe ich dir angetan?«

»Du hast mich angelogen, Joe. Auf die allergrausamste Weise.« Sie holte tief Luft, den Blick verzweifelt auf sein Gesicht gerichtet. »Du fragst mich nicht, welche Lüge ich meine, weil du es weißt, stimmt's, Joe? Ich war mir so lange nicht sicher, bis ich dein Gesicht gesehen habe. Ich konnte es einfach nicht fassen. Ich konnte nicht glauben, dass du mir das antun würdest.«

Er sah sich im Zimmer um. »Ist das der Brief?« Er trat an den Schreibtisch, nahm einen Briefbogen in die Hand und überflog ihn. Sie sah, wie sein Rücken sich straffte, als ob er sich wappnen wollte, bevor er sich zu ihr umdrehte. »Stand ein Absender drauf?«

Sie starrte ihn entgeistert an. »Ist das alles, was du zu sagen hast?«

»Nein, aber ich möchte wissen, wer es darauf anlegt, dich so tief zu treffen.« Er verzog das Gesicht. »Und wer mich treffen wollte.«

»Es ist mir egal, wer es ist. Mich interessiert nur, dass du mich angelogen hast.« Sie schloss die Augen. »Und dass das kleine Mädchen, das ich auf dem Hügel begraben habe, nicht meine Bonnie ist. Mein Gott, ich kann es einfach nicht glauben.«

»Aber offenbar glaubst du es. Und ich bin mir sicher, dass du überprüft hast, was auf diesem Fetzen Papier steht.«

»Das ist kein Fetzen Papier.« Sie öffnete ihre tränennassen Augen. »Das ist der offizielle Bericht des gerichtsmedizinischen Labors in Georgia, der besagt, dass die DNS des Mädchens, das man im Chattahoochee National Park gefunden hat, nicht mit der von Bonnie Duncan übereinstimmt. Er ist unterschrieben von Doktor George Capel.«

»Und du hast George Capel angerufen?«

»Ich habe es versucht, aber er war nicht in seinem Büro. Also habe ich mit dem Chef der Abteilung gesprochen. Er konnte den offiziellen Bericht nicht finden, aber schließlich hat er eine Kopie der Untersuchungsberichte gefunden. Soll ich dir sagen, was da drin stand?«

»Spar dir die Mühe.«

»Ich war in Atlanta, und du hast damals den Anruf entgegengenommen. Als ich nach Hause kam, hast du mir gesagt, sie hätten Bonnie gefunden.«

»Ja, das habe ich.«

»Du hast mich absichtlich belogen.«

»Stimmt.«

Die Qual war kaum zu ertragen. »Wie konntest du mir das antun?«, flüsterte sie.

»Wie konnte ich es nicht tun?« Joes Stimme klang heiser vor Kummer. »Zwölf Jahre lang habe ich mit angesehen, wie du gelitten hast. Ich habe gesehen, wie du in jedem einzelnen der Gesichter, die du rekonstruiert hast, nach Bonnie suchtest. Es war eine Wunde, die nie heilte, die nie heilen würde, bis Bonnie gefunden war. Sarah Patrick hat den ganzen Wald abgesucht, und wir hatten die Hoffnung schon fast aufgegeben, als sie schließlich das Skelett entdeckten. Die

Chance, dort noch ein weiteres Skelett zu finden, war damals praktisch gleich null. Und so habe ich jede Nacht gebetet, das Skelett möge Bonnies sein.« Mit unverhohlenem Zorn warf er den Bericht auf den Schreibtisch. »Und dann war sie es nicht, verdammt. Es würde immer und immer weitergehen. Aber das musste es nicht. Ich brauchte dir nur eine Lüge aufzutischen, und du hättest deinen Frieden.«

»Eine schreckliche Lüge. Du ... hast mich betrogen.«

»Erwartest du etwa, dass ich sage, es tut mir Leid? Es tut mir nicht Leid. Doch, es tut mir Leid, nämlich, dass du es herausgefunden hast und dass es dich schmerzt. Aber ich würde es wieder tun, wenn ich mir sicher wäre, dass ich dir die Wahrheit vorenthalten könnte.« Seine Worte kamen schnell, hart, leidenschaftlich. »Ich *liebe* dich. Seit zwölf Jahren bist du der Mittelpunkt meines Lebens. Ich hätte alles getan, um dir die Hölle zu ersparen, die du die ganze Zeit durchgemacht hast. Ich hätte gelogen. Ich hätte getötet. Alles, um dir diese Qualen zu ersparen.«

»Nun, du hast sie mir nicht erspart.«

»Nein, das habe ich wohl nicht.«

Plötzlich fiel Eve etwas ein, und sie fasste sich zitternd an die Lippen. »Mein Gott. Zwei Wochen später habe ich einen Anruf bekommen, der das Ergebnis bestätigte. Hast du das auch veranlasst?«

»Ich habe jemanden im Labor bestochen. Ich wusste, dass du diesen Anruf erwarten würdest.«

»Du hast ja sehr ... gründliche Arbeit geleistet.«

»Es war mir wichtig. Vielleicht das Wichtigste, was ich je in meinem Leben getan habe.« Joe sah sie schweigend an. Sein Gesicht war blass, angespannt. »Und jetzt?«

»Ich weiß nicht. Ich habe dir vertraut, und du hast mich auf die schlimmste vorstellbare Weise verraten. Ich kann gar nicht mehr denken.« Mit schweren Schritten ging sie in Richtung Schlafzimmer. »Ich gehe ins Bett. Ich will nur noch schlafen.«

»Du wirst sowieso nicht schlafen. Du willst nur von mir weg.«

»Ich kann deinen Anblick jetzt nicht ertragen.«

»Du *liebst* mich, Eve.«

Sie liebte ihn wirklich. Wahrscheinlich würde sie nie aufhören, ihn zu lieben, und das machte ihren Schmerz nur noch schlimmer. »Aber werde ich dir je wieder vertrauen können? Menschen, die man liebt, belügt man nicht.«

»Von wegen.«

Sie schüttelte den Kopf, schloss die Schlafzimmertür und lehnte sich von innen dagegen. Gott, sie fühlte sich so leer. Es war, als wäre alles aus ihr herausgesaugt worden, bis nur noch eine quälende Leere übrig blieb. Spürte Joe auch diese Leere? Nein, er war bestimmt voller Sorge um sie, voller Zorn und Verzweiflung über die Situation. Sie kannte ihn so gut, seine Gedanken, seinen Charakter, seinen Körper ...

Aber nicht gut genug. Sie hätte nie damit gerechnet, dass er so etwas tun würde.

Sie legte sich aufs Bett und starrte in die Dunkelheit.

»Ich hab Kaffee für dich gemacht.« Jane reichte Joe die Tasse und setzte sich neben ihn auf die Verandastufen.

»Danke.« Er stellte die Tasse auf der Stufe ab.

»Glaubst du, wir können Eve dazu bringen, etwas zu essen?«

Er schüttelte den Kopf.

»Ich hab gelauscht«, sagte Jane, ohne ihn anzusehen. »Ich wollte unbedingt wissen, warum sie so unglücklich war.«

»Meinetwegen.«

»Ja. Das hättest du nicht tun dürfen, Joe.«

Er antwortete nicht.

»Es sei denn, du wärst dir sicher gewesen, dass es nicht rauskommt.«

Er schaute sie an.

»Als ich heute mit Toby am See war, hab ich gedacht,

ich hätte vielleicht dasselbe getan, wenn ich keine Angst gehabt hätte, dass sie es rausfindet. Sie war so glücklich, seit wir Bonnie nach Hause geholt hatten. Ich meine ... das andere kleine Mädchen. Ist es besser für sie, glücklich zu sein oder traurig?« Sie schüttelte den Kopf. »Ich weiß es nicht ...«

Er hätte wissen müssen, dass Jane nicht alles in Schwarz und Weiß sah. Sie war von einer Pflegefamilie zur nächsten gereicht worden, sie hatte in ihrem kurzen Leben zu viel erlebt. »Lass uns eins klarstellen. Was ich getan habe, war falsch, aber meine Beweggründe waren richtig.«

»Du hast ihr gesagt, du würdest es wieder tun.«

»Das würde ich wahrscheinlich auch.« Seine Mundwinkel zuckten. »Und das war keine Lüge.«

»Dann solltest du es beim nächsten Mal schlauer anstellen.«

»Ein nächstes Mal wird es vielleicht nicht geben. Vielleicht bekomme ich gar keine Gelegenheit mehr, ihr nahe genug zu kommen –« Er rieb sich die schmerzenden Schläfen. »Ich dachte, ich hätte es richtig raffiniert eingefädelt oder wäre zumindest vorsichtig genug gewesen. Ich habe dem Mann, der die Tests gemacht hat, viel Geld dafür gegeben, dass er die Unterlagen mit den Ergebnissen verschwinden lässt.«

»Aber er hat sie stattdessen an Eve geschickt. Hast du ihn geärgert?«

Joe schüttelte den Kopf. »Und er hat nicht mal versucht, noch mehr Geld aus mir rauszuquetschen.«

»Was hättest du denn getan, wenn er mehr Geld verlangt hätte?«

»Ich hätte ihm die Hölle heiß gemacht. Capel ist geldgierig, aber nicht dumm.« Er richtete sich auf. »Ich sollte nicht so mit dir reden. Wenn die vom Jugendamt mich hören könnten, würden die dich im Handumdrehen von hier wegholen.«

»Ich würde aber nicht mit denen gehen.« Sie schmiegte sich an ihn. »Die können mich alle mal.«

»Und dieser Kommentar wäre ebenfalls ein Punkt gegen mich.« Er legte seinen Arm um ihre Schultern. »Ich möchte, dass du mir eins versprichst, Jane. Verbünde dich nie mit mir gegen Eve. Ich bin im Unrecht, und sie ist im Recht. Verstanden?«

»Klar.«

»Solltest du also nicht lieber reingehen und mit Eve reden?«

Sie schüttelte den Kopf. »Sie wird nicht mit mir reden wollen. Nicht, wenn es um Bonnie geht. Sie weiß nie, wie ich ... Sie ist immer so darum bemüht, meine Gefühle nicht zu verletzen, und im Moment hat sie mit sich selber genug Kummer.«

Er schloss die Augen. »Da hast du allerdings Recht.« Er spürte ihren Schmerz, als wäre es sein eigener. Es *war* sein eigener.

Sie nahm seine Hand. »Ich würde lieber noch ein bisschen hier draußen bei dir bleiben. Okay?«

Er drückte ihre Hand. »Okay.«

Eve war noch wach, als Joe ein paar Stunden später ins Schlafzimmer kam.

Er kniete sich neben das Bett. »Keine Angst. Ich bleibe nicht lange. Ich werde dich nicht mal berühren.« Er schwieg einen Moment. »Ich möchte dich nur an ein paar Dinge erinnern, solange du da liegst und dir sagst, was für ein Mistkerl ich bin.«

»Du bist kein Mistkerl.«

»Ich möchte dich daran erinnern, was wir uns aufgebaut haben. Ich möchte dich daran erinnern, was wir einander bedeuten.« Er holte tief Luft. »Und irgendwann wirst du dir sagen, dass ich dich angelogen habe, weil ich Bonnie aus unserem Leben tilgen wollte. Das stimmt nicht. Wenn ich geglaubt hätte, dass du deinen Kummer überwinden und ein halbwegs normales Leben führen könntest, hätte ich sie bis ans Ende meiner Tage gesucht. Aber es ist immer noch eine offene Wunde in dir.« Im Halbdunkel sah Eve, wie er die Fäuste ballte. »Und das tut mir weh. Ich wünschte, ich hätte sie gekannt. Ich wünschte, sie wäre unsere gemeinsame Tochter gewesen. Dann würdest du mir vielleicht vergeben. Denn ich hätte dasselbe getan, wenn Bonnie meine Tochter gewesen wäre. Glaubst du mir das?«

»Ich glaube ... dass du es glaubst.«

Joe beugte sich vor und legte seine Stirn neben ihrer Hand auf das Bett, ohne sie jedoch zu berühren. »Mehr kann ich wohl im Moment nicht verlangen. Jetzt bist du am Zug, Eve.« Er stand auf und ging in Richtung Tür. »Wir sehen uns morgen früh. Versuch zu schlafen.«

Wahrscheinlich würde sie keinen Schlaf finden. Seine Worte waren wie kleine Messer, die sie zerfleischten. *Er* zerfleischte sie. Sie war so voller Zorn und voller Bitterkeit über seinen Verrat, und dennoch hatte sie den verzweifelten Wunsch verspürt, ihn in die Arme zu nehmen und zu trösten. Wie konnten solche widersprüchlichen Gefühle gleichzeitig in ihr existieren?

Wie sollte sie das alles aushalten?

Gott, sie wünschte, sie könnte weinen.

Jane klopfte, dann öffnete sie die Tür. »Guten Morgen. Soll ich uns Frühstück machen?« Dann sah sie den Koffer auf dem Bett. »Oh.«

»Es ist schon nach acht. Du hast den Schulbus verpasst.«

»Joe hat gesagt, ich kann heute zu Hause bleiben. Er meinte, ich soll mich um dich kümmern.« Sie kam ins Schlafzimmer. »Wo fährst du hin?«

»Ich bin froh, dass du zu Hause geblieben bist.« Eve legte eine Bluse und Jeans in den Koffer. »Ich hab mir gedacht, wir könnten für eine oder zwei Wochen zu meiner Mutter fahren. Am besten, du packst gleich ein paar Sachen zusammen.«

»Kann ich Toby mitnehmen?«

»Klar. Mom ist ja ganz verrückt nach dem kleinen Köter.« Eve warf ihre Tennisschuhe und ihre Socken in den Koffer. »Wir können eine Menge unternehmen. Vielleicht mal in den Zoo gehen und uns die neuen Pandabären ansehen. Was hältst du davon?«

Das Mädchen leckte sich die Lippen. »Ich weiß, was Joe getan hat. Ich hab gestern Abend zugehört. Er fühlt sich ganz schrecklich deswegen.«

»Ich weiß.« Eve ging ins Bad, um ihre Zahnbürste und ihr Waschzeug zu holen. »Ich weiß es, Jane.«

»Wirst du wieder zurückkommen?«

»Das weiß ich jetzt noch nicht. Im Moment kann ich keinen klaren Gedanken fassen. Ich brauche Zeit zum Nachdenken. Es war ... wirklich schrecklich, was er getan hat.« Sie schloss den Koffer. »Ich weiß, dass du Joe lieb hast, aber ich kann ihn nicht ansehen, ohne daran zu –« Sie schluckte. »Geh doch deine Sachen packen.«

Jane schüttelte langsam den Kopf. »Ich bleibe hier.«

»Was?«

Sie trat auf Eve zu und schlang die Arme um ihren Hals. »Du hast gesagt, du brauchst Zeit zum Nachdenken. Ich wäre dir nur im Weg. Wenn ich du wäre, würde ich mich unter einer Decke verkriechen, um nichts und niemanden zu sehen.« Sie machte einen Schritt zurück. »Außerdem braucht Joe mich. Er braucht mich sehr.«

»Und du glaubst, ich brauche dich nicht?«

»Jetzt nicht. Später vielleicht.« Jane lächelte. »Das bedeutet nicht, dass ich nicht bei dir sein will oder dass ich dich nicht lieb habe. Das weißt du doch, oder?«

»Ja, das weiß ich.«

»Gut.« Jane wandte sich ab. »Ich mach dir was zum Frühstück. Speck und Eier?«

»Einverstanden.« Eve schaute Jane nach. Gott, das Mädchen hatte einen feinen Instinkt. Eve hatte ein schlechtes Gewissen gehabt, weil sie nur noch davonlaufen wollte, weg von Joe und allem, was sie an ihn erinnerte. Sie hatte schließlich Verpflichtungen, und dazu gehörte auch Jane. Aber anscheinend hatte Jane ihre Entscheidung bereits getroffen, und zwar ohne Eve.

Als sie gerade noch ein paar Sachen aus dem Schrank nehmen wollte, klingelte das Telefon.

»Ms Duncan, entschuldigen Sie, dass ich Sie noch einmal belästige«, sagte Melton, als Eve den Hörer abnahm. »Aber da diese Sache so dringlich ist, wollte ich es noch einmal versuchen. Vielleicht könnten Sie Ihre Entscheidung ja noch einmal überdenken ...«

«Dein Entschluss steht also fest?«, fragte Joe. »Es gefällt mir nicht, dass du irgendwohin fährst und ich keine Ahnung habe –« Er unterbrach sich, als er Eves Gesichtsausdruck sah. »Na gut, es geht mich nichts an.« Er runzelte die Stirn. »Doch, verdammt noch mal. Du gehst mich immer etwas an.«

Eve überging seine Bemerkung. »Pass auf Jane auf. Ich habe ihr versprochen, mich alle drei Tage bei ihr zu melden.« Sie nahm ihren Koffer. »Ich habe meine Mutter angerufen und sie gebeten, sich um Jane zu kümmern, wenn du arbeitest.«

»Du hast ja an alles gedacht.«

»Ich hab's zumindest versucht.« Ihre Blicke begegneten sich. »Mir fällt das alles nicht leicht, und mich auf die Arbeit zu konzentrieren, wird mir helfen.«

»Wirst du mich anrufen?«

»Wahrscheinlich nicht. Das würde dem Zweck meiner Reise zuwiderlaufen.« Sie ging in Richtung Tür. »Auf Wiedersehen, Joe.«

Er schaute zu, wie sie in ihren Wagen stieg und davonfuhr.

Er fühlte sich leer und einsam ... und er hatte Angst.

»Mist.« Er wandte sich vom Fenster ab, nahm sein Handy aus der Hosentasche und wählte. »Sie ist weg«, sagte er, als Logan sich meldete. »Was haben Sie über Melton rausgefunden?«

»Nichts wirklich Nachteiliges. Gewiefter Politiker. Wurde vor zwei Jahren für Louisiana in den Senat gewählt und macht seine Sache ganz gut. Er hat gute Freunde in den oberen Etagen und könnte in ein paar Jahren zum Präsidentschaftskandidaten nominiert werden.«

»Was könnte er mit so einer geheimnisvollen Geschichte wie dieser Gesichtsrekonstruktion zu tun haben?«

»Keine Ahnung.« Logan überlegte. »Aber wenn Sie sich so große Sorgen um sie machen, könnten Sie ihr doch einfach folgen.«

»Ich habe Ihnen ja gesagt, was passiert ist. Ich müsste schon einen verdammt guten Grund haben, damit sie mich in ihrer Nähe duldet. Und selbst dann wäre ich mir nicht sicher.«

»Tja, vorerst kann ich nicht mit einem guten Grund dienen. Aber ich bleibe an der Sache dran. Vielleicht sollten Sie sie einfach eine Zeit lang in Ruhe lassen. Das wäre wahrscheinlich das Klügste.«

»Im Moment komme ich mir nicht besonders klug vor. Und auf Ratschläge kann ich auch verzichten. Glauben Sie, ich hätte Sie angerufen, wenn ich nicht wüsste, dass Sie jeden Politiker in Washington kennen?«

»Nein. Sie können mir einfach nicht vergeben, dass ich ein Jahr lang mit Eve zusammengelebt habe. Sie sollten wissen, dass das vorbei und vergessen ist. Wir sind jetzt nur noch Freunde. Was mir mehr zu sein scheint, als man zurzeit über Ihre Beziehung zu ihr sagen kann.«

»Wenn Sie ihr Freund sind, dann finden Sie eine Möglichkeit, sie zu beschützen. Mir sind ja im Moment die Hände gebunden.«

»Vielleicht braucht sie gar keinen Schutz.«

»Mir gefällt nicht, was mit dem Grab passiert ist. Außerdem ist Capel seit vier Tagen nicht zur Arbeit erschienen.«

»Ich verstehe nicht, was das mit Eves Auftrag zu tun hat.«

»Ich auch nicht. Aber es gefällt mir einfach nicht. Und mir gefällt es ebenfalls nicht, wenn ich keine Möglichkeit habe, mich zu vergewissern, dass es keinen Zusammenhang gibt.« Joe überlegte. »Schicken Sie Galen nach Baton Rouge, okay?«

»Die amerikanische Regierung ist nicht gerade begeistert von Galen.«

»Pech.«

»Und Galen arbeitet auf eigene Faust. Er nimmt Aufträge an, wo es ihm beliebt.«

»Sie sind Freunde. Nutzen Sie das aus.«

»Ist das ein Befehl?«

»Bitte«, sagte Joe mit zusammengebissenen Zähnen. »Bitte schicken Sie Galen.«

»Klingt schon besser. Ich werde mit ihm reden, und dann melde ich mich wieder.«

Joe trat wieder ans Fenster, aber Eve war bereits außer Sichtweite. Schon bald würde sie im Flugzeug nach Baton Rouge sitzen und sich mit Düsengeschwindigkeit von ihm entfernen.

Aber sie konnte gar nicht weiter von ihm weg sein, als sie es vor zehn Minuten hier in diesem Zimmer gewesen war. Sie hatte es gar nicht erwarten können, von ihm wegzukommen. Die Mauer, die sie zwischen ihnen errichtet hatte, war beinahe spürbar gewesen, und ihr Gesichtsausdruck …

Nicht an den Schmerz denken. Etwas anderes war nicht zu erwarten gewesen. Er hätte sogar damit rechnen müssen, dass Eve diesen Auftrag doch noch annehmen würde. Jedes Mal, wenn sie Kummer hatte oder sich einsam fühlte, flüchtete sie sich in die Arbeit.

Und genau das sollte er ebenfalls tun. Er würde den Gipsabdruck der Reifenspur mit aufs Revier nehmen, und dann würde er zusehen, was er über Capel in Erfahrung bringen konnte.

Wenn er sich nur genug beschäftigte, würde es ihm vielleicht gelingen, die Erinnerung an Eves Gesichtsausdruck zu verdrängen, zu vergessen, wie sie ihn angesehen hatte, bevor sie das Haus verließ.

Vielleicht.

Drei

Ein großer, korpulenter Mann in einem blauen Anzug eilte auf Eve zu, als sie aus dem Flugzeug stieg. »Willkommen in Baton Rouge, Ms Duncan. Mein Name ist Paul Tanzer, ich arbeite bei der Stadtverwaltung. Senator Melton meinte, es würde Sie freuen, von einem Südstaatler begrüßt zu werden. Er hat mich gebeten, Sie in Empfang zu nehmen und für Ihr leibliches Wohl zu sorgen. Hatten Sie einen guten Flug?«

»Ja.« Das war gelogen. Der Flug war alles andere als angenehm gewesen. Es hatte zwar keine Turbulenzen gegeben, aber sie hatte sich die ganze Zeit leer und einsam und völlig deprimiert gefühlt. »Ich hatte damit gerechnet, Senator Melton hier zu treffen.«

»Er kommt morgen. Er muss heute Abend an einer Sponsorenveranstaltung in New York teilnehmen.« Tanzer geleitete sie zu seinem Cadillac auf dem Parkplatz. »Ich werde als Erstes dafür sorgen, dass Sie ordentlich untergebracht sind. Machen Sie sich mal keine Sorgen, junge Frau.«

Seine gönnerhafte Art ging Eve fürchterlich auf die Nerven. »Ich mache mir keine Sorgen. Ich möchte einfach mit der Arbeit anfangen. Das ist alles.«

»Bewundernswert.« Tanzer hielt ihr die Wagentür auf. »Aber Sie werden doch sicherlich ein bisschen was von

Baton Rouge sehen wollen, wo Sie schon mal hier sind. Sie haben wirklich Glück, dass der Senator mich geschickt hat, Sie abzuholen. Ich kenne diese Stadt wie meine Westentasche. Sind Sie zum ersten Mal hier?«

»Ja. Ich reise nicht viel.«

»Dann wird es ja höchste Zeit, dass Sie einen Eindruck von Baton Rouge bekommen.«

Tanzer hatte offenbar nicht gehört, was sie ihm gesagt hatte. »In welchem Hotel haben Sie mir ein Zimmer reserviert?«

»Senator Melton meinte, es wäre besser, wenn Sie nicht in einem Hotel übernachten. Wir haben eine wunderschöne Plantagenvilla für Sie gemietet, etwa eine Stunde außerhalb der Stadt. Sie liegt in der Nähe der Kirche, in der Sie arbeiten werden. Es wird viel bequemer für Sie sein, wenn Sie nur über die Brücke zu gehen brauchen, und das Haus wird Ihnen sicherlich gefallen. Es ist sehr alt und ganz vornehm eingerichtet. Hier in Baton Rouge ist überhaupt vieles sehr alt. Die Stadt hat eine Atmosphäre von –«

»Moment mal.« Das ging ihr alles viel zu schnell. »Ich soll in einer Kirche arbeiten?«

»Na ja, es war zumindest mal eine. Seit zehn Jahren wird sie nicht mehr genutzt. Sie wurde Anfang des neunzehnten Jahrhunderts gebaut und ist ziemlich verfallen. Die Stadtverwaltung kann sich nicht entscheiden, ob man sie abreißen oder mit viel Geld restaurieren lassen soll. Deswegen kam es ganz gelegen, als Senator Melton anbot, sie für eine Zeit lang zu mieten. Haben Sie Probleme damit?«

»Nein, es ist mir egal. Wenn ich in der Nähe untergebracht bin, kann ich vielleicht schon heute Nachmittag anfangen.«

»Das geht leider nicht. Wir müssen auf Senator Melton warten.« Tanzer strahlte sie an. »Aber ich werde ihm sagen, dass Sie es kaum erwarten können, sich in die Arbeit zu stürzen. Er wird ganz schön beeindruckt sein von Ihrem Tatendrang.«

»Ich habe kein Bedürfnis, Senator Melton zu beeindrucken.« Eve bemühte sich um Geduld. Schließlich tat der Mann nur, wozu man ihn beauftragt hatte. »Und wenn Sie mir seine Telefonnummer geben, werde ich ihm das selbst sagen.«

»Sicher.« Tanzer schrieb die Nummer auf eine seiner Visitenkarten und reichte sie ihr. »Aber es könnte schwierig sein, ihn zu erreichen. Er ist ein sehr beschäftigter Mann. Und jetzt will ich Ihnen ein paar unserer Sehenswürdigkeiten zeigen ...«

Während der nächsten Stunde fuhr Tanzer Eve kreuz und quer durch die Stadt und redete ohne Unterlass. Sie war zutiefst erleichtert, als er schließlich auf ein Haus mit weißen Säulen deutete. »Da sind wir. Ich habe Ihnen ja gesagt, es ist ein schönes Haus. Ein bisschen wie Tara in *Vom Winde verweht*. Sehr malerisch, und der Sumpf rundherum ist auch ganz hübsch. Sie werden sich fühlen wie in Venedig, und um diese Jahreszeit ist das Wetter hier bei uns auch nicht schlecht.«

Genau das hatte Joe auch gesagt. Hastig schob Eve den Gedanken beiseite. Nicht an Joe denken. Leichter gesagt als getan. Joe war so sehr Teil ihres Lebens, dass alles sie an ihn erinnerte.

Tanzer half ihr aus dem Wagen. »Das Haus ist größtenteils unbenutzt und verschlossen. Aber Sie haben eine sehr schöne Wohnung. Vier Zimmer und ein mit Marmor gefliestes Bad. Es gibt sogar eine gut bestückte Bibliothek. Ich habe dafür gesorgt, dass ein paar nette Liebesromane für Sie bereitstehen.« Er klopfte an die Tür. »Marie Letaux ist Köchin und Haushälterin. Sie ist eine echte Cajun, und sie hat ein Händchen für die einheimische Küche. Sie wurde uns wärmstens empfohlen, und wir schätzen uns glücklich, sie bekommen zu haben.« Eine kleine, dunkelhaarige Frau von etwa Ende dreißig öffnete die Tür. »Guten Tag, Marie. Das ist Ms Eve Duncan. Ich habe ihr gerade erzählt, was für eine phantastische Köchin Sie sind und dass Sie sich gut um Ihren Gast kümmern werden.«

Marie Letaux schaute ihn kühl an. »Ich bin Madame Letaux. Sie wird sich um sich selbst kümmern. Ich bin für die Küche und den Haushalt zuständig.«

Zum ersten Mal seit zwei Tagen war Eve nach Lächeln zumute, als sie sah, wie Tanzer zusammenzuckte. »Selbstverständlich, Madame Letaux«, sagte sie. »Das ist absolut in meinem Sinne.«

Die Haushälterin musterte sie eingehend, dann nickte sie langsam. »Nennen Sie mich Marie.«

»Danke.«

Tanzer rang sich ein Lächeln ab und wandte sich an Eve. »Ich trage Ihre Koffer nach oben in Ihr Zimmer. Ist es hier nicht genauso wunderschön, wie ich es Ihnen versprochen habe?«

Eve schaute sich im Foyer um. Das polierte Eichenparkett und die große Freitreppe hätten tatsächlich zu der Villa in dem Roman gehören können, den Tanzer eben erwähnt hatte. Überall teures Holz und kunstvolle Wandmalereien. »Es ist sehr schön.«

Das Schlafzimmer mit seiner vier Meter hohen Decke und dem riesigen Vierpfostenbett war sogar noch schöner. Eve warf ihre Handtasche auf die Tagesdecke aus Satin und trat auf den schmiedeeisernen Balkon mit Blick auf den Bayou.

Der Blick war beeindruckend. Die gewundenen Arme des Bayou schlängelten sich am Haus vorbei, und Zypressen und Weiden bildeten einen grünen Vorhang vor den Ufern. Eine kleine gewölbte Fußbrücke führte über das trübe Wasser des Sumpfs zu einer moosbewachsenen Insel. In einiger Entfernung erhob sich ein dunkles, bedrohlich wirkendes Gebäude, das sie –

»Hab ich nicht gesagt, dass es malerisch ist?«, fragte Tanzer hinter ihr. »Wie wär's mit einem guten Abendessen in einem netten Fischrestaurant? Und dann machen wir noch eine Stadtrundfahrt.«

Gott, war der Mann penetrant. »Ich möchte nirgendwohin gehen. Ich bin müde, und ich möchte einfach nur duschen und mich ausruhen. Vielen Dank für das Angebot.«

Er nickte. »Sehen Sie? Sie hätten sowieso nicht arbeiten können. Da trifft es sich doch gut, dass Senator Melton noch in New York zu tun hat.«

»Ich bin selten zu müde zum Arbeiten.« Eve schaute wieder auf den Bayou. »Ist das die Kirche?«

»Ja.« Mit einer Kopfbewegung deutete Tanzer auf das prunkvolle Portal des halb verfallenen Gebäudes in einigen hundert Metern Entfernung. »Sehen Sie, sie liegt ganz in der Nähe.«

»Sie sieht ziemlich verlassen aus.«

»Vielleicht ist sie das auch. Ich habe keine Ahnung.«

»Ist der Schädel jetzt dort?«

Er zuckte die Achseln. »Das hat man mir nicht gesagt. Nur, dass Sie dort arbeiten werden.«

»An wen muss ich mich wenden?«

»Das wird Senator Melton Ihnen sagen.«

Es war, als versuchte man, einer Rübe Blut abzuzapfen. Eve hatte genug. Sie streckte ihre Hand aus. »Ich möchte Sie nicht länger aufhalten. Vielen Dank für alles.«

»Oh.« Tanzer schüttelte ihre Hand. »Sind Sie sicher, dass Sie zurechtkommen?«

»Ganz sicher. Vielen Dank.«

»Nun, sollten Sie es sich anders überlegen, brauchen Sie nur in meinem Büro anzurufen. Ich stehe Ihnen jederzeit zur Verfügung.«

»Sehr freundlich.« Nachdem er das Zimmer verlassen hatte, ging sie an den Schreibtisch, nahm den Telefonhörer ab und wählte die Nummer, die er auf der Visitenkarte notiert hatte.

»Ich bringe Ihnen Ihre Handtücher.« Marie stand in der Tür.

»Danke. Ich komme gleich nach unten, dann kann ich Ihnen helfen.«

»Warum? Das ist meine Aufgabe«, erwiderte Marie und verschwand im Badezimmer.

Da Melton im Hotel nicht zu erreichen war, hinterließ Eve ihm eine Nachricht auf seiner Mailbox. Wunderbar. Das hatte ihr gerade noch gefehlt. Sie hatte keine Lust, den ganzen Abend Däumchen zu drehen. Sie wollte arbeiten, bis sie so erschöpft war, dass sie schlafen konnte.

»Soll ich Ihnen beim Auspacken helfen?« Marie war zurück ins Zimmer gekommen.

»Nein, danke. Ich habe nicht viel mitgebracht.« Eve lächelte. »Außerdem möchte ich Sie nicht ausnutzen. Das gehört schließlich nicht zu Ihren Aufgaben.«

»Es sei denn, ich mache es zu meiner Aufgabe.« Jetzt lächelte Marie auch. »Als Dienstpersonal zu arbeiten ist keine Schande. Es ist harte, ehrbare Arbeit. Ich habe einfach keine Lust, mich von einem *trou du cul* von oben herab behandeln zu lassen.« Sie wandte sich zum Gehen. »In einer halben Stunde ist das Abendessen fertig.«

Was war ein *trou du cul*? Eve konnte es sich beinahe denken, aber sicherheitshalber würde sie es in einem Französisch-Englischen Wörterbuch nachschlagen, falls sich in der Bibliothek, die Tanzer erwähnt hatte, eins finden ließ.

Sie trat wieder hinaus auf den Balkon und schaute zum Eingang der Kirche hinüber. Vielleicht war ja doch jemand da. Vielleicht sollte sie nach dem Abendessen einen kleinen Spaziergang dorthin machen …

Aber das Abendessen würde in einer halben Stunde fertig sein, und vorher wollte sie noch duschen. Sie musste sich beeilen. Falls sie zu spät kam, würde es sie nicht wundern, wenn Marie das Essen in den Sumpf warf.

Und was war ein *trou du cul* …

«Köstlich.« Eve aß den letzten Bissen von ihrem Teller. »Was ist das?«

»*Spezzatino di Manzo coi Fagioli*«, sagte Marie.

»Und das ist?«

Marie grinste. »Rindfleischeintopf.«

»Ist das ein regionales Gericht?«

»Nein, ein italienisches. Ich bin nicht nur auf die Cajun-Küche spezialisiert.« Sie verzog das Gesicht. »Tanzer hatte wahrscheinlich eine ganz bestimmte Schublade für mich parat, aber ich bin nicht so einfach gestrickt, wie er glaubt.«

»So einen Rindfleischeintopf habe ich noch nie gegessen. Was ist da drin?«

»Alles. Aber mehr kann ich Ihnen leider nicht sagen. Es ist das Rezept meiner Mutter und ein großes Geheimnis. Wenn ich es Ihnen verraten würde, müsste ich Sie anschließend töten.«

Eve wunderte sich inzwischen nicht mehr über den makabren Humor der Frau. Es machte ihr Spaß, sich mit Marie zu unterhalten, sie hatte offenbar eine Menge zu erzählen. Marie war eine ungewöhnliche Frau, und das war das Mindeste, was man von ihr sagen konnte. »Um Gottes willen. Ihre Mutter hat Ihnen das Kochen beigebracht?«

»Zum Teil. Nach der Uni bin ich in New Orleans auf eine Kochschule gegangen. Ich wollte eine großartige, temperamentvolle Köchin werden, eine die die Welt mit ihren außergewöhnlichen Kreationen beeindruckt.«

»Nun, mich haben Sie jedenfalls beeindruckt. Sie haben es sich anders überlegt?«

Marie zuckte die Achseln. »Manchmal läuft das Leben eben anders. Ich wurde schwanger und musste mich auf die neue Situation einstellen. Wenn man für ein Kind sorgen muss, kann man keine großen Risiken eingehen.«

»Sie haben ein Kind?«

»Einen Jungen. Na ja, er ist inzwischen erwachsen.

Pierre studiert an der Tulane University in New Orleans. Er ist sehr warmherzig und intelligent. Er wird mal ein guter Arzt, aber das kostet eine Menge Geld.« Sie schaute Eve an. »Haben Sie Kinder?«

»Ich habe eine Adoptivtochter, Jane. Sie ist erst zwölf, aber sie ist ein wunderbares Mädchen.«

»Dann verstehen Sie sicher, was ich für Pierre empfinde«, sagte Marie ernst. »Ich würde alles für ihn tun. Er ist mein Ein und Alles.«

»Ja, das verstehe ich.«

»Gut.« Die Haushälterin holte tief Luft. »Noch einen Schluck Wein?«

Eve schüttelte den Kopf. »Ich muss einen klaren Kopf bewahren. Ich glaube, ich mache einen kleinen Spaziergang rüber zur Kirche und sehe mal nach, ob ich irgendetwas tun kann.«

»Was machen Sie beruflich?«

»Ich bin Gesichtsrekonstrukteurin.« Das reichte selten als Erklärung. »Ich rekonstruiere Gesichter anhand von Schädeln.«

»Darüber habe ich im Fernsehen mal einen Film gesehen.« Marie verzog das Gesicht. »Ziemlich gruselig.«

»Das kommt ganz darauf an, wie man es betrachtet. Man gewöhnt sich daran.« Eve stand auf. »Vielen Dank für das phantastische Essen, Marie.«

»Wen werden Sie ...« Sie suchte nach dem richtigen Wort. »Rekonstruieren?«

»Ich vermeide es, das im Voraus zu erfahren. Es könnte mich beeinflussen. Werden wir uns noch sehen, wenn ich zurückkomme?«

Marie schüttelte den Kopf. »Ich werde den Abwasch erledigen und dann nach Hause gehen.«

»Wo wohnen Sie?«

»Ich habe ein Haus in der Stadt. Ihr Hausschlüssel liegt auf dem Tisch im Foyer. Ich werde die Hintertür verriegeln.

Morgen früh um sieben bin ich wieder da, um Ihnen das Frühstück zu machen.«

»Dann sehen wir uns morgen früh.« Eve hoffte allerdings, dass sie um diese Zeit längst bei der Arbeit war. »Auf Wiedersehen, Marie.«

Marie wandte sich lächelnd ab.

Nette Frau, dachte Eve, als sie das Haus verließ. Gott sei Dank würde sie an diesem seltsamen Ort eine Frau um sich haben, die ihr sympathisch war und mit der sie sich verstand. Schon jetzt fühlte sie sich wesentlich wohler als zu Anfang.

Wenige Minuten später überquerte sie die Brücke, die über den Sumpf führte. Seltsam, diese alte Kirche als Arbeitsplatz auszuwählen, dachte sie. Vielleicht aber auch nicht. Auf jeden Fall war sie hier ungestört, und Melton hatte ja betont, dass es sich um eine streng vertrauliche Angelegenheit handelte.

Der Türklopfer aus Messing an dem riesigen Portal machte ein laut dröhnendes Geräusch.

Keine Reaktion.

Sie klopfte noch einmal.

Stille.

Verdammt.

Na ja, es war ein Versuch gewesen. Sie klopfte noch einmal, wartete mehrere Minuten lang, dann drehte sie sich um und ging zurück in Richtung Brücke. Offenbar würde sie sich gedulden und doch bis morgen früh warten müssen.

Aber Eve hatte keine Lust, sich in Geduld zu üben. Sie wollte sich an die Arbeit machen. Warum war Melton nicht am Flughafen gewesen, so wie er es verspro –

Was war das?

Sie fuhr herum und schaute zur Kirche hinüber.

War jemand an die Tür gekommen und hatte nach ihr gerufen?

Die Tür war immer noch geschlossen.

Und dennoch könnte sie schwören, dass jemand sie gerufen hatte. Es hatte sich so deutlich angehört ...

Tja, es war aber niemand da. Wahrscheinlich hatte sie sich einfach zu sehr gewünscht, dass sich die Tür öffnen würde.

Es war noch früh, aber sie würde ins Bett gehen und versuchen zu schlafen. Wenn sie morgen aufwachte, würde sie sich eine Kleinigkeit zu essen machen und es noch einmal bei der Kirche versuchen.

Bevor sie das Haus betrat, drehte sie sich noch einmal um und schaute zur Kirche hinüber.

Das Portal war immer noch geschlossen.

Déjà vu.

Plötzlich musste sie an den Tag in der vergangenen Woche denken, als sie ... auf Bonnies Hügel ... irgendetwas gespürt hatte.

Nicht Bonnie. Es war nicht Bonnie. Das war alles eine einzige Lüge.

Aber vielleicht war das Gefühl, das sie auf dem Hügel gehabt hatte, keine Lüge gewesen. Vielleicht war der Mistkerl in der Nähe gewesen, der später den Grabstein geschändet hatte.

Aber dieses Gefühl jetzt war ... anders. Sie könnte schwören, dass sie jemanden hatte rufen hören.

Unsinn. Es waren ihre Nerven, sie war einfach völlig ausgelaugt. Das Einzige, was sie hatte rufen hören, war die Arbeit, die sie so gern begonnen hätte. Wenn sie sich erst einmal ausgeschlafen hatte, würde alles anders aussehen.

Als Eve drei Stunden später erwachte, schaffte sie es gerade noch, sich über die Bettkante zu beugen, bevor sie sich übergab.

»O Gott.«

Übel. Ihr war so übel.

Sie wankte durch den Flur zum Badezimmer, übergab sich jedoch noch zweimal, bevor sie es erreichte.

Ihr Magen hörte nicht auf, sich zu verkrampfen. Schmerz. Übelkeit.

Sie ließ sich vor der Toilette auf den Boden fallen.

Wieder und wieder übergab sie sich.

Der Eintopf ...

Ihre Rippen schmerzten. Sie konnte kaum atmen.

Lebensmittelvergiftung ...

Sie würde sterben.

Bonnie.

Erneut erbrach sie sich.

Niemand war da. Das Haus war leer. Niemand konnte ihr helfen.

Sie musste zum Telefon.

Sie war zu schwach, um zu gehen. Auf allen vieren kroch sie durch den Flur zurück ins Schlafzimmer. Es schien meilenweit weg zu sein, und mehrmals war sie gezwungen anzuhalten, weil sie wieder würgen musste.

Ihre Rippen ...

Das Telefon ... 911 ... Die Leitung war tot.

Sie versuchte, die Vermittlung zu erreichen. »Helfen ... Sie mir. Bitte, helfen Sie ...«

Das Telefon fiel ihr aus der Hand. Gleich würde sie ohnmächtig werden.

Nicht hier. Hier würde sie sterben.

Der Balkon. Vielleicht würde jemand sie sehen. Vielleicht könnte sie um Hilfe rufen ...

Sie schaffte es nicht.

Also gut. Sie würde bei Bonnie sein. Warum kämpfte sie so verzweifelt? Es wäre so leicht, einfach aufzugeben.

Joe.

Sie kroch weiter. Mit Mühe erreichte sie den Balkon. Sie drückte ihre Wange gegen das schmiedeeiserne Geländer. Das Metall fühlte sich kalt und feucht an ...

Draußen war niemand zu sehen, und die Häuser waren zu weit weg, als dass sie jemand hören könnte, wenn sie um Hilfe rief. Dunkel und riesig erhob sich die Kirche vor dem Nachthimmel.

»Hilfe …« Ihr sinnloser Ruf war kaum zu hören. Gott, wenn das Würgen wenigstens aufhören würde. »Hilfe …«

Sie sank zu Boden, ihr Gesicht berührte die Fliesen. Den Sumpf konnte sie nicht mehr sehen, nur noch die dunklen Umrisse der Kirche. Sie füllte ihr gesamtes Gesichtsfeld aus. War das das Letzte, was sie in ihrem Leben sehen würde …

Dunkelheit.

»Nein. Sie dürfen nicht schlafen. Noch nicht.«

Sie öffnete die Augen.

Sie wurde die Treppe hinuntergetragen.

Ein Mann … dunkles Haar … In der Dunkelheit konnte sie sein Gesicht nicht erkennen, aber seine Stimme klang verzweifelt.

Verzweifelt? Warum?, fragte sie sich benommen. Sie war doch diejenige, die starb.

»Wir sind gleich da. Halten Sie durch.«

Wo würden sie gleich sein?

Erneut musste sie würgen, aber es war nichts mehr in ihrem Magen, das sie hätte erbrechen können.

O Gott, wie ihre Rippen schmerzten.

»Bist du da? Ich komme, Bonnie.«

»Wag es nicht. Deine Zeit ist noch nicht gekommen.« Bonnie beugte sich über sie. »Du musst kämpfen, Mama.«

»Zu müde. Zu traurig.«

»Das spielt keine Rolle. Es wird alles wieder gut werden.«

»Ich will bei dir sein.«

»Du bist bei mir. Immer. Warum willst du mir das nicht glauben?«

»Ich bin zu müde … Ich muss … aufgeben.«

»Nein, das musst du nicht. Ich lasse es nicht zu. Hörst du mich, Mama? Ich lasse es nicht zu …«

Das Haus war dunkel, aber er schaltete kein Licht an. Er lief durch das Foyer und dann den Korridor hinunter.

Schnell. Er musste sich beeilen. Er wusste nicht, wie viel Zeit er hatte.

In der Küche roch es nach Zitrone und Seife, und der weiße Kühlschrank schimmerte im Mondlicht, das durch das Fenster hereinfiel.

Schnell.

Er öffnete den Kühlschrank und nahm den einzigen geschlossenen Behälter heraus. Er hob den Deckel an und betrachtete den Inhalt, bevor er den Kühlschrank wieder schloss. Dann wischte er den Griff ab und eilte zur Tür.

Geschafft.

Als er den Weg erreichte, wurde sein Blick von der Kirchentür angezogen, wie immer, wenn er in ihrer Nähe vorbeikam. Er spürte, wie sein Magen sich zusammenzog und ihn das Entsetzen packte.

Nein, es war nur zum Teil geschafft.

Er musste sich beeilen …

Weiß.

Überall weiß. Weiße Wände, weiße Laken auf ihrem Bett.

»Möchten Sie ein paar kleine Eiswürfel? Man hat mir gesagt, Sie würden wahrscheinlich danach verlangen, sobald Sie wach werden.«

Eine tiefe Stimme mit einem leichten britischen Akzent.

Ihr Blick wanderte zu dem dunkelhaarigen Mann, der neben ihrem Bett saß. Es dauerte einen Moment, bis sie ihn erkannte. »Galen?«

Sean Galen nickte. »Das Wasser?«

Sie nickte. Ihr Hals war so wund und trocken, dass jedes Wort ihr Schmerzen bereitet hätte.

Er hielt ihr das Glas an die Lippen. »Sie hängen an einem Tropf, damit Sie nicht dehydrieren, aber das hier wird Ihnen trotzdem gut tun.«

Es tat wirklich gut zu spüren, wie die kalte Flüssigkeit durch ihre Kehle lief. Auch wenn das Schlucken sehr schmerzhaft war.

»Was ... machen Sie hier?«

»Das hat wehgetan, nicht wahr?« Galen lehnte sich in seinem Stuhl zurück. »Ich will versuchen, mir über einige Punkte Klarheit zu verschaffen. Ich werde Ihnen ein paar Fragen stellen. Sie brauchen nur zu nicken oder den Kopf zu schütteln. Sprechen Sie so wenig wie möglich. Sie befinden sich im Assisi-Krankenhaus in Baton Rouge. Erinnern Sie sich, wie Sie hierher gekommen sind?«

Sie schüttelte den Kopf.

»Eine ganz schlimme Lebensmittelvergiftung. Sie wären beinahe gestorben. Sie sind kurz nach Mitternacht eingeliefert worden, und jetzt ist es fast vier Uhr. Es hat eine ganze Weile gedauert, bis die Ärzte mit Ihnen fertig waren.«

»Lebensmittelvergiftung?«

Galen nickte. »Das hat man mir jedenfalls gesagt. Haben Sie gestern in einem Restaurant zu Abend gegessen?«

Sie schüttelte den Kopf. »Nein, im Haus. Marie ...«

»Wer ist Marie?«

»Marie Letaux. Die Haushälterin. Sie hat mir einen Eintopf gekocht.«

»Hat außer Ihnen noch jemand davon gegessen?«

Sie schüttelte den Kopf.

»Gut. In welchem Zimmer haben Sie gegessen? Wissen Sie, ob die Reste von dem Essen im Kühlschrank aufbewahrt wurden? Wir müssen sie vernichten.«

»Ich habe in der Küche gegessen.« Sie versuchte, sich die Situation ins Gedächtnis zu rufen. Sie erinnerte sich schwach daran, dass Marie die Reste in einen Behälter gefüllt hatte, doch sie wusste nicht, ob sie ihn auch in den Kühlschrank gestellt hatte. »Wahrscheinlich.«

»Ich werde das überprüfen.« Er füllte ihr Glas erneut und hielt es ihr an die Lippen. »Obwohl es mich nicht wundern würde, wenn sie das Zeug einfach hätte auf der Anrichte stehen lassen. So sorglos, wie sie offenbar mit Lebensmitteln umgeht.«

»Nicht schuld … Nett. Wahrscheinlich nicht ihr Fehler. Jemand muss ihr auf dem Markt verdorbenes Zeug verkauft haben.«

»Möglich.«

»Was machen Sie hier?«, fragte sie noch einmal.

»Logan hat mich angerufen und mich gebeten, nach Ihnen zu sehen. Rauszufinden, was für eine Laus Ihnen über die Leber gelaufen ist.« Er grinste. »Dabei hat es nicht die Leber, sondern Ihren Magen erwischt. Das reinste Erdbeben, würde ich sagen. Stimmt's?«

Sie nickte. »Logan? Woher wusste er, dass ich hier bin –« Aber sie kannte die Antwort bereits. »Joe.«

Galen nickte. »Logan sagt, Quinn hätte ihn gebeten, dafür zu sorgen, dass Ihnen nichts zustößt. Hat ihm erzählt, die ganze Sache hier gefiele ihm nicht, und dass zwischen Ihnen beiden zurzeit der Funkkontakt unterbrochen sei. Und da Logan und Quinn sich immer noch nicht besonders grün sind, hielt Logan das Ganze für ernst genug, um mich auf den Plan zu rufen.«

Was hatte Joe sich dabei gedacht? Eve war Galen erst einmal begegnet, aber Logan hatte ihr von seiner äußerst dubiosen Karriere erzählt. Er war alles Mögliche gewesen, vom Söldner bis zum Troubleshooter für die unterschiedlichsten Firmen und Organisationen. Sie schüttelte den Kopf. »Ich … brauche Sie nicht.«

»Nun, Logan hat mich im Voraus bezahlt. Da kann ich getrost ein paar Tage in der Nähe bleiben.« Er lächelte. »Sie werden schon merken, dass ich Ihnen sehr nützlich sein kann. Ich bin umgänglich, ich bin ein hervorragender Koch, und ich verspreche Ihnen, dass Sie sich bei mir keine Lebensmittelvergiftung zuziehen werden. Was wollen Sie noch mehr?«

»Ich brauche keine Gesellschaft. Ich muss arbeiten.«

»Erst, wenn Sie sich wieder ganz erholt haben. Der Arzt wird Sie nicht vor morgen entlassen, und er hat mir gesagt, Sie werden noch einige Tage lang so schwach wie ein kleines Kätzchen sein.«

Das konnte sie sich lebhaft vorstellen. Sie war gerade erst aufgewacht und konnte kaum die Augen offen halten.

Galen sah sie mit zusammengekniffenen Augen an. »Wenn Sie meine Dienste nicht in Anspruch nehmen wollen, sollte ich vielleicht bei Joe anrufen und ihm von Ihrer kleinen Lebensmittelvergiftung erzählen.«

Und Joe würde mit dem nächsten Flugzeug herkommen. Das würde ihr gerade noch fehlen. »Das ist Erpressung.«

Er nickte gut gelaunt. »Davon verstehe ich was, stimmt's?«

Ach verdammt, es war auch egal. »Sie können bleiben. Wenn Sie versprechen, Joe nichts zu sagen.«

»Abgemacht.« Er stand auf und ging zur Tür. »Ich werde mich jetzt zurückziehen, damit Sie sich ein bisschen ausruhen können. Paul Tanzer sitzt im Wartezimmer. Er wollte unbedingt zu Ihnen, aber ich hab ihn erst mal abgewimmelt. Soll ich ihn reinschicken?«

Sie schüttelte den Kopf. »Der geht mir auf die Nerven. Marie hat ihn ...« Was hatte sie noch gesagt? »*Trou du cul* genannt. Was bedeutet das?«

Galen lachte in sich hinein. »Arschloch. Allmählich habe ich den Eindruck, dass diese Marie gar nicht so dumm ist, wie ich dachte.«

»Sie ist sehr klug. Sie wird sich fragen, wo ich bin, wenn sie morgen früh ins Haus kommt. Können Sie ihr Bescheid sagen?«

Er nickte, während er die Tür öffnete. »Ich kümmere mich darum. Wissen Sie, wo sie wohnt?«

»Nein.«

»Dann frage ich Tanzer.«

»Galen?«

Er schaute sie an.

»Haben Sie mich gefunden und ins Krankenhaus gebracht?«

Er schüttelte den Kopf. »Ich bin mit Paul Tanzer hierher gekommen. Logan hat von Melton erfahren, dass Tanzer sein Kontaktmann hier ist, und ich hatte ihn gerade aus dem Bett geklingelt, als er den Anruf erhielt.«

»Wie bin ich denn ins Krankenhaus gekommen?«

»Erinnern Sie sich nicht?«

»Ich erinnere mich, dass ich auf dem Balkon lag und dachte, ich würde sterben. Dann kam ein Mann ... er hatte dunkles Haar.«

»Das passt. Die Leute von der Notaufnahme haben ausgesagt, dass Sie von einem kleinen, dunkelhaarigen Mann eingeliefert wurden, der ihnen Ihre Handtasche gegeben hat. In der Tasche haben sie eine Visitenkarte mit Paul Tanzers Namen und Telefonnummer gefunden. Der Mann, der sie hergebracht hat, erklärte, Sie hätten wahrscheinlich eine Lebensmittelvergiftung. Bevor sie noch mehr aus ihm rauskriegen konnten, war er schon wieder verschwunden. Können Sie mit der Beschreibung was anfangen?«

Eve schüttelte den Kopf. »Ich erinnere mich nur, dass er mich die Treppe runtergetragen und mir gesagt hat, ich dürfe nicht einschlafen.«

»Wie ist er denn reingekommen? War das Haus nicht verriegelt?«

»Ich habe die Haustür selbst abgeschlossen, und Marie hat gesagt, sie würde die Hintertür abschließen. Vielleicht hat sie es ja vergessen.«

»Vielleicht.« Galen zuckte die Achseln. »Und vielleicht

war der Mann ein guter Samariter, der Ihre Hilferufe gehört hat und eingebrochen ist. Ich werde die Türen überprüfen. Vielleicht hören wir ja noch mal von ihm. Gute Samariter, die keine Gegenleistung verlangen, sind heutzutage äußerst selten.« Er hob eine Hand. »Bis später. Ich hole Sie morgen ab und bringe Sie in Ihre Wohnung.«

Dann war er weg.

Guter Samariter. Wenn das stimmte, was Galen ihr gesagt hatte, dann hatte der Mann ihr wahrscheinlich das Leben gerettet.

Aber wie war er ins Haus gelangt? Na ja, vielleicht hatte Marie wirklich vergessen, die Hintertür zu verriegeln. Sie würde sie morgen danach fragen. Jetzt war sie einfach zu müde ...

Vier

Das kleine Haus, in dem Marie Letaux wohnte, lag an einer kurvenreichen Straße im südlichen Teil von Baton Rouge. Ebenso wie die anderen Häuser in der Straße war es alt, aber blitzsauber, und neben der Haustür stand ein Kübel mit Geranien.

Auf Galens erstes Klopfen reagierte sie nicht. Auch nicht auf das zweite und das dritte.

Er wartete ein paar Minuten, dann versuchte er, die Tür zu öffnen.

Verriegelt. Er untersuchte das Schloss. Kinderspiel. Im Handumdrehen hatte er es geknackt.

Er betrat das Wohnzimmer, das gemütlich, aber unauffällig eingerichtet war. Auf dem Couchtisch standen noch mehr Geranien. Auf dem Bücherregal waren mehrere gerahmte Familienfotos aufgereiht. Galen hatte den Eindruck, dass dies ein nettes Haus war, das von netten Leuten bewohnt wurde.

Aber seine Erfahrung sagte ihm, dass der Schein häufig trog. Er trat an den Schreibtisch und durchsuchte ihn. Briefe mit einem Absender aus New Orleans. Ein Scheckheft und ein Sparbuch, eine zwei Tage alte Quittung über die Miete für ein Schließfach. Mehrere Fotos, die einen jungen Mann in einem grünen T-Shirt zeigten.

Er schloss die Schublade und ging auf die Tür zu, die in die Küche führen musste. Der weiße Kühlschrank in der Ecke war übersät mit kleinen, bunten Magneten. Offenbar hatte Marie Letaux eine Vorliebe für netten Kleinkram und umgab sich damit –

Er blieb in der Tür stehen, als sein Blick auf eine Frau fiel, die vor dem Herd auf dem Boden lag.

Eine kleine Frau mit dunklen Haaren, die zu einem Knoten zusammengesteckt waren, die Augen weit aufgerissen, als würde sie ihn anstarren.

Wahrscheinlich Marie Letaux.

Zweifellos tot.

»Ich kann Ihnen gar nicht sagen, wie Leid es mir tut, dass das in Ihrer ersten Nacht hier passieren musste«, sagte Senator Kendal Melton mit aufrichtigem Bedauern.

»Ich glaube kaum, dass ich es zu irgendeinem anderen Zeitpunkt als weniger unangenehm empfunden hätte«, erwiderte Eve trocken.

»Selbstverständlich nicht. Wie fühlen Sie sich?«

»Miserabel. Meine Rippen tun so weh, dass ich kaum atmen kann.« Eve setzte sich im Bett auf und musterte ihn eingehend. Er wirkte wesentlich weltgewandter als Tanzer. Er hatte silbergraues Haar und weiße Schläfen und war von der Sonne gebräunt, was auf häufigen Aufenthalt in West Palm Beach schließen ließ. »Aber es geht mir schon besser als heute Morgen. Wahrscheinlich werde ich morgen mit der Arbeit anfangen können.«

»Das hoffe ich.« Er trat näher an ihr Bett. »Hat Paul Tanzer sich gut um Sie gekümmert? Ich habe ihm aufgetragen, Sie mit äußerster Zuvorkommenheit zu behandeln.«

»Er war sehr nett.«

»Wir wollen Ihnen jede Unterstützung zukommen lassen, die Sie sich wünschen.«

»Dann sagen Sie mir, woran ich arbeiten soll. Diese ganze Geheimnistuerei geht mir reichlich auf die Nerven. Ich habe den Auftrag angenommen. Jetzt hätte ich gern ein paar Informationen.«

»Ich werde Ihnen alles sagen, was ich weiß, aber ich fürchte, das wird Sie nicht zufrieden stellen. Ich weiß ja selbst nicht alles, was ich gern wissen würde. Sie sollen die Identität eines Skeletts ermitteln, das kürzlich südlich von hier in den Sümpfen gefunden wurde.«

»Von wem wurde es gefunden? Und warum wurde das Skelett nicht der örtlichen Polizei übergeben?«

»Sheriff Bouvier in Jefferson bekam einen Hinweis auf die mögliche Identität des Skeletts und wo es sich befand. Er ist derjenige, der es geborgen hat. Der Sheriff ist ein Freund von mir, und er hat mich informiert. Er hat mir freie Hand gegeben, die Identität des Skeletts auf diskrete Weise feststellen zu lassen, bevor er seinen Bericht schreibt. Er wusste, dass ich Schwierigkeiten mit den Medien bekommen könnte, falls die Sache nicht absolut korrekt gehandhabt würde.«

»Warum? Was glaubt man denn, zu wem der Schädel gehört?«

Er zögerte.

»Senator Melton, ich wurde einmal von einem Drogenboss aus Miami gebeten, einen Schädel zu rekonstruieren, der –«

»Nein, nein. Es ist nichts dergleichen. Wir versuchen, die Sache vor der Öffentlichkeit geheim zu halten, weil wir keine falschen Hoffnungen wecken wollen. Wir haben Grund zu der Annahme, dass es sich um Harold Bently handeln könnte.« Er holte tief Luft. »Sie erinnern sich vielleicht noch an den Medienrummel um Bently?«

Sie schüttelte den Kopf.

»Nun, es ist schon zwei Jahre her, aber sein Verschwinden hat einen Riesenwirbel ausgelöst. Bently kandidierte für den Senatorensitz, den ich jetzt innehabe. Die Wahl schien ihm sicher zu sein, aber dann, vier Monate vor dem Wahltermin, verschwand er plötzlich von der Bildfläche. Er war ein ehrbarer Bürger, ein Mann, der nicht einfach freiwillig untertauchen würde. Deswegen kam sofort der Verdacht auf, dass er irgendeinem Verbrechen zum Opfer gefallen sein könnte. Man fand jedoch keinerlei Hinweise. Sein Verschwinden hängt seitdem wie eine dunkle Wolke über meiner Karriere, und ich würde die Sache gern aus der Welt schaffen.«

»Weil Sie möglicherweise für die Präsidentschaft kandidieren wollen?«

»Darüber wird in Providence entschieden, aber natürlich möchte ich weiter nach oben. Ist das denn so unverständlich?«

»Nein.«

»Dann helfen Sie mir. Der Fall Bently ist noch offen, aber es sind keine Beweise aufgetaucht ... bis dieses Skelett entdeckt wurde.«

»Haben Sie seine Familie informiert?«

Melton schüttelte den Kopf. »Noch nicht. Wie gesagt, ich wollte keine falschen Hoffnungen wecken. Bitte, glauben Sie mir. Ich handle nicht nur aus Egoismus. Sicher, ich möchte meine Karriere absichern, aber ich möchte auch Bentlys Frau informieren können, bevor die Medien erneut über sie herfallen. Sie hat genug durchgemacht.«

»Und warum brauchen Sie mich? Was ist mit einer DNS-Analyse?«

Er verzog das Gesicht. »Leider ist das Skelett – bis auf den Schädel – verschwunden.«

»Wie bitte?«

»Keine Sorge. Sie sind in Sicherheit.«

»Klar. Außer dass irgendjemand offenbar verhindern will, dass diese Leiche identifiziert wird. Was ist mit den Zähnen?«

»Zähne sind keine vorhanden. Und der Schädel wurde

verbrannt. Aber wir hatten gehofft …« Melton zuckte die Achseln. »Eine DNS-Analyse durchzuführen wäre sehr schwierig und äußerst zeitraubend. Natürlich werden wir auch diese Möglichkeit ausschöpfen, aber wir müssen jederzeit damit rechnen, dass etwas an die Medien durchsickert. Ich muss vorher Bescheid wissen.«

»Damit Sie Ihre eigene Version dessen, was ich herausfinde, verkaufen können.« Eve schüttelte den Kopf. »Das ist mir die Sache nicht wert.«

»Haben Sie Angst?«

»Ich bin doch nicht blöd. Warum sollte ich für Sie oder für Ihre Karriere mein Leben aufs Spiel setzen?«

»Der Schädel wurde unter größter Geheimhaltung in die Kirche gebracht. Niemand ahnt, dass er sich dort befindet, und es werden rund um die Uhr Leute dort sein, um Sie zu beschützen.«

Eve schüttelte den Kopf.

»Ich nehme es Ihnen nicht übel, dass meine Probleme Sie nicht interessieren, aber Bently war ein guter Mann.« Melton ließ einen Augenblick verstreichen. »Und er hatte eine Frau und drei Kinder. Wahrscheinlich brauche ich Ihnen nicht zu erzählen, was seine Familie in den vergangenen zwei Jahren durchgemacht hat.«

Guter Schachzug, dachte Eve bitter. Kalkuliert oder nicht, die Worte taten ihre Wirkung. Sie wusste, was es bedeutete, jahrelang darauf zu warten, dass ein Fall abgeschlossen wurde.

»Denken Sie drüber nach. Es sind nur ein paar Tage, höchstens eine Woche. Ich bekomme, was ich möchte, für Mrs Bently und ihre Kinder werden die Jahre der Qual ein Ende haben, und Sie werden an einem interessanten Projekt arbeiten. Jeder profitiert von der Sache.«

»Warum haben Sie mir nicht einfach den Schädel geschickt?«

»Das hatten wir vor, doch dann verschwand das Skelett.

Danach war ich der Meinung, dass wir verstärkte Sicherheitsvorkehrungen treffen mussten. Außerdem stehen Sie in Ihrer Stadt mehr im Licht der Öffentlichkeit, und ich wollte verhindern, dass die Medien Wind von der Sache bekommen.« Melton verzog das Gesicht. »Ich wollte die Medien nicht auf den Plan rufen, solange ich ihnen nichts Positives zu bieten habe. Die würden mit Wonne wieder alles ausgraben, was wir durchgemacht haben, nachdem Bently verschwunden ist.« Er stieß einen erleichterten Seufzer aus. »Ich bin froh, dass jetzt alles ans Tageslicht kommen wird.«

Eve sah ihn skeptisch an. »Dann macht es Ihnen sicherlich nichts aus, wenn ich wegen des Skeletts mit Sheriff Bouvier Rücksprache halte.«

»Es macht mir etwas aus, dass Sie mir so wenig vertrauen, aber ich werde den Sheriff anrufen und ihn bitten, Ihnen freimütig über alles Auskunft zu erteilen.« Melton überlegte. »Und jetzt, wo Sie wissen, dass Sie unsere volle Unterstützung haben, werden Sie einsehen, dass Sie keine Hilfe von außen brauchen.«

Auf irgendetwas wollte er hinaus. »Und was meinen Sie damit?«

»Wahrscheinlich ist Ihnen nicht klar, dass Sean Galen eine kriminelle Vergangenheit hat und alles andere als vertrauenswürdig ist. Sie sollten ihn sich vom Hals schaffen.«

»Wirklich? John Logan vertraut ihm offenbar.«

»Mr Logan ist ein angesehener Geschäftsmann, und ich würde mir nie ein Urteil darüber anmaßen, mit wem er Umgang pflegt. Vielleicht ist er sich nicht darüber im Klaren, wie tief Galen –«

»Logan trägt keine Scheuklappen. Er weiß mehr über Galen als Sie.«

»Lassen Sie uns nicht darüber streiten. Was ich Ihnen sagen wollte ist, Sie brauchen Galen nicht. Ich werde ihn gern für Sie wegschicken.«

»Er lässt sich nicht so leicht abservieren.« Eve sah Melton direkt in die Augen. »Und ich habe nicht den Wunsch, ihn wegzuschicken. Galen bleibt.«

»In welcher Funktion? Sie glauben doch hoffentlich nicht, Sie bräuchten wegen dieses kleinen Zwischenfalls einen Leibwächter?«

»Dieser ›kleine Zwischenfall‹ hätte mich beinahe das Leben gekostet«, erwiderte sie ungehalten. »Aber nein, ich brauche keinen Leibwächter. Wagen Sie nicht, so eine Bemerkung in Maries Gegenwart zu machen. Es war ein Unglücksfall.«

»In welcher Funktion also soll Galen bleiben?«, wiederholte Melton. »Galen kann nichts anderes als –«

»Sie sind Melton?« Galen erschien in der Tür. »Ich bin Sean Galen.« Er trat auf Melton zu. »Und ich glaube, Sie haben Ihre Besuchszeit bereits überschritten. Eve wirkt ein bisschen gestresst.«

»Ich bin nicht gestresst.«

»Soll ich lieber sagen ›genervt‹?« Galen wandte sich an Melton. »Eve mag es nicht, wenn man ihr Vorschriften macht. Ich gehe natürlich davon aus, dass Ihnen nichts als ihr Wohlbefinden am Herzen liegt, aber sie wird manchmal ein bisschen unleidlich. Ich würde vorschlagen, dass Sie jetzt gehen.«

»Sie haben kein Recht –« Melton brach ab, als er Galens Blick begegnete. Unwillkürlich trat er einen Schritt zurück, hatte sich jedoch sofort wieder in der Gewalt. »Ms Duncan weiß, dass ich nur das Beste für sie will.« Er schaute Eve an. »Ich werde Sie morgen früh hier abholen.«

»Auf dieses Privileg habe ich bereits Anspruch erhoben«, bemerkte Galen und bugsierte Melton aus dem Zimmer. »Tschüs.«

Melton warf ihm einen abschätzigen Blick zu und verließ den Raum.

»Und was wäre gewesen, wenn ich nicht gewollt hätte, dass er geht?«, fragte Eve.

»Sie waren auf hundertachtzig. Wenn jemand so krank ist wie Sie, dann muss der Ärger schon groß sein, damit man auf hundertachtzig kommt. Ich habe eine ganze Menge von dem Gespräch mitgehört, unter anderem, was Melton über mich gesagt hat. Ich fühlte mich geschmeichelt.«

»Dazu besteht kein Grund. Aber Sie haben Recht, es ging mir einfach auf die Nerven, dass er mir Vorschriften machen wollte.« Dann fiel ihr noch etwas anderes ein. »Andererseits hätten Sie ihn vielleicht doch nicht fortschicken sollen. Ich wollte ihm noch verschiedene Fragen zu der verdammten Rekonstruktion stellen.«

»Um eine berühmte Südstaatlerin zu zitieren: Morgen ist auch noch ein Tag.«

»Ihr Südstaatenakzent ist aber ziemlich miserabel.«

»Mehr können Sie von einem armen Jungen aus Liverpool nicht verlangen.« Er setzte sich auf den Stuhl neben ihrem Bett. »Hat man Sie nicht erschöpfend über diesen Auftrag informiert, bevor Sie herkamen?«

»Ich wusste nur, dass der Auftrag von einem ehrbaren Mitglied des Senats kam.«

»Und Sie wollten weg von Quinn.«

Sie sah ihn an.

»Also gut, da bin ich offenbar in ein Fettnäpfchen getreten.«

»Richtig.« Sie seufzte. »Und Melton lag ebenfalls richtig. Ich brauche Sie nicht, Galen.«

»Sie werden schon wieder heiser. Das Reden scheint Sie anzustrengen.« Er nahm ihr Glas und füllte es mit Eiswürfeln. »Ich werde Quinn nicht mehr erwähnen. Aber ich könnte mir beinahe vorstellen, dass Sie mich irgendwann doch brauchen werden, also werde ich noch eine Weile bleiben.« Er reichte ihr das Glas. »Ich komme gerade von Marie Letaux. Sie ist tot.«

Entsetzen packte sie. »Was?«

»Ich habe sie auf dem Küchenfußboden gefunden. Auf

dem Tisch stand ein Teller mit einem Rest von dem Eintopf.« Er verzog das Gesicht. »Und auch auf dem Boden lag überall von dem Eintopf. Offenbar hat sie sich übergeben.«

»Sie hat die Reste mit nach Hause genommen?« Eve schüttelte fassungslos den Kopf. »Mein Gott, das ist ja schrecklich.«

»Sie waren der Meinung, sie hätte die Reste in den Kühlschrank gestellt.«

»Vielleicht hat sie es sich anders überlegt. Ich hatte das Haus vor ihr verlassen.« Wie unglaublich traurig das alles war. »Sie hat einen Sohn. Er studiert Medizin in New Orleans.«

Galen nickte. »Überall im Wohnzimmer stehen und hängen Fotos von ihm. Gut aussehender Bursche.«

»Er war ihr Ein und Alles.« Eve spürte, wie ihre Augen sich mit Tränen füllten. »Mist. Ich hatte sie gerade erst kennen gelernt, aber ich mochte sie. Wahrscheinlich habe ich mich einfach mit ihr identifiziert. Sie war eine Frau, die sich allein durchs Leben schlagen musste. Steht es denn fest, dass es sich um eine Lebensmittelvergiftung gehandelt hat?«

»Man hat noch keine Autopsie durchgeführt, aber ich schätze, dass man zu diesem Ergebnis kommen wird. Vor allem, wo Sie mit demselben Befund hier eingeliefert wurden.«

Sie meinte, einen seltsamen Unterton in seiner Stimme gehört zu haben. »Sie glauben also nicht, dass es das war?«

»Das habe ich nicht gesagt. Ich glaube, es war eine Lebensmittelvergiftung.«

»Galen.«

»Tut mir Leid. Ich bin eben von Natur aus misstrauisch. Sie trug ein Nachthemd und einen Morgenmantel, und an ihrem Bett war zu erkennen, dass sie darin geschlafen hatte. Das bedeutet, sie ist mitten in der Nacht aufgestanden und hat eine Riesenportion von dem Eintopf gegessen. Eine ziemlich schwere Mahlzeit für einen mitternächtlichen Imbiss.«

»Vielleicht hatte sie nicht zu Abend gegessen und ist vor Hunger aufgewacht.«

»Möglich. Aber als Sie anfingen sich zu übergeben, haben Sie versucht, um Hilfe zu rufen, stimmt's? Marie Letaux hatte ein Telefon, war aber offenbar nicht in der Lage, jemanden zu erreichen. Sie wohnte in einem sehr dicht besiedelten Viertel. Glauben Sie nicht, sie hätte jemanden finden können, der sie ins Krankenhaus gebracht hätte?«

»Das wäre ziemlich schwierig gewesen. Ich war so schwach, dass ich mich kaum bewegen konnte.«

»Aber Sie haben sich bewegt. Und Sie sagten, sie war eine Frau, die es gewohnt war, sich durchzuschlagen. Es muss sie so heftig erwischt haben, dass sie es nicht mal bis zum Waschbecken oder zur Toilette geschafft hat. War das nicht das Erste, was Sie versucht haben?«

Sie nickte. »Worauf wollen Sie hinaus, Galen?«

»Ach, ich bin nur ein paar Möglichkeiten durchgegangen.« Er nahm ihr das Glas ab und stellte es auf den Tisch. »Was, wenn sie gar nicht aus Heißhunger wach geworden und aufgestanden ist? Was, wenn jemand ihr gegenüber am Küchentisch gesessen und sie gezwungen hat, den Eintopf zu essen, und dann abgewartet hat, bis das Gift seine Wirkung getan hatte?«

Ihre Augen weiteten sich. »Sie sind ja verrückt. Bei mir kamen die Symptome erst nach über drei Stunden.«

»Ich gebe zu, es würde eine Menge Geduld und eiserne Entschlossenheit erfordern. Vor allem würde es Nerven wie Drahtseile erfordern, einfach bei ihr sitzen zu bleiben und zuzusehen, wie sie stirbt. Vor allem, wenn derjenige sich nicht sicher sein konnte, ob nicht jeden Augenblick jemand zur Tür hereinstürmen könnte, sobald man irgendwo zu dem Schluss gekommen war, dass Marie Letaux ebenfalls das Opfer einer Lebensmittelvergiftung werden könnte.«

Eve schauderte. »Die Vorstellung ist absolut makaber.«

»So bin ich nun mal.«

»Warum sollte jemand so etwas tun?«

»Nun, nachdem ich die Leiche gefunden hatte und bevor ich die Polizei benachrichtigt habe, bin ich an ihren Schreibtisch gegangen und habe ihre Unterlagen durchsucht. Weder auf ihrem Konto noch auf ihrem Sparbuch ist Geld eingegangen, aber vor zwei Tagen hat sie ein Bankschließfach gemietet. Sehr praktisch. Und wenn sie nun einen Haufen Schotter dort deponiert hat?«

»Sie glauben, sie hat mich absichtlich vergiftet?«

»Ich glaube, dass wir uns fragen sollten, warum Sie sich eine Lebensmittelvergiftung zugezogen haben – durch ein Gericht, das von einer sehr erfahrenen Köchin zubereitet wurde.«

Eve schüttelte den Kopf. »Ich glaube es einfach nicht.«

»Weil sie Ihnen sympathisch war.«

»Und aus welchem Grund sollte sie ermordet worden sein?«

»Zum Beispiel, damit sie nicht reden kann.« Galen zuckte die Achseln. »Da gibt es eine Menge Gründe.«

»Aber Sie raten doch nur.«

Er lächelte. »Was wäre wenn?«

»Haben Sie das alles der Polizei gegenüber erwähnt?«

»Ich bitte Sie. Ich wäre sofort die Nummer eins auf ihrer Verdächtigenliste. Es war schon schwierig genug, ihnen zu erklären, warum ausgerechnet ich Marie Letaux gefunden hatte. Die haben sogar im Krankenhaus angerufen, um zu überprüfen, ob Sie tatsächlich mit einer Lebensmittelvergiftung eingeliefert worden waren.« Er dachte kurz nach. »Ich habe ein paar Freunde in New Orleans mit Erfahrung in Gerichtsmedizin, die sich vielleicht mal ein bisschen umsehen könnten.«

»Offizielle Freunde?«

»Ich bitte Sie«, wiederholte Galen, legte den Kopf in den

Nacken und schaute sie an. »Sie nehmen meine Theorie also ernst?«

Eve nickte langsam. Sie musste sie ernst nehmen. Zwar sträubte sie sich dagegen, auch nur ein Wort von all dem zu glauben, aber sie hatte ihr Leben lang, vor allem seit sie ihren Beruf ausübte, zu viel an Brutalität und Betrug erlebt. Sie schüttelte sich. »Dazusitzen und zuzusehen wie sie ... Gott, das klingt so ... kaltblütig.«

»Nicht kaltblütiger als der Versuch, Sie zu töten.«

»Warum sollte mich jemand töten wollen?«

»Das sollten wir vielleicht Mr Melton fragen.«

»Sie glauben, es hat etwas mit der Rekonstruktion zu tun?«

»Das wäre jedenfalls ein logischer Zusammenhang. Und irgendwie kaufe ich Melton die Geschichte nicht ab, dass er nur versucht, einen Skandal zu vermeiden. Seine Heimlichtuerei gefällt mir nicht. Die wissen, dass Sie mit den Medien nichts zu tun haben wollen, und das gibt ihnen noch einen zusätzlichen Vorwand, Sie hierher zu holen, anstatt Ihnen den Schädel einfach zu schicken. Meinen Sie nicht, Sie sollten lieber Ihre Sachen packen und machen, dass Sie nach Hause kommen?«

Das kam für Eve überhaupt nicht in Frage. Sie würde auf keinen Fall nach Hause fahren. »Bisher gibt es keinen Beweis dafür, dass es sich um irgendetwas anderes als eine Lebensmittelvergiftung handelt. Vielleicht ist ja auch überhaupt kein Geld in diesem Bankschließfach. Oder vielleicht hat Marie jahrelang gespart und jetzt beschlossen, das Geld in dem Schließfach zu deponieren.«

Er hob eine Braue.

»Ich *mochte* sie, Galen.«

»Nur wenige Menschen sind durch und durch verkommen. Manche sind nur ein kleines bisschen schlecht. Aber das kann ausreichen, um anderen großen Schaden zuzufügen. Und was ist mit dem verschwundenen Skelett? Irritiert Sie das denn gar nicht?«

»Natürlich irritiert es mich. Irgendjemand will verhindern, dass Melton diesen Mann identifiziert. Aber die meisten Schädel, an denen ich arbeite, gehören Opfern von Verbrechen, und dieses Problem habe ich nicht zum ersten Mal. Ich kann nicht jedes Mal aufhören zu arbeiten, wenn ich merke, dass jemand etwas dagegen hat. Dann würde ich nie eine Rekonstruktion zu Ende bringen.«

Galen musterte sie. »Und Sie sind neugierig auf diese Rekonstruktion, nicht wahr? Sie wollen es wirklich tun.«

Sie nickte. »Das stimmt allerdings. Harold Bently scheint mir ein bewundernswerter Mann gewesen zu sein. Die Vorstellung, er könnte geendet haben wie ein Stück Müll, das man in den Sumpf geworfen hat, widerstrebt mir zutiefst. Ich möchte wissen ...« Sie zuckte die Achseln. »Die Aufgabe reizt mich einfach.«

»Vielleicht ein bisschen zu sehr.« Galen stand auf. »Okay, meinetwegen. Wenn Sie es tun wollen, ist es sowieso zwecklos, Sie davon abbringen zu wollen. Aber ich werde mich nicht wie geplant im Hintergrund halten.«

»Das wäre ja auch das erste Mal gewesen.«

»Ich kann sehr unauffällig sein.« Er grinste. »Es macht nur nicht so viel Spaß.« Er ging zur Tür. »Aber ich werde Sie jeden Tag zu dieser Kirche begleiten. Und ich bin Ihr offizieller Vorkoster. Ich werde Tag und Nacht an Ihrer Seite sein. Einverstanden?«

»Das ist vielleicht vergebliche Liebesmüh.«

»Aber Sie werden sich dennoch sicherer fühlen, nicht wahr? Das können Sie ja auch, solange ich schön auf Sie aufpasse.«

Eve schnaubte verächtlich.

»Das war aber nicht nett.« Er schaute sie über die Schulter hinweg an. »Sind Sie sicher, dass ich Quinn nichts erzählen soll?«

»Absolut sicher.«

Er tat so, als würde er zusammenzucken. »Wollte mich

nur vergewissern. Die Situation zwischen Ihnen beiden scheint ja ziemlich verfahren zu sein.«

Sie starrte ihn herausfordernd an. »Was ist los, Galen? Kriegen Sie das allein nicht geregelt?«

»Jesses, das war aber ein Schlag unter die Gürtellinie. Sie sind ganz schön kratzbürstig. Man hat mir schon öfter gesagt, Sie seien auf der Straße aufgewachsen. Ich glaube es unbesehen.«

»Und was ist mit Ihnen? Atlanta ist bestimmt kein härteres Pflaster als Liverpool.«

»Da haben Sie allerdings Recht.« Galen nickte. »Also gut. Quinn bleibt aus dem Spiel.«

Er schloss die Tür hinter sich.

Quinn bleibt aus dem Spiel.

Die Worte hallten in ihrem Kopf wider. Joe Quinn gehörte seit so langer Zeit zu ihrem Leben, dass es fast unvorstellbar war, ihn nicht in der Nähe zu haben. Sie würde Zeit brauchen, um sich daran zu gewöhnen.

Würde sie sich an ein Leben ohne Joe gewöhnen können? Eve war sich nicht sicher, ob es ihr schwerer fallen würde, die Beziehung zu ihm abzubrechen oder mit dem zu leben, was er ihr angetan hatte. Sie wusste es nicht, und sie wollte jetzt nicht darüber nachdenken. Sie wollte an nichts anderes denken als an die Arbeit, die vor ihr lag. Sie würde die Rekonstruktion durchführen, dann würde sie vielleicht Jane nachkommen lassen und eine Weile mit ihr in New Orleans verbringen. Es wäre nicht schlecht, ein bisschen mehr von der Welt zu sehen. Sie musste nicht nach Hause fahren.

Und die Vorstellung, Marie Letaux könnte versucht haben, sie umzubringen, war ebenso abstrus wie das hässliche Bild, das Galen von Maries Tod beschrieben hatte. So kaltblütig konnte niemand sein.

Doch, das war durchaus denkbar. Bonnies Mörder war ein solches Ungeheuer gewesen, und sie hatte noch andere

Mörder dieses Kalibers gekannt. Sie wollte einfach mit dieser Art von Horror nichts zu tun haben, jetzt wo sie versuchte, ihren eigenen Horror durchzustehen. Sie wollte einfach nicht, dass es die Wahrheit war.

Vielleicht war es das auch nicht. Aufgrund seiner Erfahrung war Galen einfach allem und jedem gegenüber misstrauisch. Sollte er misstrauisch sein. Sollte er sie ruhig beschützen. Schaden konnte es immerhin nicht.

Jedenfalls nicht, solange er sie nicht von der Arbeit abhielt.

»Ich weiß, dass Ihnen das nicht passt, Jules«, sagte Melton. »Ich habe versucht, sie dazu zu bringen, dass sie ihn sich vom Hals schafft, aber da war nichts zu machen. Ich werde die Sache ruhen lassen und ein paar Leute anrufen. Vielleicht können die so viel Druck auf ihn ausüben, dass er sich zurückzieht.«

»Kümmern Sie sich nicht um den Mann«, sagte Hebert. »Der ist kein Problem für uns.«

Stille am anderen Ende der Leitung. »Vielleicht sollte ich Ihnen ein Dossier über ihn schicken?«

»Das besitze ich bereits.«

»Und Sie glauben nicht, dass er Ihnen Schwierigkeiten machen könnte?«

»Ich glaube, dass er uns mehr Unannehmlichkeiten bereitet, wenn wir versuchen, ihn loszuwerden. Ich möchte, dass sie völlig entspannt ist, wenn sie an dem Schädel arbeitet. Galens Anwesenheit wird dafür sorgen, dass sie sich vollkommen sicher fühlt.«

»Ja, das ist wichtig.« Melton überlegte. »Diese Sache mit der Lebensmittelvergiftung hat mir überhaupt nicht gefallen. War das ein Unfall?«

»Natürlich war das ein Unfall.« Das war die halbe Wahrheit. Es war ein Unfall, dass Eve Duncan nicht gestorben war.

»Ich habe soeben erfahren, dass Marie Letaux vor ein paar Stunden tot aufgefunden wurde. Sie ist einer Lebensmittelvergiftung erlegen.«

»Das sollte Ihnen Beweis genug sein, dass es ein Unfall war.«

»Sollte es das? Und was ist mit den Todesfällen im vergangenen Monat? Dabei handelte es sich angeblich ebenfalls um Unfälle.«

»Das waren sie wahrscheinlich auch.« Dann fügte Hebert spöttisch hinzu: »Sie werden ja allmählich paranoid. Kriegen Sie etwa kalte Füße, Melton?«

»Ich habe das Recht, mir Gedanken zu machen, verdammt.« Melton holte tief Luft. »Erst die Sache mit Etienne, und jetzt das. Ein weiterer äußerst merkwürdiger Zwischenfall. Die scheinen sich überall dort zu häufen, wo Sie auftauchen.«

Hebert ging nicht darauf ein. »Zögert sie noch, die Rekonstruktion durchzuführen?«

»Ja, aber ich glaube, dass sie immer noch daran interessiert ist. Wir müssen sie nur noch ein bisschen bearbeiten.«

»Dann kümmern Sie sich gefälligst darum, und zwar ein bisschen plötzlich.«

»Sie wird morgen aus dem Krankenhaus entlassen, und ich schätze, dass sie sich dann sofort an die Arbeit machen will.«

»Gut. Ich sorge dafür, dass sie das tut. Sagen Sie mir Bescheid, falls ich noch irgendetwas anderes tun kann.« Hebert legte auf.

Melton war misstrauisch, aber nicht misstrauisch genug, um Jules akute Probleme zu bereiten. Vor der Sache in Boca Raton würde Melton nichts unternehmen. Die Leute vom Cabal legten Wert darauf, dass alles glatt lief, und die Vorbereitungen waren zeit- und arbeitsaufwendig. Im Moment hätten sie kein Interesse daran, einen neuen Mann ins Spiel zu bringen.

Hebert lehnte sich in seinem Sessel zurück und bedeckte sein Gesicht mit den Händen. Er musste die Panik bezwingen, die in ihm aufstieg. Er hatte Melton die Unwahrheit sagen müssen, aber er hatte immer noch alles unter Kontrolle. Die ganze Sache hatte eine nicht vorauszusehende Entwicklung genommen, und er musste schnell handeln, um nicht davon ins Verderben gerissen zu werden. Gott, Eve Duncan war ein zäher Brocken. Er hatte regelrecht *gespürt*, wie sie um ihr Leben kämpfte. Nur schade, dass ihr Kampf letztendlich vergeblich gewesen war, dachte er bekümmert.

Denn so wie die Dinge lagen, konnte er sie unmöglich am Leben lassen.

»Du hast mir einen Riesenschreck eingejagt, Mama«, sagte Bonnie.

Eve schaute sich im Krankenzimmer um. Dann entdeckte sie Bonnie, die auf einem Besucherstuhl vor dem Fenster kauerte. Die Schwester hatte vor vierzig Minuten das Licht ausgeschaltet, aber der Mond war hell genug, um Bonnies rotbraune Locken sanft schimmern zu lassen. Es war zu dunkel, um die Sommersprossen auf ihrer Nase zu erkennen. Sie trug Jeans und ein Bugs-Bunny-T-Shirt, wie immer, wenn sie zu Besuch kam. Eve unterdrückte ein heftiges Gefühl der Zuneigung, das sie überkam, und sagte vorwurfsvoll: »Du wolltest mich nicht gehen lassen, verdammt.«

»Ich hab dir doch gesagt, deine Zeit war noch nicht gekommen. Und außerdem wolltest du überhaupt nicht sterben.«

»Sag mir nicht, was ich will. Wer ist hier die Mutter, du oder ich?«

»Ich finde, all die Jahre, die ich herumgeistere, geben mir ein Recht auf eine Meinung.« Bonnie seufzte. »Du machst es mir sehr schwer, Mama. Du willst immer noch nicht einsehen, dass ich alles andere als ein Traum bin.«

»Also ein Geist. Dass ich nicht lache. Deine so genannten Geisterfähigkeiten scheinen mir ziemlich begrenzt zu sein. Wenn du nicht wolltest, dass ich sterbe, warum hast du mich dann diesen Eintopf essen lassen? Du hättest mir eine Menge Bauchschmerzen ersparen können.«

»Ich habe dir schon mal erklärt, dass ich nichts verhindern kann ... so funktioniert das nicht.«

»Das ist ja praktisch. Dich kann man also nie für etwas verantwortlich machen.«

Bonnie kicherte. »Genau. Das ist das Gute daran, ein Geist zu sein.«

»Gibt es denn auch unangenehme Seiten?«

»Sieh dich doch an. Du bist völlig fertig. Ja, das Unangenehme ist die Mühe, die es mich kostet, dich immer wieder aufzurichten, wenn du unglücklich bist. Ich dachte, du wärst endlich auf dem richtigen Weg, aber jetzt bist du schon wieder total deprimiert und hunderte von Meilen weit weg von Joe.«

»Joe hat mich belogen. Was dich angeht und auch dein Grab. Warum hast du mir nicht gesagt, dass du das nicht bist?«

»Wie hätte ich das denn tun sollen, wenn ich nur ein Traum bin?« Sie grinste. »Ha, erwischt.«

»Warum?«, beharrte Eve.

»Du kennst die Antwort. Für mich spielt es keine Rolle, wo mein Körper sich befindet. Ich bin immer bei dir.« Sie ließ einen Augenblick verstreichen. »Und du warst viel glücklicher, als du dachtest, ich wäre dort. Warum also sollte ich es dich nicht glauben lassen?«

»Du redest ja schon wie Joe. Mir ist es wichtig. Ich will dich zu Hause haben, Bonnie.«

»Ich bin zu Hause.« Sie seufzte. »Aber du bist zu stur, um es zu glauben. Du machst es mir wirklich schwer. Und diese Depressionen gefallen mir nicht. Du bist eine Kämpferin, aber letzte Nacht hast du erst angefangen zu kämp-

fen, als ich dich dazu gedrängt habe. Das darf nicht wieder passieren, Mama. Im Moment ist alles sehr ... verschwommen. Du wirst vielleicht demnächst sehr hart kämpfen müssen, und es kann sein, dass ich dann nicht in der Nähe bin.«

»Soll das mir etwa meine Depressionen nehmen?«

»Ich werde immer wieder zu dir kommen, aber du kannst dich nicht unbedingt auf mich verlassen, Mama. Andererseits hast du Joe und Jane und Oma, und das ist doch ein Glück, oder?« Sie verzog das Gesicht. »Ich habe genau gespürt, wie du erstarrt bist, als ich Joe erwähnt habe. Sieh zu, dass du endlich darüber wegkommst, Mama.«

»Halt dich da raus.«

»Also gut, reden wir über etwas anderes. Ich möchte, dass es dir morgen früh gut geht.«

Eve fühlte sich nach den Träumen jedes Mal besser. Sie hatten zwei Jahre nach Bonnies Tod angefangen, und manchmal hatte Eve das Gefühl, dass diese Träume sie davor bewahrt hatten, verrückt zu werden. Ein Psychiater würde sie wahrscheinlich ins nächste Irrenhaus sperren, wenn sie ihm davon erzählte. Aber das interessierte sie nicht. Die Träume hatten nur positive Auswirkungen.

»Wenn mir meine Rippen morgen früh immer noch so wehtun, wird es mir auf keinen Fall gut gehen.«

»Sie werden nicht mehr ganz so wehtun.« Bonnie lehnte sich auf dem Stuhl zurück. »Es ist schön hier. Ich mag diese Sumpflandschaft. Warum sind wir früher nie hierher gekommen?«

»Ich weiß nicht. Wahrscheinlich sind wir einfach nicht auf die Idee gekommen.«

»Na ja, in Panama City war es auch ganz nett. Das Wasser war so wunderbar ...«

»Das weiß ich, mein Schatz.«

»Es gibt so viele wunderbare Dinge. Erzähl mir von Janes neuem Welpen. Sarah hat ihr den kleinen Hund geschenkt, nicht wahr?«

»Ja, und er ist ein richtiger Racker. Jane findet natürlich, dass er das klügste Tier auf der Welt ist. Sie redet schon davon, nach Kalifornien zu fahren, damit Sarah ihr beim Dressieren ...«

Fünf

Heute Morgen scheinen Sie ja schon viel bessere Laune zu haben.« Galen schaute Eve an. Sie hatten gerade das Krankenhaus verlassen, und er hielt ihr die Tür seines Wagens auf. »Und Sie sehen auch schon viel besser aus. Haben Sie gut geschlafen?«

»Solange ich nicht geträumt habe.«

»Alpträume?«

Sie schüttelte den Kopf. »Nein, schöne Träume.« Sie schaute in den strahlend blauen Himmel hinauf. »Ein schöner Tag.«

Er nickte. »Wahrscheinlich täte es Ihnen besser, wenn Sie sich noch einen Tag Ruhe gönnen würden. Sie könnten sich doch einfach auf Ihren Balkon setzen und das Leben genießen.«

Die Kirche hatte sich düster und bedrohlich vor ihren Augen erhoben, als sie auf dem Boden des Balkons lag.

»Ich will mit meiner Arbeit anfangen. Haben Sie etwas Neues über Maries Tod in Erfahrung gebracht?«

»Offizielle Todesursache: Lebensmittelvergiftung.«

»Aha.«

»Nichts Aha. Ich habe jemanden im Büro des Gerichtsmediziners bestochen, um einen Blick auf den vorläufigen Bericht werfen zu dürfen.«

»Und?«

»Lebensmittelvergiftung. Das einzige Ungewöhnliche waren leichte Hautabschürfungen an ihren Oberarmen.«

»Wodurch verursacht?«

»Keine Hinweise. Aber ich habe mir so meine Gedanken gemacht. ... Vielleicht von Seilen?«

»Aber das stand nicht in dem Bericht des Gerichtsmediziners.«

»Nein.« Galen zuckte die Achseln. »Die Leiche wurde jedenfalls freigegeben, und morgen findet die Beerdigung statt.«

»Wird ihr Sohn daran teilnehmen?«

»Das nehme ich doch an. Das hier ist die Heimatstadt seiner Mutter. Warum?«

»Ich würde ihn gern treffen und ihm mein Beileid aussprechen.«

»Wie bitte?« Er verzog das Gesicht. »Ich finde es ziemlich unpassend, dass Sie jemandem Ihr Beileid aussprechen, dessen Mutter versucht hat, Sie umzubringen.«

»Ich glaube nicht, dass sie mich umbringen wollte, und ich denke, ihr Sohn würde sich freuen zu erfahren, was sie mir über ihr Verhältnis zu ihm erzählt hat. Das kann in einer solchen Situation durchaus tröstlich sein. Ich würde gern zu der Beerdigung gehen.«

»In Ordnung. Ich werde mich erkundigen, wann und wo sie stattfindet. Es wundert mich allerdings, dass Sie deswegen bereit sind, den Beginn Ihrer Arbeit an dem Schädel aufzuschieben.«

»Unterstützung ist für die Hinterbliebenen sehr wichtig. So etwas durchzumachen ist ein Alptraum. Niemand weiß das besser als ich.«

»Ich habe davon gehört«, sagte Galen ernst. »Ihre Bonnie.«

»Meine Bonnie.« Sie waren vor dem Haus angekommen, und Eve stieg aus. »Melton hat im Krankenhaus angerufen, um mir Bescheid zu geben, dass er um ein Uhr hier sein und mich zur Kirche begleiten wird. Kommen Sie mit?«

»Das lasse ich mir doch nicht entgehen.« Galen wartete, bis Eve die Haustür aufgeschlossen hatte, dann trat er vor ihr ein. Nachdem er sich im Foyer umgesehen hatte, ging er die Treppe hinauf. Eve folgte ihm. »Ich stehe auf Skelette. Macht es Ihnen was aus, wenn ich einen Blick in Ihr Schlafzimmer werfe? Ich war schon mal hier und habe sauber gemacht, aber mir wäre wohler, wenn ich noch mal alles überprüfen könnte.«

»Sie haben die ganze Sauerei weggemacht?«

»Nun, Ihre Haushälterin war ja wohl nicht mehr dazu in der Lage. Ich wollte Ihnen den Anblick ersparen.«

»Vielen Dank. Das war sehr nett von Ihnen.«

»Ich *bin* eben nett.« Er stieß die Schlafzimmertür auf und schaute sich um. »Meine Mutter hat immer gesagt, wenn du es im Leben gut haben willst, dann behandle die anderen so wie sie dich behandeln.«

»So stimmt das Zitat aber nicht ganz.«

»Ergibt aber mehr Sinn.« Er trat auf den Balkon und blickte auf den Sumpf hinaus. »Scheint alles in Ordnung zu sein. Ruhen Sie sich aus. Ich werde noch kurz einen Blick ins Bad und in die untere Etage werfen und Ihnen dann ein leichtes Mittagessen bereiten.«

»Ich bin nicht invalid. Das kann ich selbst.«

»Versuchen Sie etwa, mich arbeitslos zu machen? Wie soll ich mich als königlicher Vorkoster bewähren, wenn Sie alles selber in die Hand nehmen?« Er ging zur Tür. »Übrigens, ich bin in das Zimmer neben Ihnen gezogen. Durch diese hauchdünnen Wände kann ich so gut wie alles hören, was hier passiert, ich hab's ausprobiert. Ich hoffe, Sie schnarchen nicht …«

Wenige Minuten später hörte Eve ihn die Treppe hinunterlaufen. Sie warf noch einen letzten Blick auf die Kirche, bevor sie den Balkon verließ. Es fiel ihr schwer, sich abzuwenden. Wahrscheinlich lag es daran, dass das alte Gebäude einen einfach in seinen Bann zog. Außerdem war es das Letzte, was sie gesehen hatte, als sie dachte, sie würde sterben. Das allein würde schon ausreichen, um ihre Phantasie zu beschäftigen.

Eve riss sich los und ging in ihr Zimmer. Das breite Bett war sehr verlockend. Sie ärgerte sich, dass sie so matt und erschöpft war. Als sie das Krankenhaus verließ, hatte sie angenommen, dass sie sich viel schneller wieder fit fühlen würde. Vielleicht sollte sie einfach duschen. Danach würde es ihr schon viel besser gehen.

Na ja, vielleicht ein ganz kleines Nickerchen ...

»Die Schuhe wurden von der Norton Shoe Company hergestellt.« Carol Dunn warf den Bericht auf Joes Schreibtisch. »Das ist eine Firma mit Sitz im Südosten der Vereinigten Staaten mit Tochterfirmen in Alabama und Louisiana. Größe neun.«

»Vertrieb?«, fragte Joe.

Sie schüttelte den Kopf. »In beiden Staaten weit verbreitet, etwas weniger hier in Georgia. Bei so dünnen Sohlen müssen die ziemlich preiswert sein und sich gut verkaufen.«

»Na wunderbar.« Er runzelte die Stirn. »Was ist mit den Reifenabdrücken?«

»Firestone Affinity HP fünfzehn Zoll. Standard am neuen Saturn L-300.«

»Danke, Carol.« Joe überflog den Bericht. »Ich bin dir was schuldig.«

»Du bist vor allem dir selbst ein paar Stunden Schlaf schuldig«, sagte sie. »Jane hat angerufen und mich gebeten, dich heute früh nach Hause zu schicken.«

»Bin schon unterwegs.« Er stand auf und ging zur Tür. »Würdest du sie bitte anrufen und ihr ausrichten, dass ich

Essen vom Chinesen mitbringe, aber unterwegs noch was erledigen muss?«

»Feigling.«

»Genau. Die Kleine hat Haare auf den Zähnen.« Beim Hinausgehen drehte er sich noch einmal um. »Hat George Capel angerufen, während ich unterwegs war?«

Carol schüttelte den Kopf. »Hörst du deinen Anrufbeantworter nicht ab?«

»Ich bin altmodisch. Dieses neumodische Zeugs macht mich nervös.«

»Und du hast gehofft, er würde nicht funktionieren.«

»Capel ist seit einer Woche nicht im Labor aufgetaucht. Ich bin bei ihm zu Hause gewesen – der Briefkasten quillt über, und er hat die Zeitung nicht abbestellt.«

»Klingt nicht gut. Andererseits könnte es sein, dass er ganz spontan in Urlaub gefahren ist. So was kommt vor.«

»Ja, ich weiß. Aber ich glaube, es wird allmählich Zeit, dass ich mal mit den Nachbarn rede.«

»Also gut, ich rufe Jane an«, sagte Carol. »Aber wehe, du vergisst das chinesische Essen.«

Joe nickte und winkte ihr zum Abschied. Von seinem Wagen aus rief er Logan an. »Haben Sie von Galen gehört?«

»Er meldet sich nur, wenn es einen wichtigen Grund gibt. Er hat seinen eigenen Arbeitsstil.«

»Sie wissen also nicht, ob es Eve gut geht?«

»Wenn es ein Problem gäbe, hätten wir davon gehört. Galen ist bei ihr.«

Und Joe war nicht bei ihr, und das machte ihn ganz verrückt. »Könnten Sie ihn bitten, regelmäßig Bericht zu erstatten?«

»So arbeitet Galen nicht.«

»Das sollte er aber, verdammt.«

»*Sie* wollten Galen, Quinn.«

Weil er der Beste war. Aber das bedeutete nicht, dass

Galens Arbeitsstil ihm nicht den letzten Nerv raubte. Er wollte *Informationen.*

»Wie läuft's denn bei Ihnen?«, fragte Logan.

»Nicht schlecht. Ich bin beschäftigt.« Nicht beschäftigt genug. Die drei Tage seit Eves Abreise waren ihm wie dreihundert vorgekommen. »Ich versuche, Capel aufzuspüren. Er ist wie vom Erdboden verschluckt.«

»Sie glauben, er hat sich bezahlen lassen, um Eve diesen Laborbericht zu schicken, und ist anschließend untergetaucht?«

»Möglich. Jedenfalls hat er nicht versucht, noch mehr Geld aus mir rauszuquetschen, er muss also eine andere Quelle haben.«

»Irgendeinen Verdacht?«

»Jemand, der entweder Eve oder mir eins auswischen wollte. Wahrscheinlich mir. Sie hat keine Feinde. Bei mir sind es Legionen.«

»Erstaunlich.«

»Haben Sie keine Feinde?«

Logan überging die Frage. »Ich gebe Ihnen Bescheid, falls ich von Galen höre.«

»Vielleicht sollte ich ihn anrufen. Ach nein, vergessen Sie's.«

»Gute Entscheidung. Sie würden doch Eve nicht den Eindruck vermitteln wollen, dass Sie sie kontrollieren. Wie geht es Jane?«

»Sehr gut. Besser als ich es verdient hätte.«

»Da stimme ich Ihnen zu. Bis demnächst, Quinn.«

Joe legte auf und ließ den Motor an. Er würde mit Capels Nachbarn sprechen und dann nach Hause fahren. Und nicht an Eve denken, die hunderte Meilen weit entfernt von ihm in Baton Rouge weilte.

Tochterfirmen in Alabama und Louisiana.

Louisiana …

Keine voreiligen Schlüsse ziehen. Womöglich hatte die

Grabschändung mit Eves Auftrag in Baton Rouge überhaupt nichts zu tun. Aber die Richtung, in die sich seine Nachforschungen entwickelten, gefiel ihm ganz und gar nicht, verdammt.

Und er wünschte, er könnte mit Galen Verbindung aufnehmen, ohne dass Eve etwas davon mitbekam.

Er sollte sich auf seine Arbeit konzentrieren. Erst Capel finden und dann den Mann, der ihn bestochen hatte. Die Spur des Reifenabdrucks weiterverfolgen. Sich um Jane kümmern. Und aufhören zu wünschen, er könnte das nächste Flugzeug nehmen und zu Eve nach Baton Rouge fliegen.

Er hoffte inständig, dass die Zeit den Graben wieder schließen würde, der sich zwischen ihnen beiden aufgetan hatte.

»Ich bin eingeschlafen«, sagte Eve, als sie die Treppe herunterkam und sich das zerzauste Haar glättete. »Um Gottes willen, es ist ja schon viertel nach fünf. Warum haben Sie mich nicht geweckt?«

»Was für eine Frage. Sie brauchten Ihren Schlaf.« Galen grinste. »Und ich brauchte Zeit, um eine hervorragende Mahlzeit zuzubereiten.«

»Ich muss sofort rüber zur Kirche. Ist Melton hier gewesen?«

»Er ist pünktlich hier erschienen. Ich habe ihn fortgeschickt.«

»Dazu hatten Sie kein Recht.«

»Ich habe ihm gesagt, wir würden um sechs Uhr am Eingang der Kirche sein.« Er warf einen Blick auf seine Armbanduhr. »Sie haben also noch fünfundvierzig Minuten Zeit, um dieses köstliche Mahl mit mir zu genießen.« Er deutete auf den gedeckten Tisch. »Ich mag es nicht, hastig zu essen, dann schmeckt es nur halb so gut. Aber diesmal nehme ich es in Kauf.«

»Sie hätten mich wecken sollen.«

»Sie vergeuden wertvolle Zeit. Sie wollen unseren ehrenwerten Senator doch nicht warten lassen.«

Sie folgte ihm ins Esszimmer. »Ich lasse ihn schon seit vier Stunden warten.«

Galen grinste. »Das hat er verdient.« Er schob ihren Stuhl zurecht, schüttelte eine Serviette aus und legte sie auf ihren Schoß. »Wir fangen an mit dem Spinatsalat.«

»Kommt nicht in Frage.« Sie sprang auf. »Galen, ich möchte auf der Stelle aufbrechen, um Melton zu treffen. Ich könnte sowieso nichts essen. Mein Magen ist immer noch nicht in Ordnung.«

»Ach, was bin ich doch für ein Tölpel. Natürlich können Sie nichts essen. Da hat mich wohl meine Leidenschaft fürs Kochen übermannt. Also gut, vielleicht zaubere ich Ihnen dann ein Süppchen, wenn wir heute Abend von der Kirche zurückkommen.«

»Gut möglich, dass ich heute Abend nicht zurückkomme. Ich arbeite oft die Nacht durch.«

»Man kann nie wissen. Sie sind immer noch ein bisschen blass um die Nase.«

»Galen.«

»Keine Sorge. Ich versuche nicht, Sie herumzukommandieren. Manchmal nutze ich Situationen aus, um meinen Willen durchzusetzen. Aber ich respektiere Ihre Entscheidung.«

»Kochen Sie wirklich so gern?«

»Essen gehört zu den schönsten Dingen im Leben. Es lässt die größten Widrigkeiten weniger schlimm erscheinen.«

Und Galens Leben war wahrscheinlich schon immer voller Widrigkeiten gewesen. Eves Blick wanderte von der weißen Damasttischdecke zu den flackernden, lindgrünen Kerzen und dann zu dem feinen Porzellan. Es war ein himmelweiter Unterschied zu dem gemütlichen Abendessen, das sie vor zwei Tagen in der Küche dieses Hauses zu sich genommen hatte.

Und das war wohl seine Absicht gewesen, kam es ihr plötzlich in den Sinn. Er hatte sie nicht an Marie Letaux erinnern wollen und an die letzte Mahlzeit, die ihr in diesem Hause vorgesetzt worden war.

»Ich bin sicher, es wäre ein phantastisches Menü gewesen. Vielen Dank, Galen.«

»Gern geschehen. Nur schade, dass ich noch ein bisschen warten muss, bis Sie meine Kochkunst wirklich schätzen lernen.« Er bot ihr seinen Arm an. »Kommen Sie, gehen wir rüber zur Kirche, damit Sie aufhören können zu quengeln.«

Zu Eves Überraschung wartete Melton bereits ungeduldig vor der Tür, als sie bei der Kirche eintrafen. »Gut, dass Sie ein bisschen früher kommen. Geht es Ihnen besser? Galen meinte, Sie fühlten sich nicht wohl.«

»Es geht mir viel besser.« Sie betrachtete das Kirchenportal. »Ich hatte damit gerechnet, dass Sie mich drinnen erwarten.«

»Ich habe keinen Schlüssel. Ich warte auf – Ah, da ist er ja.« Sein Blick wanderte zu einem aschblonden Mann hinüber, der herbeigeeilt kam. »Das ist Rick Vadim. Ich habe ihn angeheuert, damit er Ihnen zur Hand gehen kann. Rick, das ist Ms Duncan.«

Der junge Mann nickte und lächelte Eve an. »Sehr erfreut, Ma'am.«

»Guten Tag. Freut mich, Sie kennen zu lernen.« Eve schüttelte ihm die Hand. »Das ist Sean Galen, er ist –«

»Ms Duncans Assistent«, sagte Galen. »Ich sorge dafür, dass für sie alles glatt läuft.«

»Dann sind wir ja schon zu zweit«, meinte Rick ernst. »Das ist auch meine Aufgabe.«

»Rick hat den Auftrag, Ms Duncan auf jede mögliche Weise zur Hand zu gehen«, erklärte Melton.

»Sie sind forensischer Anthropologe?«, fragte Eve.

»Nein, ich habe keine wissenschaftliche Ausbildung, aber

ich bin gut im Organisieren und Assistieren.« Er schloss die Tür auf. »Möchten Sie den Schädel sehen?«

»Deswegen bin ich hier.« Eve sah sich in der Eingangshalle um. Irgendwie hatte sie Staub und Spinnennetze erwartet, aber alles war blitzsauber. »Wo ist er?«

»In der Seitenkapelle.« Rick deutete auf den von einem Bogen überwölbten Durchgang. »Hier entlang, bitte.«

»In der Kapelle?«

»Das erschien uns respektvoller«, meinte Rick. »Nach allem, was ich über Ihre Arbeit gelesen habe, empfinden Sie großen Respekt vor den Verstorbenen.«

»Ja, das stimmt. Aber ich bezweifle, dass ich in einer Kapelle arbeiten kann. Ich benötige sehr viel Licht, einen Arbeitstisch und eine Ablage für meine Arbeitsgeräte.«

»Ich habe Ihren Arbeitsplatz bereits vorbereitet. Ich denke, Sie werden zufrieden sein.« Er öffnete die Tür. »Da sind wir.«

Ein riesiger schwarzer Sarg.

Eve blieb wie angewurzelt stehen und starrte auf den Sarg. Er füllte fast die ganze kleine Kapelle aus.

»Ich werde hier draußen warten«, sagte Melton.

Eve empfand dieselbe Scheu, sich dem Sarg zu nähern, die Melton offenbar dazu bewogen hatte, draußen zu bleiben. »Ich dachte, Sie hätten den Schädel aus dem Sarg entfernt. Ich hatte nicht damit gerechnet, den Sarg – Er ist sehr ... groß ...«

»Der Sarg wurde speziell angefertigt, um die sterblichen Überreste vor Schaden und weiterem Verfall zu schützen. Wir wollten ganz sichergehen, dass der Schädel perfekt erhalten blieb«, erklärte Rick ernst. »Glauben Sie mir, ich finde es schrecklich, dass der Rest des Skeletts abhanden gekommen ist. Ich war hier noch nicht zuständig, als das passiert ist.«

»Abhanden gekommen?«, wiederholte Eve. »Ich glaube, diesen Ausdruck würde ich dafür nicht benutzen.«

»Mir erscheint es auch unglaublich. Die ganze Sache ist äußerst merkwürdig. Aber das geht mich nichts an. Meine Aufgabe ist es, dafür zu sorgen, dass von nun an nichts mehr schief geht.« Rick trat an den Sarg. »Und man hat mir gesagt, dass der Schädel in sehr gutem Zustand ist.« Er öffnete den Deckel und trat zur Seite. »Was meinen Sie?«

»Ich brauche mehr Licht. Ich kann ihn kaum sehen. Es ist zu dunkel hier drin.«

»Oh, das tut mir Leid.« Eilig zündete Rick eine Kerze auf dem Altar an. »In dem Arbeitszimmer, das ich für Sie vorbereitet habe, gibt es genug Licht. Ich wusste nicht, dass Sie den Schädel hier schon näher in Augenschein nehmen wollten. Ich dachte ...«

Er war so bestürzt, dass Eve sich beherrschte. »Ist schon gut, Rick. Falls es Probleme mit dem Licht gibt, kann ich den Schädel ja mit ins Haus nehmen.«

»Nein, bitte, tun Sie das nicht. Glauben Sie mir, in Ihrem Arbeitszimmer werden Sie alles finden, was Sie brauchen«, sagte Rick. »Der Senator möchte, dass Sie hier arbeiten.«

»Warum?«, fragte Galen.

»Weil die Kirche auf einer Insel steht. Senator Melton war sehr beunruhigt wegen des verschwundenen Skeletts. Er möchte völlige Sicherheit für Ms Duncan, und die Sicherheitsleute, die wir angeheuert haben, meinten, auf einer Insel könnten sie sie besser schützen. Ich verspreche Ihnen, ich werde alles tun, was ich kann, um Ihnen die Arbeit in der Kirche angenehm zu gestalten.«

»Na dann strengen Sie sich mal an.« Galen trat näher, nahm eine kleine Stablampe aus seiner Tasche und leuchtete in den Sarg. »Es ist verdammt kalt hier drinnen. Und feucht dazu.«

»In ihrem Arbeitszimmer ist es warm.«

»Ist schon in Ordnung«, sagte Eve abwesend, den Blick auf den Schädel gerichtet. Sie konnte immer noch nichts Genaues erkennen, aber die Stablampe war besser als nichts.

Der Schädel war zwar durch Feuer geschwärzt, aber er war intakt, außer dass die Zähne fehlten und der Unterkiefer zerschmettert war. Abgesehen davon gab es keine sichtbaren Risse oder Verletzungen. Das war ein Glück.

»Es ist der Schädel eines Mannes, eines weißen Mannes. Der Schädel ist überraschend gut erhalten. Ich denke, ich werde damit arbeiten können.«

»Der sieht aber ziemlich mitgenommen aus.« Galen zeigte auf den zerschmetterten Unterkiefer. »Und die Zähne fehlen. Der hat einiges hinter sich. Erinnert mich an einen Gladiatorenfilm.«

»Halten Sie den Mund, Galen«, sagte Eve. »Ich muss unvoreingenommen sein, wenn ich das Gesicht rekonstruiere. Ich möchte nicht, dass er am Ende aussieht wie Russell Crowe.«

»Toller Film.« Galen zwinkerte Rick zu. »Sie können mir später sagen, für wen Sie ihn halten – wenn sie nicht in der Nähe ist.«

Rick lächelte und schüttelte den Kopf. »Ich tappe ebenso im Dunkeln wie Sie. Ich kann nur raten.« Er schaute Eve an. »Ich habe in Ihrer Werkstatt einen Ablagetisch und zwei Arbeitstische aufgestellt. Soweit ich informiert bin, brauchen Sie eine Videokamera sowie einen Computer, um den Fortgang Ihrer Arbeit zu dokumentieren. Ich habe mich mit dem gerichtsmedizinischen Institut an der Louisiana State University in Verbindung gesetzt, und ich glaube, ich habe alles korrekt installiert. Sobald Sie so weit sind, werde ich Ihnen den Schädel bringen.«

Offenbar konnte er es nicht erwarten, dass sie mit ihrer Arbeit begann. Sein Eifer gefiel ihr, aber sie war noch nicht bereit, sich von dem Schädel zu trennen.

»Galen, würden Sie Rick begleiten und die Werkstatt für mich in Augenschein nehmen, während ich den Schädel noch ein bisschen genauer untersuche?«

»Klar.« Er reichte ihr die Lampe. »Nicht gerade die spannendste Aufgabe, die mir je aufgetragen wurde, aber ich bin Ihnen stets zu Diensten.«

»Danke.« Sie leuchtete mit der Lampe in die Nasalhöhle. »Auf jeden Fall ein Weißer …«

»Kommen Sie Rick, wir stören hier nur.«

Irgendwie nahm Eve wahr, dass die beiden die Kapelle verlassen hatten und sie allein war. Es spielte keine Rolle. Ihr Unbehagen war in dem Moment verflogen, als sie den Schädel erblickt hatte. Er war einfach einer von den Verlorenen. Es war egal, ob es sich um Bently handelte oder um irgendeinen armen Obdachlosen. Am Ende war er ebenso zum Opfer geworden wie die kleine Carmelita, deren Rekonstruktion sie gerade beendet hatte. Wenn sie den Zustand des Schädels bedachte und die Tatsache, dass die Zähne nach dem Tod herausgerissen worden waren, war er vielleicht noch ein bedauernswerteres Opfer gewesen.

Zeit, ihn kennen zu lernen. Zärtlich berührte sie den Schädel. »Wie soll ich dich nennen?« Sie wusste, dass es jedem Außenstehenden verrückt erscheinen würde, aber sie hatte es sich zur Angewohnheit gemacht, allen Schädeln, an denen sie arbeitete, Namen zu geben. Jeder hatte eine Geschichte und ein Leben gehabt. Sie hatten gelacht und waren von jemandem geliebt worden, sogar dieser arme, ramponierte Krieger. Offenbar hatte er seinen letzten Kampf nicht gewonnen, aber sie hoffte, dass er auch ein paar Siege davongetragen hatte.

»Victor? Kein schlechter Name.« Sie nickte. »Mir gefällt er.« Vorsichtig schloss sie den schweren Sargdeckel. »Wir sehen uns morgen, Victor. Und dann schauen wir mal, ob wir dich nach Hause bringen können.«

»Fertig?« Galen stand im Durchgang. »Rick hat ganze Arbeit geleistet. Ihre Werkstatt ist hervorragend ausgestattet, ausreichend beleuchtet und beheizt. Tadellos sauber wie eine Kaserne. Wollen Sie sich Ihren Arbeitsplatz ansehen?«

Sie wollte gerade ja sagen, hielt jedoch inne. Verdammt,

sie fühlte, wie ihre Energie sie verließ. Sie trat auf ihn zu. »Nein, ich vertraue Ihnen. Ich werde es ja morgen sehen, wenn ich mit der Arbeit anfange.«

»Morgen?«

»Sie hatten Recht, als Sie sagten, ich sei noch nicht auf dem Damm. Ich dachte, ich könnte heute Abend anfangen, aber ich bin zu müde. Ich kann mich nicht konzentrieren, wenn ich mich so schwach fühle.« Sie verzog das Gesicht. »Ich bin froh, wenn ich endlich wieder voll bei Kräften bin. Obwohl ich den ganzen Nachmittag geschlafen habe, würde ich mich am liebsten gleich wieder ins Bett legen.«

»Dann sollten Sie das auch tun. Es freut mich, dass Sie nicht darauf bestehen, schon heute mit der Arbeit anzufangen.«

»Ich habe bereits angefangen.« Über ihre Schulter hinweg warf Eve einen Blick auf den schwarzen Sarg. »Aber um meine Geräte aufzubauen und die Messungen durchzuführen, muss ich hellwach und konzentriert sein. Victor kann noch ein paar Stunden warten.«

»Victor?«

»Der Schädel.«

»Aha.« Galen sah sie nicht an, als sie sich auf den Weg machten. »Ich möchte ja nicht unhöflich sein, aber reden Sie immer mit Schädeln?«

»Nein.« Sie schaute ihm direkt in die Augen. »Ich bin sehr wählerisch.«

»Meinetwegen. Ich wollte mich nur vergewissern.« Sein Blick wanderte zu Rick und Melton hinüber, die am Kirchenportal standen. »Rick scheint ein netter Kerl zu sein. Und aufgeweckt. Er ist oben im Norden aufs College gegangen.«

»Das wundert mich nicht. Er redet wie ein Yankee. Wo hat er denn studiert?«

»In Notre Dame. Großer Footballfan.«

»Das sind sie in der Gegend alle. Mit seinen blonden

Haaren und den roten Wangen sieht er aus wie ein echter Amerikaner.« Sie wechselte das Thema. »Haben Sie herausgefunden, wann Marie morgen beerdigt wird?«

»Um elf. Wollen Sie immer noch hingehen?«

Sie nickte. »Ich werde früh anfangen und dann eine Pause einlegen, um zu der Beerdigung zu gehen.« Als sie und Galen die Kirche verließen, streckte sie Rick, der immer noch mit Melton am Eingang stand, die Hand entgegen. »Vielen Dank für alles. Wir sehen uns dann morgen früh.«

»Ich freue mich schon darauf.« Er schüttelte ihre Hand. »Ich werde alles für Sie vorbereiten. Mir ist aufgefallen, dass der Schädel ein bisschen schmutzig ist, aber ich dachte, Sie wollten ihn vielleicht selber säubern.«

»Das ist richtig. Wir wollen nicht riskieren, dass er noch mehr Schaden davonträgt.«

Rick nickte ernst. »Sicher. Kann ich sonst noch irgendetwas für Sie tun?«

Gott, war der übereifrig. Aber sein beinahe kindlicher Ernst hatte auch etwas Rührendes. »Ich bin nicht sehr anspruchsvoll. Lassen Sie mich einfach meine Arbeit verrichten.«

Er lächelte. »Niemand wird Sie stören. Das verspreche ich Ihnen.« Er wandte sich an Galen. »Es ist mir eine Ehre, Sir.«

Galen wirkte verblüfft. »Bis morgen, Rick.« Als sie außer Hörweite waren, raunte er Eve zu: »Sir? Bin ich schon so alt?«

»Dieser Art Höflichkeit begegnet man nur noch selten. Ich finde sie erfrischend.«

»Sie haben mir nicht geantwortet.«

»Wie alt sind Sie denn, Galen?«

»Siebenunddreißig.«

»Dann sind Sie alt genug.« Plötzlich fiel ihr noch etwas ein. Sie drehte sich zu Rick um, der immer noch mit Melton redete. »Rick!«, rief sie.

Er unterbrach sein Gespräch und schaute zu ihr herüber. »Benötigen Sie irgendetwas? Sie brauchen es nur zu sagen.«

»Einen Drachen zum Töten und einen Heiligen Gral«, murmelte Galen sarkastisch.

Eve beachtete ihn nicht. »Waren Sie vorgestern Abend hier, als ich zur Kirche gekommen bin, Rick?«

Er runzelte die Stirn. »Sie waren schon mal hier?«

»Am ersten Abend, als ich in Baton Rouge angekommen bin. Ich habe an die Tür geklopft. Aber niemand hat reagiert.«

»Weil niemand hier war. Ich war an der Louisiana State University wegen der Videoausrüstung. Ich bin erst gestern Vormittag hier angekommen. Wenn ich hier gewesen wäre, hätte ich natürlich die Tür aufgemacht.«

»Es war niemand hier?«

Er schüttelte den Kopf. »Nur die Wachen, die auf dem Gelände patrouillieren. Wahrscheinlich wussten sie, dass Sie kein Eindringling waren. Hatten Sie den Eindruck, dass jemand in der Kirche war?«

»Ach, ich weiß nicht. Ich hatte einfach das Gefühl, dass ... Vergessen Sie's. Wir sehen uns morgen früh.« Sie schaute Melton an. »Auf Wiedersehen, Senator.«

»Sie nehmen den Auftrag also an? Ich hatte immer noch meine Zweifel. Ich bin Ihnen sehr dankbar.«

»Ich tue es nicht für Sie. Ich tue es für die Familie dieses Mannes.«

Er lächelte. »Dennoch bin ich Ihnen dankbar. Ich freue mich, dass alles so gut klappt. Sie haben ja meine Telefonnummer. Rufen Sie mich an, falls irgendwelche Probleme auftauchen.«

»Darauf können Sie sich verlassen. Kommen Sie, Galen.« Eve ging in Richtung Brücke.

»Haben Sie an dem Abend irgendetwas gesehen, das Sie darauf schließen ließ, jemand befände sich in der Kirche?«, fragte Galen.

»Nein, es war nur so ein Gefühl.«

Er lachte in sich hinein. »Vielleicht war es der Geist unseres Gladiators.«

»Ich glaube nicht an Geister.«

»Das ist wohl auch besser so. Wenn man bedenkt, mit wie vielen Skeletten Sie zu tun haben, würden Sie am Ende noch im Irrenhaus landen.«

Sie wandte ihren Blick ab. »Glauben Sie an Geister?«

»Ich kann jedenfalls nicht behaupten, dass ich *nicht* an sie glaube. Ich halte alles für möglich. Man muss es mir nur beweisen.« Er lächelte. »Und bisher haben unsere Geisterfreunde noch keine Veranlassung gesehen, sich mir zu zeigen.«

»Das Auge sieht, was es sehen will. Es ist alles Einbildung ... oder es passiert im Traum.«

»Im Traum?«

Sie wechselte das Thema. »Und hören Sie auf, ihn Gladiator zu nennen.«

»Natürlich. Er heißt ja Victor. So haben Sie ihn doch getauft, oder?«

Sie schaute zurück zur Kirche. Melton und Rick mussten wieder nach drinnen gegangen sein. Die Eingangstür war geschlossen, und das Portal wirkte wieder so geheimnisvoll wie beim ersten Mal, als sie es gesehen hatte.

Nun, Geheimnisse waren dazu da, dass man sie lüftete, und morgen würde sie damit anfangen.

»Ja, sein Name ist Victor.«

»Machst du's?«, fragte Joe. »Ich bitte dich nur, mir ein paar Stunden zu opfern, einen Nachmittag. Wir gehen zusammen zu Capels Nachbarn, und du lässt dir den Typen von ihnen beschreiben.«

»Erzähl mir keinen Blödsinn. So fängt es doch immer an.« Lenny Tyson zeichnete mit Bleistift eine Linie entlang der großen Nasenlöcher der Frau auf seinem Zeichenblock.

»Dann geht die Plackerei erst richtig los, und ich weiß jetzt schon nicht, wo mir der Kopf steht. Das weißt du genau, Joe.«

»Tu mir den Gefallen, Lenny.«

Tyson blickte von seiner Zeichnung auf. »Warum? Ist der Typ ein Massenmörder oder was?«

Joe schüttelte den Kopf. »Das ist nichts Offizielles, es ist was Persönliches. Ich zahle dir das Doppelte von dem, was die Polizei dir für Phantombilder zahlt. Am Tag, bevor er verschwunden ist, wurde George Capel von zwei Nachbarn gesehen. Er betrat sein Haus zusammen mit einem kleinen, dunkelhaarigen Mann von Ende zwanzig, Anfang dreißig. Mehrere Stunden später sind sie wieder rausgekommen und zusammen weggefahren. Später an dem Tag wurde er auf der Bank gesehen, wo er ein Schließfach besitzt. Derselbe Mann war bei ihm. Das war vor einer Woche.«

»Und ich soll von Capels Freund ein Phantombild anfertigen?«

»Komm schon, Lenny, wie lange würdest du dafür brauchen?«

»Kommt drauf an, wie gut das Gedächtnis der Nachbarn ist.« Tyson lehnte sich in seinem Stuhl zurück. »Eine Woche ist eine lange Zeit. Wahrscheinlich erinnern sie sich an seine Haarfarbe und daran, dass er nicht besonders kräftig gebaut war. Wie genau muss das Bild denn sein?«

»Ich möchte es mit Bildern in der Verbrecherkartei vergleichen.«

»Puuh. Das ist eine Herausforderung.«

»Und, machst du's?«

»Das Doppelte von meinem üblichen Honorar?«

»Das Dreifache.«

Lenny seufzte, stand auf und schnappte sich seine Zeichenmappe. »Gehen wir.«

Sechs

Als Eve am nächsten Morgen um sieben Uhr ihre Werkstatt betrat, befand Victors Schädel sich bereits auf einem Podest.

»Ich habe Ihnen ja versprochen, alles für Sie vorzubereiten.« Strahlend schaute Rick sich in dem Raum um. »Da sind Ihre Arbeitstische, und das Podest habe ich mir bei einem Bildhauer in Baton Rouge besorgt. Gefällt es Ihnen?«

»Sehr schön.«

»Und die Videoanlage?«

»Ich werde sie mir später ansehen. Das ist die letzte Phase.« Eve stellte ihre Aktentasche auf dem Arbeitstisch ab. »Wenn Sie mir ein paar Handtücher und eine Schüssel mit Wasser bringen, kann ich mit der Arbeit anfangen.«

»Das klingt ja, als würden Sie eine Operation durchführen oder bei einer Geburt assistieren«, bemerkte Galen hinter ihr.

Rick lachte und verließ den Raum.

»Beides hat Ähnlichkeiten mit dem, was ich tue.« Eve krempelte die Ärmel ihrer weißen Bluse auf. »Wo waren Sie denn heute Morgen?«

»Ich habe die halbe Nacht telefoniert. Ich habe Sie von meinem Balkon aus beobachtet, als Sie das Haus verlassen haben.«

»Warum haben Sie denn so viel telefoniert?«

»Recherche. Melton ist mir ein bisschen zu aalglatt. Also habe ich ein paar Leute kontaktiert.« Er verzog das Gesicht. »Aber Melton scheint auf der ganzen Linie die Wahrheit zu sagen. Bently ist tatsächlich vor zwei Jahren verschwunden, und alles, was man Ihnen über ihn erzählt hat, scheint zu stimmen. Musterhafter Bürger, Ehemann und Vater. Nach allem, was man hört, muss er ein richtig netter Typ gewesen sein. Sheriff Bouvier ist ein angesehener Gesetzeshüter, und er hat Melton das Skelett überlassen.«

»Skelett?«

»Bouvier wusste nichts davon, dass das Skelett verschwunden ist. Melton hat ihm versprochen, einen Experten zu besorgen, der ganz schnell eine DNS-Analyse macht, und ihm dann die sterblichen Überreste diskret zurückzugeben. Als ich Bouvier gesagt habe, dass ein paar Teile abhanden gekommen sind, ist er fast ausgeflippt. Er hat Angst um seinen Job. Als er sich wieder beruhigt hatte, meinte er, er würde den Senator anrufen, und er war davon überzeugt, dass Melton seinen Einfluss geltend machen und dafür sorgen würde, dass das Skelett gefunden und ihm zurückgebracht würde. Er hat den Senator vorbehaltlos in Schutz genommen und sich fast überschlagen vor Bewunderung. Er ist zweifellos ein Fan von Melton.«

»Sie scheinen ja regelrecht enttäuscht darüber zu sein, dass Meltons Geschichte sich als wahr erwiesen hat.«

Er zuckte die Achseln. »Ich hab einfach ein schlechtes Gefühl bei der Sache.«

»Falls sich herausstellt, dass es Probleme gibt, kann ich jederzeit aufhören und nach Hause fahren.« Aber sie wollte nicht nach Hause fahren. Sie hatte nicht vor, zurückzufahren und sich der Situation zu stellen, vor der sie geflüchtet war. Sie wollte arbeiten, bis sie umfiel, und dann weiterarbeiten.

»Sind Sie sicher, dass ich Sie nicht überreden kann, sich

von hier zu verdrücken? Ich könnte am Flughafen anrufen und sehen, ob ich für uns Tickets nach Atlanta bekomme.«

»Für uns?«

»Meine Aufgabe ist noch nicht beendet. Ich bleibe bei Ihnen, bis ich ganz sicher bin, dass Sie nicht mehr in Gefahr sind.«

»Ich habe nicht vor, demnächst dauernd mit einem Leibwächter rumzulaufen, Galen.«

»Nur, bis ich mir sicher bin. Der Flughafen?«

Eve überlegte. Sie neigte nicht dazu, die Bedeutung von instinktivem Gespür zu unterschätzen, aber es gab eigentlich keinen überzeugenden Grund anzunehmen, dass sie diesen Auftrag nicht in Sicherheit würde zu Ende führen können. Die Geschichte mit der Lebensmittelvergiftung war zwar Besorgnis erregend, aber schließlich wurde sie nicht nur von Galen beschützt, sondern auch von den Männern, die sie am Morgen auf dem Gelände um die Kirche herum gesehen hatte.

Außerdem gefiel ihr die Vorstellung nicht, dass jemand einen Mann, wie Galen ihn beschrieben hatte, ermordete und ungestraft davonkam. Aber einen Mord konnte man nur bestrafen, wenn das Opfer bekannt war – und das Opfer zu identifizieren war ihre Aufgabe.

»Nicht, solange es für mich keinen zwingenden Grund gibt abzureisen.« Sie wandte sich wieder dem Schädel zu. »Und jetzt lassen Sie mich allein. Ich muss mit meiner Arbeit beginnen.«

»Er ist ziemlich verdreckt.« Galen berührte den Schlamm auf Victors Stirn. »Merkwürdige Art von Erde, meinen Sie nicht?«

Sie zuckte die Achseln. »Erde ist Erde.«

»Glauben Sie, dass Sie den ganzen Dreck entfernen können?«

»Das meiste. Ich werde nicht versuchen, den Schmutz aus sämtlichen Hohlräumen zu entfernen. Dabei würde ich den Schädel am Ende nur noch mehr beschädigen. Und jetzt gehen Sie. Ich möchte Victor wenigstens halbwegs von dem Dreck befreit haben, bis Sie mich abholen, um zu Maries Beerdigung zu fahren.«

»Sie wollen also immer noch hingehen?«

»Warum nicht? Erstens kann es sein, dass es ein Unfall war. Zweitens, falls es kein Unfall war, könnte jemand anders etwas zwischen die Zutaten geschmuggelt haben, die Marie eingekauft hat. Wenn sie unschuldig ist, dann wurde sie entweder getötet, damit sie nichts ausplaudern kann, oder um meine Lebensmittelvergiftung erst recht wie einen Unfall aussehen zu lassen. Kein schöner Gedanke, nicht wahr?«

»Mord ist noch weniger schön.« Galen lächelte. »Aber Sie wollen ja nichts auf Marie kommen lassen. Also gehen wir zu der Beerdigung. Es kann schließlich nicht schaden.«

Nachdem Galen gegangen war, begann Eve vorsichtig, den Dreck von Victors Schädel zu entfernen.

Merkwürdige Art von Erde.

Sie hielt inne und betrachtete die Schmutzspuren. Das Zeug sah tatsächlich merkwürdig aus. Schwarzer Schlamm durchsetzt mit winzigen weißen Splittern, sodass er heller wirkte.

Alles Quatsch. Vielleicht sah die Erde in Sheriff Bouviers Revier überall so aus. Wenn nicht, wäre es der Polizei bestimmt aufgefallen. Das ging sie nichts an. Sie musste nur zusehen, dass sie das Zeug abbekam und sich an die Arbeit machen konnte.

Marie Letaux' Sohn Pierre war groß und gut aussehend und offensichtlich erschüttert über den Tod seiner Mutter. Er stand inmitten von Freunden und Verwandten, als Eve sich ihm nach dem Trauergottesdienst in der kleinen Kirche näherte.

Eve streckte ihre Hand aus. »Ich bin Eve Duncan. Ich

möchte Ihnen mein Beileid aussprechen. Ich habe Ihre Mutter nicht gut gekannt, aber ich war vielleicht die Letzte, die sie lebend gesehen hat. Hat Sie Ihnen erzählt, dass sie für mich arbeiten würde?«

Pierre nickte. »Sie war ganz aufgeregt. Sie wusste, dass Sie jemand ganz Wichtiges sind.«

»Na ja, das ist wohl übertrieben.«

»Mr Tanzer sagte, Sie seien berühmt. Ihr gefiel die Vorstellung, für eine Frau zu arbeiten, die etwas aus ihrem Leben gemacht hat.« Seine Augen füllten sich mit Tränen. »Mama wollte auch berühmt sein. Ich habe es ihr noch gar nicht erzählt, aber ich hatte vor, wenn ich mit dem Studium fertig bin und meine eigene Praxis habe, ein Restaurant für sie einzurichten. Ich hätte es ihr sagen sollen.« Seine Stimme versagte. »Ich wünschte, ich hätte es ihr gesagt. Es sollte eine Überraschung werden.«

»Sie wusste, wie sehr Sie sie liebten. Sie war sehr stolz auf Sie.« Eve betrachtete den mit Blumen bedeckten Sarg, der in einen Leichenwagen geladen worden war. »Sie hat sich so sehr gewünscht, dass Sie Ihr Studium beenden.«

Pierre nickte. »Sie hat mich auf jede erdenkliche Art unterstützt. Am Abend vor ihrem Tod hat sie mich angerufen, um mir zu sagen, ich solle mir keine Sorgen machen, sie hätte eine Möglichkeit gefunden, das Geld für meine Studiengebühren aufzutreiben. Sie meinte, alles würde gut werden.«

»Das hat sie gesagt?«

Er nickte, den Blick auf den Sarg gerichtet. »Es tut mir Leid, ich muss jetzt gehen.«

»Selbstverständlich. Ich wünsche Ihnen alles Gute für die Zukunft.«

»Im Moment kann ich an nichts anderes denken als an meine Mutter. Das ist alles sehr schwer für mich. Es hat mir fast das Herz gebrochen, als ich gestern Abend ihre Sachen durchgegangen bin. So viele Erinnerungen ...« Er versuchte zu lächeln. »Aber morgen fahre ich zurück an die Uni, und ich werde mir alle Mühe geben, etwas aus meinem Leben zu machen, auf das sie hätte stolz sein können. Vielen Dank für Ihre guten Wünsche.« Er drehte sich um und ging auf den Leichenwagen zu.

»Netter Bursche.« Galen trat neben Eve.

Sie schaute dem Leichenwagen nach, der langsam auf das Grab zu fuhr, in dem Marie zur Ruhe gebettet werden würde. »Ja.«

Galen fasste sie am Ellbogen. »Sind Sie so weit?«

Sie nickte, den Blick immer noch auf den Leichenwagen gerichtet. »Haben Sie gehört, was er über den Anruf von seiner Mutter gesagt hat?«

»Ja.«

»Haben Sie nichts dazu zu sagen?«

»Sie werden sich schon Ihren eigenen Reim darauf machen. Es widerstrebt mir zu bemerken, dass ich's Ihnen gleich gesagt habe.«

»Vielleicht hat es ja auch gar nichts zu bedeuten.« Ihre Hände ballten sich zu Fäusten. »Verdammt, ich will es einfach nicht glauben. Ich kann es nicht.«

»Andererseits findet der junge Letaux vielleicht eine angenehme Überraschung in dem Schließfach.« Galen bugsierte Eve sanft zu seinem Wagen. »Wie wär's mit einem Mittagessen und einer kleinen Stadtrundfahrt, bevor ich Sie zurückbringe? Ich glaube, Sie brauchen ein bisschen Zeit, um sich zu beruhigen.«

»In Ordnung.« Sie warf noch einen letzten Blick auf den Leichenwagen und auf Maries Sohn, der seiner geliebten Mutter die letzte Ehre erwies. Und Marie hatte ihn auch geliebt.

So sehr, dass sie seinetwegen bereit gewesen war, so etwas Schreckliches zu tun?

»Hören Sie auf, sich Gedanken zu machen«, sagte Galen. »Man sollte ein gutes Essen nie mit schlechten Gedanken ruinieren. Erzählen Sie mir von Ihrer Tochter Jane. Ich habe gehört, sie hat letztes Jahr meinen Job als Pfleger übernommen, nachdem ich Sie in Sarah Patricks Hütte in Phoenix zurückgelassen habe. Und beleidigen Sie nicht mein Ego, indem Sie behaupten, sie hätte ihre Sache genauso gut gemacht wie ich.«

»Also, Sarah muss der Meinung gewesen sein, dass sie es richtig gut gemacht hat. Sie hat Jane zur Belohnung einen Welpen geschenkt.«

»Finden Sie das gut oder schlecht?«

Eve lächelte. »Es ist gut. Der Welpe ist genau wie Monty ... hoffe ich zumindest. Ich habe jedenfalls bisher noch kein Anzeichen von Wildheit an Toby entdecken können.«

»Schade. Ich finde es nicht schlecht, wenn sie ein bisschen was Raubtierhaftes haben. Macht die Mischung interessanter.«

»Da bin ich ganz anderer Meinung.«

»Das glaube ich Ihnen nicht. Sie haben sich immerhin Quinn ausgesucht.«

Ja, Joe hatte mehr als ein bisschen Raubtierhaftes an sich, aber im vergangenen Jahr hatte sie nichts davon mitbekommen. Sie hatte nur Liebe und Kameradschaft und Nähe gespürt. Es war wie ein Wunder gewesen. Nein, besser als ein Wunder, weil es ehrlich und wirklich war.

Zumindest hatte sie geglaubt, dass es ehrlich war.

Sie unterdrückte den Schmerz. Würde sie je wieder an Joe denken können, ohne sich verletzt zu fühlen? Sie wechselte das Thema. »Wo werden wir denn essen gehen? Ich würde etwas Leichtes bevorzugen. Mein Magen ist immer noch ein bisschen strapaziert.«

Das Schließfach.

Eve fuhr aus dem Schlaf und richtete sich mit klopfendem Herzen auf. »Galen!«

»Ich höre Sie«, antwortete Galen aus dem Nebenzimmer.

Sekunden später war er bei ihr. »Was ist passiert? Haben Sie irgendwas gesehen –«

»Das Schließfach. Ich habe geschlafen, aber dann bin ich aufgewacht, und es war –«

»Immer mit der Ruhe. Atmen Sie erst mal durch.« Er setzte sich auf die Bettkante und legte seinen Revolver auf ihren Nachttisch. »Ein Alptraum?«

»Nein. Ich muss es im Hinterkopf gehabt haben, und dann – Maries Bankschließfach. Sie meinten doch, es würde wahrscheinlich Bestechungsgeld enthalten, und dass derjenige, der versucht hat, mich zu vergiften, es so aussehen lassen wollte, als wäre es ein Unglücksfall gewesen. Dass er auf keinen Fall jemanden auf den Grund seiner Tat aufmerksam machen will.«

»Und?«

»Pierre, ihr Sohn. Er hat gesagt, er würde morgen früh zurück nach New Orleans fahren. Bis dahin wollte er alles erledigt haben. Wahrscheinlich ist er heute Nachmittag auf der Bank gewesen, um die finanziellen Angelegenheiten seiner Mutter zu regeln. Falls sich ein großer Geldbetrag in dem Schließfach befunden hat, würde ihn das doch misstrauisch gemacht haben, oder?«

»Sie meinen, jemand würde versuchen, ihn daran zu hindern, dass er es meldet.«

Eve leckte sich die Lippen. »O Gott, hoffentlich nicht.« Sie stand auf. »Ich will sofort zu ihm fahren. Ich ziehe mich an. Würden Sie in Maries Wohnung anrufen und versuchen, ihn zu erreichen?«

»Haben Sie die Nummer?«

»Nein.«

»Ich rufe die Auskunft an.« Galen nahm das Telefon vom Nachttisch und schaltete das Licht an.

Sie blinzelte. »Sie sind ja nackt.«

»Sie haben geschrien. Ich wollte keine Zeit vergeuden, indem ich zuerst meine Blößen bedeckte.« Er sagte etwas ins Telefon, dann schaute er über seine Schulter. »Los, beeilen Sie sich.«

Das brauchte er ihr nicht zweimal zu sagen. Sie lief aus dem Schlafzimmer und eilte über den Flur ins Bad.

Als sie fünf Minuten später aus dem Badezimmer trat, kam Galen gerade aus seinem Zimmer und stopfte sich das Hemd in die Hose. »Pierre ist nicht ans Telefon gegangen.« Er sah sie an. »Hören Sie, vielleicht ist das ja ein falscher Alarm, aber wenn wir dort ankommen, übernehme ich das Kommando. Sie tun nichts, ohne dass ich es Ihnen sage. Alles klar?«

»Alles klar. Machen wir, dass wir so schnell wie möglich dorthin kommen.«

Niemand reagierte auf das Klopfen.

»Vielleicht ist er früher abgereist«, meinte Galen. »Oder womöglich hat er es nicht fertig gebracht, in diesem Haus zu übernachten.«

»Es gefällt mir nicht«, sagte Eve. »Ist die Tür abgeschlossen?«

»Ja.« Galen beugte sich über den Türknauf. »Aber wenn es Sie beruhigt ...« Die Tür schwang auf. »Ich gehe zuerst rein. Sie bleiben hier draußen, bis ich Sie rufe. Falls Sie etwas sehen, machen Sie sich bemerkbar.«

»Ich möchte –« Eve nickte ungeduldig. »Beeilen Sie sich. Wenn er nicht da ist, müssen wir sein Hotel finden.«

»Ich mache so schnell ich kann.« Galen verschwand im Haus.

Sie wollte nicht draußen warten. Nervös schaute sie über ihre Schulter hinweg zu den Nachbarhäusern hinüber. Überall Dunkelheit und Stille.

Jemand beobachtete sie.

Blödsinn. Niemand beobachtete sie.

»Kommen Sie«, sagte Galen. »Die Luft ist rein.«

»Ist er hier?«

»Ja, er ist hier.« Er schloss die Tür. »Aber Sie werden ihn sicher nicht sehen wollen. Kein hübscher Anblick. Sein halber Kopf ist zerfetzt.«

Eve erstarrte. »Was?«

»Da, am Schreibtisch.«

Das Licht war aus, aber sie konnte eine Gestalt erkennen, die auf dem Schreibtischstuhl in sich zusammengesunken war. »Pierre?«

»Soweit ich es beurteilen kann.«

»Ermordet.«

»Es wurde so arrangiert, dass es aussieht wie Selbstmord. Die Pistole befindet sich immer noch in seiner Hand. Womöglich hat er sogar selber abgedrückt.«

»So wie Marie gezwungen wurde, den Eintopf zu essen«, sagte Eve tonlos.

»Genau.«

»Ich möchte ihn sehen.«

»Sind Sie sicher?«

»Es ist nicht die erste Leiche, die ich zu Gesicht bekomme, Galen.«

»Ich weiß, aber es widerspricht meinem Beschützerinstinkt.« Er drückte auf den Lichtschalter neben der Tür. »Fassen Sie nichts an.«

Blut und Hirnmasse waren überallhin gespritzt. Eve zwang sich, bis an den Schreibtisch zu gehen. Vor Pierre lagen mehrere gerahmte Fotos seiner Mutter. Auf einer Seite lag ein Stapel Briefe, die ebenfalls voll Blut waren.

»Es sieht so aus« – sie schluckte schwer – »als hätte er ihre Sachen durchgesehen.«

»Und als wäre er darüber verzweifelt und hätte sich das Leben genommen. Jeder, der auf Maries Begräbnis war, würde bezeugen, wie erschüttert er gewesen ist. Sehr gut eingefädelt. Oder glauben Sie, er könnte tatsächlich Selbstmord begangen haben?«

Eve schüttelte den Kopf. »Er wollte etwas aus seinem

Leben machen, damit ihre harte Arbeit nicht umsonst gewesen ist. Er würde niemals –« Sie hielt es nicht mehr aus in dem Zimmer. Sie drehte sich um und ging auf die Tür zu. »Das hat er nicht getan – das war jemand anders.«

»Das habe ich mir auch gesagt.« Galen folgte ihr, nachdem er seine Fingerabdrücke vom Lichtschalter und vom Türknauf abgewischt hatte. »Aber die Polizei wird wahrscheinlich zu dem Schluss kommen, dass es Selbstmord war.«

Vor dem Haus holte sie tief Luft. »Wir könnten der Polizei von Marie erzählen.«

»Ohne jegliche Beweise bis auf die Hautabschürfungen an ihren Armen? Sie haben doch selbst bisher nicht glauben wollen, dass Maries Tod kein Unfall war.«

»Wahrscheinlich ist er also heute zur Bank gegangen«, sagte sie benommen.

»Wenn er das Bankschließfach mit dem Geld nicht entdeckt hätte, wäre er wohl jetzt nicht tot. Er muss Zeit gehabt haben, sich den Inhalt des Schließfachs anzusehen, sonst wäre er keine Bedrohung gewesen.«

»Er war noch so jung …«

»Ja, es ist zum Kotzen.« Galen nahm Eves Ellbogen. »Machen wir, dass wir uns verziehen. Wenn uns jemand hier sieht, kommen sie am Ende noch auf die Idee, dass es Mord war und dass wir die Hauptverdächtigen sind. Sie mögen vielleicht über jeden Verdacht erhaben sein, aber ich bin es nicht.«

»Setzen Sie sich.« Galen drückte Eve auf einen Küchenstuhl und setzte den Wasserkessel auf. »Ich mache uns einen Kaffee.«

»Es geht mir schon wieder gut.« Das war gelogen. Es ging ihr alles andere als gut. Sie konnte an nichts anderes mehr denken als an diesen schönen jungen Mann, der jetzt nicht mehr schön war. Pierre, dessen Leben so ein brutales Ende gefunden hatte.

»Dann leisten Sie mir halt Gesellschaft.« Galen schaltete den Herd ein und nahm eine Dose löslichen Kaffee aus dem Schrank. »Ich bin sehr sensibel. Ich kann einfach kein Blut sehen.«

Sie versuchte zu lächeln. »Lügner.«

»Nein, ich bin wirklich sensibel. Nur dass mein empfindlicher Kern von einer Schicht Narbengewebe überdeckt ist.« Er nahm zwei Tassen vom Regal und tat Zucker hinein. »Und Blut ist ... eine Sauerei. Man sollte es nur vergießen, wenn es absolut unumgänglich ist. Es gibt wesentlich saubere Methoden.« Er warf ihr über die Schulter hinweg einen Blick zu und grinste. »Das hat gesessen, was? Haben Sie etwa erwartet, dass ich Sie tröste? Dafür sind Sie viel zu hartgesotten.«

»Bin ich das?«

»Klar. Quinn würde Sie natürlich trösten. Aber von mir würden Sie das nicht akzeptieren.« Er füllte die Tassen mit kochendem Wasser und setzte sich ihr gegenüber an den Tisch. »Trinken Sie also stattdessen eine Tasse Kaffee.«

Zwar hatte er gerade das Gegenteil behauptet, aber er versuchte doch, sie zu trösten. »Ich bin überrascht, dass ein Gourmet wie Sie sich mit löslichem Kaffee zufrieden gibt.«

»Das ging am schnellsten.« Er lehnte sich auf seinem Stuhl zurück. »Außerdem kann ich mich mit allem zufrieden geben. Ich bin es gewohnt, mich einzuschränken.«

»Der Kaffee tut gut.« Sie nahm noch einen Schluck. »Den habe ich jetzt gebraucht. Das alles hat mich ziemlich mitgenommen. So viele Tote, ich habe es satt. Wir kämpfen und kämpfen, aber wir können nichts dagegen ausrichten.«

»Manchmal schon. Ich persönlich habe vor, hundertfünfzig Jahre alt zu werden. Bei all der Forschung, die auf diesem Gebiet getrieben wird, hab ich gute Aussichten, in dem Alter noch richtig knackig zu sein.«

»Pierre war so jung. Wenn so ein junger Mensch stirbt, ist es besonders schlimm.«

»Wie Ihre Bonnie.«

»Ja.« Eve starrte in ihre Kaffeetasse. »Wie meine kleine Bonnie.«

Galen schwieg.

Eve holte tief Luft. »Und ich hasse diese Ungeheuer, die so junge Menschen töten. Am liebsten möchte ich ihnen an die Gurgel gehen und sie anschreien, wie unfair es ist, einem Menschen die besten Jahre seines Lebens zu rauben. Es ist grausam und scheußlich ... Mist.« Tränen liefen ihr über die Wangen. »Tut mir Leid. Ich wollte nicht –«

Galen kniete neben ihr. »Hey, tun Sie mir das nicht an.« Er nahm sie in die Arme und wiegte sie sanft. »Sie reißen mein ganzes Narbengewebe auf.« Plötzlich spürte er, wie sie in seinen Armen erstarrte. Er ließ sie sofort los. »Damit wir uns richtig verstehen: Ich versuche nicht, einen schwachen Moment auszunutzen. Das ist wieder mal mein berühmter Beschützerinstinkt. Eine Frau weint, und ich reagiere.« »Aber ich kenne den Unterschied zwischen einem schwachen Moment und der Realität. Ich mag Sie, ich achte Sie, und wenn ich es zuließe, würde ich Sie sexy finden. Aber Sie sind nicht mehr zu haben. Das ist so klar und deutlich, als stünde es auf Ihrer Stirn geschrieben. Ich bin also Ihr Beschützer und Ihr Freund, und manchmal dürfen Sie sich an meiner Schulter ausweinen. Alles klar?«

Sie lächelte schwach. »Alles klar.«

Er grinste. »Zumindest hat dieses kleine Missverständnis etwas Gutes bewirkt. Sie weinen nicht mehr.« Er seufzte theatralisch. »Ich kann Tränen nicht ertragen. Sie machen mich völlig hilflos.«

»Das werde ich mir merken. Es könnte sich irgendwann als praktisch erweisen.« Sie stand auf. »Ich gehe jetzt ins Bett. Morgen früh muss ich zeitig aufstehen und mich an die Arbeit machen.«

Galen warf einen Blick auf seine Armbanduhr. »Es ist bereits morgen. Zum Flughafen?«

»Nein, verdammt.« Sie ging auf die Tür zu. »Mit dem Mord an dem Jungen werden sie nicht ungestraft davonkommen. Dafür werden sie bezahlen. Ich werde Victor ein Gesicht verpassen.«

Sieben

Darf ich eintreten?«, fragte Galen.

Eve schaute von dem Schädel auf. »Wenn Sie mich nicht voll quatschen.«

»Nur ein paar Worte. Wo ist Rick?«

Sie zuckte die Achseln. »Irgendwo. Er hat mir vor ein paar Stunden eine Tasse Kaffee gebracht. Warum?«

»Nur so. Normalerweise ist er so eifrig um Sie bemüht, dass ich fast Angst um meinen Job bekomme.«

»Er mag vielleicht eifrig bemüht sein, aber er ist still und unaufdringlich. Ich merke kaum, dass er da ist.«

»Wahrscheinlich würden Sie ihn auch nicht bemerken, wenn er herumliefe und eine Trommel schlüge. Ich habe noch nie jemanden erlebt, der so in seiner Arbeit aufgeht.«

»So bin ich nun mal.« Ihre Arbeit hatte ihr über die tiefste Verzweiflung hinweggeholfen und verhindert, dass sie nach Bonnies Tod verrückt wurde. Die Arbeit war ihre Rettung und ihre Leidenschaft.

»Ich wollte Ihnen nur berichten, was ich über Bently in Erfahrung gebracht habe.«

»Ich dachte, Sie hätten mir bereits alles erzählt.«

»Nur was auf den ersten Blick erkennbar war. Ich habe ein bisschen tiefer gegraben. Ich verlasse mich nicht gern auf den ersten Blick.«

»Was haben Sie denn rausgefunden?«

»Er war ein engagierter Umweltpolitiker. Hat sich leidenschaftlich für die Nutzung von Sonnenenergie und die Reinigung von Flüssen eingesetzt.«

»Und?«

»Das machte ihn zur Zielscheibe für alle möglichen Energiekonzerne. Was, wenn er eine Aktion geplant hatte, mit der er irgendeinem hohen Tier auf die Füße getreten wäre?«

»Sie spielen also schon wieder das Spiel ›Was wäre wenn‹.«

»Ich kann nichts dafür. Da bin ich zwanghaft. Das ist meine misstrauische Natur.« Galen lächelte. »Aber zumindest sollten Sie doch erleichtert sein zu erfahren, dass Bently sich als ein tadelloser Charakter erweist.«

»Wieso?«

»Weil Sie offensichtlich so liebevolle Gefühle für diesen Schädel entwickelt haben, dass es Sie verdammt glücklich machen würde, wenn sich herausstellt, dass Victor ein netter Mensch war.«

»So oder so würde mich nichts davon abhalten, meine Arbeit zu Ende zu bringen.«

Galen legte den Kopf schief und musterte den Schädel. »Sie scheinen ja noch nicht sehr weit gekommen zu sein. Er sieht aus wie eine Voodoo-Puppe. Was sind das für Stöckchen, die Sie in ihn gesteckt haben?«

»Gewebetiefenmesser. Ich schneide jedes Stäbchen auf die richtige Länge zurecht und klebe es auf eine bestimmte Stelle des Gesichts. Es gibt mehr als zwanzig Punkte am Schädel, deren Gewebetiefe bekannt ist.« Vorsichtig brachte sie ein weiteres Stäbchen an. »Es gibt anthropologische Tabellen, auf denen man die Maße für jeden Punkt ablesen kann.«

»Dann besteht Ihre Arbeit also hauptsächlich aus Messungen?«

»Nein, das ist die Routinearbeit. Ich nehme Plastilinstreifen und klebe sie zwischen die Stäbchen, bis sie die richtige Gewebetiefe haben. Dann fange ich an zu glätten und auszufüllen und zu modellieren, bis ich zufrieden bin. Die letzte Phase ist die wichtigste. Deswegen vermeide ich es, mir Fotos des Toten anzusehen. Nicht einmal mein Unterbewusstsein darf beeinflusst werden.«

»Tja, vorerst besteht ja keine Gefahr. Aber ich habe vor, zur Zeitungsredaktion zu gehen und mir ein paar Fotos zu besorgen.«

»Dann behalten Sie sie, bis ich fertig bin.«

»Und wann wird das sein?«

»Wenn ich es Ihnen sage. In fünf, sechs Tagen vielleicht.« Sie schaute ihn an. »Irgendwelche Neuigkeiten über Pierre?«

»Ein kurzer Artikel auf Seite fünf der lokalen Tageszeitung über den Selbstmord von Pierre Letaux, der offenbar verzweifelt war über den plötzlichen Tod seiner Mutter.«

»Sie haben ja gleich vermutet, dass die Polizei keine Fragen stellen würde.«

»Ich muss gestehen, dass ich in dem Fall nicht darauf erpicht war, Recht zu behalten.« Er zuckte die Achseln. »Manchmal gewinnen die Verbrecher halt.«

»Diesmal nicht.« Sie klebte ein weiteres Stäbchen auf. »Und jetzt gehen Sie und lassen mich arbeiten.«

»Bin schon unterwegs.« Er überlegte. »Wissen Sie, wir könnten eigentlich Melton anrufen und ihm sagen, wir seien der Meinung, dass mit Marie und Pierre Letaux' Tod etwas nicht stimmt.«

»Daran habe ich auch schon gedacht. Und dann würde er mir versichern, dass ich mich irre und dass die Polizeiberichte einwandfrei sind.«

»Möglich.«

»Außerdem habe ich im Moment keine Lust, mich mit Melton zu beschäftigen.«

»Das habe ich mir schon gedacht. Es würde Ihre Arbeit

an Victor stören, und das darf natürlich auf keinen Fall passieren. Bringt Rick Ihnen was zu essen?«

»Wenn ich ihn gewähren lasse.« Sie hob eine Braue. »Mein Vorkoster scheint seine Aufgabe nicht allzu ernst zu nehmen.«

»Rick würde niemals zulassen, dass Ihnen etwas zustößt. Jedenfalls nicht, solange Sie an Victor arbeiten. Ich habe noch nie einen Menschen erlebt, der so eifrig darum bemüht war, jemandem die Arbeit zu erleichtern. Und heute Abend werde ich höchstpersönlich für Sie kochen.«

»Das ist ja sehr beruhigend.«

»Es sollte mehr als beruhigend sein. Die Vorfreude müsste Ihnen das Herz höher schlagen lassen.«

»Dazu habe ich keine Zeit.«

»Okay, machen Sie sich keine Gedanken, was meine Kochkünste angeht.« Er wandte sich zum Gehen. »Mir liegt ebenfalls viel daran, dass Sie Ihre Arbeit möglichst bald beenden.«

Ihm konnte nicht mehr daran gelegen sein als ihr selbst, dachte Eve, nachdem er gegangen war. Seit sie in der vorvergangenen Nacht Pierres Leiche gesehen hatte, war sie entschlossen, diese Rekonstruktion unter allen Umständen so schnell wie möglich hinter sich zu bringen.

Vielleicht hatte sie diese Absicht auch schon vorher gehabt. Es gab so wenige wirklich gute Menschen, und womöglich war Bently eines dieser seltenen Exemplare gewesen.

Sie brachte ein weiteres Stäbchen an. »Wir schaffen das schon, Victor«, murmelte sie. »Galen glaubt, du seist so eine Art Märtyrer gewesen, aber davon darf ich mich nicht beeinflussen lassen. Womöglich warst du ein Soldat oder ein Landstreicher oder irgendein anderes armes Opfer. Das ist egal. Auch du hast es verdient, nach Hause gebracht zu werden …«

»Keine Hinweise auf seine Identität, Lieutenant.« Officer Krakow zuckte die Achseln. »Und wir werden auch niemanden finden, der ihn erkennt. Die Jungs von der Spurensicherung sagen, er ist schon seit mindestens vier Tagen tot und hat mit dem Gesicht in einem Abwassergraben gelegen.«

»Seit vier Tagen?« Joes Blick wanderte zu den Kollegen von der Spurensicherung hinüber, die um die Einflussöffnung des Abwassergrabens herumstanden.

»Vielleicht auch länger. Sie wissen ja, es ist schwer, den Todeszeitpunkt festzustellen, wenn eine Leiche dem Wetter ausgesetzt war. Wir werden auf die Aussage des Gerichtsmediziners warten müssen.«

»Was hat er denn an?«

»Teures Hemd. Keine Krawatte, aber maßgeschneiderte Hose. Wahrscheinlich ein leitender Angestellter. Auf keinen Fall ein Obdachloser.« Krakow sah Joe neugierig an. »Das ist doch nicht Ihr Fall, oder, Sir? Suchen Sie irgendjemand bestimmten?«

»Vielleicht. Vielen Dank, Krakow.« Joe ging den Hügel hinunter. Er sah die ausgestreckte Leiche schon von weitem. Die Größe konnte ungefähr hinkommen. Capel war groß und kräftig gewesen und hatte braunes Haar, das sich an der Stirn stark lichtete, aber die Haare konnte er von hier aus nicht sehen. Leitender Angestellter passte auf Capel, aber der Zeitpunkt des Todes musste noch festgestellt werden. Was die Verwesung betraf, kam es in erster Linie auf die Witterungsbedingungen an. Er hatte einmal erlebt, wie eine Frauenleiche sieben Stunden nach Eintritt des Todes aus einem Kofferraum geborgen worden war, und er hätte schwören können, dass die Frau schon seit Tagen tot war.

Es musste nicht Capel sein. Er hoffte inständig, dass er es nicht war. Wenn diese Leiche sich als die von George Capel entpuppte, würden sich für den ganzen Schlamassel neue und gefährliche Aspekte ergeben.

»Hallo, Lieutenant.« Sam Rowley blickte auf, als Joe näher kam. »Sieht so aus, als hätten wir einen Fall für Sie.«

Joe betrachtete die Leiche. Die Haare waren hellbraun, aber das Gesicht war so geschwollen und entstellt, dass er nicht erkennen konnte, ob das Haar sich an der Stirn lichtete.

»Mord?«

»Messereinstich im Rücken. Die Leiche weist zahlreiche Wunden auf, aber wir können noch nicht sagen, ob sie dem Mann vor oder nach dem Tod zugefügt wurden. Er liegt schon eine ganze Weile hier.«

»Ich muss wissen, wer es ist. Fingerabdrücke?«

»Könnte schwierig werden bei den aufgeweichten Händen. Wahrscheinlich müssen wir es über die Zähne versuchen.«

»Wie lange wird das dauern?«

»Das Labor ist ziemlich überlastet. Vielleicht zwei Wochen.«

»Ich muss es jetzt wissen, Sam.«

Sam schüttelte den Kopf. »Reden Sie mit den Leuten vom Labor. Sie wissen, dass ich Ihnen nicht helfen kann.«

»Mach ich.« Joe ging zurück zur Straße.

Messereinstich im Rücken. Zahlreiche weitere Wunden.

Sein Magen verkrampfte sich, als er in seinen Wagen stieg. Jetzt bloß nicht in Panik geraten. Er musste sofort aufs Revier fahren und alle Hebel in Bewegung setzen, um möglichst bald die Identität der Leiche in Erfahrung zu bringen.

Er konnte nur hoffen, dass es sich nicht um Capel handelte.

»Wie weit sind Sie denn mittlerweile?«, fragte Galen am Abend, als er Eve eine Tasse Kaffee einschenkte. »Sind Sie schon über die Voodoophase hinaus?«

»Morgen. Ich muss sehr langsam vorgehen, um sicher zu

sein, dass der Anfang stimmt.« Sie hob ihre Tasse. »Das war ein sehr gutes Essen, Galen.«

»Es war hervorragend. Sie sind bloß zu müde, um meine Kochkunst würdigen zu können.«

»Nein, bin ich nicht.« Sie sah ihn ernst an. Was war er doch für ein ungewöhnlicher Mann. Komplex, oberflächlich betrachtet umgänglich und zwanglos, aber mit dunklen, geheimnisvollen Abgründen. Und dennoch hatte sie sich außer bei Joe noch nie bei einem Mann so sicher gefühlt. »Sie sind sehr nett zu mir, Galen.«

»Ich tue einfach meine Arbeit.«

»Nein. Seit ich im Krankenhaus zu mir gekommen bin, sorgen Sie für mich wie eine Mutter.«

»Das ist meine Aufgabe. Ich bin für Ihr Wohlergehen zuständig.« Er lehnte sich in seinem Stuhl zurück. »Und Sie machen's mir leicht. Bisher musste ich noch niemanden massakrieren oder in die Wüste schicken.«

Er scherzte. Oder nicht? Vielleicht nicht. Diese geheimnisvollen Abgründe ... »Ich hoffe, dass Sie das auch in Zukunft nicht zu tun brauchen.« Sie umklammerte ihre Tasse. »Der Tod ist etwas Hässliches.«

»Ja, da haben Sie Recht. Und niemand weiß das so gut wie Sie.«

»Nicht einmal Sie?«

Er lächelte. »Sagen wir, meine Erfahrungen in der Hinsicht sind aktiv, während die Ihren passiv sind.«

»Warum haben Sie diesen Job als Leibwächter angenommen, Galen? Ich hatte immer den Eindruck, Sie würden in einer höheren Liga spielen.«

»Ich mag Louisiana. Ich habe sogar ein Haus in der Nähe von New Orleans.«

»Sie haben den Job angenommen, weil Ihnen die Gegend hier gefällt? Das glaube ich nicht.«

»Also gut. Logan ist mein Freund, und er hat mich gebeten, ihm den Gefallen zu tun. Bei dem unsteten Leben, das ich führe, habe ich nicht viele Freunde, also versuche ich, die wenigen Freundschaften, die ich habe, zu pflegen.« Er schaute sie an. »Und wahrscheinlich gefiel mir die Vorstellung, den edlen Ritter zu spielen, der eine Dame vor Unbill bewahrt. Gewöhnlich sind meine Aufträge weniger ehrenhaft. Ich war Ihnen zwar erst einmal begegnet, aber ich hätte es nicht mit ansehen können, wenn Sie in Schwierigkeiten geraten wären.«

Sie hatte allerdings in Schwierigkeiten gesteckt, als sie ihm vor zwei Jahren in Arizona zum ersten Mal begegnet war, dachte Eve reumütig. Außer dass sie sich um Sarahs verwundete Wölfin Maggie kümmern musste, hatte sie versucht, ihre Probleme mit Jane zu lösen. »Nun, mit Maggie sind Sie ja auch sehr fürsorglich umgegangen. Sarah war ziemlich beeindruckt.«

»Wir hatten viele Gemeinsamkeiten.« Er trank einen Schluck Kaffee. »Quinn muss sich große Sorgen um Sie machen, sonst hätte er Logan bestimmt nicht um Unterstützung gebeten. Ich habe zumindest nicht den Eindruck, dass die beiden besonders gute Freunde sind.«

Sie straffte sich. »Ich will nicht über Joe reden.« Sie trank ihren Kaffee aus und stand auf. »Und in ein paar Tagen braucht sich keiner von uns mehr über irgendetwas Sorgen zu machen. Sehen wir zu, dass wir den Abwasch hinter uns bringen. Ich möchte nach oben gehen und Jane anrufen, bevor ich mich ins Bett lege. Wollen Sie lieber spülen oder abtrocknen?«

»Ich mache beides. Ich muss ein bisschen überflüssige Energie loswerden. Gehen Sie nur rauf und rufen Sie Ihre Kleine an. Ich habe die obere Etage überprüft, als Sie unter der Dusche waren. Die Luft ist rein. Aber gehen Sie lieber nicht auf den Balkon.«

»Glauben Sie, jemand wird auf mich schießen?«

Er schüttelte den Kopf. »Das wäre zu auffällig. Bisher wurde immer dafür gesorgt, dass alles so aussah wie ein

Unfall oder ein Selbstmord. Aber es kann nicht schaden, trotzdem vorsichtig zu sein. In solchen Situationen muss man immer mit dem Unvorhergesehenen rechnen.«

»Sie reden, als wäre das alles für Sie alltäglich. Ich finde es ziemlich stressig.«

Er begann, das Geschirr einzusammeln. »Es ist auf jeden Fall interessant.«

Sie sah ihn kopfschüttelnd an. Jedes Mal, wenn sie glaubte, seine glatte Schale durchbrochen zu haben, machte er wieder dicht. »Gute Nacht, Galen.«

»Gute Nacht. Träumen Sie was Schönes.«

Geh nicht auf den Balkon, sonst schießt man auf dich.

Iss nichts, was Galen nicht persönlich zubereitet hat, sonst wirst du vergiftet.

Das war nicht gerade der Stoff, aus dem schöne Träume gemacht werden.

Jane, die gerade dabei war, einen Salat zuzubereiten, blickte auf, als Joe am Abend das Haus betrat. »Eve hat eben angerufen.«

»Wie geht es ihr?«

»Gut. Sie ist ziemlich erschöpft von der Arbeit an dem Schädel. Sie nennt ihn Victor. Kannst du mal die Steaks rausnehmen, Joe?«

Joe ging in die Küche und öffnete den Kühlschrank. »Wie lange wird sie noch brauchen, bis sie mit der Arbeit fertig ist?«

»Sie weiß es noch nicht.« Jane schaltete den Elektrogrill ein. »Du weißt doch, dass Eve sich nie sicher ist. Aber es läuft gut, sagt sie.«

»Hat sie Galen erwähnt?«

»Nur dass er Victor einen Gladiator nennt und sie große Mühe hat, nicht daran zu denken. Ach ja, und sie sagt, er ist ein hervorragender Koch.« Sie lachte. »Gut, dass einer von den beiden gut kochen kann. Von Eve kann man das ja nicht gerade behaupten.«

»Ja, das stimmt.« Er reichte ihr die Steaks. »Klingt ja, als hätte sie's schön gemütlich.«

»Ja.« Jane sah ihn an, und ihr Lächeln verschwand. »Joe? Stimmt irgendwas nicht?«

»Nein, alles in Ordnung.« Er wandte sich ab. »Ich geh mich kurz frisch machen. Bin gleich wieder da.«

Er schloss die Badezimmertür hinter sich, wusch sich das Gesicht mit kaltem Wasser und griff nach dem Handtuch. Nein, es war alles in Ordnung. Er knüllte das Handtuch so fest, dass seine Knöchel sich weiß färbten. Nur dass er verdammt eifersüchtig war und Galen am liebsten den Hals umdrehen würde.

Mist. Am liebsten würde er jedem den Hals umdrehen, den Eve auf der Straße anschaute oder im Restaurant anlächelte. Sehr klug. Sehr vernünftig.

Aber wer sagte denn, dass er je vernünftig gewesen wäre, wenn es um Eve ging? Seit er sie vor all den Jahren kennen gelernt hatte, drehte sich sein ganzes Leben um sie, und erst seit so kurzer Zeit gehörte sie wirklich ihm. Das reichte nicht. Es würde nie reichen.

Joe holte tief Luft. Beherrsch dich. Er durfte Jane auf keinen Fall merken lassen, was für ein verrückter, besessener Idiot er war. Sie war ein Engel seit Eves Abreise. Nein, kein Engel. Dazu war sie zu wirklich und zu erdverbunden. Sie hatte eine zähe, liebevolle Art, die ihn immer wieder an Eve erinnerte.

Eve. Alles drehte sich um sie. Und sie war in Baton Rouge mit Galen, der ihr zur Seite stand, so verdammt gut kochte, mit ihr redete, alles mit ihr teilte … Er hatte das veranlasst, und er würde es wieder tun, aber das machte es nicht leichter.

»Joe, die Steaks sind fertig«, rief Jane.

»Ich komme.« Er hängte das Handtuch auf, öffnete die Tür und rang sich ein Lächeln ab. »Ich hab einen Bärenhunger. Ich hab heute ganz vergessen, zu Mittag zu essen.«

»Du arbeitest zu viel.« Jane trug die Steaks auf den Tisch und wäre beinahe über den Welpen gestolpert. »Toby, geh da weg. Die Steaks sind nicht für dich.«

»Aber ich wette, er kriegt die Reste.«

»Mal sehen. Eigentlich sollte ich das nicht tun. Sarah sagt, er braucht eine ausgewogene Ernährung, und Essensreste tun ihm nicht gut.« Sie schüttelte den Kopf. »Aber er ist so ein Feinschmecker. Ich hab noch nie einen Hund erlebt, der sich so über sein Fressen freut.«

»Was hat Eve denn sonst noch gesagt?«

»Nicht viel. Sie hat sich vor allem erkundigt, was ich so mache und wie es Toby geht. Ich hab ihr gesagt, es geht uns gut.« Sie setzte sich. »Ich hab ihr gesagt, dir geht's auch gut.«

»Aber danach hat sie nicht gefragt, stimmt's?«

»Nein, aber ich hab mir gedacht, dass sie es trotzdem gern wissen würde.

»Du Optimistin.«

»Sie arbeitet, und sie wirkt schon viel fröhlicher als vor ihrer Abreise. Arbeit muntert sie immer auf.«

»Ich weiß.«

»Du brauchst also nur geduldig abzuwarten. Und jetzt iss dein Steak.«

Er lächelte schwach. »Ja, Ma'am. Sonst noch was?«

»Ja, arbeite nicht so viel.« Sie schaute Toby, der seine Schnauze auf ihr Knie gelegt hatte, streng an. »Nicht betteln. Das ist unhöflich.«

»Das hältst du ja nicht mal durch, bis du zu Ende gegessen hast.«

»O doch. Er muss lernen –«

Das Telefon klingelte.

Jane seufzte. »Ich hatte schon befürchtet, du würdest nicht in Ruhe essen können.«

»Ich geh einfach nicht ran. Der Anrufbeantworter ist eingeschaltet.«

»Bring's lieber hinter dich, sonst bekommst du vor lauter Nervosität noch Magenschmerzen.«

Joe nahm den Anruf entgegen. »Quinn.«

»Hier ist Carol. Die Gebissanalyse ist gekommen. Es ist George Andrew Capel, zweiundvierzig Jahre alt.«

Joes Hand umklammerte das Telefon. »Verdammt. Irgendwas Aufschlussreiches im Autopsiebericht?«

»Ich weiß nicht. Ich sehe mal nach. Ah, hier ist er. Sie haben ihn gerade erst gebracht. Todesursache Messerstich durch den Rücken ins Herz. Das andere waren nur geringfügige Wunden. Keine davon tödlich, aber extrem schmerzhaft. Sieht aus, als würde der Mörder seine Opfer quälen, bevor er sie tötet.«

»Kann sein. Vielen Dank, Carol.« Er legte auf.

»Joe?«, flüsterte Jane.

Er machte ihr Angst. »Alles in Ordnung. Es ist nur eine Sache, um die ich mich kümmern muss.«

»Eve?«

»Nein. Wie kommst du denn darauf? Du hast doch eben erst mit ihr gesprochen. Das war Carol auf dem Revier. Eine Polizeiangelegenheit.«

»Über Polizeiangelegenheiten regst du dich nie so auf.«

Sie war eine zu gute Beobachterin, und er war zu aufgewühlt, um seine Angst vor ihr zu verbergen. Er stand auf. »Ich muss ein paar Anrufe erledigen. Iss ruhig weiter. Ich bin gleich wieder da.«

Sie runzelte die Stirn, offenbar nicht zufrieden mit seiner Antwort. »In Ordnung. Aber dein Steak wird kalt.«

»Ich wärme es mir wieder auf.« Er würde sowieso nichts herunterbekommen. Essen war im Augenblick seine geringste Sorge. Das Grab. Der Bericht, der Eve zugeschickt worden war. George Capel. Eves Auftrag in Baton Rouge. Alles passte zusammen.

Und das Bild, das sich daraus ergab, ließ ihn vor Angst fast erstarren.

»Er ist immer noch ziemlich hässlich, auch ohne die Stäbchen.« Galen legte den Kopf schief und betrachtete den Schädel auf dem Sockel. »Vielleicht liegt es an den leeren Augenhöhlen.«

»Verschwinden Sie, Galen.«

»Kommt nicht in Frage. Es ist acht Uhr, und Sie arbeiten hier seit sechs Uhr heute früh. Zeit, Feierabend zu machen. Ich werde Sie nach Hause begleiten und Ihnen etwas kochen. Rick würde Sie glatt die ganze Nacht durch arbeiten lassen.«

»Ich bin noch nicht so weit.«

»Werden Sie ihn heute Abend fertig stellen?«

»Nein, auf keinen Fall. Ich habe noch gut vier Tage Arbeit vor mir. Vielleicht länger.«

»Dann sollten Sie sich lieber eine Ruhepause gönnen. Denn offenbar besteht ja kein Grund zur Eile.«

»Es besteht allerdings Grund zur Eile.«

»Nicht für Sie. Melton kann warten.«

Galen verstand das einfach nicht. Wenn sie mit der Arbeit an einem Schädel begann, kam der Drang, sich zu beeilen, von innen. Es war, als würde der Mensch, dessen Gesicht sie rekonstruierte, sie dazu antreiben, als würde er ihr zuflüstern: Finde mich. Hilf mir. Bring mich nach Hause.

»Welche Farbe?« Galen betrachtete immer noch die Augenhöhlen. »Woher wissen Sie, welche Augenfarbe Sie ihnen geben müssen?«

»Ich weiß es nicht. Normalerweise nehme ich Braun. Das ist die häufigste Augenfarbe. Warum machen die Augenhöhlen Sie so nervös?«

»Ich kannte mal einen Mann in Mozambique, dem von einem boshaften Kunden im Drogengeschäft die Augen ausgestochen worden waren. Er ist überraschend gut damit zurechtgekommen, aber mir lief jedes Mal ein Schauer über den Rücken, wenn ich ihn gesehen habe.«

»Das kann ich mir vorstellen.«

»Es hat mich ganz verrückt gemacht. Ich hasse Verstümmelungen. Das sollte niemand einem anderen Menschen antun.«

Eve drehte sich zu ihm um. »So aufgebracht habe ich Sie ja noch nie erlebt.«

»Das ist auch besser so. Ich kann ziemlich ungemütlich werden.«

»Zum Beispiel gegenüber dem ›boshaften Kunden aus dem Drogengeschäft‹?«

»Niemand sollte das einem anderen Menschen antun«, antwortete Galen ausweichend. Dann lächelte er. »Jetzt haben Sie's geschafft. Sie haben mich dazu gebracht, über diese Abscheulichkeit nachzudenken, und jetzt bin ich völlig deprimiert. Sie müssen also mitkommen, damit ich Ihnen ein gutes Essen bereiten und das alles vergessen kann. Das ist die beste Therapie.«

»Das ist Manipulation.« Sie deckte den Schädel mit einem Handtuch ab. »Aber diesmal lasse ich es durchgehen. Vielleicht bin ich ein bisschen müde.«

»Genau. Dann waschen Sie sich die Hände, damit wir gehen können.« Galen trat ans Fenster und schaute auf den Bayou hinaus. »Sie sollten sich Baton Rouge wirklich ein bisschen ansehen. Eine schöne Stadt.«

»Ich war am Tag von Maries Begräbnis mit Ihnen essen. Da hatte ich schon stundenlang Gelegenheit, mir Baton Rouge anzusehen. Außerdem bin ich nicht hier, um Sightseeing-Touren zu machen.«

»Irgendjemand muss sich schließlich um Sie kümmern. Das Leben hat mehr zu bieten als Schädel mit leeren Augenhöhlen.«

»Sobald ich die Augenhöhlen fülle, sind sie nicht mehr leer.« Eve trocknete sich die Hände ab. »Und ich bin eigentlich kein Workaholic.«

»Sie sind aber nah dran. Ich dagegen nehme mir hin und wieder gern die Zeit, an Rosen zu schnuppern.« Galen hielt ihr die Tür auf. »Allerdings kenne ich New Orleans besser als Baton Rouge. Wir werden also ganz in Ruhe nach Hause spazieren, und unterwegs erzähle ich Ihnen die Geschichte vom Big Easy und vielleicht ein paar Geschichten von meinen Aufenthalten dort. Dann können Sie entscheiden, was Sie unterhaltsamer finden.«

Galens Geschichten waren eindeutig unterhaltsam, und sie vertrieben ihnen die Zeit, bis sie am Haus eintrafen. Sie waren derb, lustig und voller facettenreicher Charaktere und amüsanter Anekdoten.

»Und er hieß wirklich Marco Polo?«, fragte Eve. »Das soll doch wohl ein Witz sein.«

»Überhaupt nicht. Er sagte, seine Mutter hätte ihn so genannt, weil sie der Meinung war, er würde mal ein großer Entdecker werden. Eigentlich passte er ganz gut zu einer Reihe von schrägen Vögeln, die im French Quarter von New Orleans wohnten. In seiner Wohnung ist er immer in Kostümen aus dem dreizehnten Jahrhundert rumgelaufen, und er hatte eine besondere Vorliebe für französische Prostituierte. Ich glaube nicht, dass das die Art von Erforschung des Orients war, die seine Mutter im Sinn hatte, aber was geht mich das – Scheiße!« Er riss sie zur Seite und stellte sich vor sie. »Wer zum Teufel sind Sie?«

»Quinn.« Joe trat aus dem Schatten neben der Haustür. »Wie Eve Ihnen bestätigen wird, wenn Sie zur Seite treten würden.«

Eve starrte ihn entgeistert an. »Joe?«

»Du erinnerst dich an meinen Namen? Dann darf ich mich wohl glücklich schätzen.«

»Du hättest nicht kommen sollen. Ich will dich hier nicht haben.«

»Das hast du deutlich genug zum Ausdruck gebracht. Aber du hast Pech gehabt. Jetzt bin ich hier, und ich habe vor zu bleiben.«

»Wo ist Jane?«

»Es geht ihr gut. Sie ist bei deiner Mutter. Sandras Mann und der kleine Mike sind nach Oregon zum Angelurlaub. Die Mutter des Kleinen ist mal wieder wegen Drogenbesitzes eingelocht worden, und die beiden dachten, es wäre eine gute Idee, ein bisschen mit ihm ins Grüne zu fahren. Deine Mutter ist froh, Gesellschaft zu haben.«

Eves Entgeisterung verwandelte sich in Wut. »Als ich abgereist bin, habe ich dir erklärt, dass ich dich nicht bei mir haben will. Fahr zurück nach Atlanta, Joe.«

»Tut mir Leid.« Joe sah Galen an. »Was geht hier eigentlich vor?«

»Nichts, was dich etwas anginge«, sagte Eve. »Fahr nach Hause.«

Joe wirbelte zu ihr herum, und seine Worte schossen wie Kugeln aus seinem Mund. »Jetzt hörst du mir mal zu. Ich habe nicht vor, eure gemütliche Häuslichkeit zu stören. Ich wusste, dass du mich nicht hier im Haus dulden würdest. Aber ich bleibe. Du kannst mich nicht daran hindern. Jetzt komme ich erst mal mit rein und erzähle euch ein paar Dinge, und dann wird einer von euch mich darüber aufklären, was hier vor sich geht.«

»Ich denke, wir sollten ihn ins Haus bitten, Eve«, sagte Galen, während er die Tür aufschloss. »Ich hasse Szenen in der Öffentlichkeit.«

»Er fährt gleich weg. Es wird keine Szene geben.«

»O doch. Ich bin so geladen, dass ich die ganze Stadt abfackeln würde, um meinen Willen durchzusetzen.«

»Ach, das sollten Sie nicht tun«, meinte Galen. »Ich habe Eve gerade erst erzählt, was für ein malerischer Ort das hier ist.«

»Oh, darüber habt ihr also so nett geplaudert?«, erwiderte Joe. »Ich hatte aber einen ganz anderen Eindruck.«

»Ach Gott, daher weht also der Wind.« Galen öffnete die Tür. »Kommen Sie rein, Quinn. Ich sehe schon, das wird ein interessantes Gespräch.« Sein Blick wanderte zu Eve.

»Geben Sie ihm zwanzig Minuten, Eve. Offenbar hat er uns etwas Wichtiges zu sagen. Nach allem, was ich über ihn gehört habe, ist er sicher nicht so dumm, ohne guten Grund so eine weite Reise zu machen.«

»Ich will nicht –« Am besten, sie brachte es einfach hinter sich. Sie kannte diesen Ausdruck in Joes Gesicht. Er würde keinen Millimeter weit nachgeben. »Zwanzig Minuten.« Sie marschierte an Joe vorbei ins Haus.

»Bin gleich wieder da.« Galen lief die Treppe hinauf. »Ich muss die obere Etage überprüfen. Falls Sie sich nützlich machen wollen, Quinn, können Sie inzwischen das Erdgeschoss übernehmen.«

»Ach, das trauen Sie mir zu?«, erwiderte er sarkastisch. »Das ist ja direkt –« Galen war bereits außer Hörweite. Joe drehte sich um und ging auf die Tür zu seiner Linken zu. »Ist das die Küche?«

»Das Esszimmer. Die Küche liegt gleich dahinter.«

Joe öffnete die Tür. »Bleib, wo du bist.«

»Den Teufel werd ich tun.« Eve folgte ihm durchs Esszimmer in die Küche und sah zu, wie er in den beiden Vorratskammern, unterm Küchentisch und dann im Esszimmer nachschaute. »Was du tust, ist nicht fair, Joe. Ich bin noch nicht so weit, dass ich dich sehen will.«

»Wirst du jemals so weit sein?« Er ging an ihr vorbei in den Salon. »Ist das das Wohnzimmer?«

Sie nickte und wartete ab, bis er alles in Augenschein genommen hatte.

»Alles klar?« Galen kam die Treppe herunter. »Nachdem wir das also erledigt haben, wie wär's mit einem Glas Wein oder einer Tasse Kaffee? Oder nein, lieber nicht.« Er kam ins Wohnzimmer und setzte sich aufs Sofa. »Verzeihen Sie, dass ich vor Ihnen Platz nehme, Eve, aber ich sehe Ihnen an, dass Sie nicht in der Stimmung sind, es sich gemütlich zu machen.« Er wandte sich an Joe. »Sie ist ziemlich fuchsig. Am besten, Sie fassen sich kurz.«

»Ich brauche Ihre guten Ratschläge nicht. Ich kenne Eve besser, als Sie sie je kennen werden«, sagte er, ohne seinen Blick von Eve abzuwenden. »Stimmt's?«

»Meinst du? Ich habe auch geglaubt, ich würde dich kennen.«

»Du kennst mich. Du willst bloß nicht akzeptieren, was du weißt, was du immer gewusst hast.« Er schüttelte den Kopf. »Ich komme nicht an dich ran. Egal. Das spielt jetzt keine Rolle. Ich muss mit dir über Capel reden.«

»Wer ist Capel?«

»George Capel. Das ist der Mann, den ich bestochen habe, damit er dir den falschen DNS-Bericht schickt und den echten verschwinden lässt.«

»Und der Mann, der mir dann den echten geschickt hat.«

»Das war nicht Capel. Es ergab keinen Sinn, es passte einfach nicht, dass er das tun würde, ohne vorher zu versuchen, noch mehr Geld aus mir rauszuquetschen ... es sei denn jemand anders hätte ihm eine große Summe angeboten. Also bin ich der Sache nachgegangen. Capel war seit einer Woche nicht im Labor erschienen, und ich dachte schon, er hätte das Weite gesucht.« Seine Züge verhärteten sich. »Er wusste, dass ich mich sofort an seine Fersen heften würde. Aber irgendjemand muss einen Verdacht geschöpft haben, sonst wäre er nicht bei Capel gelandet. Ich bin in das Labor gegangen und habe ein paar Fragen gestellt. Nachdem ich mit mindestens einem Dutzend Angestellten gesprochen hatte, erfuhr ich, dass ein Polizist aus dem Forsythe County da gewesen war und nach den Unterlagen über Bonnie Duncan gefragt hatte. Die Frau war ziemlich irritiert, weil sie die Unterlagen nicht finden konnte. Daraufhin wollte der Polizist wissen, wer für den Bericht zuständig gewesen war, und sie sagte ihm, das sei George Capel gewesen und ob er ihn sprechen wolle. Er erklärte, er würde noch einmal vorbeischauen, wenn er mehr Zeit hätte. Später an dem Tag haben zwei Nachbarn von Capel diesen zusammen mit einem kleinen, dunkelhaarigen Mann beobachtet. Die beiden Männer gingen in Capels Haus und verließen es dann gemeinsam. Ein Mann, auf den dieselbe Beschreibung passt, begleitete Capel am selben Tag auf die Bank. Die Bankangestellte, die ihn in den Raum mit den Schließfächern geführt hat, sprach Capel darauf an, er würde irgendwie krank aussehen. Er hätte die Grippe, war Capels Kommentar. Ich vermute, dass der Mann, der in dem Labor aufgetaucht ist, um sich nach Bonnies Unterlagen zu erkundigen, den Braten gerochen hat, als die Papiere nicht auffindbar waren, und sich daraufhin Capel vorgeknöpft hat. Er hatte ins Schwarze getroffen. Capel war ziemlich leicht zu durchschauen und ein leichtes Opfer für jeden, der ihn genug unter Druck setzte. Wahrscheinlich hat der Mann ihn gezwungen, ihn in sein Haus zu lassen, damit er es durchsuchen konnte. Kein DNS-Bericht. Dann wurde die Sache ernst. Ich glaube, es hat eine ganze Weile gedauert, bis Capel damit rausgerückt ist, wo er den Bericht versteckt hatte. Dann sind die beiden zusammen zur Bank gefahren und haben die Unterlagen geholt. Kein Wunder, dass Capel krank wirkte. Wahrscheinlich machte er Höllenqualen durch.«

»Und das alles wegen des DNS-Berichts über Bonnie?«, fragte Eve skeptisch. »Das ergibt doch überhaupt keinen Sinn.«

»Überzeugt es dich, wenn ich dir sage, dass wir vor zwei Tagen Capels Leiche gefunden haben?«

Ihre Augen weiteten sich. »Was?«

»Ermordet?«, fragte Galen.

Joe nickte. »Messerstich in den Rücken. Zahlreiche weitere Wunden am ganzen Körper.«

»Die Mittel der Überredungskunst«, murmelte Galen.

»Das nehme ich an.«

Eve schüttelte benommen den Kopf. »Warum?«

»Warum bist du hergekommen?«, fragte Joe. »Was hat dich dazu getrieben?«

»Du weißt, warum ich hier bin.«

»Ja, verdammt, ich weiß es. Das war verdammt gut ausgeklügelt. Erst die Grabschändung, um dich schon mal zu schockieren. Dann der DNS-Bericht. Ein doppelter Haken, der dich dazu gebracht hat, so weit wie möglich von mir wegzulaufen. Und kam es nicht äußerst gelegen, dass man dir rein zufällig gerade einen Auftrag angeboten hatte?«

»Willst du damit sagen, der Mann wurde ermordet, um mich hierher zu locken?«

»Brauchst du noch mehr Beweise? Die Fußabdrücke auf dem Grabhügel stammten von Schuhen, die besonders hier in der Gegend viel verkauft werden. Sie führten zu Spuren von Reifen, die zur Standardausstattung des Saturn gehören. Ich habe von dem Mann, der Capel in sein Haus begleitet hat, eine Phantomzeichnung anfertigen lassen. Ich habe die Sicherheitskameras der Bank überprüft. Leider war der Typ schlau genug, sein Gesicht immer von den Kameras abgewandt zu halten. Aber beide Nachbarn und die Bankangestellte haben das Gesicht auf der Zeichnung erkannt. Daraufhin bin ich mit dem Bild zu den Mietwagenfirmen am Flughafen gegangen. Volltreffer. Avis hat einen Saturn an einen Mann namens Karl Stolz aus Shreveport, Louisiana, vermietet. Er hat mit Kreditkarte bezahlt und war sehr freundlich. An dem Tag, als du Melton gesagt hast, du würdest den Auftrag übernehmen, hat er den Wagen zurückgebracht und ist nach Baton Rouge geflogen.«

»Gute Arbeit«, meinte Galen. »Ich nehme an, Sie haben auch die Kreditkarte überprüfen lassen.«

»Ausgestellt auf den echten Karl Stolz mit Adresse in Shreveport. Gestohlen. Er ist seit einem halben Jahr nicht außerhalb von Baton Rouge gewesen.« Seine Hände ballten sich zu Fäusten. »Glaub mir, Eve. All das ist passiert, um dich hierher zu locken. Und jetzt sieh gefälligst zu, dass du von hier wegkommst.«

Es war unfassbar. Aber sie glaubte ihm. »Willst du damit

sagen, dieser Mann hat mein Leben ruiniert und einen Mann ermordet, nur um mich dazu zu bringen, dass ich diesen Auftrag übernehme?« Sie versuchte, ihre Gedanken zu ordnen. »Melton?«

»Ich habe ihn angerufen, bevor ich ins Flugzeug gestiegen bin. Er leugnet natürlich alles, aber der ganze Schlamassel scheint zu ihm zu führen – oder zu einem Komplizen.«

»Es wundert mich, dass du das nicht aus ihm rausgequetscht hast.«

»Ich hatte keine Zeit.«

Eve schüttelte den Kopf. »Fahr nach Hause, Joe. Ich will nicht, dass du in die Sache verwickelt wirst. Wenn es ein Problem gibt, werde ich schon damit fertig.«

»Du meinst, du willst mich nicht mehr in deinem Leben haben. Tja, da hast du einfach Pech gehabt. Wer auch immer Capel ermordet hat, hat auch mein Leben ruiniert. Wirst du mir jetzt sagen, was hier vor sich geht?«

»Nein, das werde ich nicht.«

»Dann werde ich es selbst rausfinden.« Er drehte sich auf dem Absatz um. »Falls du es dir anders überlegen solltest, kannst du mich im Hotel Westin erreichen.«

»Moment.« Galen sprang auf. »Könnte ich Sie kurz unter vier Augen sprechen, Quinn? Gehen Sie doch inzwischen nach oben und ruhen Sie sich aus, Eve.«

»Galen«, sagte sie mit einem warnenden Unterton.

»Sie wollen ihn vielleicht nicht dabei haben, aber ich schon. Ich nehme jede Unterstützung an, die mir geboten wird. Wenn er mir hilft, nützt er mir mehr, als wenn er mir in die Quere kommt, bloß, weil er ein paar simple Tatsachen in Erfahrung bringen will.« Er lächelte. »Sie können ihn sich ruhig weiterhin vom Hals halten. Ich kümmere mich schon um ihn.«

»Ich will ihn nicht hier haben.«

»Ich schon.« Galen grinste. »Also, entweder Sie packen

Ihre Sachen und fahren nach Hause, oder er bleibt. Nicht zu nahe, aber erreichbar. Auf jeden Fall bleibt er. Also gehen Sie sich ausruhen, und wenn Quinn weg ist, mache ich Ihnen ein Abendessen.«

»Hören Sie auf, mich wie ein Kind zu behandeln. Ich habe keinen Hunger, und ich tue, was ich will.«

Eve verließ das Zimmer und ging die Treppe hinauf.

Verdammt, sie hatte nicht damit gerechnet, dass Galen ihr in den Rücken fallen würde. Das war unverhofft gekommen – aber es war nicht so ein Schock wie die hässliche Geschichte, die Joe ihr unterbreitet hatte.

Es war unvorstellbar, dass jemand so einen gigantischen, diabolischen Aufwand treiben würde, um sich ihrer Dienste zu vergewissern. Dieser Mann war in den empfindlichsten Bereich ihres Lebens eingedrungen und hatte Bonnie benutzt, um sie zu manipulieren.

Wut stieg in ihr auf. Dieser Mistkerl. Und was war mit der Geschichte, die Melton ihr aufgetischt hatte? Wie viel war davon Wahrheit und wie viel Lüge?

Marie und Pierre Letaux? Sie waren getötet worden, um zu verhindern, dass sie die Rekonstruktion durchführte. Wie passten die beiden in dieses Komplott?

Sie konnte sich einfach keinen Reim darauf machen. Sie konnte überhaupt keinen klaren Gedanken fassen. Sie war wütend und verwirrt, und der Schreck und der Schmerz, den sie empfunden hatte, als Joe plötzlich vor ihr stand, machte es auch nicht besser.

Im ersten Augenblick war sie so glücklich gewesen, dass es ihr fast den Atem geraubt hatte, aber dann war ihr alles wieder eingefallen, und sie war erneut vom Schmerz überwältigt worden.

Sie musste Joe dazu bringen, dass er abreiste. Mit dieser Verwirrung konnte sie nicht leben, und vor allem konnte sie in diesem Zustand nicht arbeiten.

Arbeiten? Ein kalter Schauer lief ihr über den Rücken,

als ihr klar wurde, dass sie sich weniger Sorgen darüber machen sollte, wie sie Victor fertig stellen, als vielmehr darüber, wie sie überleben sollte.

Acht

Offenbar haben Sie Eve nicht so gut kennen gelernt, wie ich dachte«, sagte Joe, als sie hörten, wie sie ihre Zimmertür zuknallte. »Mit Herablassung können Sie sie nur auf die Palme bringen.«

»Was Eve angeht, scheinen Sie ja auch nicht gerade ein Experte zu sein. Sie haben es sich immerhin gänzlich mit ihr verdorben«, erwiderte Galen.

Joe zuckte zusammen. »Sie hat Ihnen von dem DNS-Bericht erzählt?«

»Das ärgert Sie wohl, was? – Nein, Logan hat mir alles erzählt, was Sie ihm gesagt haben. Sie sind ein hohes Risiko eingegangen.« Er wechselte das Thema. »Also, wollen Sie nun wissen, was sich hier abspielt?«

Joe schwieg einen Augenblick lang. »Ja, ich will es wissen.«

»Na, das war doch gar nicht so schwer, oder?« Galen berichtete ihm alles, was seit Eves Ankunft in Baton Rouge vorgefallen war.

Als er geendet hatte, fluchte Joe vor sich hin. »Warum haben Sie mich nicht angerufen? Warum haben Sie mich nicht informiert?«

»Logan hat mich angeheuert, nicht Sie. Und Eve war nur bereit, mich in ihrer Nähe zu akzeptieren, wenn ich ihr versprach, Ihnen kein Wort zu sagen. Sie haben es sich also eigentlich selbst zuzuschreiben.«

»Es scheint Ihnen ja richtig Spaß zu machen, mir das unter die Nase zu reiben.«

»Antagonismus bringt stets die schlechtesten Seiten in mir zum Vorschein. Haben Sie das Phantombild ans FBI geschickt, um festzustellen, ob die den Mann in ihrer Verbrecherdatei haben?«

»Ja. Sie haben ihn nicht.«

»Ich würde mir die Zeichnung gern mal ansehen. Der Mann, der Eve in jener Nacht ins Krankenhaus geschafft hat, passt auf die Beschreibung. Wir könnten das Aufnahmepersonal befragen. Haben Sie sie mitgebracht?«

»Ich habe mehrere Kopien im Hotel. Ich werde Ihnen eine geben.« Joe schaute zur Treppe hinüber. »Könnten Sie sie nicht überreden, nach Hause zu fahren? Auf mich hört sie ja sowieso nicht.«

»Ich werd's versuchen. Sie wird stinkwütend auf Melton sein, wenn sie annimmt, er könnte etwas mit all dem zu tun haben, was Sie ihr erzählt haben. Andererseits arbeitet sie wie besessen an ihrem Victor. Heute musste ich sie regelrecht von ihm wegzerren.«

»Verdammt. Wer auch immer hinter dieser Sache steckt, ist nicht zimperlich. Ein falscher Schritt und sie –« Er brach ab und holte tief Luft. »Ich halte es einfach nicht aus, nicht hier zu sein, um sie zu beschützen. Es macht mich vollkommen verrückt.«

»Das ist nicht zu übersehen«, sagte Galen. »Ich tue mein Bestes. Geben Sie mir Ihre Handynummer, ich werde versuchen, Sie auf dem Laufenden zu halten.«

»Das reicht mir nicht.«

»Mehr kann ich nicht für Sie tun. Wenn Sie sich hier auf dem Gelände herumdrücken, wird Eve an die Decke gehen. Vertrauen Sie mir, ich habe mich bisher gut um sie gekümmert. Und ich habe vor, das weiterhin zu tun.«

»Ich traue Ihnen nicht, und ich will nicht, dass Sie –« Joe knallte eine Visitenkarte mit seiner Handynummer auf den Tisch und ging zur Tür. »Wenn Sie mich nicht über jede Einzelheit informieren, mache ich Sie fertig.«

»Ich hasse Drohungen. Sie strapazieren meine zarten Nerven.«

»Sie können mich mal.«

»Schön, womit könnte ich mich denn revanchieren? Womit könnte ich Sie so richtig treffen?« Galen lächelte boshaft. »Soll ich Ihnen sagen, wie gut ich Eve kennen gelernt habe? Wir haben einander unsere ganz persönlichen Ängste und Träume anvertraut, wir haben einander von unserer Kindheit erzählt. Wir haben gemeinsam gegessen, Trauer und Todesfälle erlebt. Ich habe sie beschützt und sie in meinen Armen gehalten, um sie zu trösten.«

»Sie Mistkerl.«

»Dachte ich mir doch, dass das funktioniert.« Er ging an Joe vorbei in die Küche. »Und jetzt muss ich uns ein kleines Abendessen bereiten.«

Joe hätte ihn am liebsten erwürgt.

Galen schaute ihn über die Schulter hinweg an und schüttelte den Kopf. »Ich bin ihr Sicherheitsnetz, Quinn. Wenn Sie mich aus dem Weg räumen, stecken Sie bis zum Hals in der Scheiße.«

Vor sich hin fluchend riss Joe die Haustür auf.

»Ach, ich habe noch eine Kleinigkeit zu erwähnen vergessen«, rief Galen ihm nach. »Vor ein paar Tagen war ich nackt in ihrem Schlafzimmer.« Dann verschwand er in der Küche.

Joe spürte, wie seine Schläfen pochten. Er holte tief Luft. Nur die Ruhe bewahren. Galen wollte es ihm heimzahlen. Vielleicht hatte er gelogen.

Andererseits konnte es auch die Wahrheit sein. Also gut, er musste es akzeptieren. Wenn Galen die Wahrheit gesagt hatte und Eve ein Verhältnis mit ihm hatte, dann musste er sich einfach damit abfinden. Ihm waren die Hände gebunden. Er brauchte den Mistkerl, um Eves Leben zu schützen. Er durfte ihn nicht anrühren. Jetzt nicht.

Später.

»Ich habe Ihnen ein Sandwich gemacht«, sagte Galen, als Eve auf sein Klopfen hin öffnete. »Sie haben zwar gesagt, Sie hätten keinen Hunger, aber Sie müssen bei Kräften bleiben, wenn Sie Victor fertig stellen wollen.«

»Ich mag es nicht, überstimmt zu werden«, sagte sie kühl. »Vor allem, wenn es um meine ganz persönlichen Angelegenheiten geht.«

»Aber es geht hier nicht nur um Ihre ganz persönlichen Angelegenheiten. Es geht um Ihr Leben, und ich werde dafür bezahlt, dass ich Ihr Leben schütze. Also behandeln Sie Quinn, wie es Ihnen beliebt, aber wenn ich ihn brauche, werde ich ihn benutzen.« Er stellte das Tablett auf ihrem Nachttisch ab. »Logan hat mir gesagt, Joe ist nicht nur Polizist, sondern auch ein ehemaliger SEAL-Mann. Das könnte uns nützlich sein.«

»Joe lässt sich von niemandem benutzen.«

»Genau das macht es besonders reizvoll.« Galen zog eine Schnur aus der Tasche, an der lauter kleine Glöckchen befestigt waren, und ging auf die Balkontür zu. »Dieser Balkon macht mich nervös, und ich bin es leid, ihn jede Nacht mehrmals zu überprüfen.«

»Ich wusste gar nicht, dass Sie das machen.«

»Tja, da sehen Sie mal, wie gut ich bin.« Er trat auf den Balkon hinaus und band die Glöckchen an die schmiedeeisernen Stangen. Dann wackelte er leicht an dem Geländer. Sofort ertönte ein helles Bimmeln. »Na also. Gott sei Dank ist das alles ziemlich wackelig. Nicht gerade eine Hightech-Alarmanlage, aber es klingt schön, und es ist laut genug, um mich zu wecken, falls jemand versucht, auf den Balkon zu klettern.« Er schaute sie über die Schulter hinweg schelmisch grinsend an. »Oder falls Quinn versucht, den Romeo zu spielen. ›*Noch einmal stürmt*‹ ...«

»Dieses Zitat ist aus *Heinrich V.*«

»Wenn ein Zitat passt, nehme ich es mit der Quelle nicht so genau.«

»Und Joe ist viel zu pragmatisch, um Romeo zu spielen.«

»Heute Abend ist er mir aber ganz und gar nicht pragmatisch vorgekommen. Er war stinkwütend, und es gefällt ihm überhaupt nicht, dass ich in Ihrer Nähe bin. Anfangs hat es mich ja noch amüsiert, aber dann hat mein Selbsterhaltungstrieb die Oberhand gewonnen, und ich fürchte, ich war ein bisschen gemein.«

»Was haben Sie denn getan?«

»Ach, ein bisschen gestichelt.« Galen wackelte noch einmal an dem Geländer, und die Glöckchen bimmelten leise. »Ist das nicht entzückend?« Er kam ins Zimmer, schloss die Balkontür und verriegelte sie. »Essen Sie Ihr Sandwich und sehen Sie zu, dass Sie ein bisschen Schlaf bekommen. Ich weiß, dass das, was Quinn Ihnen erzählt hat, Sie sehr beunruhigt.«

»Natürlich beunruhigt es mich.« Eve schüttelte sich. »Ich fühle mich ... missbraucht. Dieser Mistkerl hat meine kleine Bonnie benutzt und mein Leben auf den Kopf gestellt, nur um seinen Willen durchzusetzen. Und was er mit Capel gemacht hat ...«

»Es überrascht mich, dass Ihnen das etwas ausmacht. Immerhin hat Capel Sie ebenfalls manipuliert.«

»Nein, das war Joe. Er hat uns beide manipuliert, Capel und mich. Wenn Joe sich einmal etwas in den Kopf gesetzt hat, dann ist der Versuch, sich ihm entgegenzustellen, so ähnlich, als wollte man einen Tornado aufhalten.«

»Diesen Eindruck hatte ich ebenfalls.« Galen ging auf die Tür zu. »Aber vielleicht sind Sie doch allzu hart ihm gegenüber.«

»Sie haben keine Ahnung, um was es geht, Galen.«

»Da haben Sie Recht, aber das hält mich nicht davon ab, meine Meinung zu äußern.« Lächelnd öffnete er die Tür. »Gute Nacht, Eve. Vergessen Sie nicht, dieses köstliche Schinkensandwich zu essen, damit Sie mich morgen früh loben können.«

Sie schüttelte den Kopf, als er die Tür hinter sich schloss. Er war einfach unmöglich. Lustlos betrachtete sie das Sandwich, doch dann nahm sie es vom Teller und biss hinein. Er hatte Recht. Sie musste bei Kräften bleiben. Nicht nur, um ihre Arbeit fortzusetzen, sondern auch, um diesen Alptraum durchzustehen, in den sie geraten war. Sie musste über das nachdenken, was Joe ihr erzählt hatte, und über das, was seit ihrer Ankunft geschehen war, und dann musste sie eine Entscheidung treffen.

Wahrscheinlich wäre es das Beste, wenn sie ihre Sachen packte und nach Atlanta zurückkehrte.

Aber Victor wartete auf sie. Sie spürte, wie er sie rief. Sie musste ihn nach Hause bringen.

Sie musste nachdenken, aber so aufgewühlt wie sie war, seit sie Joe erblickt hatte, konnte sie keinen klaren Gedanken fassen.

Gott, sie wünschte, er wäre nicht gekommen.

Die Glöckchen auf dem Balkon bimmelten leise in der Dunkelheit.

Eve fuhr im Bett auf und starrte auf die Balkontür.

Die Glöckchen bimmelten erneut.

»Rühren Sie sich nicht vom Fleck.« Galen stand in der Zimmertür. »Wir haben Besuch.« Er schlich auf den Balkon zu. »Und zwar keinen besonders intelligenten, wenn er's noch mal versucht, nachdem er das Bimmeln gehört hat.«

»Seien Sie vorsichtig«, flüsterte sie. Sie konnte ihn im Dunkeln kaum erkennen, aber dann wurde die Balkontür aufgerissen, und im nächsten Augenblick war er draußen.

Sie hörte ein Krachen, sprang aus dem Bett und lief hinaus.

Sie sah Galen am Boden mit einem Mann ringen.

Plötzlich hob Galen eine Faust und verpasste dem Mann einen Kinnhaken.

Der Mann erschlaffte.

»Und auch kein ernst zu nehmender Gegner«, sagte Galen, als er aufstand. Er packte den Mann an den Füßen und schleifte ihn an Eve vorbei ins Zimmer. »Dieser Leibwächterjob stellt wirklich keine große Herausforderung dar.«

Sie folgte ihm. »Es tut mir ja schrecklich Leid für Sie, dass er sich nicht als würdiger Gegner erweist, aber ich fühle mich durchaus bedroht, wenn nachts fremde Männer auf meinem Balkon herumkrauchen.« Der Mann, der etwa Mitte vierzig sein mochte, hatte grobe, slawische Züge und kurzes, grau meliertes Haar. »Haben Sie ihn verletzt?«

»Ach was, der hat bloß einen sehr zerbrechlichen Kiefer.« Galen kniete auf dem Boden und durchsuchte die Hosentaschen des Mannes. »Und einen Bierbauch. Der Typ ist überhaupt nicht in Form für solche –«

»Scheiße.« Der Mann schlug die Augen auf und schaute Galen an. »Sie haben mir sämtliche Knochen im Gesicht gebrochen. Musste das sein?«

»Es schien mir angemessen.« Galen drückte dem Mann ein Knie auf die Brust. »Eve mag es nicht, wenn fremde Männer auf ihrem Balkon herumlungern.« Er öffnete die Brieftasche des Mannes und betrachtete den Führerschein. »Bill Nathan, siebenundvierzig Jahre alt. Die Augenfarbe stimmt, aber das Gewicht nicht. Er ist mindestens zehn Kilo schwerer, als hier steht.«

»Na und? Ich habe zugenommen, nachdem ich mit dem Rauchen aufgehört habe.« Nathans Blick wanderte zu Eve. »Würden Sie diesen ... Mistkerl zurückpfeifen, damit ich mit Ihnen reden kann?«

»Mein Name ist Sean Galen, und in der Lage, in der Sie sich befinden, würde ich Ihnen raten, mich mit Sir anzureden.« Galen war mit seiner Durchsuchung fertig. »Er ist sauber.« Er reichte Eve eine Karte. »Presseausweis. Er ist von der *Times Picayune* ... möglicherweise.«

»Würden Sie mich jetzt endlich aufstehen lassen?«, knurrte Nathan.

Galen sah Eve fragend an.

Sie nickte.

»Vielleicht sollte ich ihn lieber nicht ...« Galen zuckte die Achseln. »Meinetwegen, er stellt sowieso keine große Gefahr dar.« Er stand auf, zog Nathan auf die Beine und drückte ihn auf den Stuhl neben dem Bett. »Und jetzt reden Sie gefälligst. Was haben Sie hier zu suchen?«

»Ich bin gekommen, um Sie zu warnen, verdammt. Und ich kann es nicht ausstehen, wenn man mich so grob behandelt.«

»Wieso kommen Sie über den Balkon?«

»Ich war mir nicht sicher, ob die Haustür bewacht ist. Glauben Sie vielleicht, es macht mir Spaß, auf Balkons herumzuturnen wie irgend so ein bescheuerter Superheld aus einem Comic?«

»Sie scheinen jedenfalls nicht viel Übung darin zu besitzen«, meinte Galen.

»Lassen Sie ihn reden, Galen«, sagte Eve. »Was wollen Sie von uns, Nathan?«

»Erst mal will ich Ihren Hals retten. Und auf lange Sicht hoffe ich, den Pulitzerpreis zu bekommen.«

»Unseren Hals retten?«

»Sie dürfen die Rekonstruktion nicht fertig stellen.« Vorsichtig betastete er seinen geschwollenen Kiefer. »Gott, ich brauche eine Zigarette.«

»Wie kommen Sie darauf, dass es gefährlich ist, die Rekonstruktion zu Ende zu bringen?«

»Ich nehme es jedenfalls an. Sobald Sie fertig sind, brauchen die Sie nicht mehr, und außerdem werden Sie dann wahrscheinlich zu viel wissen.«

Galen hob die Brauen. »Sie *nehmen es an?*«

»Das sagte ich doch gerade«, erwiderte er säuerlich. »Ich bin schließlich kein Hellseher, der Ihnen genau sagen kann, was passieren wird. Ich bin immer noch dabei zu recherchieren. Bisher bin ich mir noch nicht ganz sicher, was zum Teufel hier gespielt wird.«

»Aber offenbar wissen Sie mehr als wir«, sagte Eve. »Wer sind denn überhaupt ›die‹?«

»Der Cabal.«

»Hört sich an wie ein Hexenzirkel«, bemerkte Galen.

»Das ist kein Witz.« Nathan warf ihm einen vernichtenden Blick zu. Dann wandte er sich wieder an Eve. »Können Sie sich nicht vorstellen, dass ich in Versuchung war, Sie einfach weiter an dem Schädel arbeiten zu lassen, bis ich rausgefunden hätte, wessen Gesicht Sie da rekonstruieren? Wenn Sie Ihre Arbeit nicht beenden, laufe ich Gefahr, meine Story zu verlieren.«

»Und warum haben Sie es nicht getan?«

Er verzog das Gesicht. »Berufsethos – der Fluch meiner Existenz.«

»Sehr inspirierend«, murmelte Galen.

»Es ist die Wahrheit.« Die Antwort des Mannes klang zornig und trotzig zugleich, aber Eve hatte das Gefühl, dass er ehrlich war. »Woher wissen Sie überhaupt, dass ich an dem Schädel arbeite?«

»Ich wusste es nicht. Ich bin dem Schädel gefolgt und habe die Kirche ausgekundschaftet.« Er überlegte. »Und ich bin nicht der Einzige. In der Nähe der Kirche wäre ich beinahe über zwei Typen gestolpert.«

»Wachen. Drei oder vier, manchmal auch fünf«, sagte Galen. »Und wesentlich talentierter als Sie.«

»Ich bin Journalist, kein Schläger.«

»Wo haben Sie die Spur des Schädels aufgenommen?«, wollte Eve wissen.

»Nun, eigentlich habe ich gar keine Spur aufgenommen.

Etienne hat mir erzählt, dass er in die Kirche gebracht werden sollte.«

»Etienne?«

»Etienne Hebert.« Nathan holte tief Luft. »Hören Sie, wenn ich schon nicht rauchen darf, könnte ich wenigstens eine Tasse Kaffee bekommen? Ich brauche ein bisschen Koffein.«

»Sie sind hier nicht auf einem Empfang«, raunzte Galen. »Erst erzählen Sie uns alles, was Sie wissen.«

»Himmel Herrgott, wenn ich nicht vorhätte, Ihnen alles zu erzählen, was ich weiß, wäre ich wohl jetzt nicht hier. Wie Sie bereits bemerkt haben, habe ich keine Übung in solchen Dingen.«

»Stimmt. Aber es könnte eine Finte sein.«

Eve traf eine Entscheidung. »Wir gehen runter in die Küche und kochen Kaffee. Er macht wirklich den Eindruck, als könnte er welchen gebrauchen.«

Galen zuckte die Achseln. »Ihr Wunsch ist mir Befehl.« Er trat zur Seite, als Nathan aufstand und auf die Tür zu ging. »Ich hoffe, Sie werden es nicht bereuen, Eve.«

»Dass ich ihm eine Tasse Kaffee angeboten habe?« Sie folgte ihm in den Flur. »Ich finde nicht, dass das besonders mitfühlend ist. Ich habe eine Menge Fragen an ihn, und warum soll er es nicht bequem haben, während er sie beantwortet?« Sie warf Nathan einen kühlen Blick zu. »Und ich versichere Ihnen, dass Sie meine Fragen beantworten werden.«

Zehn Minuten später füllte sie Nathans Tasse mit dampfendem Kaffee. »Also, wer ist Etienne Hebert?«

»Ich glaube, in diesem Fall ist das Präsens nicht angebracht.« Nathan trank einen Schluck Kaffee und seufzte zufrieden. »Ich glaube, Jules hat ihn umgebracht.« Er hob eine Hand, als Eve etwas sagen wollte. »Langsam. Ich fange einfach ganz von vorne an. Vor etwa einem Monat erhielt ich in meinem Büro einen Anruf von einem Mann namens Etienne Hebert. Er behauptete, er wisse, was mit Harold Bently passiert ist, und dass dieser Bently nur ein winziger Teil der ganzen Geschichte war. Er schlug mir vor, mich mit ihm in der Nähe von New Orleans in einem kleinen Schuppen am Ufer des Mississippi zu treffen.«

»Warum ausgerechnet Sie?«

»Woher zum Teufel soll ich das wissen? Vielleicht, weil ich damals die Story über Bentlys Verschwinden geschrieben habe.« Er trank noch einen Schluck Kaffee. »Jedenfalls habe ich mich mit ihm getroffen. Er war ein kräftiger Bursche, so etwa zwanzig, einundzwanzig Jahre alt, und auf den ersten Blick wirkte er ein bisschen unterbelichtet.« Er schüttelte den Kopf. »Aber so dumm war er gar nicht. Nachdem wir uns eine Zeit lang unterhalten hatten, wurde mir klar, dass er schlauer war, als ich anfangs angenommen hatte. Er war einfach nervös und hatte ein schlechtes Gewissen, weil er mit mir redete. Er hatte einen großen Bruder namens Jules, und den wollte er auf keinen Fall in Schwierigkeiten bringen. Es war nicht zu übersehen, dass er seinen Bruder wie einen Helden verehrte. Etienne war nur ein einfacher Fischer, aber Jules war der kluge Kopf in der Familie. Er war der Einzige, der es aufs College geschafft hat.« Er verzog das Gesicht. »Vielleicht wäre es besser für ihn gewesen, wenn er nicht aufs College gegangen wäre. Er war im zweiten Studienjahr in Tulane, als der Cabal ihn rekrutiert hat.«

»Was ist der Cabal?«

»Eine Geheimorganisation, die etwa seit 1900 besteht.«

»Eine Geheimorganisation?«, fragte Galen. »Machen Sie keine Witze.«

»Ich könnte gar nicht ernster sein.«

»Und diese Organisation nennt sich Cabal? Herrgott noch mal, das Wort bedeutet doch nichts anderes als Geheimorganisation. Das müssen ja ziemlich phantasielose Typen sein.«

»Sie nennen sich so, weil ihre Mitglieder aus den höchsten Kreisen anderer Geheimorganisationen stammen. Und sie halten sich für die geheimste aller Geheimorganisationen.«

Galen schnaubte verächtlich.

»So habe ich auch reagiert, bis ich meine Hausaufgaben gemacht habe«, sagte Nathan. »Es gibt hunderte von Geheimorganisationen auf der Welt, darunter viele in den USA. Die Freimaurer, die Odd Fellows, Skull and Bones.« Er musterte Eves Gesichtsausdruck. »Ich weiß, die Namen klingen ziemlich lächerlich – bis man sich die Liste der Mitglieder ansieht. Wussten Sie, dass George Bush und George W. Bush beide Mitglieder von Skull and Bones sind? Und dass George W., als man ihn auf das Thema ansprach, keinen weiteren Kommentar dazu abgegeben hat, außer dass er nicht darüber reden könne?«

»Na und? Ich nehme an, es gibt keinerlei Beweise, dass Skull and Bones in irgendwelche kriminellen Machenschaften verwickelt ist, oder?«

»Keine Beweise. Aber ihre Mitglieder finden sich in hohen Positionen bei der CIA und an der Wallstreet und auf praktisch allen Ebenen der Geschäftswelt. Und das betrifft nicht nur Skull and Bones. Die Trilateral Commission und das Council on Foreign Relations sind auch schon immer sehr einflussreich gewesen. Die Bilderberg Group ist angeblich so machtvoll, dass sie die gesamte Weltpolitik beeinflussen kann. Margaret Thatchers Karriere hat einen steilen Aufschwung genommen, nachdem sie an einer Sitzung der Bilderberg Group teilgenommen hat. Dasselbe ist mit Tony Blair passiert, nachdem er zu einer Sitzung in Vouliagméni, Griechenland, eingeladen wurde. 1991 hat David Rockefeller den Gouverneur von Arkansas, Bill Clinton, zu einem Treffen in Baden-Baden eingeladen.«

»Moment mal. Ich habe eine hohe Meinung von Bill Clinton und Tony Blair.«

»Ich auch. Ich sage ja auch nichts gegen sie. Ich will Ihnen nur klar machen, wie einflussreich diese Geheimbünde sein können. Wahrscheinlich hat die Mehrzahl der Mitglieder gar keine Ahnung von den dunklen Machenschaften und auch nicht von den Elitezirkeln. Ich weiß noch nicht mal, welche Organisationen zum Cabal gehören. Vielleicht überhaupt keine von denen, die ich erwähnt habe, vielleicht aber auch alle.« Er zuckte die Achseln. »Etienne wusste nicht, wie viele Geheimorganisationen beteiligt sind. Er wusste nur, was Jules ihm erzählt hatte, und das war, dass der Cabal sich aus den höchsten Vertretern mehrerer Organisationen zusammensetzt, und dass diese Elitemitglieder ihre Organisationen benutzen, um die Weltwirtschaft zu beeinflussen.«

»Wie denn?«

Nathan hob die Schultern. »Woher zum Teufel soll ich das wissen? Aber haben Sie sich nicht gewundert, dass vor kurzem die Gaspreise erheblich gestiegen sind, obwohl es keinen Ölengpass gibt?«

Wie alle anderen hatte auch Eve sich über die Preiserhöhungen geärgert. »Und wie machen die das?«

»Strengen Sie Ihre Phantasie mal ein bisschen an. Im Cabal sind angeblich Leute von der OPEC, hohe Tiere von der Wallstreet und japanische Computerfachleute organisiert.«

»Angeblich? Das reicht nicht. Nennen Sie mir ein paar Namen.«

»Wenn ich die Namen wüsste, glauben Sie, dann wäre ich jetzt hier? Dann säße ich zu Hause in New Orleans und würde meine Story schreiben.« Nathan sah die beiden eindringlich an. »Verdammt, es ist die Wahrheit. Was soll ich Ihnen denn noch erzählen? Ich habe vor und nach der letzten Weltbankerklärung den Aktienmarkt beobachtet. In bestimmten Bankerkreisen war hektische Betriebsamkeit festzustellen, und einige Leute haben ein Vermögen gemacht, nachdem die Erklärung veröffentlicht wurde! Diese Leute wissen, was passieren wird, bevor es passiert. In der

Vergangenheit waren Geheimorganisationen am Werk, und sie sind es heute genauso. Sie üben in allen Bereichen Macht aus. Fast jeder US-Präsident des zwanzigsten Jahrhunderts war ein Freimaurer. Verdammt, die Amtseinführungsfeier für George Washington wurde von den Freimaurern ausgerichtet. Lyndon B. Johnsons Berater waren Mitglieder des Council on Foreign Relations, als der Vietnamkrieg eskalierte. Der erste Friedensunterhändler in Bosnien war Lord Carrington, Vorsitzender der Bilderberg Group.« Nathan holte tief Luft. »Also, Sie brauchen das, was ich Ihnen sage, ja nicht als Evangelium zu betrachten, aber ziehen Sie es als Möglichkeit in Betracht. Wenn einflussreiche Männer zusammenkommen, versuchen sie natürlich, ihre Macht zu bündeln und auszuweiten. Sie agieren im Dunkeln und hinter den Kulissen, denn wenn die Öffentlichkeit wüsste, dass sie manipuliert wird, würde ein Aufschrei durch die Welt gehen. So läuft das, seit im alten Ägypten und in Samaria die ersten Geheimorganisationen gegründet wurden. Der Cabal hat in den vergangenen Jahrzehnten ein unglaublich mächtiges Netzwerk aufgebaut, und diese Leute werden alles tun, um diese Macht zu erhalten.«

Galen zuckte die Achseln. »Ich kann mir nicht vorstellen, dass so mächtige, berühmte Leute überhaupt zusammenkommen können, ohne Aufsehen zu erregen.«

»Normalerweise tun sie das auch nicht. Sie kommunizieren per Boten und neuerdings über das Internet. Sie kommen nur zusammen, wenn irgendwas sehr Wichtiges ansteht und sie sich treffen müssen, um einen Mehrheitsbeschluss zu fassen. Das machen sie dann an einem Ort und zu einem Zeitpunkt, wo es nicht auffällt, dass sich alle versammeln. Bei einer königlichen Hochzeit zum Beispiel. Nach dem, was ich von Etienne weiß, hat das letzte Treffen während der Sommerolympiade stattgefunden. Niemand ist auf die Idee gekommen, dass die Mitglieder aus einem anderen Grund dort waren, als ihre Teams anzufeuern.«

»Und Etienne, hat der auch für den Cabal gearbeitet?«

»Nein. Sein Bruder hat versucht, ihn da reinzubringen, aber die Leute vom Cabal waren wohl nicht von seinen Qualitäten überzeugt. Jules dagegen ist für sie Gold wert. Etienne meinte, die hätten Jules so lange einer Gehirnwäsche unterzogen, bis er glaubte, dass alles, was der Cabal tut und sagt, richtig ist, dass eine starke Hand gebraucht wird, um den Frieden und den Status quo zu sichern. Er wurde ihr Experte für die Drecksarbeit.«

»Ein Killer?«

Nathan nickte. »Er wurde in einem Terroristenlager in Libyen ausgebildet, hat aber zusätzlich seine eigenen Methoden entwickelt. Zehn Jahre vor dem Mord an Bently hat er angefangen, für den Cabal zu arbeiten.«

»Mord? Sind Sie sicher, dass er ermordet wurde?«

»Etienne sagte, er sei dabei gewesen, und ich habe keinen Grund, an seinen Worten zu zweifeln.«

»Sie sagten doch, der Cabal hätte ihn abgelehnt.«

»Aber Jules vertraute ihm, und er hat ihn einige Male mitgeschleppt, wenn er einen Auftrag zu erledigen hatte. Etienne hat Jules keine Probleme bereitet, bis die Sache mit Bently passierte. Irgendwas an dem Mord hat ihn fürchterlich aufgebracht.«

»Was denn?«

»Das wollte er mir nicht sagen. Er meinte nur, es wäre unrecht gewesen, und auch der Grund, warum der Cabal den Mord in Auftrag gegeben hatte, sei unrecht gewesen. Der Mord ist ihm gegen den Strich gegangen, und das Skelett zwei Jahre später wieder auszugraben, hat ihm auch nicht gefallen. Die ganze Geschichte muss ihn sehr mitgenommen haben, um ihn so weit zu bringen, dass er gegen den Willen eines Bruders gehandelt hat, dem er früher blind gefolgt war.«

»Aber nicht genug, um Einzelheiten preiszugeben.«

»Er hoffte immer noch, seinen Bruder umzustimmen, was

den Cabal anging, und ich sollte nur als Sicherheitsnetz dienen für den Fall, dass ihm das nicht gelang. Er meinte, jemand müsse über den Cabal Bescheid wissen und diesen Leuten das Handwerk legen. Er meinte, wir müssten uns beeilen.« Er schaute auf seine Finger. »Er machte sich große Sorgen wegen eines Auftrags, den Jules in Boca Raton erledigen sollte. Er sagte immer wieder, wir müssten sie vor dem neunundzwanzigsten Oktober aufhalten.«

»Warum?«

»Mehr wollte er nicht sagen. Ich dachte, es könnte sich um eine Zusammenkunft der Cabal-Mitglieder handeln, aber es sind keine größeren Ereignisse geplant, die ihnen als Vorwand dienen könnten, sich in Boca Raton zu treffen. Es könnte also etwas mit Bently zu tun haben.« Nathan verzog das Gesicht. »Ich tappe natürlich völlig im Dunkeln, und das frustriert mich ungeheuer. Er hat mir gesagt, sie würden das Skelett hierher bringen, aber nicht wann und warum. Er versprach, sich wieder bei mir zu melden, sobald das Skelett in der Kirche eingetroffen sei.« Er schaute die beiden an. »Ich habe nie wieder von ihm gehört.«

»Es gibt kein Skelett«, sagte Eve. »Nur einen Schädel.«

»Ach, wirklich?« Nathan runzelte die Stirn. »Er sprach von einem Skelett. Möchte wissen, was mit dem Skelett –«

»Ein Skelett bietet wesentlich mehr Möglichkeiten für eine DNS-Analyse«, sagte Galen. »Dem Schädel fehlen auch die Zähne. Könnte das auf Etiennes Konto gehen?«

»Möglich«, erwiderte Nathan. »Falls ja, dann könnte ich mir vorstellen, dass Jules ziemlich sauer war. Ich habe Etienne geraten, äußerst vorsichtig zu sein. Ein Skelett zu stehlen ist aber nicht besonders vorsichtig.«

»Aber Sie haben nicht versucht, ihn aufzuhalten.«

»Ich bin Journalist, und die ganze Sache roch nach einer Riesenstory. Ich lasse mir keine Schuldgefühle einreden, bloß weil ich meine Arbeit gemacht habe. Etienne war nicht gerade ein Waisenkind.« Er lächelte grimmig. »Aber wenn das Leben Unschuldiger auf dem Spiel steht, schaltet mein Gewissen sich leider doch ein. Und deswegen bin ich jetzt hier.«

»Sie haben ja lange genug gebraucht, um sich zu dem Entschluss durchzuringen«, bemerkte Galen.

»Ich musste erst darüber nachdenken.« Galen hob eine Braue. »Es ist die Wahrheit!«, sagte Nathan aufgebracht. Er schaute Eve an. »Dann hab ich aus der Zeitung von Marie Letaux' Tod erfahren. In demselben Artikel wurde angedeutet, dass Sie ebenfalls von der Lebensmittelvergiftung betroffen waren. Anfangs habe ich mir eingeredet, dass es wahrscheinlich ein Unglücksfall war. Verdammt, es konnte tatsächlich so gewesen sein. Aber als Pierre Letaux dann auch noch starb ... Zu viele Zufälle, wenn man bedenkt, was Etienne mir erzählt hat. Eine Zeit lang habe ich mir den Kopf darüber zerbrochen, aber schließlich bin ich zu dem Schluss gekommen, dass ich nicht warten konnte, bis Sie den Schädel rekonstruiert haben. Es half alles nichts, ich musste meine Story aufs Spiel setzen. Also packen Sie Ihre Sachen und machen Sie, dass Sie schleunigst von hier wegkommen.«

Galen schaute Eve an. »Keine schlechte Idee.«

»Sie glauben ihm also?«

»Mehr oder weniger. Die Beweise verdichten sich, und das gefällt mir nicht. Wenn man zusätzlich bedenkt, was Quinn uns heute erzählt hat, meine ich, wären wir wohl beraten, unsere Zelte abzubrechen und das Weite zu suchen.«

Eve gefiel die ganze Sache auch nicht. Nathans Berichte von Geheimorganisationen, die das alltägliche Leben der Menschen bestimmten, war zugleich beängstigend und absurd. Dasselbe galt für die Tatsache, dass Melton, der sie dazu überredet hatte, diesen Auftrag anzunehmen, womöglich mit dem Mann unter einer Decke steckte, der den Tod ihrer Tochter benutzt hatte, um sie zu manipulieren. Der Gedanke versetzte sie in Rage.

»Eve?«

»Ich denke nach.« Galen hatte Recht. Egal, ob es den Cabal tatsächlich gab oder nicht, die Beweise, die nahe legten, dass hier irgendeine Art von Verschwörung im Gange war, summierten sich. Der Tod von Capel und der Tod von Marie und Pierre Letaux müssten ihr eigentlich schon reichen. Allein ihre fixe Idee, Victors Rekonstruktion zu Ende bringen zu müssen, hielt sie davon ab, sich das einzugestehen.

Victor.

»Wir reisen ab«, sagte sie. »Aber den Schädel lasse ich nicht hier. Der kommt mit.«

»Was?«, fragte Nathan. »Warum?«

»Weil sie es so will«, sagte Galen. »Und ich bin allmählich bereit, sie tun zu lassen, was sie will, wenn es dazu dient, diesen Mistkerlen eins auszuwischen. Eve, wir können nichts von dem, was Nathan sagt, für bare Münze nehmen, solange ich ihn nicht überprüft habe, aber wenn Sie nicht zum Handlanger werden wollen, müssen Sie nach Ihren eigenen Regeln handeln!«

»Und Victor mitnehmen«, erwiderte sie trocken. »Ich behalte ihn so lange, bis ich mich entschieden habe, wie wir vorgehen werden.«

Nathan schüttelte den Kopf. »Wollen Sie ihn tatsächlich stehlen?«

»Ich leihe mir den Schädel nur vorübergehend aus. Bis ich eine Entscheidung getroffen habe, gehört er mir. Ich bestimme, was mit Victor geschieht. Nicht Hebert oder Melton oder irgendeine blöde Geheimorganisation. Sollen sie sich meinetwegen alle gegenseitig umbringen. Ich lasse nicht zu, dass sie Victor benutzen, um ihre Pläne durchzuführen.« Sie schaute Galen an. »So spät abends ist die Kirche wahrscheinlich verriegelt.«

»Wollen Sie mir damit nahe legen, rauszugehen und ein bisschen einzubrechen?«

»Bei Marie Letaux' Haus schien Ihnen das nicht schwer zu fallen. Ist die Kirche ein Problem?«

Galen schüttelte den Kopf. »Was brauchen Sie aus Ihrer Werkstatt?«

»Victor. Mein Werkzeug, die lederne Schädeltasche, die Kiste mit den Glasaugen. Rick ist immer in der Kirche, wenn ich morgens dort ankomme. Falls er dort ist, möchte ich nicht, dass ihm etwas zustößt, Galen.«

»Ich werde mir Mühe geben, aber er könnte in der Sache mit drinstecken, wissen Sie.«

Das wollte sie einfach nicht glauben. »Vielleicht auch nicht. Möglicherweise ahnt er überhaupt nichts. Solange wir keinen Beweis für das Gegenteil haben, möchte ich nicht, dass ihm etwas zustößt.«

»Überlassen Sie es mir zu entscheiden, wohin wir fahren?«

»Sie sagten, es sei Ihre Aufgabe, mich mit allem zu versorgen, was ich brauche. Also tun Sie Ihre Arbeit.«

»Den Schädel mitzunehmen ist ein großer Fehler«, sagte Nathan heiser. »Wenn Sie einfach abreisen und untertauchen, wird man vielleicht irgendwann aufhören, nach Ihnen zu suchen. Aber wenn Sie den Schädel mitnehmen, wird man sich an Ihre Fersen heften. Die werden vermuten, dass Sie irgendetwas wissen, und sie werden niemals aufgeben. Warum hören Sie nicht auf mich?«

»Weil wir keinen Beweis dafür haben, dass Sie nicht bloß ein kleiner Provinzreporter mit einem zerbrechlichen Kiefer sind«, sagte Galen.

Aber Nathans Verzweiflung wirkte ziemlich überzeugend, und plötzlich spürte Eve, dass sie beinahe von Panik ergriffen wurde. »Wir hören ja auf Sie ... mit Einschränkung. Deswegen verlassen wir Baton Rouge. Ich packe unsere Sachen, sodass wir abreisefertig sind, sobald Sie zurückkommen, Galen.«

Nathan seufzte. »Wenn Sie schon keine Vernunft annehmen wollen, kann ich Ihnen ja wenigstens beim Kofferpacken helfen.«

»Nein, Sie kommen mit mir«, sagte Galen. »Ich lasse Eve nicht allein mit Ihnen im Haus.«

»Herrgott noch mal, nach allem, was ich Ihnen erzählt habe, könnten Sie mir doch vertrauen.«

»Worte sind Schall und Rauch. Vertrauen muss man sich verdienen. Sie werden Gelegenheit dazu erhalten.«

»Indem ich meinen Hals riskiere und mit Ihnen in die Kirche einbreche?«

»Zum Beispiel.« Galen schaute Eve über die Schulter hinweg an. »Können Sie mit einer Pistole umgehen?«

»Ja.«

»In meiner Reisetasche befindet sich eine. Holen Sie sie. Es gefällt mir nicht, Sie allein im Haus zu lassen.«

»Dann lassen Sie mich bei ihr bleiben, verdammt«, sagte Nathan.

Galen beachtete ihn nicht. »Los, Eve, bewegen Sie sich. Wenn ich zurückkomme, könnte Eile geboten sein. Ich hole noch ein paar Sachen aus der Küche, und dann mache ich mich mit Nathan auf die Socken.«

Neun

Wo blieben sie bloß?

Eve schaute ängstlich in die Dunkelheit hinaus, aber sie konnte nichts sehen außer den schattenhaften Umrissen der Kirche.

Sie waren schon seit über einer halben Stunde fort. Eigentlich hätten sie längst zurück sein müssen.

Es sei denn, ihnen war etwas zugestoßen.

Sie verscheuchte den Gedanken. Galen war zu gerissen, um sich erwischen zu lassen, und sie hatte keinerlei Besorgnis erregende Geräusche gehört, seit sie auf dem Balkon stand.

»Gehen wir.«

Sie fuhr herum und sah Galen auf sich zu kommen. Zumindest dachte sie, es sei Galen. Er war von oben bis unten voll Schlamm, und seine nassen Kleider klebten ihm am Körper. »Was ist denn mit Ihnen passiert?«

»Nicht ein Bruchteil von dem, was ihm hätte passieren müssen«, sagte Nathan erbost, als er das Zimmer betrat. Auch er war schlammbedeckt. »Er ist der verrückteste Saukerl, dem ich je begegnet bin. Er hat mich gezwungen, durch den verdammten Sumpf zu schwimmen.«

»Was?«

»Man hätte uns gesehen, wenn wir über die Brücke

gegangen wären«, sagte Galen. »Es schien mir die einfachste Lösung, das Problem zu umgehen.«

»Einfach?«, knurrte Nathan. »Er hat mich ins Wasser gestoßen. Was wäre denn gewesen, wenn ich nicht schwimmen könnte?«

»Das Wasser war fast so seicht, dass wir genauso gut hätten hindurchwaten können.«

»Blödsinn«, entgegnete Nathan empört. »Und was ist mit Mokassinschlangen, Alligatoren und … In der trüben Brühe könnten sonst was für Gefahren lauern.«

»Hören Sie auf rumzujammern. Wenn Sie irgendwas gebissen hat, dann höchstens ein Moskito. Sie sollten froh sein, dass ich Ihnen gestattet habe, am Ufer zu warten, während ich in der Kirche war.« Er holte zwei Handtücher aus dem Bad und warf Nathan eins zu. »Trocknen Sie sich ab. Zum Duschen haben wir keine Zeit.«

»Haben Sie Victor mitgebracht?«, wollte Eve wissen.

Galen sah sie überrascht an. »Selbstverständlich. Alles, was Sie haben wollten, steht unten an der Hintertür. Es geht ihm gut. Ich habe ihn in eine Plastiktüte gewickelt und ein paar aufgeblasene Mülltüten als Schwimmer dazugepackt, um ihn sicher übers Wasser zu bringen. Die anderen Sachen, die Sie haben wollten, hat Nathan hierher geschafft.«

»Keine Probleme?«

Er schüttelte den Kopf.

»Sie lügen«, knurrte Nathan. »Ich habe einen Wachmann in die Kirche gehen sehen, nachdem Sie drin waren. Er ist nicht wieder rausgekommen.«

»Ich lüge nicht.« Galen sah ihn verärgert an. »Ich habe nur einen Vorfall ausgelassen, der Eve vielleicht beunruhigt hätte. Ich habe die Wahrheit gesagt. Er hat mir keine Probleme bereitet. Ich habe ihn erwischt, bevor er Alarm schlagen konnte.«

»Erwischt?«

»Keine Sorge, es war nicht Rick. Gehen wir. Wir müssen hier weg sein, bevor sie merken, dass der Schädel verschwunden ist.«

»Er ist verrückt«, murmelte Nathan. »Es war reine Glückssache, dass uns kein Alligator gefressen hat.« Er warf Galen einen zornerfüllten Blick zu. »Und ich brauche eine Dusche.«

»Keine Zeit. Entweder Sie gehen mit, wie Sie sind, oder Sie bleiben. Sie haben allein hergefunden, Sie werden auch wieder allein nach Hause finden.«

»Damit dieser Jules Hebert ihn schnappt?«, fragte Eve.

»Er kann es sich überlegen. Meine Mutter hat immer gesagt, jeder bekommt das, was er verdient.«

»Ich habe keine Lust, mir dauernd anzuhören, was Ihre Mutter gesagt hat. Wahrscheinlich denken Sie sich das alles so aus, wie Sie's gerade brauchen.« Eve ging auf die Tür zu. »Wir nehmen ihn mit.«

Galen zuckte die Achseln. »Wie Sie wünschen. Aber wir stinken beide wie die Pest, und wenn Sie mit uns im Auto fahren, wird Ihnen garantiert schlecht.« Er schob sich an ihr vorbei und eilte die Treppe hinunter. »Wir gehen zur Hintertür raus und laufen zum Wagen, der in dem Zypressenwäldchen ein paar hundert Meter vom Haus entfernt steht.« Er blieb an der Küchentür stehen. »Warten Sie hier einen Augenblick. Ich bin gleich wieder da.«

»Wo gehen Sie hin?«

»Ich habe die Gegend ausgekundschaftet. Die meisten Wachmänner sind auf der Insel rund um die Kirche verteilt, aber einer steht da hinten am Ufer und beobachtet das Haus. Ich hatte keine Zeit, mich um ihn zu kümmern, als wir den Schädel geholt haben.« Er schaute kurz zu Nathan hinüber. »Außerdem hat Nathan zu laut gemeckert. Wir haben Glück, dass wir es unbemerkt hierher zurück geschafft haben.«

»Sie hätten mich beinahe –«

»Halten Sie sich bereit.« Galen schlüpfte aus der Tür in

die Dunkelheit. »Und drücken Sie uns die Daumen, dass man den Wachmann in der Kirche nicht findet ...«

Wenige Minuten später erschien Galen wieder an der Hintertür. »Los, bewegen Sie sich. Und zwar schnell, wir haben keine Zeit.«

»Der Wachmann?«

»Erledigt.« Er fiel in einen Laufschritt, als sie sich dem Zypressenwäldchen näherten. »Es ist der Wachmann in der Kirche, der mir Kopfschmerzen bereitet. Er ist schon seit einer Viertelstunde da drin. Irgendwann wird ihn jemand vermissen und nach ihm suchen.«

Eve blieb wie angewurzelt stehen. Zwischen den Bäumen stand nicht, wie sie erwartet hatte, Galens brauner Mietwagen, sondern ein grauer Lexus.

Daneben stand Joe Quinn.

Eve fuhr herum. »Was zum Teufel ist hier los?«

»Ich bin los«, sagte Joe knapp. »Steig ein, und dann machen wir, dass wir wegkommen.«

Eve beachtete ihn nicht. »Haben Sie ihn herbestellt, Galen?«

»Klar. Bevor ich in die Kirche gegangen bin. Ich habe Ihnen ja gesagt, ich würde ihn vielleicht brauchen. Die Situation hat sich so zugespitzt, dass ich es für angebracht hielt, ihn einzubeziehen. Ich kann nicht überall gleichzeitig sein. Machen Sie den Kofferraum auf, Quinn.« Galen stellte die Kisten in den Kofferraum. »Das ist Bill Nathan. Steigen Sie hinten ein, Nathan.« Er drehte sich zu Eve um. »Entscheiden Sie selbst, wo Sie sitzen wollen, aber Quinn kommt mit. Ich habe ihn zu unserem kleinen Ausflug eingeladen.«

»Galen, Sie treffen zu viele eigenmächtige Entscheidungen.«

»Tja, das ist eine alte Angewohnheit.« Er hielt ihr die hintere Tür auf. »Und ich sorge für größtmöglichen Schutz für Sie.«

»Herrgott, Eve, ich habe schließlich nicht die Beulenpest«, sagte Joe. »Steig ein.«

Sie zögerte, dann stieg sie zu Nathan auf den Rücksitz. »Das gefällt mir nicht, Galen.«

»Tut mir Leid.« Über die Schulter hinweg schaute er noch einmal zur Kirche hinüber, während er einstieg. »Immer noch alles ruhig. Gott, haben wir ein Glück. Fahren Sie los, Quinn.«

Joe setzte sich ans Steuer. »Wohin?«

»Richtung Süden. Ich habe ein kleines Haus nördlich von New Orleans. Dort dürften wir zumindest für eine Zeit lang in Sicherheit sein.«

»Sie glauben, dort wird man uns nicht suchen?«

»In meiner Branche hängt man nicht an die große Glocke, wo man seine Wohnung hat. Die Papiere sind ziemlich sicher aufbewahrt.«

»Da seien Sie mal nicht allzu optimistisch«, sagte Nathan. »Jules Hebert hat den Cabal hinter sich, und das öffnet eine Menge Türen.«

»Falls diese Geheimgesellschaft überhaupt existiert. Jeder kann jeden finden, wenn man ihm genügend Zeit lässt. Aber vielleicht können wir genug Zeit schinden, damit Eve ihren Victor fertig kriegt.«

»Vielleicht.«

»Fahren Sie los, Quinn«, sagte Galen. »Der Typ deprimiert mich.«

Joes Schultern waren wie eine Wand. Er hatte sich während der ganzen Fahrt nicht ein einziges Mal nach Eve umgedreht.

Und sie hatte die ganze Zeit über entweder aus dem Fenster geschaut oder versucht, mit Nathan zu plaudern, der ziemlich einsilbig war. Galen war auch keine große Hilfe. Er war ungewöhnlich schweigsam gewesen, hatte Joe nur hin und wieder Anweisungen gegeben, in welche Richtung er fahren sollte. Und so war mehrere Stunden lang nichts passiert, was sie davon hätte ablenken können, Joe anzusehen und über Joe nachzudenken.

Es kam ihr komisch vor, hinten zu sitzen, wo sie doch sonst immer an seiner Seite war. All die Jahre, in denen sie erst Freunde und dann Liebende gewesen waren …

Liebende …

Gott, wie sie seine Berührungen liebte. Allein die Erinnerung daran, wie er das letzte Mal in sie eingedrungen war, tief und heftig, ließ ihren Körper reagieren. Und nachher war es fast genauso schön gewesen, als er sie gehalten hatte wie einen kostbaren Schatz. Sie fühlte sich immer so sicher in seinen Armen …

Sie zwang sich, ihren Blick von ihm abzuwenden. Das Leben bestand nicht nur aus Sex. Es bestand aus Vertrauen und Ehrlichkeit.

Und Sex.

Seit ihrer Rückkehr aus Arizona vor zwei Jahren hatte sie keine Nacht ohne Joe verbracht. Da war es nur normal, dass sie sich an seine körperliche Nähe gewöhnt hatte, daran, mit ihm zu schlafen. Aber das bedeutete nicht, dass sie nicht ohne das leben konnte. Es würde ihr schon wieder besser gehen, sobald sie aus diesem verdammten Auto aussteigen konnte.

Sie musste einfach an etwas anderes denken. Sie musste sich überlegen, was sie tun würde, wenn sie in Galens Haus ankamen. Es gab zu viele wichtige Dinge zu regeln. Was war das Beste für ihre Mutter und für Jane? Sie sollte an die beiden denken, anstatt an Joe. Und verdammt, was war das Beste für sie selbst?

Eine Stunde später zeigte Galen auf ein riesiges schmiedeeisernes Tor in einem ebenso hohen schmiedeeisernen Zaun. »Fahren Sie da rein. Das Haus liegt hinter den Zedern da drüben.« Er drückte einen Knopf an einem Fernbedienungsgerät, das an seinem Schlüsselring befestigt war, und das Tor schwang auf. »Gott sei Dank, wir sind da. Das war nicht gerade die kurzweiligste Fahrt, die ich je erlebt habe. Die Luft hier drin ist so dick, dass man sie mit dem Messer schneiden könnte.«

»Das ist alles Ihre Schuld.« Auch Eve war dem Himmel dankbar, dass die Fahrt endlich vorüber war. Sie beugte sich vor, um einen besseren Blick auf das große, zweistöckige stuckverzierte Haus zu ergattern. »Mein Gott, das ist ja eine Riesenvilla.«

»Ich habe dem Besitzer ein Angebot gemacht, das er nicht ablehnen konnte«, sagte Galen, während sie über die geschwungene Auffahrt auf die breite, doppelflügelige Eingangstür zufuhren. »Mir erschien es angemessen.«

»Ich hoffe bloß, dass wir jetzt nicht auch noch mit der Mafia zu tun bekommen«, bemerkte Eve. »Das hätte mir gerade noch gefehlt.«

»Es war nur ein Scherz«, erwiderte Galen. »Meine Arbeit wird ziemlich gut bezahlt, und ich habe Logan gebeten, mein Geld für mich zu investieren. Ich habe im Laufe der Jahre ein bisschen was zur Seite gelegt.«

»Ein bisschen was«, knurrte Joe. »Ein Wunder, dass Sie überhaupt noch arbeiten.«

»Wenn man im Slum aufgewachsen ist, reicht kein Geld der Welt, um sich sicher zu fühlen.« Galen stieg aus und öffnete die Hintertür. »Vor einem Jahr habe ich tatsächlich versucht aufzuhören, aber ich konnte es nicht aushalten. Ich habe mich zu Tode gelangweilt. Das können Sie sogar mehr oder weniger wörtlich nehmen. Ich bin leichtsinnig geworden. Irgendwann hab ich mich sogar im Bergsteigen versucht. Nachdem ich mir an einem der Anfängerhänge den Knöchel verstaucht habe, bin ich zu dem Schluss gekommen, dass das nichts für mich ist, und habe wieder angefangen zu arbeiten. Das erschien mir weniger gefährlich.« Er half Eve aus dem Wagen. »Alles in Ordnung?«

»Alles in Ordnung.«

»Das kann ich von mir nicht behaupten«, knurrte Nathan. »Ich stinke zum Himmel, meine Kleider sind immer noch klamm, und ich glaube, mich haben ein paar Egel gebissen.«

»Ach, wirklich?« Galen hob eine Braue. »An irgendwelchen interessanten Stellen? Wenn Sie von Egeln angegriffen wurden, dann kleben sie bestimmt noch an Ihnen. Soll ich Ihnen helfen, sie zu entfernen?«

Nathan sah ihn wütend an. »Das würde Ihnen gefallen, was?«

»Machen Sie nicht so ein Theater. Sie werden's überleben. Und ich glaube kaum, dass Sie Egel am Körper haben.«

»Kennen Sie sich damit aus?«

»Klar. Allerdings habe ich mehr Erfahrung darin, piranhaverseuchte Flüsse zu durchschwimmen.«

Nathan schnaubte verächtlich.

»Sie glauben mir nicht? Man durchquert den Fluss am besten nachts, wenn die Piranhas ein Nickerchen machen, und man hält sich am besten fern von –«

»Ich will nichts von Piranhas hören. Würden Sie gefälligst die Tür aufschließen?«

»Ich wollte Ihnen nur ein wenig Bildung angedeihen lassen.« Galen wandte sich ab, stieg die vier Stufen hinauf, öffnete die Tür und schaltete die Dielenbeleuchtung ein. »Kein Dienstpersonal, Eve. Einmal in der Woche kommt jemand aus der Stadt, um ein bisschen staubzuwedeln. Abgesehen davon sind wir auf uns gestellt. Alle Schlafzimmer befinden sich im ersten Stock. Ich glaube, es sind zehn oder elf. Suchen Sie sich eins aus.«

»Das Einzige, was ich brauche, ist eine Dusche«, sagte Nathan und stürmte an Galen vorbei ins Haus.

»Wickeln Sie sich in ein Laken, wenn Sie rauskommen«, riet ihm Galen. »Ich sehe mal, ob ich ein paar von meinen Sachen finde, die die richtige Größe haben für Ihren athletischen Körper.«

»Ich habe nur ein paar Pfund Übergewicht«, erwiderte Nathan durch zusammengebissene Zähne.

»Der hat ja richtig schlechte Laune«, bemerkte Galen, nachdem Nathan in Richtung Bad verschwunden war. »Aber eine Dusche würde mir auch gut tun. Allerdings werde ich mich zunächst opfern und Ihnen das Zimmer zeigen, in dem Sie an Victor arbeiten können, Eve. Kommen Sie.« Er betrat das Haus.

»Ich lade inzwischen das Gepäck aus«, sagte Joe und ging um den Wagen herum. »Ich bin nicht so wild darauf, Galens gemütliches Heim zu besichtigen. Seine Gesellschaft hängt mir jetzt schon zum Hals heraus.«

»Dann hättest du nicht mitkommen sollen«, entgegnete Eve.

»Du weißt genau, warum ich mitgekommen bin.« Ihre Blicke begegneten sich. »Und das hat nichts mit Galen zu tun.« Er öffnete den Kofferraum. »Abgesehen davon, dass ich vielleicht Gelegenheit finde, ihm das Genick zu brechen.«

»Was halten Sie davon?« Galen öffnete die Tür zu einem Zimmer im Untergeschoss. »Jede Menge Licht.«

»Eine Küche?« Sie ließ ihren Blick durch den riesigen Raum schweifen, über die alten Steinfliesen, eine uralte AGA-Kochmaschine und den Kamin, der so groß war, dass man darin stehen konnte.

»Im neunzehnten Jahrhundert war das mal eine Spülküche. Der Mann, von dem ich das Haus gekauft habe, hat im Erdgeschoss ein Zimmer zu einer modernen Küche umbauen lassen. Es wäre zu aufwendig gewesen, diese hier auf den neuesten Stand zu bringen. Außerdem legte er Wert auf seinen Komfort. Genau wie ich.« Er deutete auf einen Tisch, der aussah wie ein Metzgerblock. »Dort könnten Sie Ihre Geräte aufbauen, was meinen Sie?«

Sie zitterte. »Es ist ziemlich kalt hier drin.«

»Dafür gibt es den Kamin. Ich werde dafür sorgen, dass er immer brennt. Soll ich Ihre Sachen herbringen?«

Sie zögerte. Sie überlegte einen Moment, doch dann schüttelte sie den Kopf. »Ich glaube nicht. Ich habe auf dem Weg hierher nachgedacht.«

»Zweifel?«

»Ja.«

»Und zu welchem Schluss bist du gekommen?«, fragte Joe von der Treppe aus.

»Dass ich eine verdammt idealistische Idiotin sein muss, wenn ich an der Rekonstruktion weiterarbeite.«

»Sehr gut.« Joe kam die Treppe herunter. »Das sage ich dir ja schon die ganze Zeit.«

»Selbst wenn ich bis an mein Lebensende arbeite, werde ich nie alle Rekonstruktionen für die Menschen durchführen können, die mich wirklich brauchen. Bently mag ein guter Mensch gewesen sein, aber es gibt viele gute Menschen auf der Welt. Überall um mich herum werden Menschen ermordet. Woher soll ich wissen, ob es nicht als Nächstes jemanden aus meiner Familie trifft?« Sie presste die Lippen zusammen. »Der Gedanke, Victor nicht fertig stellen zu können, betrübt mich, aber ich bin nicht verrückt.«

»Tja, Sie scheinen Ihre Entscheidung getroffen zu haben«, sagte Galen. »Wie sollen wir also jetzt vorgehen?«

»Melton traue ich nicht. Er hat mich belogen.«

»Das FBI?«, fragte Joe.

»Vielleicht.«

»Aber so viel ich weiß, traust du denen auch nicht über den Weg.«

»Du hast beim FBI gearbeitet. Kennst du irgendjemanden, der in dem Ruf steht, unbestechlich zu sein?«

»So jemand ist schwer zu finden. Ich werde darüber nachdenken und ein paar Leute anrufen.«

»Da Sie mich offenbar im Moment nicht brauchen, werde ich kurz unter die Dusche springen.« Galen ging zur Treppe. »Wenn Sie wollen, kann ich Victor herbringen, dann können Sie sich noch ein bisschen mit ihm beschäftigen, bevor Sie ihn abliefern.«

»Nein!«

Er sah sie überrascht an. »War ja nur ein Vorschlag. Ich dachte, Sie würden vielleicht gern –«

»Sie hat Angst«, sagte Joe. »Sie fürchtet, wenn sie wieder an ihm arbeitet, wird sie es nicht fertig bringen, an ihrem Entschluss festzuhalten.«

Verdammt, Joe durchschaute sie jedes Mal. »Ich bin doch nicht blöd. Ich weiß, was wichtig ist.« Aber Victor war auch wichtig. Er war verloren, und sie konnte ihn finden. Wenn sie noch ein wenig an ihm arbeitete, konnte sie vielleicht – »Nein, bringen Sie ihn nicht her.«

Galen nickte. »Versuchen Sie, sich auszuruhen, Eve. Es ist schon spät.«

»Wollen Sie mir etwa Befehle erteilen, Galen?«

Er ging die Treppe hinauf. »Vergessen Sie's. Ich weiß, dass ich bei Ihnen auf der Böse-Buben-Liste stehe. Aber ich bleibe bei meiner Entscheidung, dass Quinn mit von der Partie ist.«

Sie eilte ihm nach. Mit Joe allein zu sein, war das Letzte, was sie jetzt brauchen konnte. »Werden Sie Bill Nathan überprüfen? Er scheint mir in Ordnung zu sein, aber seit ich aus Atlanta abgereist bin, ist einfach nichts so, wie es scheint.«

Er nickte. »Sobald ich geduscht habe.« Er grinste. »Wüsste mal gern, ob er wirklich ein paar von diesen gemeinen kleinen Egeln an sich hat …«

»Sie ist weg?« Meltons Ton war beherrscht, aber Jules konnte den Zorn heraushören. »Mitsamt dem Schädel?«

»Ja. Aber keine Sorge, ich werde sie finden.«

»Sie hätte Ihnen nie entwischen dürfen, Hebert. Ihr Auftrag lautet, Sie sollen dafür sorgen, dass sie den Schädel rekonstruiert, und sie dann verschwinden lassen. Wo zum Teufel waren Sie letzte Nacht? Warum haben Sie sie nicht bewacht?«

»Ich musste in Boca Raton nach dem Rechten sehen. Ich dachte, es könnte nichts passieren. Sie machte nicht den Eindruck, als hätte sie Verdacht geschöpft, und sie war ganz versessen darauf, die Rekonstruktion durchzuführen. Die Situation schien mir –« Angewidert brach er ab. Er laberte dummes Zeug, versuchte, wie ein verdammter Amateur, sich diesem Arschloch gegenüber zu rechtfertigen. »Ich habe einen Fehler gemacht. Ich werde das in Ordnung bringen.«

»Das kann ich Ihnen nur raten. Falls es nicht bereits zu spät ist. Was ist, wenn sie den Schädel der Polizei übergibt?«

»Ich glaube nicht, dass sie das tun wird, aber ich werde schnell handeln müssen. Meine Leute haben Joe Quinn am Abend ins Haus gehen sehen. Entweder er oder Galen muss sie zur Flucht überredet haben. Aber sie kann nichts Genaues wissen. Wenn sie den Schädel mitgenommen hat, dann will sie wahrscheinlich weiter daran arbeiten. Wir wissen ja beide, wie besessen sie sein kann. Das gibt mir ein bisschen Spielraum. Aber ich brauche Ihre Hilfe.«

»Solange mein Ruf nicht gefährdet ist.«

»Sie wird nicht nach Hause fahren. Wenn sie Verdacht geschöpft hat, wird sie sich verstecken. Ich möchte, dass Sie Ihre Kontakte nutzen, um herauszufinden, wo Galen sie hingebracht haben könnte. Und zwar schnell.«

»Dies ist ein großes Land.«

Jules hatte Mühe, sich zu beherrschen. »Können Sie es tun?«

»Nach dem Schlamassel mit Etienne habe ich es durchgehen lassen, dass Sie sich auf Eve Duncan konzentriert haben, aber das wird jetzt zu riskant. Es ist zu gefährlich für uns. Beschaffen Sie den Schädel und räumen Sie Duncan und ihre Helfershelfer aus dem Weg. Und zwar spurlos. Kapiert?«

»Ich habe verstanden. Können Sie sie finden?«

»Ich werde es versuchen.« Er legte auf.

Er würde sich alle Mühe geben, dachte Jules. Melton würde wahrscheinlich versuchen, die Schuld an dem ganzen Schlamassel ihm in die Schuhe zu schieben, aber Melton war für Boca Raton verantwortlich, und er wollte das Problem mit Bently aus der Welt geschafft wissen, bevor ihm unangenehme Fragen gestellt würden.

Das wollte Jules ebenfalls. Aber er verlor allmählich den Überblick. Seit der Nacht, als er genötigt gewesen war, Etienne zu töten, war er dauernd gezwungen zu lügen, zu betrügen und faule Kompromisse einzugehen. Wenn er nicht aufpasste, würde die ganze Sache ihn unter sich begraben.

Nein, das würde er nicht zulassen. Er hatte zu viel geopfert, um sich jetzt unterkriegen zu lassen. Er konnte nicht abwarten, bis Melton Eve Duncan aufgespürt hatte.

Er würde die Sache selbst in die Hand nehmen.

Zehn

Himmel, wann war das Abendessen endlich vorbei!

Es schien eine Ewigkeit zu dauern. Nathans schlechte Laune hatte sich nach seiner Dusche nicht gebessert. Joe hatte kaum ein Wort gesagt, und seine Präsenz am Tisch ihr gegenüber hatte Eves Gedanken so sehr in Anspruch genommen, dass sie auf Galens Fragen und Kommentare fast nur wie geistesabwesend geantwortet hatte.

Galen schien als Einziger unbeeindruckt von der gespannten Atmosphäre. Er war aufgeladen, vollkommen in seinem Element. Immer wieder lief er in die Küche, um gleich darauf den nächsten Gang des hervorragenden Menüs zu servieren, er gab unterhaltsame Anekdoten zum Besten und genoss es, Joe und Nathan mit Sticheleien zu traktieren.

»Ich bin schwer enttäuscht von Ihnen.« Galen lehnte sich auf seinem Stuhl zurück, nachdem er allen Kaffee eingeschenkt hatte. »Wenn ich nicht so gesprächig wäre, würden wir alle hier herumsitzen wie die Ölgötzen. Ihre Vorstellung heute Abend ist wirklich erbärmlich.«

»Wir sind hier nicht im Zirkus, Galen«, sagte Joe. »Und Sie sind kein Zirkusdirektor.«

»Sehr guter Vergleich, Quinn. Offenbar mangelt es Ihnen doch nicht gänzlich an rhetorischen Fähigkeiten.«

»Galen«, sagte Eve.«

»Sie versucht offenbar, die Wogen zu glätten.« Galen wandte sich an Joe. »Um wen sie wohl besorgt ist, um mich oder um Sie? Was meinen Sie?«

»Ich habe allmählich die Schnauze voll.«

»Wie ordinär.«

»Vor dem Essen habe ich ein paar Anrufe gemacht«, sagte Joe zu Eve. »Ich habe mit einigen meiner Kontaktleute beim FBI gesprochen, und sie waren alle der Meinung, dass Bart Jennings unser Mann ist. Er ist intelligent und zuverlässig, und er ist seit zwanzig Jahren beim FBI.«

»Kennst du ihn persönlich?«

Joe schüttelte den Kopf. »Aber sein Name ist mir ein Begriff.«

»Worum geht es hier eigentlich?«, wollte Nathan wissen.

»Eve hat sich entschlossen, den Schädel der Polizei zu übergeben.«

»Ohne ihn fertig zu stellen?«

Eve nickte.

»Gott sei Dank. Weiser Entschluss. Noch besser wäre es allerdings gewesen, Sie hätten den Schädel gelassen, wo er ist, und sich in Sicherheit gebracht.«

»Ich bin nicht bereit, den Schädel Jules Hebert und seinen Kumpanen zu überlassen.« Sie schaute ihn an. »Ich weiß nicht, wie viel von Ihrer Geschichte der Wahrheit entspricht und wie viel auf Spekulation beruht, aber ich will nichts damit zu tun haben. Ich werde den Schädel den Behörden übergeben.«

»Den Behörden können Sie nicht trauen«, sagte Nathan. »Sie können niemandem trauen.«

»Sie reden wie eine Figur in einem drittklassigen Film«, sagte Joe. »Eve, ich habe mit Jennings gesprochen, und er hat mir versprochen, die Sache absolut vertraulich zu behandeln. Aber er möchte dich morgen früh um zehn treffen, um mit dir zu reden.«

Eve runzelte die Stirn. »Du hast ihm gesagt, wo wir sind?«

»Nein, das würde ich ohne Absprache mit dir nicht tun. Ich habe ihm gesagt, ich würde mich wieder bei ihm melden.«

Sie überlegte. »Sag ihm, ich bin bereit, mich mit ihm zu treffen. Dann bin ich Victor vielleicht los, wenn Jennings abreist.«

Galen lächelte. »Es wird Ihnen garantiert schwer fallen, sich von ihm zu trennen.«

Das war reichlich untertrieben. Es nahm sie jedes Mal fürchterlich mit, wenn es ihr nicht gelang, jemanden nach Hause zu bringen, und Victor lag ihr ganz besonders am Herzen. Aber darüber durfte sie jetzt nicht nachdenken. Diesen Kampf mit sich selbst hatte sie auf der Fahrt hierher ausgefochten.

»Haben Sie ihm gesagt, dass Sie die Informationen über den Cabal von mir haben, Quinn?«, fragte Nathan.

»Nein, ich dachte, das wäre Ihnen nicht recht. Allerdings hat er ziemlich gebohrt. Ich habe ihm erklärt, die Quelle sei vertraulich, wie es unter Journalisten heißt.«

»Gut. Denn Sie machen womöglich einen großen Fehler.« Nathan stand auf und warf seine Serviette auf den Tisch. »Ich werde nicht hier sein, wenn Sie sich mit Jennings treffen. Bisher bin ich noch am Leben, weil niemand weiß, dass ich mit der Sache zu tun habe. Und ich lege Wert darauf, auch weiterhin am Leben zu bleiben.«

Galen wartete, bis Nathan den Raum verlassen hatte, dann sagte er zu Eve: »Übrigens, ich habe über Bill Nathan ein paar Erkundigungen eingezogen. Er arbeitet als freier Journalist bei der *Times Picayune* und ist dafür bekannt, dass er sich für umweltpolitische Themen stark macht.« Er nahm ein Fax aus der Tasche und reichte es Eve. »Das Foto von ihm aus der Zeitung ist zwar nicht besonders gut, aber er ist deutlich zu erkennen.«

Sie betrachtete das Fax. Galen hatte Recht; das Foto war schlecht, aber Nathan war zu erkennen. »Dann sollten Sie vielleicht aufhören, auf dem Mann herumzuhacken.«

Galen sah sie überrascht an. »Warum denn? Es macht so einen Spaß.«

»Mir reicht's«, sagte Joe und wandte sich an Eve. »Ich möchte mit dir reden.«

Sie zuckte zusammen.

»Ziehen Sie beide sich nur zurück.« Galen stand auf und begann, den Tisch abzuräumen. »Ich muss das Geschirr in die Spülmaschine packen. Die Arbeit eines Hausmannes ist nie erledigt ...«

»Ich brauche Ihre Erlaubnis nicht«, sagte Joe.

»Das ist einfach mein Zirkusdirektorsyndrom.« Galen trug einen Stapel Teller in die Küche. »Und ich glaube, Sie brauchen jede Hilfe, die Sie kriegen können.«

Joe wartete, bis die Tür sich hinter Galen geschlossen hatte. »Er strapaziert meine Nerven. Ich bin nahe daran, ihm –« Er stand auf und ging auf die Verandatür zu. »Lass uns nach draußen gehen.« Er warf einen Blick über seine Schulter. »Sag nicht nein, Eve. Ich stehe kurz davor zu explodieren, und das hast du diesem Mistkerl zu verdanken.«

»Galen ist die ganze Zeit sehr nett zu mir gewesen.«

»Ja, ja, das hat er mir erzählt. Kommst du mit?«

Eine Konfrontation mit Joe war das Letzte, was sie wollte, aber sie konnte die Anspannung nicht länger ertragen. Am besten, sie brachte es hinter sich. Sie stand auf. »Ich komme.«

Es war kalt draußen. Die herbstliche Brise, die vom See herüberwehte, ließ sie erschauern.

»Sogar das Wetter hat sich gegen mich verschworen.« Joe zog seine Jacke aus und legte sie über ihre Schultern.

Die Jacke war warm und duftete nach seinem Lieblingsrasierwasser. »Ich will die Jacke nicht.«

»Und ich will dir keinen Vorwand geben, ins Haus zu flüchten.« Er lehnte sich auf die steinerne Balustrade und schaute zum See hinüber. »Unser See gefällt mir besser. Der hier ist zu ... hübsch.«

Sie wusste, was er meinte. Dieses Grundstück hatte nichts von der verwilderten Schönheit des Geländes, auf dem ihr Haus stand. »Eigentlich wirkt das hier auch nicht wie etwas, das zu Galen passt, aber er meinte –«

»Ich will nicht über Galen reden«, unterbrach er sie. »Ich will über uns und unser gemeinsames Leben reden. Und darin hat Galen nichts verloren.«

»Joe, ich bin noch nicht so weit. Ich kann nicht –«

»Glaubst du, das wüsste ich nicht? Ich wollte dir Zeit lassen. Es hat mich fast umgebracht, aber ich hätte es durchgehalten. Und dann ist alles aus den Fugen geraten. Du bist in Lebensgefahr. Ich *kann* mich nicht von dir fern halten.« Er holte tief Luft. »Und ich ertrage es nicht zu erleben, wie du jedes Mal zusammenzuckst, wenn ich dich anspreche. Also müssen wir irgendeine Lösung finden.«

»Was für eine Lösung?«

»Du erklärst dich damit einverstanden, dass ich hier bleibe und dich beschütze, mehr verlange ich nicht. Ich werde dich nicht belästigen. Ich werde dich nicht in die Ecke drängen. Ich werde dich nicht daran erinnern, wie verdammt gut wir zusammenpassen.« Dann fügte er mit zusammengebissenen Zähnen hinzu: »Ich werde es sogar hinnehmen, dass du mit Galen schläfst, wenn es das ist, was du willst.«

»Was?«

Er schaute sie durchdringend an. »Du schläfst nicht mit Galen?«

»Bist du verrückt geworden? Nach all den Jahren, die du mich kennst, glaubst du, ich könnte einfach so zu einem anderen Mann ins Bett hüpfen?«

Joe atmete langsam aus. »Ich werde ihm das Genick brechen.«

»Hat er behauptet, ich würde mit ihm ins Bett gehen?«

»Nicht direkt.« Er wechselte das Thema. »Wirst du dich auf meinen Vorschlag einlassen? Wenn das alles ausgestanden ist, werde ich von der Bildfläche verschwinden und dir Gelegenheit geben, über meine Sünden nachzudenken. Da du Jennings um Hilfe gebeten hast, wird es ja nicht mehr so lange dauern. Aber jetzt kann ich dich einfach nicht allein lassen.«

Eve gab ihm keine Antwort.

»Hör mir gut zu.« Er packte sie an den Schultern und schüttelte sie. »Ich habe das verdient. Du magst mich für einen Mistkerl halten, aber nach all den Jahren und nach allem, was wir zusammen durchgemacht haben, kannst du mich jetzt nicht ausschließen. Wie würde es dir denn gehen, wenn es umgekehrt wäre? Du liebst mich. Das kannst du nicht einfach nach Belieben abschalten, bloß weil du der Meinung bist, dass ich etwas Unverzeihliches getan habe.«

»Was du getan hast, war schrecklich.« Und hier vor ihm zu stehen und seiner Gegenwart und ihren eigenen, heftigen Gefühlen ausgesetzt zu sein, war auch schrecklich. »Und du machst mich fix und fertig.«

»Gib mir eine Antwort. Wie würde es dir denn gehen, wenn irgendein verdammter Dreckskerl mir die Kehle aufschlitzen wollte?«

Ein Leben ohne Joe? Nein. Undenkbar. Es würde nur noch Schmerz und Leere geben.

»Siehst du? Und jetzt sag, dass du einverstanden bist. Sei fair. Lass mich bleiben und dir beistehen.«

Eve schwieg eine Weile, dann nickte sie. »Also gut. Aber es könnte alles noch schlimmer machen.«

»Darauf bin ich gefasst.« Joes Mundwinkel zuckten. »Obwohl ich mir nicht vorstellen kann, was noch schlimmer sein könnte, als es jetzt ist.« Liebevoll streichelte er ihre Schultern, dann ließ er die Hände sinken. »Weißt du, dass ich dich seit Tagen nicht berührt habe? Das tut weh ...« Er drehte sich um. »Aber ich hatte versprochen, darüber nicht zu sprechen. Das verstößt gegen die verfluchten Regeln.« Er verschwand im Haus.

Gott, sie war kurz davor durchzudrehen. Sie spürte immer noch das Gewicht seiner Hände auf ihren Schultern. Sein Duft lag noch in der Luft, sie spürte die Wärme seiner Jacke, seine Stimme klang noch in ihren Ohren nach, und seine Worte gingen ihr nicht aus dem Kopf.

Wie würde es dir gehen, wenn es umgekehrt wäre?

Das war die Frage, die jede Mauer durchbrechen würde, die sie um sich herum errichten konnte. Sie erinnerte sich, wie verzweifelt sie gewesen war, als Joe vor ein paar Jahren eine beinahe tödliche Kugel getroffen hatte. Seitdem waren sie einander noch tiefer verbunden. Nicht daran denken. Am besten, sie versuchte, in seiner Gegenwart wie ein Automat zu funktionieren. Sie hatte nachgegeben, weil ihr klar geworden war, dass sie ihn unfair behandelte, aber jetzt über Joe und ihr gemeinsames Leben nachzugrübeln wäre der reine Masochismus.

Sie nahm Joes Jacke ab. Kälte und Einsamkeit umfingen sie. Es war nur eine Jacke, verdammt. Sie brachte sie ins Esszimmer und legte sie über einen Stuhl. Er konnte sie sich später holen. Im Moment konnte sie ihm nicht gegenübertreten. Er hatte versprochen, sie nicht zu belästigen, aber allein die Tatsache, dass er sich im selben Haus aufhielt, irritierte sie. Sie würde in ihr Zimmer gehen und sich ins Bett legen. Sehnsüchtig schaute sie im Vorbeigehen auf die Tür zur Spülküche. Sie war zu aufgewühlt, um schlafen zu können. Wenn sie an Victor arbeiten könnte, würde sie das ablenken und erleichtern. Sie könnte den Schädel auspacken und ...

Nein, sie musste der Versuchung widerstehen. Ihr Entschluss stand fest. Morgen würde dieser FBI-Mann kommen, und dann wäre alles vorbei.

»Danke, dass Sie mich empfangen.« Bart Jennings lächelte Eve an. »Logan sagte, Ihre Einstellung Behörden gegenüber sei nicht gerade herzlich.« Er verzog das Gesicht. »Ich bin auch nicht gerade ein Freund von Bürokratie.«

»Ein Mann mit Urteilsvermögen«, murmelte Galen. »Ich glaube, er ist mir sympathisch, Eve.«

Sie wusste, was er meinte. Seit Jennings das Haus betreten hatte, war sie von ihm beeindruckt. Er war etwa Mitte vierzig und hatte grau meliertes, etwas schwer zu bändigendes Haar. Er war offen und direkt. »Hat Logan Ihnen gesagt, dass wir Senator Melton aus der Sache heraushalten wollen?«

»Damit habe ich kein Problem. Der Senator hat ein paar gute Kontakte in Washington, aber während meiner Jahre beim FBI habe ich eine Menge mächtige Männer kommen und gehen sehen. Von jetzt an bleibt er außen vor.«

»Wirklich?« Joe sah Jennings eindringlich an. »Das klingt ja sehr bestimmt.«

»Sagen wir mal, ich traue ihm nicht. Er könnte ein Handlanger sein, er könnte aber auch genauso gut bis zum Hals in der Sache drinstecken. In jedem Fall müssen wir vorsichtig sein.«

»Sie halten diese Verschwörungstheorie für realistisch?«

»Solange ich keinen Beweis für das Gegenteil habe, kann ich sie nicht außer Acht lassen.« Jennings überlegte. »Ich habe Hinweise bekommen, die dafür sprechen, dass an der Geschichte etwas dran ist. Einiges davon ist schwer zu glauben, aber selbst wenn nur ein Bruchteil von dem, was mir zu Ohren gekommen ist, stimmt, haben wir es mit verdammt gefährlichen Leuten zu tun. Sie sagten, dieser Etienne hat von einer großen Sache in Boca Raton gesprochen?«

Eve nickte. »Anfangs glaubte er, es handle sich um eine Versammlung des Cabal, aber es fand damals keine Veranstaltung statt, die den Mitgliedern einen Vorwand hätte liefern können, sich dort aufzuhalten. Es muss also etwas anderes sein.«

»Ich brauche den Namen Ihres Informanten.«

Joe schüttelte den Kopf. »Ich sagte Ihnen ja bereits, ich habe versprochen, die Sache vertraulich zu behandeln.«

»Sie machen es mir schwer.« Jennings wandte sich an Eve. »Wie lange würden Sie brauchen, um die Rekonstruktion zu vollenden?«

»Drei, vier Tage.« Sie straffte die Schultern. »Aber ich werde nicht weiter daran arbeiten. Deswegen sind Sie hier. Ich werde Ihnen den Schädel übergeben. Ich will nichts mehr damit zu tun haben.«

Er nickte mitfühlend. »Das kann ich gut verstehen. Mir würde es ebenso gehen wie Ihnen. Und wenn ich Sie wäre, würde ich die Bitte, die ich an Sie habe, glattweg ablehnen. Aber ich muss es dennoch versuchen: Bitte, geben Sie uns diese vier Tage. Beenden Sie die Rekonstruktion.«

»Sie wird den Teufel tun«, sagte Joe.

»Unmöglich«, sagte Eve.

»Hören Sie zu. Offenbar wollen Hebert und Melton unter allen Umständen erreichen, dass dieses Gesicht rekonstruiert wird. Dafür müssen sie einen Grund haben. Welchen?«

»Bently?«

»Aber warum müssen sie sich vergewissern, dass er tot ist? Und was hat das mit den Vorgängen in Boca Raton zu tun?« Er schaute einen nach dem anderen an. »Auch wir müssen es wissen. Wir haben nach Bentlys Verschwinden die Ermittlungen durchgeführt und ein paar interessante Dinge in Erfahrung gebracht. Bently hat einige geheime Geschäfte mit einer Bank auf Grand Cayman getätigt, kurz bevor er verschwunden ist.«

»Geldwäscherei?«, fragte Galen.

Jennings zuckte die Achseln. »Warum? Bentlys persönliches Vermögen war enorm. Sein Großvater war im Ölgeschäft – das war einer der Gründe, warum Bently zum Umweltpolitiker wurde. Wiedergutmachung. Aber bei dieser Bank auf Grand Cayman sind riesige Geldmengen hin und her geschoben worden. Das lief über ein gemeinsames Konto von Bently und einem gewissen Thomas Simmons, der Vollmacht besaß, jede beliebige Summe abzuheben. Dann wurde das Konto aufgelöst, und das Geld verschwand.«

»Wer war dieser Thomas Simmons?«

»Wir haben Bentlys Frau und seine Geschäftspartner befragt, konnten jedoch von ihnen nichts in Erfahrung bringen. Niemand wusste irgendetwas über Simmons.« Er holte tief Luft. »Aber dann tauchte eine andere Spur auf. Wir haben eine landesweite Computersuche nach Expertenkommissionen und Universitätsmitarbeitern durchführen lassen und sind dabei auf einen Professor Thomas Randall Simmons am California Institute of Technology gestoßen. Etwa um die Zeit, als Bently verschwand, nahm er ein Sabbatjahr. Wir konnten keinen weiteren Anhaltspunkt entdecken, bis wir von Grand Cayman eine Handschriftprobe anforderten. Sie stimmte überein.«

»Ein faules Geschäft?«, überlegte Joe. »Vielleicht sollten Sie noch ein bisschen intensiver nach diesem ominösen Mr Simmons fahnden. Möglicherweise hat Bently herausgefunden, dass er reingelegt wurde, und Simmons hat ihn daraufhin aus dem Weg geräumt.«

»Wir fahnden schon die ganze Zeit nach ihm«, sagte Jennings. »Das Ergebnis ist gleich null. Aber Bently war sehr intelligent. Da hätte jemand schon äußerst gerissen sein müssen, um ihn hereinzulegen.«

»Dann müssen wir uns fragen, ob Bently selbst ein Verbrecher war. Manche Leute können einfach nicht genug Geld kriegen.«

Jennings schüttelte den Kopf. »Das nehmen wir nicht an. Bently war ein Idealist und hatte eine absolut reine Weste.

Allerdings deutet einiges darauf hin, dass er sein Geld in irgendein geheimes Projekt gesteckt hat.«

»Was für ein Projekt?«

»Etwas, das er für so wichtig hielt, dass er sein persönliches Vermögen dafür zur Verfügung gestellt hat. Das war die Spur, die uns veranlasste, jede Denkmaschine im ganzen Land zu überprüfen, um Simmons zu finden. Simmons befasste sich intensiv mit einem sehr interessanten Forschungsprojekt.« Er blickte in die Runde. »Was wissen Sie über Brennstoffzellen?«

»Nicht viel. Es soll sich wohl um eine Alternative zu Diesel und Benzin als Treibstoff für Fahrzeuge handeln. Einige Autohersteller experimentieren seit geraumer Zeit mit den Brennstoffzellen, aber bisher ist nicht viel dabei herausgekommen. Zu teuer.«

»Das Energiepotenzial dieser Brennstoffzellen ist nicht nur für die Fahrzeugindustrie interessant. Mit Brennstoffzellen könnte alles betrieben werden, Eigenheime, Elektrizitätswerke, sogar Raumstationen. Und zwar zu einem Bruchteil der derzeitigen Energiekosten und ohne schädliche Auswirkungen auf die Umwelt. Jeder Mensch auf dem gesamten Planeten würde davon profitieren, wenn Brennstoffzellen sich zu einer einsatzfähigen Alternative entwickeln würden. Die Forschung steht kurz vor der Realisierung dieses Projekts. Allerdings haben die meisten Menschen noch nie von dieser neuen Technologie gehört. Finden Sie das nicht reichlich merkwürdig?«

»Was hat das denn zu tun mit –« Eve brach die Frage ab. »Sie gehen davon aus, dass Bently Forschungsprojekte unterstützte, um eine funktionsfähige Brennstoffzelle zu entwickeln.«

Jennings nickte. »Simmons war mit der Forschung auf diesem Gebiet beschäftigt. Wir konnten die Spur des verfügbaren Kapitals bis zu einer Quelle in Detroit verfolgen. Man hatte Bently mehrere unverzichtbare Komponenten für die Entwicklung von Brennstoffzellen verkauft. Er war kein Narr. Er hätte wohl kaum so große Summen investiert, wenn er sich nicht ziemlich sicher gewesen wäre, dass es sich um ein viel versprechendes Projekt handelte.«

»Aber warum ein Geheimnis daraus machen?«, fragte Eve. »Wenn diese Brennstoffzellen ein solcher Segen für die Menschheit sind, warum hat er sich dann nicht einfach an die Regierung gewandt und sie überredet, ein oder zwei Milliarden in die Forschung zu investieren?«

»Vielleicht wollte er erst ein fertiges Produkt vorweisen können, oder vielleicht befürchtete er, der Kongress könnte ein Gesetz verabschieden, das gegen die Interessen sämtlicher Energiekonzerne im ganzen Land verstieß«, meinte Joe.

»Oder vielleicht gibt es diesen Cabal tatsächlich«, sagte Galen langsam. »Vielleicht wusste er davon und fürchtete, diese Leute würden ihn mit aller Macht daran hindern, sein Projekt zu verwirklichen.«

Jennings nickte. »Nun, das ist ihnen jedenfalls gelungen. Jetzt müssen wir herausfinden, was genau passiert ist, und was Hebert und Melton damit zu tun haben.«

Eve sah ihn frustriert an. »Und ich soll an diesem verdammten Schlamassel mitwirken?«

»Bitte. Vier Tage.« Jennings blickte ernst drein. »Ich werde Ihnen keinen Vortrag über Ihre moralische Pflicht halten. In dieser Hinsicht muss jeder seine eigenen Entscheidungen treffen. Aber es sieht so aus, als wäre Bently ermordet worden, weil er versuchte, uns allen etwas Gutes zu tun. Ich sage Ihnen nur, dass Sie der Sache eine andere Wendung geben könnten. Es ist sehr wichtig.«

»Für mich und für die Menschen, die mir nahe stehen, ist es vor allem wichtig, am Leben zu bleiben.«

»Wir werden für Ihre Sicherheit sorgen.« Er schaute sie an. »Vier Tage.«

»Du brauchst das nicht zu tun, Eve«, sagte Joe.

»Das weiß ich.« Sie trat ans Fenster und starrte in den Garten hinaus. »Wie sicher sind wir hier, Galen?«

»Ziemlich sicher. Ich habe mich vergewissert, dass uns niemand gefolgt ist. Wie ich schon sagte, es wird eine Weile dauern, bis man uns hier findet. Und weder Quinn noch ich sind Anfänger in diesem Geschäft.«

Sie wandte sich an Joe. »Sind meine Mutter und Jane in Sicherheit?«

»Selbstverständlich. Ich habe gestern Abend im Revier angerufen und dafür gesorgt. Meine Kollegen werden mehrmals täglich um das Haus herum Streife fahren, und ich habe veranlasst, dass mehrere Polizisten in Zivil das Haus ständig beobachten. Ich habe mit deiner Mutter telefoniert, sie über die Sicherheitsmaßnahmen informiert und sie gebeten, Jane nirgendwo allein hingehen zu lassen.« Seine Augen verengten sich zu Schlitzen. »Trotzdem gefällt mir nicht, wie sich diese Sache entwickelt.«

Eve gefiel es ebenso wenig. Auch ohne dass Jennings ihr einen Vorwand bot, fiel es ihr schon schwer genug, nicht weiter an Victor zu arbeiten. Sie war hin und her gerissen zwischen dem Bestreben, nichts mehr mit all dem zu tun zu haben und dem Wunsch, Victor nach Hause zu bringen. Sie wollte sich nicht von Jennings beeinflussen lassen. Am liebsten würde sie ihm sagen, er solle sich zum Teufel scheren.

Aber würde ihr das Ganze nicht ewig nachhängen? Solange Victor nicht fertig gestellt war, würde sie dauernd daran denken, dass sie ihre Arbeit nicht beendet hatte, oder fürchten, dass Jennings oder sonst irgendjemand auftauchen könnte, der es von ihr verlangte.

Es gab nur eine Möglichkeit, dem Ganzen ein Ende zu bereiten.

Sie fuhr herum und sah Jennings in die Augen. »Also gut, ich mache es. Aber sobald ich fertig bin, will ich nichts mehr damit zu tun haben.«

»Einverstanden.« Jennings lächelte. »Welch eine Erleichterung.« Dann wurde sein Ton geschäftsmäßig. »Brauchen Sie irgendetwas? Können wir irgendetwas für Sie tun?«

»Sorgen Sie dafür, dass meinem Kind und meiner Mutter nichts zustößt. Und tun Sie es so unauffällig wie möglich. Ich möchte nicht, dass sie Angst haben müssen.«

»Kein Problem.«

»Wollen wir's hoffen.«

»Ich werde ein paar FBI-Agenten von New Orleans herschicken, zum Schutz für Sie und –«

»Nein«, fiel Galen ihm ins Wort. »Ich habe Quinn gestattet, Ihnen zu verraten, wo sich mein kleiner Unterschlupf befindet, weil Sie garantiert haben, dass diese Sache vertraulich behandelt wird. Ich möchte nicht, dass noch jemand davon erfährt. Quinn und ich werden hier schon für die nötige Sicherheit sorgen.«

Jennings schaute Eve an. »Vertrauen Sie den beiden?«

Sie nickte.

»Nun, falls Sie Ihre Meinung ändern, lassen Sie es mich wissen.« Jennings wandte sich zum Gehen. »Ich werde mit Ihnen in Verbindung bleiben. Vielen Dank, Ms Duncan.«

»Danken Sie mir nicht. Seien Sie einfach zur Stelle, sobald ich meine Arbeit beendet habe.«

Er lächelte. »Geben Sie mir Bescheid, und ich werde da sein.«

Als die Tür sich hinter Jennings schloss, drehte Eve sich zu Joe um. »Keine Einwände?«

Er schüttelte den Kopf. »Mir gefällt die Sache nicht, aber ich weiß, dass es keinen Zweck hat, mit dir zu streiten, wenn du dich einmal entschieden hast. Ich werde im Revier anrufen und meine Kollegen wissen lassen, dass demnächst ein paar FBI-Agenten auftauchen werden. Sie werden nicht gerade erfreut sein.«

»Soll ich Victor und Ihre Geräte in die Spülküche bringen?«, fragte Galen.

»Ja, bitte, am besten jetzt gleich. Wenn ich diese verdammte Rekonstruktion schon zu Ende führen soll, will ich so bald wie möglich damit anfangen.«

»Klar doch«, sagte Joe. »Gib's ruhig zu, du bist froh, dass du einen Aufschub bekommen hast. Du kannst es ja gar nicht erwarten, dich wieder mit Victor zu befassen.«

Er hatte Recht. Es kribbelte sie in den Fingern, und Ungeduld hatte sie gepackt. »Das bedeutet aber nicht, dass ich es nicht schnell hinter mich bringen will.«

»Daran zweifle ich nicht. Du wirst wahrscheinlich von jetzt an Tag und Nacht arbeiten. Aber das ist ja nichts Neues.«

»Diesmal ist es anders.«

»Es ist jedes Mal anders.« Er lächelte. »Los, mach dich an die Arbeit. Ich werde dir den Rücken frei halten.«

»Du brauchst nicht zu –«

Er war schon weg.

Elf

Wo ist Eve?«, erkundigte Joe sich bei Galen, als er am nächsten Morgen um zehn nach unten kam.

»Sie haben das Frühstück verpasst«, sagte Galen. »Aber Ihre Abwesenheit hat die Atmosphäre wesentlich aufgelockert.«

»Ich habe mit dem Revier telefoniert. Außerdem hatte ich nicht die geringste Lust, mir schon wieder so eine Zirkusvorstellung zuzumuten, wie Sie sie vorgestern Abend zum Besten gegeben haben.« Dann fragte er noch einmal: »Wo ist Eve?«

»Unten. Sie arbeitet.« Galen betrachtete die Mappe, die Joe in der Hand hielt. »Das Phantombild?«

»Ja. Die Leute beim FBI gehen ihre Datenbank durch und wollen mir zum Vergleich ein Foto von Hebert schicken, aber es ist noch nicht gekommen. Vorerst müssen wir uns hiermit begnügen.« Joe war bereits auf der Treppe, die nach unten zur Spülküche führte.

»Ich komme mit.«

Joe antwortete nicht. Am Fuß der Treppe zögerte er kurz. Eve stand am Fenster und arbeitete an Victor, die Sonne schien auf ihr rotbraunes Haar und ihr konzentriertes Gesicht. Wie oft hatte er sie so arbeiten sehen ...

Sie blickte auf und zuckte zusammen.

Verdammt. Er riss sich zusammen und ging auf sie zu. »Ich brauche deine Hilfe, Eve.«

»Nennst du das im Hintergrund bleiben, Joe?«, fragte Eve.

»Ich habe dich beim Frühstück mit meiner Anwesenheit verschont. Sobald ich deine Antwort habe, verschwinde ich wieder. Ich habe meine Kollegen gebeten herauszufinden, ob es eine Akte über Hebert gibt.« Er nahm das Phantombild aus der Mappe. »Hast du diesen Mann jemals gesehen?«

Sie nahm die Zeichnung und betrachtete sie stirnrunzelnd. »Irgendetwas an dem Gesicht kommt mir bekannt vor … Ist das Hebert? Galen, kommen Sie mal.«

»Was ist –« Galen brach ab und pfiff durch die Zähne. »Rick.«

Eve schaute ihn entgeistert an. »Was?«

»Stellen Sie sich ihn mit blonden Haaren vor.« Galen zeigte auf die schmalen Wangen. »Vollere Wangen. Nett, adrett.«

»Der Mann, der dir in der Kirche geholfen hat?«, fragte Joe.

O Gott, Galen hatte Recht. Eve nickte. »Rick Vadim. Nur dass seine Haare nicht dunkel waren, sondern hellbraun. Und seine Wangen waren ein bisschen voller, irgendwie … rosig.«

»Ein schmaler Typ?«

»Ja, aber er wirkte sehr durchtrainiert, sodass es kaum auffiel.«

»Für Leute, die in Heberts Branche tätig sind, gehört Tarnung zur Tagesordnung.« Galen betrachtete die Zeichnung. »Und in diesem Fall brauchte er nur ein bisschen Haarfärbemittel, etwas Rouge und zwei Wangenpolster.«

»Er wirkte beinahe jungenhaft«, sagte Eve. »Und er war sehr reizend und hilfsbereit.«

»Reizend!« Joe funkelte Galen wütend an und bemerkte sarkastisch: »Da waren Sie ja wieder mal äußerst scharfsinnig, Galen.«

Galen runzelte die Stirn. »Gewöhnlich kann ich mich auf meinen Instinkt verlassen. Ich hätte schwören können, dass er nicht die Absicht hatte, ihr etwas anzutun.«

»Aber warum glaubte er wohl, er müsse sich verkleiden? Bist du dir sicher, dass du ihn noch nie zuvor gesehen hattest?«

»Nein, ich glaube nicht, dass ich –« Eve brach ab. »Der Mann, der mich ins Krankenhaus gebracht hat. Ich habe ihn nicht richtig gesehen. Es war ziemlich dunkel, und ich war halb weggetreten, aber je mehr ich darüber nachdenke, umso mehr kommt es mir so vor, als müsste er es gewesen sein.« Sie presste die Lippen zusammen. »Ist das der Mann, der Capel ermordet hat und mir diesen Bericht geschickt hat?«

Joe nickte. »Das ist sein Phantombild.«

»Dieser Scheißkerl.« Sie rieb sich die Schläfen. »Was zum Teufel wird hier gespielt? Wenn er Marie nicht dazu angestiftet hat, mich zu vergiften, wer dann?«

»Gute Frage«, murmelte Galen. »Anscheinend legt Hebert großen Wert darauf, dass Sie am Leben bleiben.«

»Was überhaupt nichts bedeutet«, sagte Joe. »Nicht dass du jetzt auf die Idee kommst, ihn für einen guten Samariter zu halten. Glaub mir, der Mann ist ein Sadist. Du hättest mal sehen sollen, wie er Capel zugerichtet hat.«

»Nein danke«, erwiderte Eve. »Er wird schon einen Grund gehabt haben, warum er mir das Leben gerettet hat: Victor.«

»Am besten sage ich Jennings Bescheid, dass hier ein Joker im Spiel ist. Und wenn Hebert in Verkleidung auftritt, sollte er auch darüber informiert sein. Allerdings nehme ich an, dass Hebert das Rick-Vadim-Alias nicht länger benutzen wird, denn er wird sich denken können, dass wir Verdacht geschöpft haben.«

»Gott, ich kann es einfach nicht fassen«, stieß Eve hervor. »Wie zum Teufel soll ich Victor fertig stellen? Ich will mir nicht den Kopf darüber zerbrechen müssen, ob es Hebert selbst war, der versucht hat, mich zu vergiften, oder einer von seinen Kumpanen. Ich will weder über Hebert noch über Rick oder Melton oder irgendjemand anders nachdenken. Verstehst du das? Tu, was du zu tun hast.« Sie wandte sich wieder dem Schädel zu. »Und jetzt macht, dass ihr beide hier rauskommt, und lasst mich in Ruhe arbeiten.«

Joe zögerte, ging jedoch dann die Treppe hinauf.

Galen holte ihn ein, als er die Diele erreichte. »Wenn Sie das Foto vom FBI bekommen, würden Sie ein paar Kopien davon machen? Ich habe einige Kontaktleute, die uns vielleicht helfen können.«

Joe nickte. »In zwei Stunden bekommen Sie Ihre Kopien. Das ist keine schlechte Idee. Ich könnte mir vorstellen, dass Ihre ›Kontaktleute‹ den Scheißkerl persönlich kennen.«

»Ich weiß, es fällt Ihnen schwer, das zu glauben, aber ich kenne tatsächlich einige Leute, die keine Kriminellen sind«, erwiderte Galen. »Sehen Sie uns beide an. Wir sind die besten Kumpels, und Sie haben noch nicht mal jemanden ausgeraubt.«

»Ich lasse mich von Ihnen nicht provozieren, Galen.«

»Hmm.« Galen sah ihn nachdenklich an. »Bewundernswert, wie Sie sich zu beherrschen verstehen. Ich fürchte, Eve hat Ihnen erzählt, dass wir keine romantischen Schäferstündchen genossen haben. Eigentlich schade, es hat mir so einen Spaß gemacht, Sie in dem Glauben zu lassen.«

»Es hat nicht viel gefehlt, und ich hätte Ihnen das Genick gebrochen.«

Galen grinste. »Das geschieht Ihnen recht dafür, dass Sie Galahad für den alten Lustmolch Lancelot gehalten haben.«

»Galahad?«

»Ich besitze Empfehlungsschreiben. Natürlich sind einige davon gefälscht.« Galens Lächeln verschwand. »Vielleicht ist es auch besser so, dass der Spaß vorbei ist. Wir werden zusammenarbeiten müssen, wenn wir dafür sorgen wollen, dass Eve das alles unbeschadet übersteht. Friede?«

Joe starrte ihn einen Moment lang zögernd an, dann sagte er: »Friede.«

»Gut. Dann besorgen Sie mir die Fotos, und ich setze mich ans Faxgerät und mache mich an die Arbeit. Ich habe den Kaufvertrag und die Grundbucheintragung für dieses Haus zwar gut verschlüsselt, aber für jemanden mit den richtigen Beziehungen dürfte es nicht allzu schwierig sein, die Informationen auszugraben. Melton verfügt zweifellos über die nötigen Kontakte. Aber da Eve so kurz davor steht, ihre Rekonstruktion zu beenden, wird er nicht viel Zeit vergeuden wollen. Er wird versuchen, uns auf andere Weise zu finden.«

»Ich nehme an, Sie haben eine Vorstellung, auf welche Weise er es versuchen wird?«

»Nein, aber ich arbeite dran.« Galen warf einen Blick auf die Zeichnung. »Er weiß eine Menge über Sie, und er wird so viel wie möglich über mich in Erfahrung zu bringen versuchen. Davon können wir ausgehen.« Er schaute auf die Tür zur Spülküche. »Und von der Tatsache, dass Eve nicht aufgeben wird, bis sie Victor fertig hat. Ist sie immer so unbeirrbar?«

»Das ist noch harmlos. Diesmal hat sie sich ablenken lassen. Aber das wird nicht lange andauern.«

»Anstrengend, mit so einer Frau zusammenzuleben. Ist es das wert?«

»Es ist es wert.« Joe nickte. »Solange keine lästigen Unruhestifter dazwischenfunken. Ich habe schon genug Probleme, auch ohne dass Sie mir auf die Nerven gehen.«

Galen lachte in sich hinein. »Ich werde versuchen, mich zurückzuhalten. Der größte Spaß ist sowieso vorbei.« Er wurde ernst. »Der einzige Schwachpunkt, den ich sehe, sind

Jane und Eves Mutter. Aber da scheinen Sie ja Sicherheitsvorkehrungen getroffen zu haben. Glauben Sie, dass sie ausreichend sind?«

»Die Polizei in Atlanta hat sehr fähige Leute, und sie werden sich diesmal besonders anstrengen, weil es um meine Tochter geht. Sie werden mich anrufen, sobald sie den geringsten Verdacht schöpfen.«

»Gut, dann nehme ich mal an, dass Sie das bisher ganz gut hingekriegt haben. Heute ist also ein neuer Tag.« Er ging die Treppe zum ersten Stock hoch. »Ich weiß nicht, was Sie vorhaben, aber ich mache mich jetzt an die Arbeit.«

Ein letzter Seitenhieb, dachte Joe, während er Galen nachschaute. Zumindest hoffte er, dass es der letzte war. Im Moment hatten sie keine Zeit für Scharmützel. Logan hielt große Stücke auf Galen, aber Joe würde sich sein eigenes Urteil bilden. Galen bewegte sich auf einem gefährlich schmalen Grat zwischen Legalität und Illegalität, und das gefiel Joe überhaupt nicht. Jedenfalls nicht, solange er sich in Eves Nähe aufhielt. Dennoch schien Galen zu wissen, was er tat. Er hatte sie aus Baton Rouge herausgebracht und Eve dieses sichere Haus zur Verfügung gestellt.

Und jetzt war es Quinns Aufgabe, für Eves Sicherheit zu sorgen, und das würde er kaum bewerkstelligen, indem er hier herumstand und über Galen nachgrübelte. Er ging in die Bibliothek, um Jennings beim FBI anzurufen und ihm gehörig Dampf zu machen.

FBI Hauptquartier
Washington, D.C.

»Interessant.« Spezialagent Robert Rusk lehnte sich auf seinem Stuhl zurück und schaute Jennings nachdenklich an. »Glauben Sie, dass es den Cabal wirklich gibt?«

Jennings zuckte die Achseln. »Angesichts der Informationen, die in letzter Zeit durchsickern, würde ich sagen, es ist durchaus möglich. Ich glaube, wir werden der Sache nachgehen müssen, und zwar gründlich.«

Rusk nickte. »Mein Job würde auf dem Spiel stehen, wenn wir das nicht äußerst gründlich durchleuchten. Nehmen Sie den nächsten Flug nach Boca Raton.«

»Ich habe keinerlei Anhaltspunkte.«

»Dann nehmen Sie die Stadt unter die Lupe, und sehen Sie, was Sie zutage fördern können. Es kann auf jeden Fall nicht schaden. Vielleicht stoßen Sie ja durch Zufall auf einen entscheidenden Hinweis.«

Jennings nickte. »Zuerst muss ich allerdings nach Atlanta fliegen und mich um die Sicherheitsmaßnahmen für Duncans Tochter kümmern.«

»Ach ja. Ich werde dafür sorgen, dass McMillan das übernimmt. Machen Sie sich auf die Socken. Boca Raton ist womöglich noch wichtiger.«

Jennings verzog das Gesicht. »Eve Duncan sieht das nicht so.« Und er selbst auch nicht. Wahrscheinlich würde Boca Raton sich als Sackgasse erweisen. »In Atlanta werde ich vielleicht dringender gebraucht. In Boca Raton werde ich nur im Dunkeln tappen.«

»Sie sind ein guter Agent, Jennings«, sagte Rusk. »Und Sie haben einen verdammt guten Instinkt. Ich habe Sie schon erstaunliche Kaninchen aus dem sprichwörtlichen Hut ziehen sehen. Fliegen Sie nach Boca.«

Es hatte keinen Zweck, mit Rusk zu streiten. Er war nicht

nur der Boss, er lag auch meistens richtig mit seinen Vermutungen. Allerdings konnte es sich diesmal um die berühmte Ausnahme handeln. Jennings ging auf die Tür zu. »Wie Sie wünschen.«

Atlanta

Vielleicht musste das kleine Mädchen doch dran glauben, dachte Jules traurig.

Er beobachtete, wie Jane MacGuire im Piedmont Park hinter ihrem Hund herlief. Ihre Großmutter Sandra Duncan folgte den beiden lachend.

Der Tod ihrer Mutter könnte Eve Duncan aus ihrem Versteck herauslocken, aber eine Gefahr für das Kind war gewöhnlich noch wirkungsvoller. Vor allem im Fall von Eve Duncan.

Jules' Handy klingelte.

»Wir haben einen von Galens Kontaktleuten in New Orleans ausfindig gemacht«, sagte Melton, als Hebert sich meldete. »Möglicherweise besitzt Galen ein Haus in der Nähe der Stadt.«

»Wie nah?«

»Er weiß es nicht. Er sagt, Galen ist ein geheimnistuerischer Hund. Vielleicht zwei Fahrstunden von der Stadt entfernt, meint er. Ich verfolge die Sache. Er hat mir einen guten Tipp bezüglich der Grundbucheintragung gegeben.«

»Dann setzen Sie noch mehr Leute an den Fall. Schicken Sie Leute auf jedes Amt innerhalb dieses Zwei-Stunden-Radius. Ich muss wissen –«

Ein Streifenwagen fuhr langsam vorbei.

Jules schaltete das Handy aus und drückte sich tiefer in den Schatten der Eiche, unter der er stand. Es war das dritte Mal innerhalb der letzten halben Stunde, und das konnte kein Zufall sein. Außerdem hatte er vor der Grundschule einen grauhaarigen Jogger in einem grünen Sweatshirt gesehen. Quinn hatte offenbar seine alten Freunde vom Polizeirevier rekrutiert, um das Kind zu bewachen. Das würde Heberts Aufgabe erschweren.

Aber nicht unmöglich machen.

New Orleans

»Darf ich reinkommen?« Bill Nathan blieb zögernd am Fuß der Treppe zur Spülküche stehen.

Eve blickte erst gar nicht auf. »Nein, ich habe zu tun.«

»Ich werde nur eine Minute Ihrer Zeit beanspruchen.«

Eve seufzte entnervt. »Worum geht's?«

»Ich habe beschlossen, Ihnen zu helfen.«

»Wie bitte?«

»Nun, ich bin hier, aber Galen und Quinn trauen mir nicht zu, dass ich helfen kann. Sie schicken mich höchstens zum Supermarkt einkaufen.« Er verzog das Gesicht. »Also dachte ich, ich bleibe einfach hier unten bei Ihnen und beschütze Sie.«

»Mich beschützen? Ich kann Sie hier nicht gebrauchen.«

»Man kann nie wissen. Ich würde Ihnen auch nicht in die Quere kommen.«

»Aber Sie würden mit mir reden.«

»Ich kann auch ganz still sein.« Dann fügte er hinzu: »Bitte.«

»Warum?« Sorgfältig glättete Eve den Ton über Victors Wangen. »Sie sind doch sowieso dagegen, dass ich diese Rekonstruktion beende.«

»Ich bin nicht dagegen, aber ich glaube, dass Sie ein großes Risiko eingehen. Der Versuch, Sie zu retten, hat mich eine Menge Mühe gekostet, und ich möchte das nicht vergeblich getan haben.« Sein Blick wanderte zu Victor hinüber. »Aber ich bin ebenso dringend wie Sie daran interessiert zu erfahren, ob das Bently ist oder nicht.«

»Ihre Story.«

»Das ist schließlich mein Job.«

»Hat Joe Ihnen von Jennings' Brennstoffzellen-Theorie erzählt?«

»Ja. Klingt plausibel.« Er überlegte. »Es gibt einen weiteren Grund, warum ich noch Monate nach Bentlys Verschwinden darauf gedrängt habe, den Fall nicht zu den Akten zu legen. Er kämpfte für etwas, das mir sehr wichtig war, und es machte mich verdammt wütend, dass er von Leuten, die ganz andere Interessen verfolgen, ausgeschaltet wurde. Wussten Sie, dass es da, wo der Mississippi in den Golf von Mexico fließt, im Umkreis von etwa fünfzig Meilen einen Bereich gibt, wo jedes Leben abgestorben ist? Die Düngemittel im Flusswasser verbrauchen den gesamten Sauerstoff und töten alles Leben ab. Und erinnern Sie sich an die Ölkatastrophe im Golf von Mexiko vor zehn Jahren? Ich habe in der Zeitung darüber berichtet. Das hat mich ganz verrückt gemacht. All die Fische und Vögel, die in dem Ölschlamm verendet sind. Als ich noch ein Junge war, habe ich mit meinem Großvater im Golf geangelt ...« Er schüttelte den Kopf. »Ich hatte immer geglaubt, dass diese Erinnerung nie getrübt werden könnte, solange ich lebe. Aber das war ein großer Irrtum.« Er schaute sie an. »Meine Kinder sollen mit dem sauberen Wasser und der sauberen Luft und all der Naturschönheit aufwachsen, die ich erlebt habe. Das wollte auch Bently, und er hat dafür gekämpft. Es ist nicht fair, dass er so ein Ende gefunden hat.«

Eve sah ihn überrascht an. Unter der rauen Schale schien Nathan einen weichen Kern zu verbergen. Offenbar meinte er jedes Wort ernst, das er sagte.

»Was sehen Sie mich so an?«, fragte er barsch. »Was ist so seltsam daran, mir zu wünschen, dass die Erde nicht immer weiter zuschanden gemacht wird?«

»Nichts ist seltsam daran«, sagte sie freundlich. »Ich wohne an einem der schönsten Seen, die Sie sich vorstellen können. Ich möchte auch nicht, dass seine Schönheit zerstört wird.«

»Also gut, dann sind wir verwandte Seelen.« Nathan ließ sich in den Sessel neben dem Kamin fallen. »Darf ich also bleiben und Ihnen ein bisschen zusehen? Herumzusitzen und darauf zu warten, dass etwas passiert, langweilt mich zu Tode. Ich möchte etwas *tun.*«

»Ich kann Sie hier nicht –« Ach, egal. Er hatte gute Absichten, und offensichtlich kam er sich überflüssig vor. »Wenn Sie mir nicht auf die Nerven gehen.«

»Bestimmt nicht.« Er zog ein Taschenbuch aus seiner Gesäßtasche. »Sie arbeiten, ich lese.« Er schlug das Buch auf. »Vergessen Sie einfach, dass ich hier bin.«

»Keine Sorge, das werde ich.« Sie musste sich konzentrieren. Nathan und Jules und Joe und alles andere, was sie beunruhigte, vergessen.

Nur an Victor denken und an ihre Aufgabe, ihn nach Hause zu bringen.

»Ich habe Ihnen Kaffee und ein Sandwich gemacht.« Galen stellte das Tablett auf dem Arbeitstisch ab. Er schaute zu Nathan hinüber, der im Sessel neben dem Kamin schlief. »Wenn ich gewusst hätte, dass Sie Gesellschaft haben, hätte ich ein bisschen mehr mitgebracht.«

»Er beschützt mich«, sagte Eve grinsend. »Ich konnte ihn einfach nicht abwimmeln, aber nach vier Stunden wurde es ihm langweilig, und er ist eingeschlafen. Er meint es gut.«

»Hmm.« Galen schenkte Kaffee ein. »Wie kommen Sie denn mit Victor voran?«

»Es könnte schneller gehen, wenn ich nicht dauernd unterbrochen würde.«

»Nun, ich werde Sie nicht lange aufhalten. Sie sind mich gleich los, denn ich werde mich auf den Weg machen, um zu sehen, was ich über unseren Freund Jules in Erfahrung bringen kann.«

»Wo fahren Sie hin?«

»Erst mal nach New Orleans.«

»Wie lange werden Sie fort sein?«

»Nicht lange, hoffe ich. Ich werde mit dem Haus hier in Verbindung bleiben.«

»Dann werde ich wohl vorerst auf meinen Vorkoster verzichten müssen.«

»Ich habe Joe Quinn zu meinem Vertreter ernannt.« Er hob die Hand, als er sah, wie sie zusammenzuckte. »Ich wusste, dass Sie so reagieren würden. Deswegen bin ich gekommen, um mit Ihnen zu reden, bevor ich mich auf den Weg mache. Es ist sehr wichtig, dass ich diese Nachforschungen anstelle, und ich hätte diese Möglichkeit nicht, wenn Quinn nicht hier wäre. Offenbar haben Sie sich mit seiner Anwesenheit abgefunden, aber das reicht nicht.« Er holte tief Luft. »Er weiß, was er tut, Eve. Sie müssen kooperieren. Sie müssen auf ihn hören.«

»Muss ich das?«

»Sie denken nicht konsequent genug. Glauben Sie, dass Ihr Leben in Gefahr ist?«

»Diese Möglichkeit nicht in Betracht zu ziehen, wäre ziemlich dumm.«

»Halten Sie Joe Quinn für kompetent?«

»Selbstverständlich.«

»Dann hören Sie verdammt noch mal auf, so stur zu sein, und lassen Sie sich von ihm helfen. Er wird die Situation nicht ausnutzen. Es würde mir leichter fallen, dieses Haus zu verlassen, wenn Sie mir versprechen würden, dass Sie mit ihm zusammenarbeiten.«

Sie wollte nicht, dass Galen fortging. Er diente als Puffer zwischen ihr und Joe. Jetzt riss er diese Barriere ein und ließ sie ungeschützt zurück.

Nun gut, sie musste sich wie eine Erwachsene benehmen. Es ging schließlich um Leben und Tod, und sie durfte nicht darauf bestehen, ihren Kopf durchzusetzen. Immerhin war sie diejenige gewesen, die entschieden hatte, dass sie Victor aus der Kirche mitgehen ließen. Jetzt musste sie sich mit den Konsequenzen abfinden. »Ich werde mit ihm zusammenarbeiten.«

»Gut. Ich komme so bald wie möglich zurück. Solange Quinn Sie beschützt, dürfte Ihnen nichts passieren.« Er schaute zu Nathan hinüber. »Allerdings bezweifle ich, dass Nathan von großem Nutzen sein wird.« Er ging in Richtung Treppe. »Ich muss noch mit Quinn reden, bevor ich mich auf den Weg mache. Ich bin so bald wie möglich wieder da.«

»Wo fahren Sie hin?« Nathan hatte plötzlich die Augen geöffnet und saß aufrecht im Sessel.

»Ah, schön, dass Sie wieder unter den Lebenden weilen. Ich hatte schon befürchtet, ich müsste Sie von einem Frosch küssen lassen, um Sie wieder aufzuwecken. Oder ist das das falsche Märchen?«

»Wo zum Teufel wollen Sie hin?«

»Ich versuche, Hebert ausfindig zu machen. Aber ich bin überzeugt, dass Eve in Ihrer Obhut sicher ist, solange Sie Ihre Aufputschmittel schlucken.«

»Klugscheißer.« Nathan sah Galen wütend an. »Zumindest springe ich nicht freiwillig in einen alligatorverseuchten Sumpf und ...«

Er redete ins Leere. Galen war bereits die Treppe hoch verschwunden.

Nathan fluchte leise vor sich hin, dann schaute er Eve an. »Quinn bleibt hier?«

»Ja.« Sie konzentrierte sich wieder auf den Schädel. Bei

all den Unterbrechungen würde sie die Rekonstruktion nie beenden. »Ich muss jetzt wieder arbeiten.«

»Tut mir Leid.« Eine Zeit lang sagte er nichts, dann knurrte er: »Ich habe gar nicht richtig geschlafen. Ich habe nur ein bisschen meine Augen ausgeruht ...«

»Irgendwas vom FBI?« Galen stand in der Tür zur Bibliothek.

»Ich habe Ihre Fotos. Sie stimmen genau mit dem Phantombild überein.« Mit einer Kinnbewegung deutete Joe auf die Faxe auf dem Tisch. »Hebert muss ein schlauer Bursche sein. Er wurde einmal wegen Mordverdachts verhaftet, aber es gab keinen Prozess. Keine Beweise.«

»Oder gute Beziehungen.«

»Das glaube ich erst, wenn ich es schwarz auf weiß sehe.«

»Das ist das Problem, wenn man Polizist ist. Ich habe den Vorteil, ins Blaue hinein Vermutungen anstellen zu können.« Galen faltete eins der Faxe zusammen und steckte es ein. »Das könnte mir nützlich sein. Ich fahre nach New Orleans, und ich nehme den Wagen. Ich werde Ihnen einen anderen bringen lassen. Irgendwelche Vorlieben? Wieder einen Lexus?«

»Warum fahren Sie nach New Orleans?«

Galen antwortete nicht gleich. »Um nach Atlanta zu fliegen. Ich werde hier nicht gebraucht, und ich dachte, ich sollte vielleicht die Armee verstärken, die Sie angeheuert haben, um Jane und ihre Großmutter zu beschützen.«

Joe runzelte die Stirn. »Glauben Sie, dass in Atlanta etwas passieren wird?«

»Ich weiß es nicht. Eigentlich dürfte nichts schief gehen. Sie haben ja reichlich Leute abgestellt, um die beiden zu bewachen.« Er hob die Schultern. »Mein Problem ist, dass ich mich am liebsten auf mich selbst verlasse. Da Sie ja nun hier sind, kann ich mich ja mal umsehen.« Er schaute Joe an. »Es sei denn, Sie haben etwas dagegen.«

Joe dachte darüber nach, dann schüttelte er langsam den Kopf. »Nicht, wenn Sie mich täglich anrufen und auf dem Laufenden halten. Ich glaube, Sie irren sich. Eve wird die Zielscheibe sein. Aber ich würde niemals Hilfe ablehnen, wenn es darum geht, Jane zu beschützen, selbst Ihre nicht.«

»Ihr Vertrauen rührt mich. Ich melde mich bei Ihnen.« Galen ging zur Haustür.

Joe folgte ihm und sah ihm nach, als er auf den Lexus zuging. »Haben Sie Eve gesagt, was Sie vorhaben?«

»Nicht, dass ich nach Atlanta fliege. Ich wollte sie nicht ängstigen, vor allem, solange ich keinen konkreten Grund habe, die Effektivität Ihrer Sicherheitsmaßnahmen anzuzweifeln.« Er öffnete die Wagentür. »Das Auto, das Ihnen zur Verfügung gestellt wird, ist kein Mietwagen. Ich habe ein paar Kontaktleute in New Orleans, die es mir ermöglicht haben, ein Fahrzeug auszuleihen.«

»Auszuleihen?«

Galen grinste. »Keine Sorge, es ist nicht gestohlen. Ich fahre als erstes nach Mobile und lasse diesen Wagen dort stehen. Er könnte Hebert auf eine falsche Spur leiten, falls es ihm gelingt, ihn aufzuspüren.« Er ließ den Motor an. »Nathan scheint wild entschlossen zu sein, Eve zu beschützen. Er könnte sich in begrenztem Maß als nützlich erweisen, aber ich würde ihm nicht allzu viel zutrauen. Gegen Hebert hätte er keine Chance.«

»Das kann ich selbst beurteilen, verdammt.«

Galen musterte ihn. »Es macht Sie nervös, dass ich abreise. Ich würde mich geschmeichelt fühlen, aber ich weiß, Sie befürchten bloß, dass es mit Eve schwierig werden könnte. Es wird Sie erleichtern zu erfahren, dass ich ihr das Versprechen abgenommen habe, mit Ihnen zusammenzuarbeiten.« Er lächelte verschlagen. »Das passt Ihnen nicht, stimmt's? Sie mögen es nicht, wenn jemand als Mittler zwischen Ihnen und Eve auftritt. Nun, vorerst brauchen Sie sich darüber keine Gedanken zu machen. Von jetzt an sind Sie auf sich selbst gestellt, Quinn.« Er hob die Hand zum Gruß und gab Gas.

Joe schaute dem Lexus nach, wie er die Auffahrt hinunterfuhr. Er war froh, dass Galen fort war und er die Situation allein in der Hand hatte. Außerdem konnte er nicht leugnen, dass es ihn erleichterte zu wissen, dass Galen zusätzlich auf Jane aufpassen würde. Ein Schwergewicht wie er war fast eine Garantie dafür, dass nichts schief gehen konnte.

Jetzt musste er sich auf seine eigene Aufgabe konzentrieren. Er straffte die Schultern, drehte sich um und ging ins Haus.

»Sie haben Victor umgedreht«, sagte Nathan. »Warum?«

»Ich beginne jetzt mit der letzten Phase der Rekonstruktion, und ich möchte nicht, dass Sie mir dabei zusehen.«

»Warum nicht?«

»Sie kennen Bently. Ihr Gesichtsausdruck könnte mir etwas verraten. Wenn ich Ihnen ansehe, dass Sie ihn erkennen oder nicht erkennen, könnte es mich beeinflussen. Und das könnte das Ergebnis verfälschen.«

»Sie sind sehr vorsichtig.«

»Das muss ich sein. Victor hat es verdient. Sie haben es alle verdient.«

»Bently hat es verdient. Bei den anderen Schädeln, an denen Sie arbeiten, bin ich mir nicht so sicher. Manche davon haben es wahrscheinlich verdient, dass man sie vergräbt und vergisst.«

»Aber das kann ich vorher nicht wissen.«

»Was würden Sie tun, wenn dieser Schädel dem Mann gehören würde, der Ihre Tochter ermordet hat?«

Eve zuckte kurz zusammen. »Ich würde ihn fertig stellen.« Sie schaute ihn an. »Und dann, wenn ich ganz sicher wäre, würde ihn zertrampeln und zertrümmern und anschließend verbrennen. Vielleicht würde ich sogar noch einen Voodoopriester anheuern, der ihn verflucht.« Sie holte tief Luft. »Ist es das, was Sie hören wollten?«

»Ja.« Nathan lächelte. »Ich wollte Ihnen ja nicht zu nahe treten, aber jetzt fühle ich mich wesentlich besser. Sie kamen mir einfach ein bisschen allzu edel vor.«

»Edel? Unsinn. Ich hatte als Kind kein richtiges Zuhause, deswegen habe ich wohl so eine Art fixe Idee entwickelt. Ich finde, jeder Mensch sollte ein Zuhause haben, selbst im Tod. Vielleicht auch erst recht im Tod, wenn der Mensch im Leben sehr gelitten hat. Wenn ich jemanden nach Hause bringe, gibt das seinem Leben im Nachhinein einen Sinn, es zeigt der Welt, dass dieser Mensch kein Abfall war, dass er einen Wert hatte. Verstehen Sie, was ich meine?«

Er nickte langsam. »Es ist wichtig, dass man seinen Wert erkennt. Wir müssen uns alle darüber klar sein, was uns wichtig ist.«

»Was ist Ihnen wichtig?«

»Meine Kinder, meine Arbeit.«

»Wie alt sind Ihre Kinder?«

»Henry ist zwölf und Carolyn ist sieben. Wunderbare Kinder.« Er verzog das Gesicht. »Ich wünschte, ich könnte von mir behaupten, ein wunderbarer Vater zu sein. Ich habe meine Kinder seit über vier Monaten nicht gesehen.«

»Warum nicht?«

»Ich bin geschieden, und meine Frau hat das Sorgerecht. Es war die richtige Entscheidung. Ich bin freier Journalist und habe mich auf Umweltthemen spezialisiert, bin also ständig im ganzen Land unterwegs. Ich konnte ihnen kein stabiles Zuhause bieten. Meine Exfrau lässt mich die Kinder sehen, so oft ich kann. Sie ist eine nette Frau. Sie hat die Zumutungen, die mein Job mit sich bringt, erstaunlich lange ausgehalten, bevor sie die Flucht ergriffen hat.« Er schürzte die Lippen. »Irgendwie bin ich Ihnen ähnlich. Ich bin auch von meiner Arbeit besessen. Ich wünschte allerdings, ich hätte meine Frau und meine Kinder zum Wichtigsten in meinem Leben gemacht. Wissen Sie, wir Journalisten haben einen schlechten Ruf. Aber häufig sind wir diejenigen, die die Öffentlichkeit vor den Bösewichtern schützen.«

»Meine Erfahrungen mit Ihren Kollegen waren nicht unbedingt positiv, aber ich kenne einige Journalisten, die ich respektiere.« Plötzlich fiel Eve etwas ein. »Und was ich eben gesagt habe, bleibt unter uns. Ich kann es überhaupt nicht leiden, von der Presse zitiert zu werden.«

»Keine Sorge, ich werde es für mich behalten. Ich verspreche es.«

Sie glaubte ihm. »Danke.«

»Danke, dass Sie mir erlaubt haben, Ihnen Gesellschaft zu leisten.« Er schaute sie an. »Was den Cabal angeht, scheinen Sie ja alle äußerst skeptisch zu sein.«

»Jennings scheint die Sache ernst zu nehmen.«

»Aber Sie nicht.«

»Ich halte es für möglich, dass eine solche Organisation existiert.«

»Es ist nicht nur möglich, es ist eine Tatsache. Etienne hat mir die Wahrheit gesagt. Da bin ich mir ganz sicher. Jedes Mal, wenn ich heutzutage von einem neuen Krisenherd wie Bosnien zum Beispiel höre, frage ich mich automatisch, ob der Cabal mal wieder einen Krieg benutzt, um seine Interessen durchzusetzen.«

»Also das kann ich mir kaum vorstellen. Einen Krieg anzuzetteln ist etwas ganz anderes als die Wirtschaft zu manipulieren.«

»Kriege sind Instrumente der Wirtschaftspolitik. Hinter allem Patriotismus und Idealismus verbirgt sich immer das große Geld. Krieg macht mir Angst. Der Cabal macht mir Angst.« Grimmig presste er die Lippen zusammen. »Und nicht zu wissen, was in Boca Raton ausgebrütet wird, macht mir am meisten Angst. Es muss etwas ziemlich Schlimmes sein, um Etienne einen derartigen Schrecken einzujagen, dass er sich an mich gewandt hat.«

Er glaubte, was er sagte, und allmählich begann auch Eve es zu glauben. Und das löste dieselbe Unruhe in ihr aus, die Nathan umzutreiben schien. Gott, das hatte ihr gerade noch gefehlt. Instinktiv schob sie den Gedanken beiseite und konzentrierte ihren Blick auf den Schädel vor ihr. »Vielleicht hat Etienne die Wahrheit gesagt. Vielleicht stimmt alles, was er über den Cabal berichtet hat. Aber sich mit dem Cabal auseinander zu setzen ist Aufgabe des FBI. Meine ist es, Victor zu rekonstruieren. Ich weiß, dass Hebert irgendwo da draußen rumläuft und Menschen ermordet und dass Melton wahrscheinlich bis zum Hals in der Sache drinsteckt. Mehr brauche ich im Moment nicht zu wissen.«

»Es muss etwas Tröstliches haben, sich so konzentrieren zu können.« Nathan stand auf und streckte sich. »Gott, bin ich steif. Ich glaube, ich werde alt. Vielleicht sollte ich mal in den Garten gehen und mir ein bisschen die Beine vertreten.« Er ging in Richtung Treppe. »In einer halben Stunde komme ich zurück und bringe Kaffee mit.« Einen Augenblick später hörte Eve, wie die Tür hinter ihm zuschlug.

Was für ein seltsamer und komplizierter Mann, dachte sie, als sie sich wieder Victor zuwandte. Anfangs hatte sie sich abwechselnd über ihn amüsiert und geärgert, wenn er sich mit Galen anlegte, aber seit er beschlossen hatte, ihr in ihrem Arbeitszimmer Gesellschaft zu leisten, hatte sie angefangen, ihn zu mögen und zu respektieren. Er war intelligent und aufmerksam, und seine rührende Ehrlichkeit machte ihn liebenswert.

»Nathan hat mich gebeten, herunterzukommen und dir Gesellschaft zu leisten.« Joe erschien auf der Treppe. »Nein, er hat mich nicht gebeten, er hat mir den Befehl erteilt. Er wollte nicht, dass du allein bist.«

Eve zwang sich, entspannt zu bleiben. »Er hat einen übertriebenen Beschützerinstinkt. Anscheinend hält er mich für völlig hilflos. Aber ich kann auf mich selbst aufpassen.«

»Ich weiß. Ich habe es dir beigebracht.«

Ja, das hatte er. Während der ersten fünf Jahre nach Bonnies Tod hatte er sie in Selbstverteidigung ausgebildet. Sie war hilflos und verzweifelt gewesen, und er hatte sie stark gemacht. Sie wandte sich von ihm ab und schaute Victor an. »Du hättest ja nicht auf Nathan zu hören brauchen.«

»Ich bitte dich. Mein Beschützerinstinkt ist ebenfalls ziemlich ausgeprägt, wie du weißt.« Er zögerte. »Wenn du nicht willst, dass ich runterkomme, kann ich ja hier oben stehen bleiben.«

Sie wollte ihn nicht in ihrer Nähe haben. Immer wenn er sich im selben Raum befand, spürte sie seine Gegenwart überdeutlich. Die ruhige Gelassenheit ihrer Beziehung hatte sich in Luft aufgelöst. Nun, sie würde sich daran gewöhnen müssen. Aus Vernunftgründen hatte sie Galen versprochen, mit Joe zu kooperieren. Schließlich war sie kein Kind, das sich unter der Bettdecke versteckte.

»Dann kannst du genauso gut runterkommen.« Sie hielt ihren Blick auf Victor gerichtet. »Wenn du am Kamin sitzt, störst du mich weniger, als wenn du da oben auf der Treppe rumhängst wie ein Wasserspeier.«

»Du lieber Himmel«, sagte er, als er die Stufen hinunterstieg. »Nach dem Vergleich garantiere ich dir, dass ich nicht rumhängen werde.« Er setzte sich in den Sessel. »Das haben wir ja schon oft genug durchexerziert.«

Ja, in ihrem Haus am See hatte er hunderte von Stunden auf dem Sofa gesessen, gelesen, Papierkram erledigt, Jane bei den Hausaufgaben geholfen, während Eve an ihren Rekonstruktionen tüftelte. Er hatte ihr den Nacken und die Schultern massiert, wenn sie müde und erschöpft war. Er hatte sie an die frische Luft gezerrt und Spaziergänge mit ihr gemacht, wenn sie so in ihre Arbeit vertieft war, dass sie das Haus gar nicht mehr verließ.

»Das war eine schöne Zeit, nicht wahr?«, sagte Joe leise.

Verdammt, er wusste genau, welche Erinnerungen er mit dieser Bemerkung in ihr wachrief.

Sie sagte nichts, konzentrierte sich weiter auf Victor. Wie zum Teufel sollte sie Joe ignorieren, wenn er drei Meter von ihr entfernt im Sessel saß und sie jeden einzelnen seiner Atemzüge spürte? Aber er würde ja nicht lange bleiben. Nathan würde bald zurückkommen und ihr Kaffee bringen.

Am besten, sie arbeitete einfach unbeirrt weiter.

»Schön, Sie zu sehen, Mr Galen.« Der junge rothaarige Mann stand am Flugsteig, als Galen aus New Orleans eintraf. Er reichte Galen die Hand. »Mein Name ist David Hughes. Willkommen in Atlanta. Ich habe schon viel von Ihnen gehört. Bob Parks hat mir Fotos von Ihnen gezeigt und mich gebeten, Sie in Empfang zu nehmen. Haben Sie Gepäck?«

Galen schüttelte den Kopf. »Ich reise gern leicht. Haben Sie veranlasst, dass das Kind überwacht wird?«

»Gleich nach Ihrem Anruf gestern Abend.« Hughes begleitete ihn den Korridor hinunter. »Die Streifenwagen, die Quinn angefordert hat, patrouillieren in der Gegend, und mindestens zwei Beamte in Zivil sind im Einsatz. Die Polizisten und die FBI-Leute, von denen Sie gesprochen haben, scheinen zusammenzuarbeiten. Meine Leute mussten ziemlich aufpassen, ihnen nicht in die Arme zu laufen.«

»Haben Sie schon irgendeine Spur von Jules Hebert entdeckt?«

»Nein, noch nicht. Ich habe Kopien von dem Foto gemacht, das Sie uns geschickt haben, und sie verteilt. Vielleicht ist er gar nicht hier.«

»Vielleicht aber doch. Ich an seiner Stelle wäre jedenfalls genau hier, wenn ich jemanden aufschrecken wollte. Jemanden am wundesten Punkt zu treffen, ist immer die effektivste Methode. Wie sieht der Tagesablauf der Kleinen aus?«

»Ihre Großmutter bringt sie jeden Tag zur Schule und holt sie wieder ab. Vor der Schule führt die Kleine ihren Hund aus, und nach der Schule noch mal mit ihrer Großmutter zusammen. Danach verlässt sie das Haus nicht mehr.« Er warf einen Blick auf seine Armbanduhr. »In etwa einer Viertelstunde müssten sie im Park auftauchen. Soll ich Sie gleich dorthin bringen?«

»Ja.« Er wollte das Mädchen und die Großmutter sehen, damit er sie jederzeit erkennen würde.

»Es wundert mich, dass Quinn nicht mit Ihnen gekommen ist.«

»Er hat zurzeit andere Prioritäten.« Das war weit untertrieben. Quinn war zweifellos ganz auf Eve fixiert. »Und er glaubt, dass das Kind in Sicherheit ist. Er vertraut seinen Kumpels von der Polizei.«

»Aber er weiß, dass Sie hier sind?«

Galen nickte. »Er glaubt, ich vergeude meine Zeit.« Vielleicht hatte Quinn ja Recht. Oberflächlich betrachtet schien alles in Ordnung zu sein, aber Galen hatte ein ungutes Gefühl, und er hatte sich immer auf seinen Instinkt verlassen können. »Los, beeilen wir uns.«

Zwölf

Er ging, Gott sei Dank.

Eve schaute Joe nach, wie er die Treppe hinaufstieg. Die Art, wie er sich bewegte, hatte sie schon immer angezogen. Diese sinnliche Geschmeidigkeit, die so anders war als seine Ruhe, wenn er entspannt dasaß. Aber selbst diese Ruhe war nie passiv. Stets spürte sie seine Intelligenz, die Gefühle, die sich hinter seinem fast ausdruckslosen Gesicht verbargen.

»Ich habe keine Milch mitgebracht«, sagte Nathan. »Sie trinken Ihren Kaffee doch schwarz, nicht wahr?«

»Wie bitte?« Schnell nahm sie die Tasse, die Nathan auf ihrem Arbeitstisch abgestellt hatte. »Ja, ich trinke ihn schwarz.«

Sie hörte, wie Joe die Tür am oberen Treppenabsatz schloss. »Dachte ich mir doch, dass ich das richtig in Erinnerung hatte.«

»Alles in Ordnung.« Ja, jetzt war alles in Ordnung. Joe war weg. Sie konnte ungestört arbeiten.

Sie richtete ihren Blick wieder auf Victor. Verdammt, sie musste sich konzentrieren.

»Gehen Sie ins Bett«, forderte Eve Nathan auf. »Es ist fast Mitternacht, und Sie sitzen schon den ganzen Tag hier.«

»Wenn Sie Feierabend machen, gehe ich auch schlafen. Ich störe Sie doch nicht, oder?«

»Nein, Sie sind sehr zurückhaltend.« Eve nahm ihre Brille ab und rieb sich die Augen. »Aber es ist Unsinn, mich hier bewachen zu wollen. Ich bekomme ja schon jedes Mal ein schlechtes Gewissen, wenn ich Sie ansehe.«

Nathan deutete ein Lächeln an. »So wie Sie in Ihre Arbeit vertieft sind, haben Sie mich doch seit sechs Stunden überhaupt nicht wahrgenommen. Wie läuft's denn?«

»Ganz gut.« Eve schaute Victor an. »Allmählich bekommt er ein Gesicht.«

»Sie sind ja ganz aufgeregt. Werden Sie heute Nacht fertig?«

»Das würde ich gerne, aber ich bin zu müde. Ich sollte Schluss machen für heute.« Liebevoll streichelte sie den Schädel. »Aber ich bin so nah dran, verdammt.«

»Darf ich ihn ansehen?«

»Nein, Sie würden noch nichts erkennen. Erst im letzten Stadium zeigen sich die eigentlichen Gesichtszüge.« Sie wischte ihre Hände an einem Lappen ab. »Aber morgen Abend wird es so weit sein.«

»Gut.« Nathan betrachtete Victors Hinterkopf. »Warum sind diese letzten Stunden so wichtig?«

»Weil ich mich dann auf meinen Instinkt verlassen muss. Es ist, als würde das Gesicht, das ich rekonstruiere, mich leiten, als würde es mir sagen, was ich tun muss.« Sie verzog das Gesicht. »Seltsam, nicht?«

Nathan zuckte die Achseln. »Ich hab schon verrücktere Geschichten gehört. Der ganze Prozess ist mir ein Rätsel. Ich verstehe nicht, wie Sie das machen.«

Eve lächelte. »Vor allem muss man mit Leib und Seele bei der Sache sein. Dann ist es ganz einfach.«

»Klar. Deswegen arbeiten Sie sich ja auch dumm und dusselig. Weil es ganz einfach ist.«

»Kein Beruf ist leicht, wenn man wirklich gut sein will.

Sie sind doch auch von Ihrer Arbeit besessen, sonst würden Sie nicht versuchen, den Pulitzerpreis zu bekommen.«

»Das ist der Gipfel einer Journalistenkarriere. Ich wollte nie etwas anderes sein als Journalist. Vielleicht schreibe ich irgendwann auch mal ein Buch oder zwei. Ich bin ein einfaches Gemüt.«

»Ja, sicher.«

»Sie dagegen haben sich für einen Beruf entschieden, der bestenfalls als makaber gilt.«

»Alle meinten, nach dem Mord an Bonnie würde ich mit Toten nichts mehr zu schaffen haben wollen. Aber man tut, was einen antreibt.« Sie warf noch einen letzten Blick auf Victor. »Und mich treibt es jetzt ins Bett, damit ich morgen frühzeitig aufstehen kann.«

»Um wie viel Uhr?« Nathan stand auf. »Ich möchte den großen Augenblick nicht verpassen.«

»Wann immer ich aufwache. Aber ich werde noch ein paar Stunden an ihm arbeiten müssen.«

»Ich werde um sechs zur Stelle sein.« Nathan ging auf die Treppe zu. Dann drehte er sich noch einmal um und schaute Victor an. »Sind Sie sicher, dass ich ihn jetzt noch nicht erkennen würde?«

»Ganz sicher.« Eve folgte ihm die Treppe hinauf. »Und jetzt vergessen Sie ihn und gehen Sie schlafen.«

»Haben Sie von Galen gehört?«

Eve schüttelte den Kopf. »Aber er ist ja erst zwei Tage fort. Er wird sich schon melden, wenn er etwas in Erfahrung gebracht hat.« Sie schaltete das Licht in der Spülküche aus. »Und morgen, wenn ich mit Victor fertig bin, rufen wir ihn sowieso an.«

Sie warf einen letzten Blick auf die dunklen Umrisse des Schädels auf dem Arbeitstisch.

Wir haben's fast geschafft, Victor. Bald wirst du zu Hause sein.

Boca Raton, Florida
23. Oktober

»Es ist die reine Zeitverschwendung«, sagte Jennings zu Rusk am Telefon. »Ich habe mit den Agenten in unserem Büro in Miami gesprochen, und es gibt nicht den leisesten Hinweis darauf, dass sich hier irgendwas abspielt außer Drogenhandel, Betrügereien und Geldwäscherei. Ich glaube, ich werde mit der nächsten Maschine zurückkommen.«

»Wenn Sie sich ganz sicher sind.« Rusk klang enttäuscht. »Ich hatte gehofft, Sie würden ein bisschen Glück haben.« Er legte auf.

Er hätte mehr als Glück gebraucht, dachte Jennings. Er lehnte sich auf seinem Stuhl zurück und schaute aus dem Hotelfenster auf den graublauen Atlantik hinaus. Oberflächlich betrachtet war hier alles kleinstädtisch. Vielleicht sah es unter der Oberfläche aber nicht anders aus. Es gab nichts, was auch nur annähernd so grässlich war wie der Anthrax-Skandal.

Wie er Rusk bereits erklärt hatte, war sein Aufenthalt hier reine Zeitverschwendung. Er hatte nichts erreicht. Am besten, er kehrte nach Washington zurück und versuchte, einen anderen Ansatzpunkt zu finden.

Aber warum wurde er das Gefühl nicht los, dass er etwas übersehen hatte?

Also gut. Ein letzter Versuch.

Er schlug die Mappe mit den Informationen über Bently und den Cabal auf, die Quinn ihm gegeben hatte. Daneben legte er den Block mit den Notizen, die er sich seit seiner Ankunft in Boca Raton gemacht hatte.

Eine Viertelstunde später erstarrte er.

Verdammter Mist.

Das kleine Mädchen ähnelt Eve Duncan ein wenig, dachte Galen, als er Jane mit ihrem Hund durch den Park laufen sah. Seltsam. Er wusste, dass die beiden nicht miteinander verwandt waren, aber das Mädchen hatte fast dieselbe rotbraune Haarfarbe wie Eve. Sie war allerdings nicht so argwöhnisch wie ihre Adoptivmutter. Es war schon der zweite Nachmittag, den er im Park verbrachte und sie beobachtete, aber sie hatte nur Augen für ihren Hund.

»Sie erinnert mich ein bisschen an meine Tochter. Meine Cindy ist in ihrem Alter.« Hughes setzte sich neben Galen auf die Bank. »Hübsches Mädchen.«

»Ja.« Galen sah zu, wie Jane einen Stock aufhob und ihn warf, damit Toby ihn fangen konnte. »Kein Zeichen von Hebert?«

»Nein. Vielleicht sind Sie auf der falschen Fährte.« Plötzlich lachte er in sich hinein. »Wie dieser kleine Hund. Der weiß anscheinend nicht, dass er sich auf einen Stock konzentrieren muss und nicht auf den ganzen Park.«

»Vielleicht irre ich mich.« Aber Galen glaubte das nicht. »Treibt sich irgendjemand in der Nähe des Hauses herum?«

»Nein. Wir haben alle Fahrzeuge in der näheren Umgebung überprüft und ein paar Leute befragt, die so aussahen, als hätten sie dort nichts zu suchen. Aber alle, die wir in der Straße angetroffen haben, wohnen auch da.« Er grinste. »Da ist sie wieder, rennt schon wieder hinter ihrem Hund her. Schlagen Sie lieber Ihre Zeitung auf.«

Ihrem Hund auf den Fersen kam Jane fast direkt auf sie zugelaufen. Galen hob das *Atlanta Journal Constitution* vors Gesicht.

»Wer sind Sie?«

Als er die Zeitung senkte, stand Jane vor ihnen.

»Wie bitte?«

»Was ist los?« Das Kind sah ihm angriffslustig in die Augen. »Warum beobachten Sie mich?«

»Ich weiß nicht, wovon du redest.«

»Lügen Sie nicht. Sie sind schon seit zwei Tagen hier. Sind Sie ein Polizist in Zivil, wie Joe? Wenn ja, dann möchte ich Ihren Ausweis sehen.«

»Nein, ich bin kein Detective wie Quinn. Und du solltest nicht mit Fremden im Park reden.«

»Der Streifenwagen kommt jeden Moment vorbei, und meine Oma wird von einem Polizisten in Zivil beschattet. Von denen dürfte ich auch nichts wissen.« Sie presste die Lippen zusammen. »Eigentlich soll ich überhaupt nichts wissen. Wie heißen Sie, und warum sind Sie hier?«

Und ich hatte geglaubt, die Kleine sei weniger argwöhnisch als Eve, dachte Galen. »Mein Name ist Sean Galen. Das ist David Hughes. Wir sind hier, um dich zu beschützen.«

»Sie sind ein Freund von Logan. Ich habe schon von Ihnen gehört. Ich dachte, Sie wären bei Eve.« Sie musterte Hughes. »Aber von ihm hab ich noch nie gehört. Schicken Sie ihn fort.«

Hughes sprang auf. »Bin schon weg. Bis später, Galen.«

Jane wandte sich wieder Galen zu. »Zeigen Sie mir Ihren Ausweis.«

»Ja, Ma'am.« Er reichte ihr seinen Führerschein.

Sie warf einen Blick darauf und gab ihn ihm zurück. »Wenn Sie wirklich Galen sind, dann wissen Sie, wie die Mutter von meinem kleinen Hund heißt.«

»Die schöne, wilde Maggie. Zufrieden?«

Jane entspannte sich. »Nein.« Sie schaute über ihre Schulter. »Da kommt meine Oma. Wir müssen uns beeilen. Warum sind Sie hier?«

»Wenn du deine Großmutter fragst, wird sie dir alles sagen, was du wissen musst.«

»Erzählen Sie mir keinen Quatsch. Meine Oma will nur, dass ich mir keine Sorgen mache. Wenn ich sie was frage, lügt sie mir was vor, bloß um mich nicht zu beunruhigen. Es hat was mit Eve zu tun, stimmt's? Ist sie in Schwierigkeiten?«

»Wir versuchen gerade, sie vor Schwierigkeiten zu bewahren.«

»Ich hab gleich gemerkt, dass irgendwas nicht stimmte, als ich vor ein paar Tagen mit ihr telefoniert hab. Sie sagte, alles sei in Ordnung und Joe sei bei ihr.«

»Er ist bei ihr.«

»Aber Sie sind hier. Warum?«

»Jane!«, rief ihre Großmutter.

»Machen Sie schnell!«, raunte Jane und winkte ihrer Großmutter zu.

Galen beschloss, ihr reinen Wein einzuschenken. Die Kleine war klug, und es konnte nicht schaden, sie zu warnen. »Wir befürchten, dass ein paar Leute, die es auf Eve abgesehen haben, versuchen könnten, dir etwas anzutun. Hast du irgendjemand Verdächtigen gesehen?«

»Sie meinen, außer Ihnen? Sie sind nicht besonders geschickt, stimmt's?«

»Ich habe mir diesmal keine große Mühe gegeben. Ich hatte nicht damit gerechnet, dass du Verdacht schöpfen würdest, und gehofft, jemand anders könnte sich durch meinen Anblick abschrecken lassen.«

»Wer? Dieser Widerling?«

Galen zuckte zusammen. »Widerling? Hat dich jemand beobachtet?«

»Vor zwei Tagen. Er ist mir bis zur Schule gefolgt, und später war er hier im Park. Er war aber viel geschickter als Sie.«

»Hast du ihn genau gesehen?«

Sie nickte. »Darauf können Sie sich verlassen. Mir waren ja schon die Streifenwagen aufgefallen. Ich wusste, dass irgendwas im Busch ist.«

Er holte das Foto von Hebert hervor. »Sah er etwa so aus?«

Sie betrachtete das Foto. »Ja, das ist er.«

»Warum hast du deiner Großmutter nichts davon erzählt?«

»Ich war mir nicht sicher, ob er gefährlich war. Er hätte genauso gut einer von Joes Freunden sein können, und dann hätte sie sich bloß unnötig Sorgen gemacht. Oder er hätte ein ganz normaler Perverser sein können. Von denen hab ich schon genug gesehen.«

»Ach ja?«

»Er ist seitdem nicht wieder aufgetaucht. Ich muss jetzt los, sonst schickt meine Oma Ihnen die Polizei auf den Hals.« Sie verzog das Gesicht. »Ich kann es nicht leiden, wenn ich nicht weiß, was los ist. Sagen Sie das Eve und Joe.«

Er schüttelte den Kopf. »Ich werde Joe berichten, was du gesagt hast, aber den ›Widerling‹ werde ich noch nicht erwähnen. Das würde nur dazu führen, dass die beiden alles stehen und liegen lassen und hierher kommen. Sie sind viel weniger in Gefahr, solange sie in ihrem Versteck bleiben.«

»Versteck? Davon hat Eve überhaupt nichts gesagt. Warum verstecken sie sich?«

»Es ist kompliziert. Eve möchte eine Arbeit beenden, die sie angefangen hat.«

»Und warum sind Sie dann hier? Verschwinden Sie lieber und beschützen Eve und Joe«, fauchte sie. »Sorgen Sie gefälligst dafür, dass den beiden nichts zustößt. Ich passe schon auf meine Oma auf.« Sie drehte sich auf dem Absatz um und lief zu ihrer Großmutter. »Alles in Ordnung«, rief sie ihr zu. »Er hat nur nach dem Weg gefragt. Bloß ein Yankee, der sich verlaufen hat. Die finden sich doch hier nie zurecht.«

»Ich habe dir gesagt, du sollst nicht mit Fremden reden.« Ihre Großmutter nahm sie zornig an die Hand. »Jetzt ruf deinen dummen Hund, und dann gehen wir nach Hause und essen zu Abend.«

»Mein lieber Schwan«, raunte Hughes, als er auf Galen zuschlenderte. »Ich korrigiere mich: Sie ist kein bisschen wie meine Tochter. Wenn ich mal einen Leibwächter brauche, könnte ich auf die Idee kommen, sie anzuheuern.«

»Eve hat mir erzählt, dass sie auf der Straße groß geworden ist.« Galen schaute Jane und Sandra Duncan nach. »Aber sie hat mir nicht gesagt, dass sie mit zwölf schon erwachsen ist.«

»Haben Sie ihr das Foto gezeigt?«

»Sie hat ihn gesehen. Hebert ist hier in Atlanta. Zumindest war er vor zwei Tagen hier.« Er stand auf. »Aber wo zum Teufel steckt er? Wenn er hier in der Gegend war, müssten Ihre Leute ihn gesehen haben.«

»Vielleicht haben wir ihn verscheucht.«

Das würde nicht zu dem Bild passen, das Galen sich von Jules Hebert gemacht hatte. »Oder er ist untergetaucht und wartet auf seine Chance.« Die Vorstellung, dass Hebert diesem aufgeweckten Kind auflauerte, ihr wie eine dunkle Wolke folgte, drehte ihm den Magen um. »Aber diese Chance werden wir ihm nicht geben, Hughes.«

Jules sah zu, wie der schwarze Pick-up im Lake Lanier versank, ohne große Wellen zu hinterlassen. Hier in Atlanta gab es reichlich Wasser. Das kam ihm sehr gelegen.

Er hatte eine Stelle ausgewählt, wo der See sehr tief war, sodass der Mann nicht so bald gefunden würde. Mindestens drei Tage lang dürfte es keine Aufregung geben. Leonard Smythe war geschieden und hatte allein in seinem Wohnwagen gelebt, und nach allem, was Jules in Erfahrung gebracht hatte, war er ein Einzelgänger gewesen.

Jules betrachtete den Schatz, dessentwegen Smythe gestorben war. Der Mann hätte ihm die Unterlagen sicherlich widerstandslos ausgehändigt, wenn Jules ihm eine Chance gegeben hätte, aber das Risiko war einfach zu groß gewesen.

Es war wirklich traurig, dass ein Mann nur wegen eines Klemmbretts und ein paar Blatt Papier hatte dran glauben müssen.

Victors Schädel schimmerte im fahlen Mondlicht, das durch das Fenster fiel.

Nathan schaltete das Licht über der Treppe zur Spülküche nicht ein. Er wusste, dass Joe Quinn mehrmals nachts einen Rundgang durch Haus und Garten machte, aber er wusste nicht, um welche Zeit.

Vorsichtig schlich er die Treppe hinunter. Eigentlich dürfte nichts schief gehen. Er hatte sich davon überzeugt, dass Eve tief und fest schlief. Aber Eve und Joe Quinn waren für ihn immer noch undurchschaubar, und alles Undurchschaubare war gefährlich.

Er erreichte den Fuß der Treppe und ging lautlos auf den Sockel zu, auf dem Victors Schädel ruhte. Victors Hinterkopf war ihm vertraut, aber sein Gesicht hatte er noch nie gesehen. Er holte tief Luft, dann schaltete er seine Taschenlampe ein.

Plötzlich war die Spülküche hell erleuchtet.

»Würden Sie mir erklären, was Sie hier zu suchen haben?«, fragte Joe Quinn, der oben auf der Treppe stand.

Verdammt.

Nathan straffte sich. »Ich wollte nichts beschädigen.«

»Sie haben meine Frage nicht beantwortet.« Joe kam die Treppe herunter. »Was machen Sie hier mitten in der Nacht?«

»Ich wollte ihn einfach sehen.«

»Aber Eve möchte nicht, dass Sie ihn sehen, bevor er vollendet ist. Ist sie mit ihrer Arbeit fertig?«

Nathan schüttelte den Kopf. »Erst morgen Abend. Sie meinte, bis dahin würde ich nichts erkennen können. Aber ich dachte, vielleicht kann man ja doch schon etwas sehen.« Er runzelte die Stirn. »Ich werde nur einen Blick auf ihn werfen.«

»Tun Sie das. Ich halte Sie nicht auf.«

Nathan ging um den Sockel herum, sodass er gegenüber Victor stand. In seinen Augen war Enttäuschung zu lesen. Das Gesicht hatte zwar eine Form, aber es fehlten deutliche Konturen. Niemand hätte in diesem Gesicht individuelle Gesichtszüge erkennen können.

»Sie hätten ihr glauben sollen«, sagte Joe. »Eve lügt nicht.«

»Das habe ich auch nicht angenommen. Ich dachte nur, ich könnte –« Seine Hände ballten sich zu Fäusten. »Verdammt, das Warten macht mich ganz verrückt. Ich will es endlich *wissen.*«

»Sie haben ihr nicht getraut.«

»In meinem Beruf lernt man, nicht allzu vielen Menschen zu trauen.« Nathan ging in Richtung Treppe, dann blieb er stehen und schaute Joe an. »Werden Sie ihr sagen, dass ich hier war?«

»Eigentlich sollte ich das. Eve mag Sie, und sie vertraut Leuten, die sie mag. Sie kann es überhaupt nicht ausstehen, wenn jemand hinter ihrem Rücken herumschnüffelt.«

»Ich habe ihr keinen Schaden zugefügt. Wenn man mir etwas vorwerfen könnte, dann höchstens, dass ich übertrieben fürsorglich bin.« Sein Blick wanderte wieder zu Victor hinüber. »Es ist sehr wichtig für mich zu erfahren, wer er ist. Gott, ich hoffe wirklich, es ist nicht Bently. Ich hoffe, dass er noch lebt, vielleicht untergetaucht ist und auf seine Chance wartet, diesen Scheißkerlen den Kampf anzusagen.«

Joe musterte ihn. »Ich glaube Ihnen.« Er zuckte die Achseln. »Vorerst werde ich den Mund halten. Sie haben ja keinen Schaden angerichtet. Aber Sie haben einen Fehler gemacht.«

»Jeder macht mal einen Fehler. Sie müssen einen ziemlich großen gemacht haben, sonst wäre Eve nicht so wütend auf Sie.« Nathan eilte die Treppe hinauf. Oben drehte er sich noch einmal um und schaute Joe an. »Ich muss noch einen Fehler gemacht haben. Woher wussten Sie, dass ich hier unten war?«

»Ich habe gerade meinen Rundgang durch den Garten gemacht und durchs Fenster gesehen, dass sich hier drinnen etwas bewegte. Es hat mich neugierig gemacht, als ich sah, dass Sie es waren. Vor allem, als Sie anfingen, mit einer Taschenlampe herumzufuchteln.«

»Vor der Küche habe ich nachgesehen, aber ich hätte vorsichtiger sein sollen.«

»Wie Sie schon sagten, jeder macht mal einen Fehler.«

Und Quinn würde ihn für diesen Fehler nicht bezahlen lassen. »Danke. Ich bin Ihnen was schuldig.« Nathan machte sich auf den Weg zurück in sein Zimmer. Es hätte schlimmer kommen können. Er hatte getan, was er für nötig gehalten hatte, und er hatte keinen wirklichen Schaden angerichtet. Er hatte gehofft, etwas in Erfahrung zu bringen, aber er würde wohl einfach warten müssen.

Aber Geduld war nicht gerade seine Stärke.

Der Keller war hell erleuchtet, das Heiz- und Lüftungssystem neu und modern. Das Beste an amerikanischer Technik, dachte Jules, als er den Gang hinunterschlich.

»He, was machen Sie da?«

Jules schaute sich um. Ein uniformierter Wachmann trat aus dem Aufzug.

»Hier weiß wohl die eine Hand nicht, was die andere tut, was?« Jules wedelte mit seinem Klemmbrett. »Das hab ich grade dem Wachmann am Eingang erklärt.« Er warf einen Blick auf das Namensschild des Mannes. »Alles in Ordnung, Phillips. Ich soll hier die jährliche Wartungskontrolle durchführen.«

»Ich hab grade Kaffeepause gemacht«, erwiderte der Wachmann verlegen.

Das wusste Jules. Er hatte nur nicht damit gerechnet,

dass Phillips so schnell zurück sein würde, aber man musste jederzeit darauf gefasst sein, sich auf neue Situationen einzustellen. »Ich bin gleich fertig. Ist Ihnen auf Ihren Rundgängen irgendwas aufgefallen? Irgendwelche Pfützen? Dampfaustritt?«

Phillips schüttelte den Kopf.

»Da Sie nun schon mal hier sind, würde es Ihnen was ausmachen, mich in den Heizraum zu begleiten und meine Taschenlampe zu halten? Ich muss hinter die Heizkessel kriechen, und da sieht man fast nichts.«

Phillips runzelte die Stirn. »Wenn's nicht zu lange dauert. Ich muss zurück zum Eingang und Charley ablösen.«

»Wie gesagt, ich bin fast fertig.« Jules nahm seine Werkzeugkiste und ging in Richtung Heizraum. »Dauert nur eine Minute.«

Phillips folgte ihm. »Wenn Sie so sicher sind.«

»Ganz sicher.« Jules lächelte ihn über die Schulter hinweg an. »In diesen Dingen hab ich Routine.«

»Bist du bereit, Victor?«, murmelte Eve vor sich hin. »Wir sind gleich so weit.«

»Haben Sie was gesagt, Eve?«, fragte Nathan von seinem Sessel aus.

»Schsch. Ich will kein Wort von Ihnen hören, bis ich ganz fertig bin.«

Der Ton war weich und fühlte sich kühl an unter ihren Fingerspitzen. Eve arbeitete behutsam und sorgfältig.

Glätten.

Nicht nachdenken.

Auf den Instinkt verlassen.

Ihre Finger bewegten sich schnell und geübt.

Wer bist du, Victor? Sag's mir. Hilf mir.

Glätten. Modellieren. Ausgleichen.

Sie hatte keine Idee, wie sie die Ohren formen sollte. Einfach die typische Form wählen.

Der Mund. Gott, der Mund war schwierig. Sie kannte lediglich die Breite ...

Instinkt. Alles ausblenden, was sie nicht wusste und ihre Hände arbeiten lassen.

Glätten. Modellieren. Ausgleichen.

Es ging zu schnell.

Einen Augenblick hielt sie inne und betrachtete die Augen, den Winkel der Augenhöhlen, das Stirnbein ...

Okay, weiter.

Glätten. Modellieren. Ausgleichen.

Die Lippenhöhe noch einmal überprüfen ... 12 Millimeter. Das müsste stimmen. Nasenvorstand 18 Millimeter. Es sollten 19 sein. Das musste sie korrigieren.

Glätten. Modellieren. Ausgleichen.

Die Maße im Auge behalten, aber sich trotzdem ganz auf den Instinkt verlassen.

Sag's mir, Victor. Lass mich dich nach Hause bringen.

Ihre Finger bewegten sich behände über das Gesicht. Ihre Fingerspitzen schienen ein Eigenleben zu entwickeln.

Glätten.

Modellieren.

Ausgleichen.

Galen stieg aus seinem Wagen und ging zu Hughes hinüber, der unter einer Straßenlaterne stand. »Irgendwas Neues?«

Hughes schüttelte den Kopf. »Alles ruhig. Die Kleine ist zur üblichen Zeit mit ihrer Großmutter ins Haus gegangen. Vor fünf Minuten ist ein Streifenwagen vorbeigefahren. Die müssen noch mehr Zivilbeamte eingesetzt haben. Ich hab einen Mann, den ich nicht kannte, mit dem Wachmann an der Haustür sprechen sehen.« Er hob eine Hand, als Galen etwas sagen wollte. »Alles in Ordnung. Ich hab ihn beobachtet, und er ist vor zwanzig Minuten in einen der Streifenwagen gestiegen. Die Polizisten kennen ihn.«

»Und drinnen?«

»Ich habe einen Mann auf derselben Etage postiert, und er sagt, es ist alles ruhig. Was haben Sie denn die ganze Zeit getrieben?«

»Ich habe mich umgesehen. Ein paar Straßen weiter steht ein Wagen vom Telefonservice. Was macht der hier so spät abends? Haben Sie ihn überprüft?«

Hughes schüttelte den Kopf.

»Warum nicht?«

»Heute Nachmittag stand er noch nicht da. Ich kümmere mich darum.«

»Jetzt gleich.«

»Warum sind Sie so nervös? Er steht doch fünf Blocks entfernt von hier.«

»Es könnte ein Abhörwagen sein. Eve ruft Jane regelmäßig an.«

»Ich habe Ihnen doch gesagt, wir haben das Hochhaus überprüft. Die Wohnung liegt zu weit oben, und wegen der vielen Störgeräusche lassen sich die Telefone nicht abhören.«

»Überprüfen Sie einfach den Wagen, einverstanden?«

»Wie Sie wünschen.« Hughes griff nach seinem Handy.

Galen schaute zur Wohnung hinauf, während Hughes einen seiner Männer beauftragte, den Wagen unter die Lupe zu nehmen. Gott, er hatte ein verdammt ungutes Gefühl.

Hughes schaltete sein Handy aus. »Er versucht, die Telefongesellschaft zu erreichen. Zufrieden?«

»Nein. Irgendwas geht da vor. Er muss hier irgendwo sein. Er weiß, dass er nicht viel Zeit hat.«

»Wie meinen Sie das?«

»Egal.« Er warf einen Blick auf die Wagen, die am Straßenrand parkten. Es war kein neues Fahrzeug dazugekommen, und diese hier waren alle überprüft worden. »Ich werde einfach das Gefühl nicht los, dass etwas nicht stimmt.«

»Wenn Hebert in den Untergrund gegangen ist, dann hat er sich ziemlich tief vergraben«, sagte Hughes.

Galen zuckte zusammen. »Was?«

»Sie haben doch gesagt, Hebert muss in den Untergrund gegangen sein, sonst hätten wir ihn –«

Untergrund.

»Scheiße!« Galen lief auf den überdachten Eingang des Hauses zu. »Los, kommen Sie.«

Hughes stieg aus dem Wagen und eilte ihm nach. »Wo wollen Sie hin?«

»Sie werden den Wachmann ablenken und in Erfahrung bringen, ob heute irgendwas Ungewöhnliches vorgefallen ist.« Er öffnete die Glastür. »Und ich werde rausfinden, wie weit Hebert zu gehen entschlossen ist, um sich die Kleine zu schnappen.«

Galen fand einen uniformierten Wachmann im Heizraum des Hochhauses. Er lag mit durchschnittener Kehle hinter dem Heizkessel.

Neben dem Toten fand er den Plastiksprengstoff und den Zeitzünder.

Zweiundzwanzig Minuten.

Scheiße.

Das war kein einfacher Zeitzünder, und er war wahrscheinlich durch einen versteckten Sprengsatz gesichert. Keine Zeit, um ihn zu entschärfen.

Er schaltete sein Handy aus und rannte zum Aufzug. Ein klingelndes Handy konnte eine Bombe zünden. Als er die Straße erreichte, schaltete er das Handy wieder ein.

Hughes meldete sich nach dem ersten Läuten.

»Nichts Ungewöhnliches«, sagte Hughes. »Jemand von einer Wartungsfirma hat die Heizanlage überprüft. Einer der Wachleute fühlte sich nicht wohl und musste nach Hause gehen. Soll ich –«

»Vergessen Sie's.« Jane selbst aus dem Gebäude zu holen würde ihn zu viel Zeit kosten. »Verlassen Sie das Gebäude. Rufen Sie Ihren Mann im zwölften Stock an und sagen Sie ihm, er soll Jane MacGuire und ihre Großmutter rausschaffen. Sofort. Es bleiben ihm noch etwa zwanzig Minuten. Dann rufen Sie die Sprengkörperspezialisten an. Sie werden wahrscheinlich zu spät kommen, aber ich kann mich auch irren.«

»Alles klar.« Hughes legte auf.

Galen schaute auf seine Armbanduhr.

Neunzehn Minuten.

Jane MacGuire wohnte im zwölften Stock. Die Zeit war knapp.

Und für die anderen Leute, die in dem Gebäude wohnten, blieb überhaupt keine Zeit. Galen würde nur die Bewohner der untersten Wohnungen informieren können, dann würde die Bombe explodieren.

Verdammt, was sollte er tun?

»Fertig.« Eve lehnte sich gegen den Arbeitstisch und wischte sich die Stirn. Gott, war sie erschöpft. Das Adrenalin entwich aus ihrem Körper, und sie fühlte sich so schlapp wie ein Putzlappen. »Mehr kann ich nicht tun.«

»Ich dachte schon, Sie würden nie fertig. Es ist fast drei Uhr morgens.« Nathan rutschte ungeduldig auf der Sesselkante herum. »Darf ich ihn jetzt ansehen?«

»Noch nicht. Erst muss ich die Augen einsetzen.« Sie lächelte schwach, als sie sich über den Kasten mit den Glasaugen beugte. »Galen würde das gefallen. Er steht auf leere Augenhöhlen.«

»Beeilen Sie sich!« Nathan befeuchtete sich die Lippen. »Tut mir Leid. Ich wollte Sie nicht – Ich … sitze einfach auf heißen Kohlen.«

»Ich weiß.« Eve öffnete den Kasten, entnahm ihm zwei braune Glasaugen und wandte sich wieder Victor zu. Aber möglicherweise war das gar nicht mehr Victor. Vielleicht würde er bald einen richtigen Namen haben. »Es dauert nur noch ein paar Minuten.«

Einen Augenblick später trat sie zurück und schaute Nathan an. »Jetzt dürfen Sie ihn ansehen.«

Nathan sprang auf und durchquerte hastig den Raum. Dann hielt er inne, holte tief Luft, ging um den Sockel herum und stellte sich neben Eve.

Wortlos starrte er auf das rekonstruierte Gesicht.

Eve versuchte, seinen Blick zu deuten. »Und? Nun sagen Sie doch etwas. Ist es Bently?«

»Das ist er.« Nathan presste die Lippen zusammen. »Das ist Harold Bently.«

»Sind Sie sicher?«

»Ganz sicher.« Seine Stimme zitterte. »Gute Arbeit. Das ist er.« Er wandte sich ab und ging in Richtung Treppe. »Verzeihen Sie. Ich bin so wütend, ich würde am liebsten jemandem den Hals umdrehen. Ich kann ihn nicht ansehen. Ich hatte gehofft –«

Nathan rannte die Treppe hinauf und stieß beinahe mit Joe zusammen. »'tschuldigung. Ich wollte Sie nicht –« Er schob sich an ihm vorbei und verschwand durch die Tür.

»Was ist denn mit dem los?«, fragte Joe, als er die Treppe herunterkam. Dann sah er Eves Gesicht. »Oh, der Augenblick der Wahrheit?«

»Es ist Bently.« Eve rieb sich den Nacken. »Man gibt die Hoffnung nicht auf, bis man den endgültigen Beweis vor Augen hat.«

Joe trat neben sie und betrachtete das Gesicht. »Du musst wirklich gute Arbeit geleistet haben, wenn er sich so sicher ist.«

»Ich habe ebenso sehr wie er gehofft, dass es nicht Bently sein würde«, sagte Eve. »Nach allem, was ich über ihn gehört habe, muss er ein guter Mann gewesen sein. Ich hatte gehofft, er wäre nicht auf diese Weise gestorben.« Ihre Augen füllten sich mit Tränen. Sie blinzelte. »Aber es hilft einfach alles nichts. Es sind immer die Guten, die sterben.

Sie haben zu viel Vertrauen. Sie können sich nicht wehren. Wie Bonnie …«

»Schsch.« Er nahm sie in die Arme. »Gott, du bist ja so erschöpft, dass du kaum noch stehen kannst. Sieh mal, du hast gute Arbeit geleistet. Du hast den armen Mann nach Hause gebracht. Ist das nicht das Wichtigste?«

»Ja.« Alle Kälte und Einsamkeit war auf einmal verflogen, und sie fühlte sich sicher und geborgen, wie immer in Joes Armen. »Das ist auch wichtig. Aber nicht jetzt.«

»Das kommt schon.« Er massierte die Stelle zwischen ihren Schulterblättern. Vor Erleichterung bekam sie weiche Knie. »Deine Muskeln sind völlig verspannt. Am besten, du gehst jetzt ins Bett und siehst zu, dass du ein bisschen Schlaf bekommst. Ich nehme nicht an, dass du gern eine Massage hättest?«

»Nein.« Sie sollte sich nicht einmal von ihm in die Arme nehmen lassen. Es gab Gründe, gute Gründe, warum sie ihn von sich schieben sollte, aber das schien jetzt keine Rolle zu spielen. »Es geht schon.«

»Ich würde gern dafür sorgen, dass es dir noch besser geht.« Er zuckte die Achseln. »Aber das steht ja nicht zur Debatte. Komm, ich bring dich ins Bett.«

»Ich schaff das schon allein.«

»Red keinen Unsinn. Du kannst dich ja kaum noch auf den Beinen halten. Ich weiß, dass du im Moment schwach und wehrlos bist, und am liebsten würde ich das ausnutzen. Aber ich werde es nicht tun.« Er legte seinen Arm um ihre Taille und führte sie zur Treppe. »Warum wehrst du dich so? Es ist nichts Ungewöhnliches. Wie oft habe ich das schon getan, nachdem du bis tief in die Nacht gearbeitet hast?«

So oft, dass sie es nicht mehr zählen konnte. Manchmal kam es ihr so vor, als wären sie schon ein Leben lang zusammen. Zehn, zwölf Jahre? Sie konnte nicht klar denken. Sie nahm alles um sich herum nur noch verschwommen wahr.

»Jetzt wo Victor fertig ist, sollten wir Jennings anrufen. Das FBI …«

»Ich kümmere mich darum.«

»Ich hatte so sehr gehofft, es wäre nicht Bently.«

»Das weiß ich. Denk nicht mehr daran. Morgen sieht die Welt schon wieder anders aus.«

Eve bekam kaum noch mit, wie Joe sie in ihr Zimmer brachte und aufs Bett legte. Er zog ihr die Schuhe aus und deckte sie zu. »Ich bin gleich wieder da.« Er ging ins Bad und kam mit einem feuchten Waschlappen zurück. Vorsichtig wusch er ihr den Ton von den Händen. »Das reicht fürs Erste. Du kannst duschen, wenn du aufwachst.«

»Danke, Joe.«

»Ich genieße es, mich um dich zu kümmern. Es gibt mir noch mehr das Gefühl, dass du mir gehörst. Außer Sex ist es das, was ich am meisten genieße. Wusstest du das nicht?«

Sie sollte sich das gar nicht anhören. Es war … zu vertraut, und im Moment stimmte nichts zwischen ihnen. Sie konnte sich kaum noch erinnern, warum. Aber sie wollte sich nicht daran erinnern. Jetzt nicht. »Nein, das wusste ich nicht …«

»Und du willst nicht darüber nachdenken. Macht nichts. Ich gebe mich damit zufrieden, dass du nicht vor mir davonrennst.« Er setzte sich auf die Bettkante und nahm ihre Hand. »Das reicht mir für heute.«

Sie drückte seine Hand. »Das sollte es nicht …«

»Schsch. Schlaf jetzt.«

Sie schlief schon fast. Sie rollte sich ein und schloss die Augen. »Es ist … so traurig. … Der arme Mann …«

Dreizehn

Eve war eingeschlafen.

Joe betrachtete ihr Gesicht. Wie gern würde er ihr ihren Kummer nehmen. Aber es war zwecklos. Seit Bonnies Tod lebte Eve damit. Mit Leib und Seele widmete sie sich der Aufgabe, die Lebenden und die Toten nach Hause zu bringen. Nun, sie hatte einen weiteren Verlorenen gefunden, und wie immer konnte er sich nur im Hintergrund bereithalten, um ihr beizustehen, wenn sie es zuließ.

Verflucht, im Moment könnte er selbst auch ein bisschen Zuspruch gebrauchen.

Hör auf, dich selbst zu bemitleiden, sagte er zu sich. Das fehlt ihr jetzt gerade noch. Er ließ Eves Hand los, beugte sich zu ihr und drückte seine Lippen auf ihre Stirn. »Schlaf gut, Liebste«, flüsterte er.

Er konnte sich kaum von ihr losreißen, doch er zwang sich, aufzustehen und das Zimmer zu verlassen. Wenn sie aufwachte, würde sie wahrscheinlich wieder genauso abweisend sein wie in den letzten Wochen, aber vielleicht war es ihm doch gelungen, ein bisschen Boden zu gewinnen. Das hoffte er jedenfalls inständig.

Als er in die Diele kam, klingelte sein Handy.

Die Seitenwand des Gebäudes war in einem Feuerball explodiert.

Galen schaute zu den Flammen hinauf, die aus den Fenstern schlugen. Es hätte schlimmer kommen können. Die Bombe war so deponiert worden, dass nur der westliche Teil des Gebäudes getroffen wurde, der Teil, in dem sich die Wohnung von Jane MacGuires Großmutter befand.

»Meine Oma fürchtet sich zu Tode. Sehen Sie zu, dass Sie diesen Widerling schnappen.« Jane MacGuire trat auf Galen zu. »Eine Menge Leute hätten umkommen können, wenn die Sprinkleranlage nicht losgegangen wäre. Haben Sie die eingeschaltet?«

»Es war das Einzige, was mir einfiel, um die Leute zu wecken und dafür zu sorgen, dass sie das Gebäude rechtzeitig verließen. Ich habe den Feuermelder ausgeschaltet, weil die Sirene die Explosion hätte auslösen können, und habe Hughes' Männer losgeschickt, um an die Türen zu klopfen, solange noch Zeit war. Das Wasser, das in ihre Wohnungen strömte, hat ihnen eine Menge Diskussionen erspart.« Er ließ seinen Blick über die schwach beleuchtete Straße schweifen, wo sich Männer, Frauen und Kinder, meist nur notdürftig bekleidet, aneinander drängten. Hunde rannten herum und bellten Katzen an, die von ihren Besitzern in den Armen gehalten wurden. »Ich hoffe, alle haben es nach draußen geschafft.«

»Ich auch.« Jane zog an Tobys Leine, um ihn bei Fuß zu halten. »Meine Oma wollte die Wohnung nicht verlassen, als dieser Mann plötzlich vor unserer Tür stand. Erst als die Sprinkleranlage anging, ist sie rausgelaufen.«

Galen hörte die Sirenen der Feuerwehr. »Wo ist deine Großmutter?«

»Da drüben, bei Mrs Benson. Die arme Frau hat gerade ein Baby bekommen und ist völlig fertig.«

»Es wundert mich, dass sie dir erlaubt, mit mir zu reden.«

»Ich hab ihr gesagt, wer Sie sind. Vielleicht hätte ich das

schon eher tun sollen. Meine Oma lässt sich eigentlich nicht so leicht ins Bockshorn jagen.« Sie betrachtete das brennende Gebäude. »Hat er das getan, um uns zu töten?«

Galen nickte.

»Und um Eve aus ihrem Versteck zu locken?«

»Ja.«

»Dann sagen Sie ihr, sie soll bleiben, wo sie ist.« Sie fuhr sich mit der Zunge über die Lippen. »Und zwar möglichst bald. Meine Oma hat nämlich bei Joe angerufen, kaum dass sie auf der Straße war.«

»Was?«

»Joe hat ihr gesagt, sie soll ihn anrufen, sobald es Probleme gibt. Und er wird annehmen, dass wir ein ziemlich großes Problem haben.«

»Wann hat sie mit ihm telefoniert?« Er hatte vorgehabt, Quinn selbst anzurufen.

»Vor fünf Minuten. Er hat ihr gesagt, sie soll in meiner Nähe bleiben, er würde einen Streifenwagen schicken.« Sie drehte sich nach dem Polizeiauto um, das mit quietschenden Reifen um die Ecke kam. »Da ist er schon.«

»Vielleicht.« Ein Streifenwagen taucht auf und nimmt Jane und ihre Großmutter einfach so mit?, schoss es Galen durch den Kopf. Das kam überhaupt nicht in Frage. Nicht, solange er den Wagen nicht überprüft hatte. Er ging auf den Wagen zu. »Bleib hier.«

»Was zum Teufel ist da los?«, fragte Joe, als Galen sich zehn Minuten später am Telefon meldete. »Eves Mutter hat gerade angerufen. Sie war völlig hysterisch und hat mir irgendwas erzählt von einer Riesenexplosion und Sprinkleranlagen und –«

»Jane ist nichts passiert. Der Streifenwagen, den Sie geschickt haben, hat sie und ihre Großmutter in Sicherheit gebracht. Das ist erst mal das Wichtigste.«

»Sie sind nach Atlanta gefahren, um Jane zu beschützen. Wie konnte dieser Scheißkerl so nah an sie rankommen?«

»Sie ist in Sicherheit, das ist das Einzige, was jetzt zählt.« Galen schaute zu dem Gebäude hinüber, das immer noch in Flammen stand. »Den Rest erzähle ich Ihnen später.«

»Den Teufel werden Sie tun. Ich muss wissen, was –«

»Sekunde.« Hughes bedeutete Galen, er habe ihm etwas Wichtiges zu sagen. »Warten Sie einen Moment, es gibt irgendwas Neues.«

»Tut mir Leid«, sagte Hughes. »Ich habe gerade die Information über den Telefonwagen bekommen. Die Leute bei Bell South sagen, sie hätten keinen Wagen hier in die Gegend geschickt.« Er schluckte. »Und jetzt ist der Wagen weg.«

»Verdammt.« Galens Hand umklammerte das Handy.

»Was ist los?«, fragte Joe. »Irgendwas mit Jane?«

»Nein, Jane ist in Sicherheit.« In Gedanken ging Galen hastig alle Möglichkeiten durch. Keine davon gefiel ihm. »Aber womöglich hat Hebert erreicht, was er wollte.«

»Was meinen Sie also damit, dass Jane in Sicherheit ist?«

»Beruhigen Sie sich. Ich denke Hebert hat sich doppelt abgesichert. Gut möglich, dass er heute Abend einen Abhörwagen in der Nähe geparkt hatte. Das Telefon in dem Hochhaus abzuhören, wäre unmöglich gewesen, aber sobald Eves Mutter das Haus verlassen hatte, war es kein Problem mehr.«

»Und sie hat mich sofort angerufen.«

»Wenn die Bombe die beiden getötet hätte, wären Sie aus dem Versteck gekommen. Wenn nicht, würde Eves Mutter Sie anrufen und ihm die Möglichkeit geben, Ihre Spur aufzunehmen. Hauen Sie ab, Quinn.«

»Das sind Vermutungen.«

»Wollen Sie es drauf ankommen lassen? Hebert mag es vorziehen, seine Drecksarbeit persönlich zu erledigen, aber er wird nicht riskieren, Sie entkommen zu lassen, bloß weil er nicht vor Ort ist. Dann wird er jemand anders schicken, um seine Arbeit zu übernehmen. Falls ihm Ihr Versteck bekannt ist, bleibt Ihnen nicht viel Zeit. Hauen Sie ab, Quinn«, wiederholte er.

Stille. »Wohin?«

Gott sei Dank hatte Quinn es endlich begriffen. »Sehen Sie einfach zu, dass Sie wegkommen. Rufen Sie mich an, sobald Sie unterwegs sind. Ich werde mich inzwischen um eine sichere Unterkunft für Sie kümmern.«

»Na, da bin ich aber gespannt.« Quinn legte auf.

Joe zögerte einen Augenblick, um nachzudenken. Eve war völlig erschöpft. Sie hatte kaum noch zusammenhängende Worte von sich geben können. Er würde sie also so lange wie möglich schlafen lassen, während er alles vorbereitete.

Er ging zu Nathans Zimmer, riss die Tür auf und schaltete das Licht an. »Stehen Sie auf. Ich brauche Ihre Hilfe.«

Nathan setzte sich im Bett auf. »Was ist los?«

»Wir müssen hier weg. Gehen Sie nach unten und packen Sie Eves Werkzeug und den Schädel ein. Ich fahre den Wagen vor die Haustür.«

»Warum?« Nathan setzte sich auf die Bettkante und zog seine Hose an. »Was ist passiert? Warum müssen wir weg?«

»Galen sagt, wir könnten gleich Besuch bekommen.«

»Hebert?«

»Nein, Hebert ist in Atlanta. Und Galen ebenfalls.« Joe wandte sich zum Gehen. »Los, bewegen Sie sich. Ich muss Eve von hier wegbringen.«

»Machen Sie den Kofferraum auf, damit ich alles reinpacken kann.« Nathan war dabei, sich die Schuhe zu schnüren. »Am besten, Sie packen Eves Koffer, bevor Sie sie wecken. Sie war ziemlich erledigt.«

»Ich kümmere mich schon um Eve.« Joe war bereits auf dem Weg den Flur entlang. »Beeilen Sie sich.«

»Eve, wach auf.«

Vage nahm sie wahr, dass Joe sie schüttelte.

»Wach auf. Wir müssen hier weg.«

Sie öffnete die Augen. »So müde ...«

»Tut mir Leid. Du kannst im Auto schlafen. Wir kriegen vielleicht Besuch.«

In ihrem Haus am See? Sie bekamen so selten Besuch. Ihr Haus war eine Oase der Stille und des Friedens. Dafür hatte Joe gesorgt.

Aber sie waren ja gar nicht in ihrem Haus am See, wurde ihr plötzlich klar. New Orleans. Victor. Nein, das war nicht Victor, es war Bently. Sie setzte sich auf und rieb sich die Augen. »Wovon redest du?«

»Ich habe deinen Koffer gepackt.« Joe zog sie auf die Beine. »Nathan ist schon im Auto.« Er trug sie halbwegs aus dem Zimmer und die Treppe hinunter. »Er hat dein ganzes Werkzeug eingeladen. Jetzt müssen wir nur noch zusehen, dass wir die Straße erreichen.«

»Warum denn?«

»Galen hat angerufen. Es gibt ein Problem.« Er zog sie aus dem Haus. »Wir sind hier nicht mehr sicher.«

»Und warum nicht?«

»Das erkläre ich dir später.« Er drückte sie auf den Beifahrersitz des Lexus, den Galen geschickt hatte, rannte um den Wagen herum und setzte sich ans Steuer. »Haben Sie alles, Nathan?«

»Das Werkzeug ist im Kofferraum. Den Schädel habe ich hier bei mir.« Nathan starrte auf die Straße. »Scheinwerfer. Sie werden gleich am Tor sein.«

»Aber das Tor ist doch abgeschlossen, oder?«, fragte Eve.

»Die werden nur ein paar Minuten brauchen, um das Schloss zu knacken«, sagte Nathan.

»Dann wollen wir diese paar Minuten nutzen.« Mit ausgeschalteten Scheinwerfern fuhr Joe langsam die Auffahrt hinunter. Als sie das Wäldchen erreichten, das den Garten umgab, bog er von der Einfahrt ab und fuhr zwischen die Bäume.

Der Wagen, der vor dem Tor gehalten hatte, war ein dunkler Volvo. Zwei Männer stiegen aus den hinteren Türen und liefen zum Tor. In weniger als drei Minuten schwang das Tor auf. Die Männer stiegen wieder in den Wagen.

Eve hielt den Atem an, während der Volvo an ihnen vorbei auf das Haus zufuhr. Er fuhr jetzt ebenfalls mit ausgeschaltetem Licht, und in der Dunkelheit wirkte der Wagen geschmeidig und bedrohlich.

»Jetzt«, flüsterte Nathan.

»Noch nicht. Wir lassen sie erst reingehen.« Drei Männer betraten das Haus durch die Vordertür, zwei weitere gingen hinten herum. »Das dürfte reichen.« Joe nahm den Fuß von der Bremse und trat aufs Gaspedal.

Der Motor konnte gar nicht so laut sein, wie Eve es empfand, aber er war laut genug. Einer der Männer kam um das Haus gerannt.

»Vollgas«, drängte Eve.

Das brauchte sie Joe nicht zu sagen. Er raste durch das Tor und fuhr mit hundert Stundenkilometern auf die Straße.

Verdammte Bäume, dachte Eve. Sie konnte überhaupt nichts sehen. Was war bloß in sie gefahren? Diese Bäume hatten ihnen wahrscheinlich das Leben gerettet.

Jetzt sah sie etwas. Scheinwerfer, die sich vom Haus weg auf das Tor zubewegten.

Dann, als Joe um die Kurve bog und das Gaspedal durchtrat, waren sie wieder verschwunden.

»Da hinten kommt eine Tankstelle. Sie ist geschlossen, aber ich kann die Zapfsäulen erkennen«, sagte Nathan. »Sie könnten dahinter halten und diese Männer vorbeifahren lassen.«

»Am Haus hat es jedenfalls funktioniert.« Joe bog von der Straße ab und hielt hinter der Tankstelle. »Vielleicht rechnen sie nicht damit, dass wir es noch mal probieren. Wir werden sehen ...«

Er schaltete die Scheinwerfer aus.

Vielleicht aber doch, dachte Eve. Joes Hand glitt unter seine Jacke. Eve kannte die Handbewegung. Er lockerte seinen Revolver im Schulterhalfter.

»Steigt aus«, sagte Joe. »Sofort.«

»Was?«

»Alle beide. Los, raus«, fauchte er.

Instinktiv befolgte Eve seinen Befehl. Auch Nathan stieg aus. »Kümmern Sie sich um sie, Nathan.« Der Lexus schlitterte mit quietschenden Reifen auf die Straße.

Mist. Eves Hände ballten sich zu Fäusten, als sie die Rücklichter hinter der Kurve verschwinden sah. Alles war so schnell gegangen, dass ihr gar nicht klar geworden war, was Joe vorhatte. Sie hätte es wissen müssen. Sie kannte ihn gut genug, verdammt.

Der Volvo kam um die Kurve auf sie zugerast.

Er kam näher.

Fuhr an ihnen vorbei.

Sekunden später war er außer Sichtweite.

»Es hat funktioniert«, sagte Nathan. »Wir sollten zusehen, dass wir abhauen.«

»Wie bitte? Abhauen? Die sind hinter Joe her.«

»Aber das ist doch genau das, was er wollte. Wir können ihm nicht helfen. Sobald wir in Sicherheit sind, rufen wir ihn an. Sie machen seinen Plan zunichte, wenn Sie hier bleiben. Wenn er ihnen entwischt, kommen sie bestimmt zurück und suchen hier nach uns.«

»Wir geben ihm ein bisschen Zeit, um diese Männer abzuschütteln, dann rufen Sie ihn an und sagen ihm, dass wir uns nicht von der Stelle rühren. Ich gehe nirgendwohin, solange Joe nicht wieder hier ist.«

Nathan sah sie an und zuckte die Achseln. »Meinetwegen, aber es ist keine gute Taktik.«

»Taktik interessiert mich nicht.« Sie lehnte sich gegen die Wand der Tankstelle, den Blick auf die Kurve fixiert, hinter der Joe verschwunden war. Gott, sie hatte solche Angst.

»Er wird das schon schaffen«, sagte Nathan. »Er hat doch eine Spezialausbildung, oder?«

»Bloß weil er bei der SEAL war, heißt das noch lange nicht, dass er Weltmeister im Autorennen ist. Und er hätte uns nicht hier zurücklassen dürfen.«

»Das war aber eine sehr gute Taktik –« Nathan brach ab, als er Eves Blick begegnete. »Tut mir Leid.« Er nahm sein Handy heraus und telefonierte mit Joe. »Er ist sauer«, sagte er, als er abschaltete.

»Pech. Er hatte kein Recht, hier wie ein Verrückter loszurasen. Er ist nicht der Einzige, der in dieser Sache drinsteckt.«

»Wir hatten aber nicht viel Zeit, um darüber zu diskutieren.«

Das wusste Eve selber, was jedoch weder ihre Wut noch ihr Gefühl der Hilflosigkeit minderte. Und auch nicht ihre Angst.

Joe.

»Ich hatte den Eindruck, dass er ein sehr guter Fahrer ist«, bemerkte Nathan.

Er versucht, mich zu trösten, dachte Eve. »Ja.«

»Und ich glaube, der Lexus ist schneller als der Volvo.«

»Reden wir nicht darüber, einverstanden?«, sagte sie mit zitternder Stimme.

Nathan nickte.

Zehn Minuten vergingen.

Wo zum Teufel steckte Joe?

Fünfzehn Minuten.

Nach fünfundvierzig Minuten kam Joe um die Kurve gefahren und hielt hinter der Tankstelle. Er öffnete die Beifahrertür. »Steig ein. Ich glaube, ich habe sie abgehängt, aber wir sollten lieber machen, dass wir wegkommen.«

Nathan rutschte auf den Rücksitz. »Das haben Sie gut gemacht, Quinn.«

»Vielen Dank«, erwiderte Joe sarkastisch. »Ihre Anerkennung ehrt mich.«

»Ich habe versucht, sie zum Aufbruch zu bewegen, aber sie hat sich zu große Sorgen um Sie gemacht.«

»Ach ja?« Joe schaute Eve aus den Augenwinkeln an.

»Blödsinn. Das war einfach dumm von dir, Joe. Du hättest bei uns bleiben und sie vorbeifahren lassen können, aber dir hat diese Verfolgungsjagd wahrscheinlich auch noch Spaß gemacht.« Ihre Stimme zitterte. »Es war ... einfach dumm.«

»Es schien mir das Vernünftigste zu –«

»Es war eine gute Taktik, okay? Und jetzt halt die Klappe und bring uns hier weg.«

Joe pfiff leise durch die Zähne. »Zu Befehl, Ma'am.« Dann fuhr er zurück in die Richtung, aus der sie gekommen waren.

»Wohin fahren wir?«

»Keine Ahnung. Darüber zerbreche ich mir den Kopf, wenn ich mir sicher bin, dass uns niemand folgt.«

Erst als sie fast hundert Kilometer von Galens Haus entfernt waren und nachdem er mehrmals die Straßen und die Richtung gewechselt hatte, hielt Joe an. Er fuhr auf den Parkplatz eines Supermarkts in einer Kleinstadt nicht weit von New Orleans.

Er nahm sein Handy aus der Tasche und rief Galen an. »Wir sind außer Gefahr. Wir hatten Besuch.«

»Das hatte ich befürchtet. Ist niemand verletzt worden?«

»Nein, aber wir hocken jetzt in irgendeinem Kaff im Niemandsland. Sagen Sie mir, wohin ich Eve in Sicherheit bringen kann.«

»Ich arbeite dran«, sagte Galen. »Ich melde mich wieder.« Er legte auf.

»Darf ich jetzt erfahren, was zum Teufel passiert ist?«, fragte Eve.

Joe stieg aus dem Wagen. »Komm, wir vertreten uns ein bisschen die Beine.«

»Ich habe auch ein Recht zu erfahren, was los ist«, sagte Nathan.

»Später«, erwiderte Joe. »Bleiben Sie hier und passen Sie auf den Schädel auf.«

Es war kalt, und Eve steckte die Hände in ihre Jackentaschen, als sie neben Joe herging. »Also, ich höre.«

»Es wird dir nicht gefallen.«

»Das ist nichts Neues. Im Zusammenhang mit dieser Rekonstruktion hat mir noch nichts gefallen«, entgegnete sie.

»Diesmal ist es etwas anderes.«

Eve zuckte zusammen. »Jane?«

»Keine Panik. Sie ist in Sicherheit. Und deine Mutter auch.« In kurzen Worten berichtete er ihr, was ihre Mutter und Galen ihm erzählt hatten.

»Und du sagst, sie ist in Sicherheit?« Eves Hände ballten sich in ihren Taschen zu Fäusten. »Herrgott noch mal, dieser verrückte Mistkerl hat das ganze Haus in die Luft gesprengt. Ein Wunder, dass sie noch am Leben sind.«

»Aber sie sind am Leben.«

»Ich hätte sie nie allein lassen dürfen. Du hättest sie nicht allein lassen dürfen.«

»Glaubst du nicht, dass ich mir das auch sage, seit deine Mutter mich angerufen hat? Ich dachte, Hebert hätte allein dich im Visier. Trotzdem habe ich mich bemüht, für ihren Schutz zu sorgen.«

»Aber es ist dir nicht gelungen. Sie wäre beinahe ums Leben gekommen. Du hättest –« Sie schüttelte den Kopf. »Warum mache ich dir Vorwürfe? Es ist ebenso meine Schuld. Ich habe schließlich diesen Auftrag angenommen. Ich war diejenige, die diesen verdammten Schädel stehlen wollte. Auch ich dachte, er würde versuchen, mich zu erwischen. Ich bin schuld an dem Schlamassel.«

»Schsch. Hör auf zu zittern. Es ist nichts passiert.«

»Was soll das heißen? Es ist etwas passiert. Er hätte sie beinahe getötet. Ich war so sehr mit Victor beschäftigt und so wild darauf, Hebert eins auszuwischen, dass ich –«

»Schsch.« Er nahm sie in die Arme und drückte ihren Kopf an seine Schulter. »Jane und deiner Mutter geht es gut, und wir werden dafür sorgen, dass das so bleibt.«

O Gott, sie brauchte ihn so. Er war ihr ein sicherer Anker. Ein Fels in der Brandung. »Joe ...« Ohne zu überlegen, schlang sie ihre Arme um seinen Hals. »Jane ist sich nie sicher, dass ich sie wirklich liebe. Sie denkt immer, dass Bonnie mir wichtiger ist. Aber ich liebe sie. Es ist nur ... anders.«

»Sie weiß, dass du sie liebst.«

»Aber sie ist sich nicht sicher. Ich möchte es ihr noch einmal sagen. Stell dir vor, sie wäre gestorben, bevor ich Gelegenheit hatte, ihr zu sagen, was sie mir bedeutet?«

»Sie ist doch nicht gestorben.«

»Es gibt so vieles, was ich Bonnie nicht gesagt habe, bevor sie mir genommen wurde. Ich werde denselben Fehler nicht noch einmal machen.« Tränen liefen ihr über die Wangen. »Aber beinahe hätte ich es getan. *Mist.*«

»Also gut, du bist nicht perfekt. Aber wer ist das schon? Jane ist keins von den verlorenen Kindern. Sie ist stark und klug, und sie ist eine Überlebenskünstlerin. Sie ist sehr unabhängig. Wir können froh sein, dass sie uns so nah an sich ranlässt.« Er nahm ihr Gesicht in beide Hände und schaute ihr in die Augen. »Hörst du mir zu, Eve? Jane will keine Mutter. Sie liebt dich, aber du bist zu spät in ihr Leben getreten, um ihr mit diesen mütterlichen Gefühlen zu kommen. Das erwartet sie nicht von dir. Du bist eine verdammt gute Freundin für sie, und das reicht ihr.«

»Wirklich?« Eve lächelte mit zitternden Lippen. »Ich

habe nie gewusst, dass du dir so viele Gedanken über unsere Beziehung machst.«

»Es blieb mir nichts anderes übrig. Wer dir nahe steht, steht auch mir nahe.«

Sie konnte ihren Blick nicht von ihm abwenden. Seine Augen ...

Joe ließ die Hände sinken und trat einen Schritt zurück. »So ist es immer gewesen, ich kann nichts daran ändern. Ich habe einfach großes Glück, dass ich Jane auch liebe.«

Sie holte tief Luft. »Nun, wir waren beide nicht sehr erfolgreich darin, ihr zu beweisen, dass wir sie lieben, indem wir ihr Schutz geben.« Sie ging zum Auto zurück. »Aber Gott sei Dank ist es dafür noch nicht zu spät. Es wird Zeit, dass ich an Jane und an meine Mutter denke, anstatt an meine verdammte Arbeit.«

»Und das bedeutet?«

»Ich fahre zurück nach Atlanta. Ich werde nicht zulassen, dass Jane und meine Mutter für das bestraft werden, was ich tue, während ich hunderte von Kilometern weit weg bin.«

»Galen hat prophezeit, dass du genau das tun würdest. Aber er meint, wir werden Hebert direkt in die Hände laufen.«

»Zum Teufel mit Galen. Jane braucht mich.«

»Sie braucht *uns*.« Joe lächelte schwach und nickte. »Zum Teufel mit Galen.«

Als sie den Wagen erreichten, klingelte Eves Handy. Es war Bart Jennings. »Ich muss Ihnen mitteilen, dass –«

»Verdammt.« Eves Stimme zitterte vor Wut. »Sie haben mir versprochen, dass ihr nichts passiert. Mehr habe ich nicht verlangt, und Sie haben versagt.«

»Sie haben allen Grund, wütend zu sein. Hat Galen Sie angerufen? Meine Leute hätten es begrüßt, wenn er mit uns zusammengearbeitet hätte. Er hat sich ihnen noch nicht einmal zu erkennen gegeben, bis sie Ihre Tochter in Sicherheit gebracht haben.«

»Wir können von Glück reden, dass er da war. Sie haben versagt.«

»Ich versuche nicht, Ausreden zu erfinden. Falls es Sie beruhigt, wir arbeiten mit der Polizei von Atlanta zusammen, und wir haben die beiden in einem absolut sicheren Haus untergebracht, das rund um die Uhr bewacht wird.«

»Die Wohnung meiner Mutter haben Sie auch rund um die Uhr bewacht.«

»Hebert konnte sich zweifelsfrei ausweisen, und er hatte sich verkleidet. Die Wartungsarbeiten waren für heute eingeplant – der Wachmann an der Eingangstür hat sich das durch einen Anruf im Büro der zuständigen Dienststelle bestätigen lassen, als Hebert auftauchte. Wir haben Leonard Smythe, den Mann, der die Arbeiten durchführen sollte, noch nicht gefunden. Wir nehmen an, dass Hebert ihn aus dem Weg geräumt hat.«

»Ich möchte nichts davon hören.«

»Tut mir Leid. Ich sagte ja schon, ich versuche nicht, mich herauszureden. Ich schicke zwei Agenten, um Sie abzuholen und –«

»Zu spät. Sie haben es vermasselt.« Sie legte auf. »Es tut ihm Leid. Er bringt es fertig und sagt, es tut ihm Leid! Meine Mutter und Jane wären um ein Haar in die Luft gesprengt worden, und er –«

»Langsam. Er ist schon in Ordnung. Was soll er denn sonst sagen?« Joes Lippen spannten sich. »Andererseits würde ich ihm am liebsten selbst in den Hintern treten. Er hätte –« Sein Handy klingelte. Joe ließ Galen erst gar nicht zu Wort kommen. »Wir fahren zurück nach Atlanta. Keine Diskussion, Galen. Sehen Sie einfach zu, wie Sie uns zurückbringen.« Er nahm einen Stift aus der Tasche und notierte sich einen Namen und eine Telefonnummer. »Okay, wir sehen uns in Georgia.« Joe legte auf und wandte sich an

Eve. »Er meint, er hätte damit gerechnet, dass es so weit kommen würde. Er hat mir die Telefonnummer eines Philip Jordan gegeben. Wir sollen ihn anrufen, dann bringt er uns zu einem Privatflugplatz in Metairie, Louisiana.«

»Hauptsache, es geht schnell.«

»Sie fahren nach Atlanta?«, fragte Nathan.

»Ja.«

»Ich möchte mitkommen.«

»Welch eine Überraschung«, sagte Joe. »Das hat wohl nicht zufällig etwas damit zu tun, dass Hebert dort sein könnte? Er könnte genauso gut auf dem Weg hierher sein, wissen Sie.«

Er schüttelte den Kopf. »Nicht, wenn er hört, dass die uns in Galens Haus nicht erwischt haben. Jules Hebert ist nicht dumm. Nehmen Sie mich mit.«

»Sie sind uns ein Klotz am Bein, Mann.«

Nathan wandte sich an Eve. »Ich möchte mitkommen. Wir stecken gemeinsam in der Sache drin.«

Eve sah ihn einen Moment lang an, dann nickte sie.

»Hatte ich's mir doch gedacht.« Joe begann, die Nummer zu wählen. »Ich sage Jordan, dass er drei Passagiere zu befördern hat.«

Das Flugzeug landete im Morgengrauen auf einem Flugplatz nördlich von Gainesville, Georgia. Galen begrüßte sie, als die Maschine vor dem Hangar hielt. »Willkommen zu Hause.« Er hob die Brauen, als er Nathan erblickte. »Wie ich sehe, haben Sie Ihren Leibwächter mitgebracht.«

»Halten Sie den Mund, Galen.« Eve ging auf den Wagen zu. »Ich bin auch so schon wütend genug auf Sie, weil Sie mir nichts von Ihrer Vermutung erzählt haben, dass Hebert es auf Jane abgesehen hatte.«

»Undankbarkeit, dein Name ist Frau.«

»Ich bin Ihnen dankbar. Ich wünschte nur, ich hätte gewusst …« Sie drehte sich zu ihm um. »Das war gemein von mir. Sie haben den beiden das Leben gerettet. Ich werde bis ans Ende meines Lebens in Ihrer Schuld stehen.«

»Klingt schon besser.« Galen schaute Joe an. »Haben Sie mir auch etwas zu sagen?«

»Ja.« Er drückte ihm Eves Lederkoffer in die Hand. »Hören Sie auf, dumm rumzuquatschen und packen Sie Bently in den Kofferraum.«

»Ich quatsche nicht dumm herum. Ich versuche nur zu bekommen, was mir zusteht.« Er betrachtete den Koffer. »Ist es wirklich Bently?«

Eve nickte. »Nathan ist sich ganz sicher, aber ich muss noch die notwendigen Vergleiche mit Fotos und Videoaufnahmen durchführen. Das mache ich, sobald wir eine Unterkunft gefunden haben.« Sie stieg in den Wagen. »Wo ist Jane?«

»Jane und ihre Großmutter befinden sich in einem sicheren Haus in Gwinnett.«

»Ich möchte zu ihnen fahren.«

»Wer hätte das gedacht?« Er wandte sich an Joe. »Ich habe Sicherheitsleute um Ihr Haus am See postieren lassen. Ich dachte, Sie würden am liebsten dorthin fahren. Bill Jackson und seine Männer bewachen das Haus und die nähere Umgebung. Er hat schon öfter für mich gearbeitet, und er ist sehr gut.«

Joe sah Eve an.

Sie nickte müde. »Ich möchte Jane nach Hause bringen. Sie ist genug hin und her geschubst worden.«

»Das wird ihr nicht gefallen«, sagte Galen. »Sie wollte, dass Sie in Ihrem Versteck bleiben. Ich soll Ihnen von ihr ausrichten, Sie sollen nicht so blöd sein und nach Hause kommen.«

Eve lächelte. »Jane wie sie leibt und lebt.«

»Aber auf sie hören wollen Sie nicht.« Galen stellte den Koffer mit dem Schädel in den Wagen. »Ich kann Ihnen für das Haus und die direkte Umgebung Sicherheit garantieren, aber nicht für die Hügel und den See. Ihr Grundstück ist verdammt groß. Was bedeutet, Sie dürfen das Haus nicht verlassen, und Tag und Nacht mit diesem Hund eingesperrt zu sein könnte sich als schlimmer erweisen als Hebert zu begegnen.«

»Mit dem Problem setzen wir uns auseinander, wenn wir an Ort und Stelle sind.«

»Darf ich Ihnen einen Vorschlag machen? Hebert hat erreicht, was er wollte. Er hat Sie aus Ihrem Versteck gescheucht, und Sie haben ihm den Schädel mitgebracht. Jetzt wird er Sie aufs Korn nehmen, nicht Jane. Je näher sie bei Ihnen ist, umso größer ist die Gefahr, dass ihr etwas zustößt. Wir können die Polizei bitten, sie in einem sicheren Haus in Markum unterzubringen, eine Stadt, die mit dem Auto in fünf Minuten von Ihrem Haus am See aus zu erreichen ist. Aber Jane sollte nicht direkt bei Ihnen wohnen.«

»Erzählen Sie mir keinen Blödsinn. Ich will sie bei mir haben. Ich kann den Gedanken nicht ertragen, dass –«

»Er hat Recht, Eve«, sagte Joe.

Sie wusste, dass er Recht hatte. Aber das machte es ihr nicht leichter zu akzeptieren, dass sie weiterhin von ihrer Mutter und ihrer Tochter getrennt sein würde. Sie holte tief Luft. »Also gut. Aber ich rate Ihnen, dafür zu sorgen, dass sie in Sicherheit sind.«

»Das werde ich«, sagte Galen. »Mit der Unterstützung von Quinns Freunden und vier vertrottelten FBI-Agenten. Ich habe mich noch nie auf das Glück verlassen. Aber wie ich schon sagte, Hebert hat bekommen, was er wollte. Warum sollte er sich die Mühe machen, Jane in seine Fänge zu kriegen, wenn er sich voll und ganz auf Sie konzentrieren kann? Sie haben schließlich den Schädel.«

»Okay, okay, ich hab's kapiert.« Eve nahm auf dem Beifahrersitz Platz. »Aber ich möchte, dass Sie mich jetzt zuerst zu Jane bringen. Sie soll nicht denken, ich würde mich in derselben Stadt aufhalten wie sie und sie nicht einmal besuchen. Zu unserem Haus am See können wir danach fahren.«

»Es wird ihr nicht gefallen«, sagte Galen. »Aber Ihr Wunsch ist mir Befehl.«

Nathan verzog das Gesicht. »Können Sie mich bei einer Mietwagenfirma aussteigen lassen? Ich habe es satt, ohne fahrbaren Untersatz zu sein, und ich möchte bei dem Familienidyll nicht stören. Wir treffen uns dann im Haus am See.«

»Wie rücksichtsvoll von Ihnen, Nathan«, bemerkte Galen. »Ich bin gerührt.«

»Aber nur in Ihrem verworrenen Hirn«, erwiderte Nathan trocken, als er in den Wagen stieg. »Habe ich Ihnen schon gesagt, wie angenehm die Tage ohne Sie waren?«

»Alles Gute hat einmal ein Ende.«

Als der Wagen sich in Bewegung setzte, starrte Eve wie benommen aus dem Fenster. »Das ist so ein verdammter Schlamassel. Es muss einen Ausweg geben, der Jane nicht in Gefahr bringt. Ich muss einfach darüber nachdenken.«

»Wie meinst du das?«, fragte Joe.

»Ich meine, ich bin zwar stinkwütend auf Jennings, aber er könnte mich immer noch von diesem Schädel befreien. Es war bisher die richtige Entscheidung, und es ist immer noch die richtige Entscheidung.«

»Heißt das, du wirst ihm den Schädel übergeben?«

»Ich weiß noch nicht, was ich tun werde. Im Moment kann ich uberhaupt nicht klar denken. Vor allem will ich mich davon überzeugen, dass meine Mutter und Jane in Sicherheit sind.«

Vierzehn

Das kleine Ziegelhaus in Gwinnett hatte eine große Veranda zur Straße hin. Jane trat aus der Tür, als sie Eve aus dem Wagen steigen sah. »Was machst du denn hier?« Sie warf Galen einen vorwurfsvollen Blick zu. »Können Sie überhaupt nichts richtig machen? Ich hab Ihnen doch gesagt, Sie sollen sie von hier fern halten.«

»Ich hab's versucht. Ich musste mich auf einen Kompromiss einlassen«, erwiderte Galen. »Eve ist beinahe so hartnäckig wie du.«

»Allerdings.« Jane war immer noch sauer. »Joe, du weißt genau, dass das keine gute Idee ist – Ach, was soll's.« Sie lief die Stufen hinunter in Eves Arme. »Ich hab mir solche Sorgen gemacht«, flüsterte sie, als Eve sie an sich drückte. »Du hast mir gefehlt.«

Eve blinzelte ein paar Tränen fort. »Du mir auch. Es tut mir so Leid, dass du das alles durchmachen musstest.«

»Es war nicht so schlimm. Aber du dürftest wirklich nicht hier sein.« Sie ließ Eve los und umarmte Joe. »Sag's ihr, Joe.«

»Wir bleiben nicht lange«, sagte Joe. »Vielleicht ein paar Stunden. Wo ist Sandra?«

»Drinnen. Sie füttert gerade Toby. Ich bin froh, wenn ich wieder mit ihm zu Hause am See bin. Jedes Mal, wenn er bettelt, gibt sie ihm was zu fressen. Der ist bald so dick wie ein Eisbär.«

»Und wo sind die Polizisten, die euch beschützen sollen?«

»Die spielen Karten.« Jane zog die Nase kraus. »Die sind mir lieber als die FBI-Typen da drüben auf der anderen Straßenseite, die mir auf Schritt und Tritt folgen.«

»Gut. Aber die Polizisten hätten dich nicht auf die Veranda lassen dürfen.«

»Sie haben aus dem Fenster geschaut und gesehen, dass ihr es wart. Detective Brady sagt, er kennt dich. Komm, lass uns reingehen.« Jane wandte sich ab. »Ich muss Oma daran hindern, dass sie Toby voll stopft.«

»Und ich werde die Aufgabe übernehmen, uns voll zu stopfen«, sagte Galen. »Ich hoffe, ihr habt eine gut ausgestattete Küche?«

»Jede Menge Tiefkühlgerichte. Oma ist eine fürchterliche Köchin.«

Galen verzog das Gesicht. »Tiefkühlkost? Dann muss ich halt improvisieren. Ich werde uns schon ein gutes Mittagessen auf den Tisch zaubern.«

Jane öffnete die Fliegengittertür. »Da bin ich ja mal gespannt, ob Sie *irgendwas* machen können, ohne es zu vermasseln.«

Joe lachte in sich hinein.

Galen fuhr zu ihm herum. »Kein Wort.«

Joe sah ihn unschuldig an. »Kindermund.«

Sandra blickte vom Hundenapf auf, den sie gerade abspülte.

»Zeit, dass ihr endlich kommt.« Sie nahm Eve in die Arme. »Der Einzige, der sich nicht über meine Kochkünste beschwert, ist Toby.«

»Heute Morgen hat sie ihm tatsächlich Pfannkuchen zu fressen gegeben«, sagte Jane. »Komm, Toby, wir gehen in den Garten, damit du deine Kalorien wieder los wirst.«

Eve schaute Jane nach. Offenbar wollte sie Eve und ihrer Mutter Gelegenheit geben, sich auszusprechen, aber das war nicht nötig. Das Verhältnis zwischen Eve und ihrer Mutter war schwierig, doch ihre innige Zuneigung hatte eine Menge Schwierigkeiten überwunden und war von ihnen unberührt geblieben. »Tut mir Leid, dass das alles passiert ist. Wie schlimm war es denn?«

»Nun, abgesehen davon, dass meine Wohnung in die Luft geflogen ist –« Sandra lächelte, als sie sah, wie Eve zusammenzuckte. »Es ist alles in Ordnung, Eve, wirklich.«

»Nein, es ist nicht in Ordnung. Ich habe dir eine Verantwortung aufgehalst, die ich selbst hätte übernehmen müssen.«

»Manche Dinge gehen einfach schief.« Sandra schüttelte den Kopf. »Du hast ein schlechtes Gewissen. Vielleicht zu Recht. Aber vielleicht war ich einfach an der Reihe, Verantwortung zu übernehmen. Auf dem Gebiet habe ich mich ja nicht gerade mit Ruhm bekleckert, als du aufgewachsen bist. Ein Wunder, dass du nicht in irgendeinem Gefängnis sitzt. Es wird Zeit, dass ich meinen Beitrag leiste.«

»Das ist Blödsinn.«

»Meinetwegen. Vielleicht macht es mir aber einfach Spaß, mich um Jane und diesen verrückten Hund zu kümmern.« Sandras Blick wanderte zu ihrer Enkelin hinüber, die im Garten mit Toby spielte. »Sie nennt mich Oma. So hat mich niemand mehr genannt, seit Bonnie ... Es hat mich gewundert, weil sie dich und Joe beim Vornamen nennt. Aber dann habe ich gemerkt, dass sie spürt, wie gut es mir tut. Sie ist ein sehr kluges Mädchen. Wie du, Eve.«

»Wahrscheinlich noch viel klüger.«

»Auf keinen Fall. Du hast immerhin eine Kindheit mit mir als Mutter überlebt.« Sie fasste Eve am Arm. »Und jetzt lass uns das Gespräch beenden und Jane reinholen. Sie wird so lange warten, bis sie davon überzeugt ist, dass sie uns genug Zeit gegeben hat.«

Eve sah ihre Mutter liebevoll an. »Lässt du mich wenigstens ›Danke‹ sagen?«

»Das hast du schon gesagt. Oder zumindest so was Ähnliches. Aber jetzt wird's allmählich langweilig.«

»Na, das fehlt gerade noch.« Eve lächelte. »Komm, holen wir Jane.«

»Jemand anders muss jetzt das Geschirr spülen und abtrocknen«, sagte Galen nach dem Essen. »Ich habe den kreativen Teil übernommen und Ihnen ein exzellentes Mahl aufgetischt. Da ist es nur fair, wenn ein anderer die Sklavenarbeit übernimmt.«

»Ich mach das«, verkündete Jane. »Sie würden es sowieso wieder vermasseln.«

»Au, das hat gesessen.« Galen seufzte. »Sie ist sehr zielsicher, Eve. Ich gehe auf die Veranda und informiere unsere Freunde und Helfer über die Umzugspläne.«

»Ich helfe Jane«, sagte Sandra. »Ich habe mich über die Jahre zur Spülexpertin gemausert, denn an die Kochtöpfe lässt mich sowieso keiner.«

Eve stand auf und begann, das Geschirr zu stapeln.

Jane schüttelte den Kopf. »Setz dich mit Joe ins Wohnzimmer und trink eine Tasse Kaffee. Du würdest nur im Weg stehen.«

Eve zögerte.

»Los, geh schon«, sagte Sandra. »Und wenn ich hier fertig bin, gehe ich mit Toby in den Garten. Er ist heute ein bisschen faul.«

»Weil du ihm zu viel zu fressen gibst, Oma«, sagte Jane, während sie einen Stapel Teller in die Küche trug. »Wie soll ich ihn jemals zum Rettungshund ausbilden, wenn er zwei Zentner wiegt?«

»Jetzt übertreibst du aber ...«

»Komm, wir stören hier nur.« Joe nahm seine und Eves Kaffeetasse. »Wir gehen ins Wohnzimmer.«

Eve folgte ihm und setzte sich aufs Sofa. Gott, war sie müde, und Galens Essen hatte sie nicht gerade munterer gemacht.

Joe reichte ihr die Kaffeetasse und setzte sich neben sie. »Ich bin froh, dass wir hergekommen sind. Sie hat mir fürchterlich gefehlt.«

»Mir auch.« Durch die Tür konnten sie Jane und Sandra an der Spüle stehen sehen. »Du hast Recht, so eine wie sie gibt's nicht noch mal.«

»Vielleicht doch.« Er schaute zu Jane hinüber. »Dich.«

Eve schüttelte den Kopf. »Bloß weil wir beide auf der Straße aufgewachsen sind, heißt das noch lange nicht, dass wir Zwillinge sind.«

»Für mich seid ihr euch ähnlich genug.«

»So etwas hast du schon mal gesagt.«

»Damit will ich nicht sagen, dass ich sie liebe, weil sie ist wie du. Das hat sie nicht verdient. Aber hin und wieder erinnert sie mich sehr an dich.« Er lächelte. »Und dann schmelze ich dahin.«

»Du schmilzt?« Hastig schaute Eve in ihre Kaffeetasse. »Du doch nicht, Joe.«

»O ja. ›Schmelzen‹ ist ein gutes Wort.« Er trank seinen Kaffee aus und stand auf. »Ich werde jetzt mal auf die Veranda rausgehen und sehen, ob ich Galen dabei helfen kann, ein neues Quartier für Jane und Sandra zu finden.«

Sie schaute ihm nach, bis die Fliegengittertür sich hinter ihm schloss. Die wenigen Minuten mit ihm waren so vertraut und angenehm gewesen, dass sie beinahe vergessen hatte, wie sehr sie sich in letzter Zeit von ihm distanziert hatte.

Oder waren sie dabei, einander wieder näher zu kommen?

Sie wusste es nicht, aber sie hatte eine Nähe empfunden, die zugleich vertraut und gefährlich war. Die Ereignisse der vergangenen Tage hatten die scharfen Kanten des Bruchs zwischen ihnen weicher gemacht. Und doch wusste sie, dass der Bruch noch da war …

Sie sollte ihm nicht so nachschauen. Es irritierte sie bloß.

Gott, wie sehr es sie irritierte.

Sie sprang auf und ging in die Küche, um ihrer Mutter und ihrer Tochter beim Abwasch zu helfen.

»Du hättest nie herkommen dürfen. Aber ich bin doch froh, dass du es getan hast.« Jane umarmte Eve, nachdem sie sie zum Wagen begleitet hatte. »Jetzt weißt du wenigstens, dass es mir gut geht und dass ich mich um Oma kümmere.«

»Ja, das weiß ich. Es tut mir Leid, dass ich dir das alles aufgehalst habe, Jane.«

»Vielleicht musste Toby einfach ein bisschen zunehmen.«

»Mach keine Witze.«

»Es ist alles in Ordnung. Hör jetzt auf, dir Sorgen zu machen.« Jane schaute sie an. »Was wirst du mit dem Widerling machen, der das Haus in die Luft gesprengt hat?«

»Keine Sorge, der wird dir nicht mehr zu nahe kommen.«

»Das habe ich nicht gemeint. Du wirst ihn doch nicht ungeschoren davonkommen lassen, oder? Du wirst doch dafür sorgen, dass er geschnappt wird.«

Eve schaute sie an. »Ich werde das tun, was für dich und meine Mutter das Beste ist.«

»Das habe ich mir gedacht.« Jane runzelte die Stirn. »Es passt nicht zu dir, dich zu verstecken und zuzulassen, dass so ein Scheißkerl irgendwo rumläuft und so was tut. Er hätte eine Menge Leute in dem Haus töten konnen.«

»Er hätte dich töten können.«

»Aber das hat er nicht, und jetzt versuchst du wieder, ein Haus zu finden, in dem du mich verstecken kannst. Du verkriechst dich in einer Höhle und versuchst, uns alle zu beschützen. Tu das nicht, Eve.«

»Wie bitte?«

»Ich hab darüber nachgedacht. Ich möchte nicht, dass

dir was zustößt. Aber vor solchen Verbrechern kann man nicht davonlaufen. Denen muss man die Stirn bieten. Also sieh zu, dass du dem Arschloch das Handwerk legst.«

»Das ist kein sehr kluger –«

»Herrgott noch mal, ich kann mich ja kaum noch rühren, ohne einem von diesen Beschützern auf die Füße zu treten, die du angeheuert hast. Benutz mich bloß nicht als Ausrede. Wenn ich könnte, würde ich ihn mir selbst vorknöpfen. Es hängt mir zum Hals raus, ein Kind zu sein.«

»Es ist keine Ausrede. Es ist die richtige Entscheidung.«

Jane schüttelte den Kopf. »Dich zu verstecken passt einfach nicht zu dir. Vielleicht hast du schon vergessen, wer du bist und was deine Aufgabe ist. Das ist zum Teil meine Schuld, und das gefällt mir nicht. Versprich mir, dass du darüber nachdenken wirst.«

»Ich verspreche es.« Eve zögerte. »Ich liebe dich sehr, Jane.«

Jane nickte. »Werd nicht rührselig.«

»Ich wollte nur, dass du es weißt.«

»Ich weiß es. Schnapp dieses Arschloch und pass auf dich auf.« Jane trat einen Schritt zurück und wartete, bis Eve eingestiegen war. Dann beugte sie sich zum Wagenfenster hinunter und flüsterte: »Und kümmere dich um Joe. Er braucht es mehr, als er sich anmerken lässt.«

Was zum Teufel sollte Eve darauf antworten? »Ich rufe dich heute Abend an, Jane.«

Nathan erwartete sie im Haus am See. »Alles okay?«

Eve nickte, als sie aus dem Wagen stieg. »Okay, ja, aber nicht perfekt.«

»Nur Weniges ist perfekt.« Nathan schaute zum See hinüber. »Aber dieses Grundstück ist beinahe perfekt. Sie hatten Recht, Eve, Ihr See ist wunderschön. Er beruhigt die Seele.«

»Uns gefällt er.«

»Er erinnert mich daran, dass es immer noch Dinge gibt, für die es sich zu kämpfen lohnt.«

»Galen sagt, Sie seien ein Kreuzritter«, bemerkte Joe.

Nathan zuckte die Achseln. »Ich versuche, einer zu sein. Meistens jedoch stehe ich auf verlorenem Posten. Es ist sehr ermüdend, gegen die großen Konzerne zu kämpfen, die unsere Seen und Flüsse verschmutzen. Die haben Geld. Ich habe nur meine Worte.«

»Ich verstehe nicht, wie ein Mann mit einer so leidenschaftlichen Liebe zum Wasser eine solche Abneigung gegen Alligatoren und Wasserschlangen haben kann.« Galen begann, das Gepäck auszuladen. »Sie sollten Ihre Haltung überdenken und unsere Mitgeschöpfe in der freien Natur in Ihre Liebe einschließen. Ich wette, Sie haben noch nie einen Artikel über Artenschutz für Egel geschrieben.«

»Ich wette nicht«, erwiderte Nathan. »Als ich hier ankam, habe ich Hughes getroffen, den Chef Ihres Sicherheitskommandos. Er sagte, er wolle Sie sprechen.«

Galen nickte. »Ich ihn auch.« Er reichte Nathan zwei Koffer. »Sie dürfen sich also als Packesel zur Verfügung stellen und das Gepäck reintragen.« Er nahm sein Handy aus der Tasche und ging.

Nathan schaute ihm nach. »Eines Tages …« Dann drehte er sich um und brachte die Koffer ins Haus.

Eve nahm den Lederkoffer mit dem Schädel aus dem Wagen, zögerte jedoch, ins Haus zu gehen, und schaute auf den See hinaus.

Er beruhigt die Seele.

Schönheit beruhigt die Seele, dachte sie. Sie spürte, wie der Kummer und der Schmerz der vergangenen Tage nachließen.

»Wir sind zu Hause«, sagte Joe leise.

Sie sah ihn an, dann wandte sie sich hastig ab.

Aber seine Worte klangen in ihren Ohren nach, als sie die Stufen hinaufging.

Zu Hause.

»Wo ist Galen?«, fragte Eve, als sie am Abend nach einem Telefongespräch mit Jane aus dem Schlafzimmer kam.

»Draußen bei seinen Männern«, sagte Joe. »Er meint, das Gelände sei kaum zu sichern. Nathan ist draußen auf der Veranda und hält Zwiesprache mit der Natur. Wie geht es Jane?«

»Sie ist unzufrieden.« Sie verzog das Gesicht. »Und sie lässt keine Gelegenheit aus, mir das unter die Nase zu reiben.«

»Und das heißt?«

»Sie will, dass wir uns Hebert schnappen und ihm das Handwerk legen.«

»Typisch Jane.« Joe lächelte. »Keine schlechte Idee. Ich habe auch schon darüber nachgedacht.«

»Ich auch.« Sie schüttelte den Kopf. »Ich kriege eine solche Wut, wenn ich an die Explosion in dem Haus denke, dass ich den Mistkerl am liebsten eigenhändig erwürgen würde. Aber es wäre unverantwortlich, solange Jane –«

»Vielleicht wäre es aber auch das Beste, was wir tun könnten. Den Hund aus dem Verkehr ziehen, bevor er noch weiteres Unheil anrichtet. Wenn wir bloß eine Spur hätten …«

Eve antwortete nicht gleich. »Möglicherweise haben wir eine Spur.«

Er sah sie fragend an.

Sie schüttelte nachdrücklich den Kopf. »Ich möchte noch nicht mal drüber nachdenken. Es ist keine –«

»Schon gut, schon gut. Wir reden noch mal über das Thema, wenn du dich etwas beruhigt hast.« Er überlegte. »Jennings hat mich auf dem Handy angerufen, während du mit Jane telefoniert hast. Er möchte herkommen und den Schädel abholen.«

»Er bekommt ihn, wenn ich bereit bin, ihn ihm zu übergeben. Ich bin immer noch sauer auf ihn.«

»Er war sehr hartnäckig. Ich wollte es dich nur wissen

lassen.« Joe stand auf und trat ans Fenster. »Die Sonne geht unter. Wie schön. Sonnenuntergänge im Herbst habe ich schon immer besonders gemocht. Sie scheinen sich schärfer und deutlicher gegen den Himmel abzuzeichnen.«

Wie Joe in diesem Augenblick. Seine Gestalt hob sich silhouettenhaft gegen das sanfte Licht ab, das durch das Fenster fiel, und er wirkte eckig und kantig. Wie oft hatte sie ihn an diesem Fenster stehen sehen? Sie ging zu ihm hinüber. »Es ist wirklich sehr schön.« Sie betrachtete den See, der im Zwielicht golden schimmerte. »Ich fühle mich hier so wohl.«

»Ich weiß.« Er schaute sie an. »Aber es wundert mich, dass du das jetzt sagst. Vor kurzem konntest du gar nicht schnell genug von hier fortkommen.«

»Ich war verletzt.« Eves Blick wanderte zu dem Hügel hinüber, wo sie ihre Tochter begraben zu haben glaubte. »Alles hier erinnerte mich an das, was du getan hast.«

Er zuckte zusammen. »Ist das jetzt vorbei?«

Sie hatte gar nicht bemerkt, dass sie in der Vergangenheit gesprochen hatte. »Ich weiß nicht, Joe. Ich habe immer noch das Gefühl – Es ist noch nicht ausgestanden. Ich bin mir nicht sicher, ob es je ausgestanden sein wird.«

»Ich weiß nicht, ob ich das überhaupt möchte.«

»Wie bitte?«

»Das wundert dich, nicht wahr?« Joe schaute wieder auf den See hinaus. »Möchte ich für den Rest meines Lebens mit dir zusammenleben? Ja, verdammt. Tut es mir Leid, dass ich dich verletzt habe? Du weißt, dass es mir Leid tut. Möchte ich das Leben wiederhaben, das wir vorher hatten? Ich hätte es gern wieder, aber ich glaube, es könnte noch besser werden.«

»Glaubst du?«

»Vor zwei Jahren habe ich dich gefragt, ob du mich heiraten willst. Du hast gesagt, dass du mich liebst. Warum hast du mich nicht geheiratet?«

»Wir waren beide so beschäftigt. Wir sind einfach nicht dazu gekommen.«

Joe sah ihr in die Augen.

»Du hast aber auch nie darauf gedrängt«, sagte er.

»Weil ich Angst hatte.«

»*Ich* bin in unserer Beziehung immer der Bittsteller gewesen.«

»So ein Blödsinn.«

»Ich musste zehn Jahre warten, bis du mir endlich eingestanden hast, dass du mich liebst und mit mir zusammenleben willst. Glaubst du vielleicht, ich würde das alles gefährden, indem ich dich in eine Richtung dränge, in die du nicht gehen willst?«

»Ich *wollte* dich doch heiraten.«

»Warum hast du es dann nicht getan?«

»Was versuchst du mir eigentlich zu sagen?«

»Ich versuche dir zu sagen, dass ich große Fortschritte gemacht habe, aber neben Bonnie spielte ich immer noch die zweite Geige.«

»Und ich nehme an, deswegen hast du mich angelogen?«

»Quatsch. Ich hätte dasselbe getan, auch wenn ich davon überzeugt gewesen wäre, dass ich auf Platz eins deiner Hitliste stehe. Ich wollte deiner verzweifelten Suche nach ihr ein Ende setzen.«

»Indem du mich belogen hast.«

»Es war ein Fehler. Aber es wäre keine Tragödie gewesen, wenn du es geschafft hättest, wieder in die Welt der Lebenden zurückzufinden, bevor es so weit kommen musste.«

»Du weißt ja nicht, wovon du redest«, sagte sie mit zitternder Stimme.

»Niemand weiß so gut wie ich, wie weit du gekommen bist. Ich habe miterlebt, wie du Schmerz und Depression und Wahnsinn überwunden hast. Was glaubst du eigentlich, warum ich dich so sehr liebe?« Er berührte zärtlich ihre

Wange. »Du brauchst nur noch ein paar Schritte zu machen.«

»Ich bin ... verwirrt. Du stellst alles auf den Kopf.« Sie blinzelte, um ihre Tränen zurückzuhalten. »Und du bist nie ein Bittsteller gewesen, verdammt.«

»Doch, und ich bin es immer noch. Ich bitte dich, mich bleiben zu lassen. Lass mich dir helfen, diese letzten Schritte zu machen. Jetzt ist alles offen. Wir können noch einmal von vorne anfangen.«

»Joe ...«

»Du liebst mich. Du warst glücklich mit mir. Du kannst es wieder sein.«

Sie sah ihn hilflos an.

»Okay.« Er trat einen Schritt zurück. »Ich will dich nicht bedrängen.« Dann ging er wieder auf sie zu, nahm sie in die Arme und küsste sie leidenschaftlich. »Verdammt noch mal. Ich bin es leid, mich in Geduld zu üben. Wir brauchen einander, und ich werde nicht zulassen, dass du alles kaputtmachst.« Er ging in Richtung Haustür. »Wir sehen uns morgen früh.«

Sie zuckte zusammen, als er die Tür zuschlug. Die Luft schien immer noch von seiner Leidenschaft zu vibrieren. Und nicht nur von seiner. Auch sie zitterte vor Erregung. All die Barrieren, die sie zu ihrem Schutz aufgebaut hatte, schienen in sich zusammenzufallen. Sie hob eine Hand an den Mund. Noch immer spürte sie den Druck seiner Lippen auf ihren.

Joe ...

Warum hast du mich nicht geheiratet?

Ja, warum hatte sie es nicht getan? Warum war sie davor zurückgeschreckt? Joe glaubte, die Antwort zu kennen, und er hatte sich damit abgefunden, die zweite Geige zu spielen.

Aber er spielte nicht die zweite Geige. Er hatte noch für niemanden zurückstehen müssen.

Sie merkte, wie sie versuchte, ihn zu verteidigen. Aber

sie war die Einzige, die ihn verletzen konnte. Wie oft hatte sie ihn während der vergangenen zwei Jahre verletzt?

Mit schnellen Schritten ging er den Weg entlang. An jeder seiner Bewegungen erkannte sie, wie gefühlsgeladen er war, wie viel Mühe es ihn kostete, seine Emotionen im Zaum zu halten. Er wirkte so anders als noch vor wenigen Wochen, als sie ihn zusammen mit Jane hatte herumtollen sehen.

Andererseits war jetzt nichts mehr so wie früher.

Sie wandte sich vom Fenster ab. Im Moment war sie zu aufgewühlt und zu verwirrt, um aus ihren eigenen Gefühlen schlau zu werden. Anstatt Joe nachzustarren, sollte sie lieber über andere Dinge nachdenken.

Doch dazu hatte sie keine Chance.

»Jennings ist auf dem Weg hierher.« Joe hatte die Tür aufgerissen und kam zurück ins Haus. »Galen hat gerade vom Beobachtungsposten an der Straße angerufen. Jennings ist allein in seinem Wagen, wird jedoch von einem Streifenwagen begleitet.«

»Was?«

Joe zuckte die Achseln. »Ich weiß auch nicht, was das soll. Das ist normalerweise nicht Jennings' Stil.«

Eve trat auf die Veranda hinaus.

Scheinwerfer näherten sich dem Haus.

Nathan erhob sich von der Verandaschaukel. »Was ist los?«

»Jennings. Wahrscheinlich will er Victor abholen.«

Nathan runzelte die Stirn. »Und wieso lässt er sich von einem Streifenwagen begleiten?«

Joe antwortete nicht. »Wenn Sie nicht wollen, dass jemand Sie sieht, sollten Sie lieber von der Bildfläche verschwinden, Nathan.«

Nathan zögerte, dann schüttelte er langsam den Kopf. »Ich bin es leid, mich zu verdrücken. Sie sind aus dem Versteck gekommen. Es wird Zeit, dass ich das auch tue.«

»Wie Sie wollen.«

Wenige Minuten später hielt Jennings' Wagen vor dem Haus. Er stieg aus und kam auf die Veranda zu. »Tut mir Leid, dass ich so handeln muss«, sagte er ruhig. »Aber ich muss den Schädel haben, Ms Duncan.«

»Ich kann es nicht leiden, wenn man mich bedrängt, Jennings. Sie bekommen ihn, wenn ich bereit bin, ihn Ihnen zu übergeben.«

»Ich weiß, dass Sie wütend auf mich sind, aber lassen Sie sich dadurch nicht Ihr Urteilsvermögen trüben. Sie haben Ihre Arbeit getan. Jetzt lassen Sie uns die unsere tun.«

»Sonst dringen Sie mit Gewalt in mein Haus ein, um sich den Schädel zu holen?« Sie warf einen Blick auf den Streifenwagen. »Haben Sie einen Durchsuchungsbefehl?«

»Aber ja.« Er nahm ihn aus seiner Brusttasche und reichte ihn Joe. »Ich wollte nicht riskieren, dass Sie mich unverrichteter Dinge fortschicken. Seit das Haus in die Luft geflogen ist, macht Agent Rusk, mein Vorgesetzter, mir die Hölle heiß, dass ich Hebert finden muss.«

»Ich bin noch nicht fertig. Ich habe die Rekonstruktion beendet, aber die Foto- und Videovergleiche noch nicht durchgeführt.«

»Das übernehme ich. Ich habe Fotos von Bently im Wagen. Rusk will, dass ich mich sofort überzeuge. Er will von mir benachrichtigt werden, sobald ich hier abfahre.«

»Es ist aber nicht dasselbe. Ich möchte das selbst machen.« Eve presste die Lippen zusammen. »Haben Sie je daran gedacht, dass Hebert womöglich versuchen könnte, den Schädel in die Hände zu bekommen? Warum lassen Sie nicht lieber unser Haus bewachen, anstatt hierher zu kommen und die Herausgabe des Schädels zu verlangen?« O Gott, sie hatte sich soeben als Köder angeboten. Was zum Teufel war eigentlich mit ihr los?

»In der Tat wollen wir Hebert so eine ähnliche Falle stellen. Das ist einer der Gründe, warum ich den Schädel unbedingt haben muss.«

»Aber ich bin aus der Sache raus?«

Jennings nickte. »Ich verstehe nicht, warum Sie sich dagegen sträuben. Als ich das erste Mal mit Ihnen gesprochen habe, konnten Sie es gar nicht erwarten, dass ich Ihnen den Schädel abnehme.«

»Ich mag es nicht, wenn man mir meine Arbeit mit Gewalt entreißt. Wenn Sie gewartet hätten, hätte ich Sie wahrscheinlich angerufen.«

»Wir haben keine Zeit.« Er holte tief Luft. »Ich komme gerade von Boca Raton. Dort habe ich ein paar Tage lang Ermittlungen durchgeführt.«

»Und?«

»Nichts Konkretes, aber etwas ist mir aufgefallen, als ich dort war. Ich habe mir alles durch den Kopf gehen lassen, was Sie mir gesagt haben, und plötzlich fiel es mir wie Schuppen von den Augen. Es lag alles direkt vor mir, aber ich hatte es nicht gesehen. Möglicherweise irre ich mich, aber ich habe da eine Vermutung ...« Er schüttelte den Kopf. »Ich muss zuerst mit Rusk darüber reden und hören, ob er mich für verrückt hält. Wenn nicht, werden wir sehr schnell handeln müssen.«

Eve spürte seine Erregung. Sein Auftreten zeugte unverkennbar von Anspannung. »Was für eine Vermutung?«

Jennings schüttelte erneut den Kopf. »Würden Sie mir bitte den Schädel bringen? Zwingen Sie mich nicht, ihn mir zu holen.«

Joe trat einen Schritt vor. »Kommt nicht in Frage.«

»Ich wüsste mal gern, wie diese Art von Schikane sich in den Schlagzeilen machen würde«, bemerkte Nathan.

Jennings blickte zu Nathan hinüber, der sich im Hintergrund gehalten hatte. »Wer zum Teufel sind Sie denn?«

»Ein Freund«, sagte Joe.

Jennings schaute Eve an. »Quinn ist Polizist. Wollen Sie, dass er vor seinen eigenen Leuten eine offizielle Anordnung missachtet?«

Deswegen also hatte er den Streifenwagen mitgebracht. Schlau. Sehr schlau.

»Ihre offizielle Anordnung interessiert mich einen Dreck«, erwiderte Joe, ohne den FBI-Mann aus den Augen zu lassen. »Eve, was meinst du?«

»Nein.« Sie drehte sich auf dem Absatz um. »Ich hätte ihm den Schädel sowieso irgendwann gegeben. Ich mag es nur nicht, wenn man mir gegenüber Gewalt anwendet, und ich wollte die abschließenden Arbeiten selbst durchführen. Aber das alles ist es nicht wert, dich in Schwierigkeiten zu bringen.«

»Mit den Schwierigkeiten, die er mir macht, komme ich schon zurecht.«

»Nein, Joe.« Sie ging ins Haus und holte den Lederkoffer mit Victors Schädel aus ihrem Zimmer. Als sie auf die Veranda trat, drückte sie ihn Jennings in die Hand.

»Danke.« Er öffnete den Koffer, warf einen Blick hinein und schloss ihn wieder. Dann schaute er Eve an und sagte ernst: »Ich möchte mich dafür entschuldigen, dass ich Ihnen diese Unannehmlichkeiten bereiten musste. Es war nicht meine Entscheidung. Ich hätte Ihnen gern noch etwas mehr Zeit gelassen, aber die Sache ist zu dringend.«

»Haben Sie nicht den Eindruck, dass es auch für mich ein Fall von äußerster Dringlichkeit ist? Meine Tochter wäre beinahe ums Leben gekommen.«

»Sie können die Angelegenheit jetzt uns überlassen.«

»Die Sicherheit meiner Tochter habe ich Ihnen auch anvertraut, und Sie haben versagt. Warum sollte ich annehmen, dass Sie mehr Erfolg bei der Ergreifung von Hebert haben?«

Er zuckte zusammen. »Das habe ich verdient.« Er drehte sich um und ging die Treppe hinunter. »Ich werde mich bemühen, Sie auf dem Laufenden zu halten.«

»Das glauben Sie ja selbst nicht«, sagte Joe. »Ich war selbst beim FBI. Ich kenne die Methoden.«

Jennings stieg in seinen Wagen. »Ich werde tun, was ich kann. Mehr kann ich nicht versprechen.«

Eve schaute den beiden Wagen nach, bis sie um die Kurve verschwanden. Eigentlich müsste ich erleichtert sein, sagte sie sich. Sie war Victor los, und jetzt lag die Verantwortung ganz bei Jennings. Aber sie fühlte sich überhaupt nicht erleichtert. Sie fühlte sich seltsam leer ... und betrogen.

»Das ist Ihnen aber verdammt schwer gefallen«, bemerkte Nathan.

»Ich bin noch nicht mit meiner Arbeit fertig. Den Test mit der Videoüberlagerung und die endgültigen letzten Vergleiche hätte ich noch durchführen müssen.«

»Das wird das FBI schon machen.«

»Aber Victor gehörte *mir*.«

»Du hättest ihn Jennings nicht geben müssen«, sagte Joe. »Ich hätte dich unterstützt.«

»Ja, du hättest ihnen allen die Stirn geboten und wahrscheinlich deinen Job verloren.«

»Kann sein.«

»Und du hängst an deinem verdammten Job.«

»Aber er steht bei mir nicht an oberster Stelle. Soll ich dir sagen, was mir das Wichtigste ist?«

»Nein«, erwiderte sie mit zitternder Stimme.

»Dachte ich's mir.« Er ging die Treppe hinunter. »Dann werde ich jetzt zu Galen gehen und ihm berichten, was vorgefallen ist.«

»Tut mir Leid, Eve«, sagte Nathan. »Ich habe versucht, Ihnen zu helfen.«

»Ich weiß. Sie hätten den Mund halten sollen. Jennings war vielleicht jetzt zu sehr damit beschäftigt, um über das nachzudenken, was Joe gesagt hat, aber später wird er sich vielleicht daran erinnern, dass Sie hier waren.«

»Na und? Das bringt mich schon nicht um.« Er grinste. »Ich hoffe es zumindest.«

Eve lief ein kalten Schauer über den Rücken.

»War nur ein Scherz.«

»Klar.« Sie nickte und ging zurück ins Haus.

Fünfzehn

Jennings winkte den Streifenwagen vorbei und hielt am Straßenrand. Dann rief er Robert Rusk in Washington an. »Ich habe ihn, Sir. Es war nicht angenehm. Die Frau ist mir sympathisch. Wenn wir ihr noch einen Tag Zeit gelassen hätten, wäre sie wahrscheinlich bereit gewesen, uns den Schädel freiwillig zu übergeben.«

»Sie hatten keine Zeit für Diplomatie«, entgegnete Rusk. »Wir müssen wissen, ob das Harold Bently ist. Sie haben die Fotos?«

»Sicher.« Jennings schaltete die Innenbeleuchtung des Wagens ein und legte die drei Fotos auf den Beifahrersitz. Dann öffnete er den Lederkoffer und nahm den Schädel vorsichtig heraus. »Ich mache gerade den Vergleich.«

»Und?«

Nachdem er zuerst die Gesichtszüge des Schädels und anschließend die Fotos eingehend betrachtet hatte, pfiff er anerkennend durch die Zähne. »Die Duncan ist verdammt gut.«

»Ist es Bently?«

»Kein Zweifel.« Jennings schaute wieder auf den Schädel. »Es ist eindeutig Harold Bently.«

»Sind Sie sicher?«

»Ja.«

»Gut.«

»Soll ich den Schädel sofort ins Büro bringen? Außerdem muss ich mit Ihnen über Boca Raton reden. Ich habe möglicherweise herausgefunden –«

Er kam nicht dazu, den Satz zu beenden.

Eve hörte die Explosion als Erste.

Sie eilte auf die Veranda.

»Was zum Teufel war das?« Nathan lief die Verandastufen hinunter.

Der Nachthimmel leuchtete rot glühend.

»Ich weiß nicht, was –« Entsetzt starrte Eve auf die brennenden Kiefern am Horizont. Sie rannte die Stufen hinunter und den Weg entlang, dicht gefolgt von Nathan.

»Los, komm, wir nehmen den Wagen.« Joe war plötzlich neben ihr, nahm sie am Arm und zog sie in Richtung Jeep. »Ich glaube, es ist auf der Straße. Aber es muss ein paar Kilometer weit entfernt sein.«

Eve und Nathan sprangen in den Jeep, und Joe trat das Gaspedal durch.

»Was mag da passiert sein?«, fragte Eve, als sie die Straße entlangrasten.

Joe antwortete nicht.

Am Himmel war immer noch das unheilvolle rote Leuchten zu sehen.

Feuer.

Aber wodurch war es verursacht worden?

Als sie um eine Kurve fuhren, sah sie dichte schwarze Rauchschwaden und ein flammendes Inferno. Anfangs konnte sie nicht erkennen, was sich im Zentrum des Feuers befand.

Joe holte tief Luft und hielt an. »Verdammt.«

Ein Auto, oder zumindest Teile davon.

»Mein Gott.« Nathan sprang aus dem Jeep.

Eves Augen weiteten sich vor Entsetzen. »Jennings?«

Joe nickte. »Ich vermute es.«

»Kann es sein, dass er noch lebt?«

Sie wusste die Antwort, bevor Joe sie aussprach. »Keine Chance. Das muss eine Mordssprengladung gewesen sein. Selbst von dem Wagen ist ja kaum noch etwas übrig.«

»Eine Sprengladung? Wie denn?«

»Es kann Tage dauern, bis die Spurensicherung darauf eine Antwort hat. Irgendjemand wollte ganz sichergehen, dass hier nichts mehr übrig bleibt.«

»Hebert«, sagte Eve benommen. »Der scheint sich mit Sprengstoff verdammt gut auszukennen. Sandras Wohnung –«

»Ich mache, dass ich hier wegkomme.« Galen kam auf sie zugerannt. »Mein Mann an der Landstraße hat angerufen und gesagt, dass der Streifenwagen auf dem Weg hierher zurück ist. Sie müssen die Explosion gehört haben.«

»Ich werde mit ihnen reden«, sagte Joe.

»Alles klar. Doch das wird mir nicht helfen. Sie beide mögen über jeden Verdacht erhaben sein, aber ich nicht.« Galen warf einen Blick auf das brennende Autowrack. »Und Sie werden womöglich auch einige Dinge erklären müssen. Erst verhalten Sie sich Jennings gegenüber feindselig, und fünf Minuten später fliegt sein Wagen in die Luft. Jennings war ein FBI-Mann. Wenn Sie glimpflich davonkommen, wird man Sie nur einem intensiven Verhör unterziehen. Ich melde mich heute Abend, wenn der ganze Zirkus hier vorbei ist.«

»Ich komme mit Ihnen«, sagte Nathan.

»Dann setzen Sie Ihren Arsch in Bewegung.« Galen drehte sich um und verschwand im Wald.

Nathan folgte ihm leise fluchend. »Warten Sie, verdammt, ich trage viel mehr Gewicht mit mir herum als Sie.«

Eve starrte in die Flammen. Der arme Jennings …

»Hör zu«, sagte Joe. »Galen hat Recht. Sie werden uns eine Menge Fragen stellen. Ich werde das so weit wie möglich übernehmen, aber ich kann dich nicht ganz da raushalten.«

Eve nickte. Sie war so benommen, dass sie kaum denken konnte. Sie wollte weder auf dem Polizeirevier noch im FBI-Hauptquartier sitzen und endlose Fragen beantworten. Andererseits konnten sie auch nicht einfach die Flucht ergreifen. »Ich erwarte nicht von dir, dass du mich da raushältst. Ich komme schon klar.«

»Sag mir das noch mal, wenn das hier vorbei ist.« Er nahm sein Handy. »Ich rufe den Chief an und sage ihm, er soll sofort die Spurensicherung schicken. Ich möchte, dass die Beweismittel als Erstes in unseren eigenen Labors untersucht werden. Wir können uns nicht darauf verlassen, dass das FBI sich da raushält, denn Jennings war einer der ihren, aber wenn sie sich einmischen und den Fall übernehmen, dann sind sie wenigstens verpflichtet, die Polizei in Atlanta über ihre Erkenntnisse zu informieren.«

»Wird dein Chef nachgeben, wenn man ihn unter Druck setzt?«

»Wahrscheinlich. Aber wie gesagt, wenn die Untersuchung bereits eingeleitet ist, bevor das FBI auf den Plan tritt, hat der Chief ein Recht, offiziell zu protestieren, wenn ihm die Untersuchungsergebnisse nicht zugänglich gemacht werden. Die Leute vom FBI behaupten immer, zwischen ihnen und den örtlichen Polizeidirektionen herrsche Friede, Freude, Eierkuchen, aber in Wirklichkeit betrachten sie sich gegenseitig als Konkurrenten. Wenn das FBI sich weigern würde, Informationen herauszurücken, wäre das ziemlich schlecht fürs Image.«

Während er telefonierte, starrte Eve unentwegt in die Flammen. Anfangs hatte sie nur den Gestank von Benzin und brennendem Holz wahrgenommen, doch jetzt bemerkte sie, dass da noch ein anderer Geruch war ...

»Alles in Ordnung?«, fragte Joe, als er ihren Gesichtsausdruck sah.

Sie holte tief Luft und nickte. »Ja, aber lass uns zurück nach Hause fahren.«

»Tut mir Leid.« Er schaute auf die Straße. »Da kommt der Streifenwagen. Ich werde dich so bald wie möglich hier wegbringen.«

Erst nachdem die Spurensicherung am Unfallort eingetroffen war, durften sie zurück in ihr Haus fahren. Eine Stunde später erschien Spezialagent Hal Lindman von der FBI-Außendienststelle in Atlanta, gefolgt von zwei Detectives aus Joes Revier. Es dauerte mehrere Stunden, bis die Vernehmungen beendet und ihre Aussagen aufgenommen waren.

»Noch ist es nicht vorbei«, sagte Joe, als die Polizeiwagen fortfuhren. »Sobald Rusk seinen Mann hierher schickt, wird das FBI sich auf diesen Fall stürzen und die Ermittlungen übernehmen. Spätestens morgen früh werden sie vor unserer Tür stehen.«

»Wir werden nicht hier sein.«

»Wieso?«

»Ruf Galen an. Sag ihm, er und Nathan sollen sofort herkommen. Ich will mit ihnen reden.«

Joe musterte Eves Gesichtsausdruck und nickte. »In Ordnung.«

Sie verschränkte die Arme vor der Brust und schaute zu den Kiefern hinüber. Der Himmel leuchtete jetzt nicht mehr rot, aber von den Bäumen waren nur noch schwarze Skelette übrig.

Jennings war tot. Von der Bombe zerfetzt. Sie schloss die Augen. Ihr wurde übel, wenn sie an das brennende Auto dachte. Sie hatte sich über ihn geärgert, weil er den Schädel in einer Art Willkürakt an sich genommen hatte, aber der Mann war ihr sympathisch gewesen. Er hatte es nicht verdient, von diesem Monster in die Luft gejagt zu werden.

»In einer Stunde werden sie hier sein«, sagte Joe. »Sie

müssen den See mit einem Motorboot überqueren, um die Wachen zu umgehen, die um den Tatort postiert wurden.«

Der Tatort. Was für ein hässliches Wort für eine scheußliche Tat.

»Eve?«

Ihr Entsetzen verwandelte sich in Zorn. »Ich bin stinkwütend, Joe. Hebert hat Jennings wegen Victor getötet. Als Hebert sich bewusst wurde, dass er womöglich nicht erfahren würde, wer Victor war, hat er beschlossen, dass auch niemand anders es erfahren darf. Ob ein anständiger Mann dabei draufging, war ihm egal.«

»Vielleicht steckt noch mehr dahinter«, sagte Joe. »Jennings hatte in Boca Raton irgendwas rausgefunden.«

Ja, Jennings war ganz aufgeregt gewesen. Was hatte er gesagt?

Es lag die ganze Zeit direkt vor meinen Augen, aber ich habe es nicht gesehen.

Was war das gewesen, direkt vor Jennings' Augen?

Eve rieb sich die schmerzenden Schläfen. Sie konnte nicht denken. Ihre Wut hinderte sie daran, einen klaren Gedanken zu fassen. Am liebsten hätte sie nur noch um sich geschlagen.

Solchen Verbrechern muss man die Stirn bieten.

Das hatte Jane gesagt, aber Eve hatte ihre Worte ignoriert. Jetzt war ein weiterer Mord geschehen, und Hebert war wieder entkommen.

Zur Hölle mit ihm.

Sie würde sich nicht noch einmal in einer Höhle verkriechen und sich verstecken.

Galen schaltete den Motor ab, als er am Steg anlegte. »Sie haben gerufen. Hier sind wir.«

»Kommen Sie ins Haus«, sagte Eve. »Wir haben wahrscheinlich nicht viel Zeit. Joe ist sich nicht sicher, wann die Leute vom FBI hier aufkreuzen werden.«

»Zu Befehl, Ma'am.« Galen pfiff leise durch die Zähne, als er aus dem Boot stieg und ihr in Richtung Haus folgte. »Wie Sie wünschen.«

Joe saß in einem Sessel am Fenster. »Irgendwelche Probleme auf dem Weg hierher?«

Nathan schüttelte den Kopf. »Nein. Gott, ich brauche einen Kaffee.« Er ging in die Küche. »Sie reden, und ich höre Ihnen zu, während ich Kaffee koche.«

Er ist blass und wirkt angespannt, dachte Eve. »Sie sehen nicht gut aus.«

»Schon in Ordnung. Ich bin so was einfach nicht gewöhnt.« Er zog die Brauen zusammen. »Früher wollte ich mal Polizeireporter werden, aber nach der ersten Schießerei hab ich's aufgegeben.« Er füllte die Kaffeemaschine mit Wasser. »Ich hasse Gewalt. Ich finde Gewalt zum Kotzen.«

»Willkommen im Club.« Bei der Erinnerung an Jennings' Tod in den Flammen lief Eve ein eiskalter Schauer über den Rücken. »Es dürfte keine Gewalt geben. Wir sollten das nicht zulassen.«

Joe schaute sie durchdringend an. »Haben wir denn eine Möglichkeit, sie zu verhindern?«

»Wir müssen es wenigstens versuchen.« Ihre Hände ballten sich zu Fäusten. »Wir müssen ihm das Handwerk legen. Fast hätte er Jane und meine Mutter getötet. Er hat Jennings und Capel getötet und –« Sie brach ab und holte tief Luft. »Jane hat gesagt, solchen Verbrechern muss man die Stirn bieten, aber ich hatte zu viel Angst vor ihm. Das war ein Fehler. Wir müssen ihn kriegen, bevor er noch mehr Unheil anrichtet. Niemand ist vor ihm sicher, solange er frei herumläuft. Ich kann das einfach nicht zulassen.«

»Um ihn zu kriegen, müssen wir ihn erst mal finden«, warf Joe ein.

Eve schwieg einen Moment. »Oder er muss mich finden.«

»Den Schädel hat er bereits zerstört«, sagte Nathan.

»Vielleicht hat er es ja gar nicht mehr auf Sie abgesehen. Vor allem, wenn er in Boca Raton etwas Wichtigeres zu erledigen hat.«

»Oh, ich glaube schon, dass er es noch auf mich abgesehen hat. Ich weiß zu viel, und offenbar ist er bemüht, für den Cabal reinen Tisch zu machen.« Sie überlegte. »Aber es wird ihn noch ein bisschen anspornen, wenn er annehmen muss, dass ich nach Beweisen suche, die nach seinem Willen nicht ans Tageslicht gelangen dürfen.«

»Zum Beispiel?«

»Bentlys Grab. Ich brauche nicht das ganze Skelett. So weit wie die DNS-Technik inzwischen fortgeschritten ist, reicht es, wenn ich ein Haar, einen Knochen oder einen Zahn finde, um zu vereiteln, was Hebert und der Cabal auch immer im Schilde führen.«

»Und wie willst du das machen?«

»Ich weiß es noch nicht. Auf jeden Fall wollen sie verhindern, dass er identifiziert wird, sonst hätten sie Jennings' Wagen nicht in die Luft gesprengt.«

»Wie willst du das Grab denn finden?«

»Vielleicht finde ich es ja gar nicht. Aber wenn Hebert glaubt, dass ich nah dran bin, könnte es ihn zum Handeln provozieren.« Sie öffnete ihre Handtasche. »Andererseits könnte es durchaus sein, dass ich es finde.« Sie nahm einen braunen Umschlag aus der Tasche und öffnete ihn. »Wenn ich herausfinde, woher das hier stammt.«

Joe nahm den Umschlag und schaute hinein. »Erde.«

»Galen meinte, es sei ›seltsame Erde‹«, sagte Eve. »Sie hat eine auffallend helle Farbe, und sie enthält eine große Menge an Knochen und Muschelsplittern. Victors Schädel war voll davon.«

Nathan verzog das Gesicht, während er Kaffee einschenkte. »Appetitlich.«

Galen lächelte. »Ist es nicht schön, dass ich so aufmerksam bin? Ich hätte gar nicht gedacht, dass Sie meine Bemerkung überhaupt mitbekommen haben, so wie Sie auf Victor fixiert waren.«

»Ich wollte nichts davon wissen. Es hätte mich nur von meiner Arbeit abgelenkt. Aber nachdem Sie weg waren, ist es mir nicht mehr aus dem Kopf gegangen. Also habe ich etwas von dem Schlamm in einen Umschlag getan und in meiner Handtasche aufbewahrt.«

»Warum hast du mir nichts davon erzählt?«, fragte Joe.

»Ich hab's vergessen.«

Er hob die Brauen. »Vergessen?«

»Also gut, ich hab's verdrängt«, sagte sie trotzig. »Ich sagte ja eben, es hat mich von meiner Arbeit an Victor abgelenkt.«

Galen schüttelte den Kopf. »Eine Besessene.«

»Und was haben Sie mit dem Schlamm vor?«, wollte Nathan wissen.

»Ich werde ihn zur Louisiana State University bringen. Die Fakultät für Geologie ist eine der besten hier im Süden. Mal sehen, ob die mir einen Tipp geben können, wo man solchen Schlamm findet.«

»Und dann?«

»Dann fahre ich dahin, und Hebert wird mir folgen.«

»Nein«, sagte Joe trocken.

»Doch.« Eve schaute ihm direkt in die Augen. »Wir werden ihm die Stirn bieten, Joe. Und ich werde diesen Scheißkerl finden.«

Joe schwieg einen Moment. »Dagegen habe ich nichts einzuwenden. Aber du hast nur von dir gesprochen, nicht von uns. Ich komme mit dir.«

Sie öffnete den Mund, um zu protestieren, dann nickte sie langsam. Jetzt war nicht der richtige Zeitpunkt, sich den Kopf über ihre persönlichen Probleme zu zerbrechen. Sie hatten schon so oft zusammengearbeitet, und es gab niemanden, dem sie so sehr vertraute wie Joe.

Vertrauen …

Galen nickte. »Ich werde mich Ihnen anschließen.«

»Nein«, sagte Eve. »Ich möchte, dass Sie hier bleiben und auf Jane aufpassen. Ich brauche Sie hier.«

»Dafür wurde ich aber nicht angeheuert.«

»Ich will sie in Sicherheit wissen.«

Galen verzog das Gesicht. »Also gut. Aber Jane wird mir den Kopf abreißen, wenn sie erfährt, dass ich Ihnen nicht auf den Fersen bleibe.«

Eve lächelte. »Sie werden's überleben.«

»Da bin ich mir nicht so sicher. Jane ist ein harter Brocken.«

Eve wandte sich an Nathan. »Kommen Sie mit uns?«

Er schüttelte den Kopf. »Ich fahre nach Boca Raton. Wenn Jennings dort auf etwas gestoßen ist, kann ich es möglicherweise auch rausfinden. Ich werde mit Ihnen in Verbindung bleiben.« Er schenkte sich frischen Kaffee ein. »Uns bleibt nicht viel Zeit. Heute ist der Fünfundzwanzigste, und das Datum, das Etienne genannt hat, war der Neunundzwanzigste.«

Die Uhr tickte. Darüber durfte sie jetzt nicht nachdenken. Sie würde so schnell wie möglich handeln, aber es hatte keinen Zweck, in Panik zu geraten. »Dann müssen wir uns also an die Arbeit machen.« Eve schaute Joe an. »Kannst du deinen Chef anrufen und ihn bitten, uns das FBI für ein paar Tage vom Hals zu halten?«

Er schüttelte den Kopf. »Aber ich kann versuchen, ihn dazu zu überreden, dass er ihnen nicht gleich verrät, wo wir sind.«

»Gut.« Eve wandte sich an Galen. »Hebert muss wissen, was wir vorhaben.«

»Er scheint bereits eine Menge mehr zu wissen, als mir lieb ist.«

»Ich muss mich darauf verlassen können.«

»Irgendwelche Vorschläge?«

»Ich schätze, dass Hebert alles erfährt, was Melton

weiß.« Sie runzelte nachdenklich die Stirn. »Tanzer. Er hat damit angegeben, dass er über alles Bescheid weiß, was in Baton Rouge passiert. Könnten Sie jemanden im College dazu überreden, etwas zu Tanzer durchsickern zu lassen, wenn wir von dort aufbrechen?«

»Und Tanzer wird Melton informieren.« Galen nickte. »Könnte schon sein, dass einer meiner Kontaktleute das übernimmt.« Er lächelte. »Schließlich ist Tanzer ein *trou du cul.*«

Gott, es schien so lange her zu sein, dass Marie Letaux diesen Ausdruck benutzt hatte. So vieles war geschehen, so viele Menschen waren gestorben ...

»Seien Sie vorsichtig«, sagte Nathan ernst. »Es würde mich traurig machen, wenn Sie am Ende selbst in der Falle säßen, die Sie Hebert stellen wollen. Dieser Typ macht mir richtig Angst.«

Plötzlich musste sie daran denken, wie es ihr kalt über den Rücken gelaufen war, als sie am frühen Abend mit Nathan auf der Veranda gesprochen hatte. »Seien Sie auch auf der Hut.«

»Das bin ich immer.« Er trank seinen Kaffee aus. »Wenn ich den Pulitzerpreis kriegen will, muss ich überleben.« Er ging in Richtung Haustür. »Los, kommen Sie, Galen. Setzen Sie Ihren Arsch in Bewegung und bringen Sie mich zum Flughafen.«

Sechzehn

Louisiana State University
11.45 Uhr
25. Oktober

»Diese Erde stammt aus Terrebonne.« Professor Gerald Cassidy rückte seine Brille zurecht und blickte auf. »Darauf würde ich wetten«, sagte er zu Eve und Joe.

»Sie haben das Zeug noch nicht mal untersucht«, entgegnete Joe. »Wie können Sie sich da so sicher sein?«

»Ich werde die Probe ins Labor bringen und ein paar Tests durchführen lassen, aber ich habe das schon einmal gesehen. Sehr außergewöhnlich. Ich habe meine Doktorarbeit über diese Gegend geschrieben.«

Und das konnte nicht sehr lange her sein, dachte Eve. Cassidy wirkte keinen Tag älter als fünfundzwanzig. »Was ist daran außergewöhnlich?«

»Hohe Kalziumkonzentration.« Cassidy deutete auf die winzigen weißen Splitter, die in der Erde enthalten waren. »Muscheln. Vor mehreren hundert Jahren stand das Gebiet unter Wasser, und es gab überall Muscheln.« Er runzelte die Stirn. »Aber in den Bodenproben, die ich entnommen habe, bin ich noch nie auf einen so hohen Anteil an Muschelsplittern gestoßen. Würde mich interessieren, wo die Stelle sich befindet ...«

»Wir müssen ganz sicher sein, dass Terrebonne der richtige Ort ist, um mit unserer Suche zu beginnen«, sagte Joe. »Würden Sie die Probe untersuchen?«

Cassidy zuckte die Achseln. »Selbstverständlich. Kommen Sie heute Nachmittag wieder.« Er schaute sie an. »Warum wollen Sie das eigentlich so genau wissen? Wonach suchen Sie?«

Eve zögerte. »Nach einem Grab.«

Cassidy verzog das Gesicht. »Na dann, viel Glück. Da gibt's nur Sumpfland. Hunderte von Fluss- und Bachläufen. Und die Leute dort sind auch nicht allzu gesprächig. Sie mögen keine Fremden. Ich habe Monate gebraucht, um das Material für meine Doktorarbeit zusammenzubekommen.«

»Aber Sie müssen doch einige Kontakte geknüpft haben. Wäre es möglich, dass Sie uns mit jemandem bekannt machen, der uns vielleicht genauer sagen kann, wo man diese Art von Erde findet?«

»Jacques Dufour. Wenn er Geld braucht und bereit ist, sich zur Verfügung zu stellen. Er kennt die Sümpfe jedenfalls besser als jeder andere, dessen Dienste ich in Anspruch genommen habe. Ich gebe Ihnen seine Telefonnummer in Houma.« Er öffnete eine Schublade an seinem Schreibtisch, nahm ein ledergebundenes Adressbuch heraus und blätterte darin. »Ich würde Ihnen raten, ihm nicht zu sagen, wer Ihnen den Tipp gegeben hat. Er hat mich deutlich seine Verachtung spüren lassen.«

»Warum?«

»Ich war vierundzwanzig, ein Bücherwurm und kein Einheimischer. Lauter Sünden in seinen Augen.« Er musterte Joe. »Irgendwie habe ich das Gefühl, dass Sie keine Probleme mit ihm haben werden.«

»Bestimmt nicht.«

Eve notierte sich die Telefonnummer und stand auf. »Wann werden Sie die Ergebnisse haben?«

»Etwa gegen vier Uhr heute Nachmittag. Werden Sie noch einmal herkommen?«

Sie schüttelte den Kopf und ging in Richtung Tür. »Joe wird Ihnen unsere Handynummer geben. Wir brechen sofort nach Houma auf.«

»Sie fahren nach Terrebonne«, sagte Melton, als Hebert sich am Telefon meldete. »Sie suchen nach dem Grab. Herrgott noch mal, kann man eigentlich irgendetwas noch schlimmer vermasseln?«

Hebert unterdrückte seine Wut. »Sie werden nichts finden.«

»Da bin ich mir nicht so sicher. In dieser Sache haben Sie bisher auf der ganzen Linie versagt.«

»Diesmal wird garantiert nichts schief gehen. Ich kenne die Sümpfe und die Leute, die dort leben. Etienne und ich sind in der Gegend aufgewachsen.«

»Hören Sie mir gut zu. Ich möchte nicht, dass irgendetwas unsere Pläne durchkreuzt. Räumen Sie die beiden schnell und diskret aus dem Weg und dann sehen Sie zu, dass Sie nach Boca Raton kommen. Verdammt, ich kann es nicht fassen, wie Sie es fertig bringen, alles auf den letzten Drücker zu organisieren. Sind Sie sicher, dass da unten alles nach Plan läuft?«

»Es läuft alles genau nach Plan. Ich nehme an, Ihr Informant hat Ihnen das mitgeteilt.«

»Ja, heute Morgen stand eine Anzeige in der Zeitung. Wie sieht es mit der Sicherheit aus?«

»Alles geregelt. Sobald ich hier fertig bin, fliege ich zurück und nehme die Sache in die Hand.«

»Tun Sie das, verdammt.« Melton legte auf.

Dieses arrogante Arschloch. Melton brauchte ihm nicht zu sagen, dass ihm die Zeit davonlief. Jedes Mal, wenn er daran dachte, drehte sich ihm der Magen um. Alles, was er in letzter Zeit unternommen hatte, war entweder beinahe fehlgeschlagen oder gar vereitelt worden. Es war, als würde irgendeine geheimnisvolle Kraft seinen Erfolg verhindern.

Etienne.

Er schloss die Augen. Lächerlicher, abergläubischer Blödsinn. Er durfte jetzt nicht in Panik geraten. Er brauchte nur Duncan und Quinn aus dem Weg zu räumen, dann konnte er sich auf den Job in Boca Raton konzentrieren. Und die beiden loszuwerden, dürfte ihm nicht schwer fallen.

Es sei denn, es war eine Falle.

Aber selbst wenn es sich um eine Falle handelte, war er im Vorteil. Jedes Jahr verschwanden Menschen in den Sümpfen und wurden nie gefunden. In der Gegend lauerte der Tod überall auf den Ahnungslosen. Aber er war erfahren genug, um jeder Falle zu entgehen – oder selbst eine tödliche Falle zu stellen.

Ein zweistündiger Flug, und er wäre in New Orleans.

Eine Stunde später würde er sich schon tief in den Sümpfen befinden.

Und warten.

Houma
16.05 Uhr
25. Oktober

»Muscheln?« Jacques Dufour zuckte die Achseln. »Muscheln gibt's hier überall.«

»Aber an einer bestimmten Stelle muss es besonders viele geben«, sagte Eve. »Professor Cassidy meinte, Sie wüssten, wo sie sich befindet.«

»Kann sein. Ich muss erst darüber nachdenken.«

Eve biss die Zähne zusammen. Der Mann war genauso arrogant wie Cassidy ihn beschrieben hatte. »Dann denken Sie gefälligst nach.«

»Vielleicht sollten wir einfach suchen gehen. Meine Führung durch die Sümpfe ist die beste in der ganzen Gegend.«

»Ich will keine Führung. Ich will eine Stelle finden, wo –«

»Wie viel?«, fragte Joe.

»Ich hab nicht gesagt –« Dufour brach ab, als er Joes Blick begegnete. »Ich habe eine Vorstellung, wo die Stelle sein könnte. Mein Vetter Jean Pierdu wohnt in einer Gegend, wo es viele Muscheln gibt.«

»Dann geben Sie mir seine Telefonnummer. Ich möchte mit ihm reden.«

Dufour lächelte. »Er hat kein Telefon. Die Leute hier sind sehr arm. Sie werden ihn aufsuchen müssen. Fünfhundert.«

»Dreihundert. Und ich hoffe für Sie, dass Sie mit Ihrer Vermutung richtig liegen. Wir wollen doch nicht, dass Sie Ihre Zeit vergeuden.« Dann fügte er mit samtweicher Stimme hinzu: »Oder meine.«

»Zu wenig. Die Stelle liegt tief im Sumpf, und ich muss vielleicht –«

»Vielleicht habe ich mich nicht deutlich genug ausgedrückt.« Joe trat einen Schritt auf ihn zu. »Dreihundert, und Sie dürfen hoffen, ohne Kratzer wieder aus diesem Sumpf rauszukommen. Wenn Sie mir noch weiter auf die Nerven gehen, könnten Sie allerdings als Alligatorfutter enden.«

Dufour presste die Lippen zusammen. »Sie sollten bedenken, dass ein Sumpf für jemanden, der sich nicht auskennt, sehr gefährlich sein kann.«

»Dreihundert.«

Dufour zögerte, dann zuckte er die Achseln. »Dreihundert.« Er wandte sich zum Gehen. »Wir brechen morgen früh auf.«

»Jetzt gleich.«

»Ich habe in vierzig Minuten eine Führung und danach ist es zu dunkel, um noch etwas zu sehen.« Er lächelte boshaft. »Wir werden nahe an Bäumen vorbeikommen. Sie wollen doch bestimmt eine Korallenschlange entdecken, bevor sie Ihrer Frau in den Schoß fällt, nicht wahr?«

Leise vor sich hin fluchend schaute Joe Dufour nach, der großspurig davonschritt.

»Es wäre vielleicht besser gelaufen, wenn du ein bisschen geduldiger gewesen wärst und ihm nicht mit Alligatoren gedroht hättest«, bemerkte Eve.

»Ich hab es satt, geduldig zu sein.«

Das war Eve nicht entgangen. Seit ihrer Ankunft in Houma war ihr klar, dass Joe in Kampfstimmung war. Diese Seite an ihm hatte sie nur wenige Male erlebt, seit sie ihn kannte. Er war stets bemüht, alles, was mit Gewalt zu tun hatte, von ihr fern zu halten. Doch sie erkannte die Anspannung, die Wachsamkeit, die Erregung. Ja, Erregung war das richtige Wort. Er war erregt, konnte es kaum erwarten, aktiv zu werden, loszuschlagen. Kein Wunder, dass Dufour klein beigegeben hatte. »Lass uns ein Hotel suchen«, sagte sie. »Ich muss Galen anrufen und hören, ob Jane in Sicherheit ist.«

»Selbstverständlich ist sie in Sicherheit«, sagte Galen. »Wollen Sie mich beleidigen?«

»Beleidigen? Darf ich Sie daran erinnern, dass Jane und meine Mutter um ein Haar in die Luft gesprengt worden wären?«

»Gutes Argument. Aber diesmal sind so viele von Hughes' Männern vor Ort, dass man eine Armee bräuchte, um in ihre Nähe zu gelangen. Selbst wenn es Hebert gelänge, an den Polizisten und FBI-Leuten vorbeizukommen –« Er unterbrach sich. »Aber Hebert ist doch sicher zu beschäftigt, um überhaupt einen Versuch zu unternehmen, nicht wahr? Irgendein Zeichen von ihm?«

»Noch nicht. Aber wir haben einen Hinweis auf die Stelle, wo der Leichnam möglicherweise verscharrt war. Wir sind in Houma, und morgen früh brechen wir auf in die Sümpfe.«

»In Sümpfen kenne ich mich gut aus. Ich glaube, Sie brauchen mich. Hughes könnte meine Aufgabe hier übernehmen, und ich –«

»Wir brauchen Sie nicht. Bleiben Sie bei Jane. Haben Sie von Nathan gehört?«

»Nein, aber ich schätze, dass er eher mit Ihnen Kontakt aufnehmen wird. Aus irgendeinem Grund kann er mich nicht besonders gut leiden.«

»Versteh ich gar nicht. Ich melde mich morgen wieder.« Sie legte auf.

Eve war erleichtert. Die Chance, dass Hebert erneut einen Anschlag auf Jane plante, war gering, aber das hatte sie nicht davon abgehalten, sich Sorgen zu machen. Galen gab sich lässig, doch sie kannte ihn gut genug, um zu wissen, dass er seine Aufgabe verdammt ernst nahm. In seinen Händen war Jane sicher.

Sie stand auf und trat ans Fenster. Es hatte angefangen zu regnen. Im fahlen Licht der Dämmerung wirkte der Sumpf düster und bedrohlich.

»Hast du Galen erreicht?«

Als Eve sich umdrehte, stand Joe in der Tür. »Ja, Jane geht es gut.« Sie rang sich ein Lächeln ab. »Er wollte herkommen, um uns zu unterstützen. Er sagt, in Sümpfen kennt er sich aus. Ich habe ihm gesagt, dass wir ihn nicht brauchen.«

»Gott sei Dank. In meiner derzeitigen Verfassung könnte ich Galens Humor nicht ertragen. Dieser Dufour geht mir schon genug auf die Nerven. Der kann froh sein, wenn er den Ausflug in den Sumpf überlebt.«

»Hast du von deinen Kollegen irgendwas über Jennings in Erfahrung gebracht?«

Joe schüttelte den Kopf. »Noch nicht. Das FBI hat die Durchführung der forensischen Untersuchungen an sich gezogen, aber der Chief versucht, genug Druck zu machen, damit er die Ergebnisse bekommt, sobald sie vorliegen. Ich habe Carol gebeten, mich anzurufen, sobald die Berichte auf irgendeinem Schreibtisch landen.« Er verzog das Gesicht. »Und Rusk ist ziemlich sauer darüber, dass wir uns verkrümelt haben, bevor seine Leute uns in Georgia aufsuchen konnten. Er hat einen Riesenaufstand gemacht.«

»Pech.«

»Das hab ich auch gesagt.« Joe überlegte. »Ich nehme nicht an, dass du einverstanden wärst, wenn ich allein zu Dufours Vetter ginge?«

»Nein.«

»Ich kenne mich auch ziemlich gut in Sümpfen aus. Das habe ich in Nicaragua gelernt, als ich bei der SEAL war.«

»Davon bin ich überzeugt. Und du kannst es kaum erwarten anzuwenden, was du da gelernt hast.«

»Genau.« Er schaute sie so durchdringend an, dass ihre Augen sich vor Entsetzen weiteten. »Du bist nicht die Einzige, die wütend ist. Ich hätte dich beinahe verloren. Dafür wird er bezahlen.«

O Gott.

Endlich gelang es ihr, ihren Blick abzuwenden. »Ich komme mit.«

»Ich wollte es wenigstens versuchen.« Er wandte sich ab. »Wir sehen uns morgen früh. Ich habe das Zimmer neben dir. Wenn du mich brauchst, ruf einfach.«

Eine Zeit lang stand Eve wie gebannt da und starrte auf die Tür, die sich hinter ihm geschlossen hatte.

Nach einer Weile riss sie sich los und trat wieder ans Fenster.

Wenn du mich brauchst, ruf einfach.

Ihre Hand umklammerte den Vorhang. Sie brauchte ihn nicht.

Aber sie sehnte sich nach ihm.

Siebzehn

13.10 Uhr
26. Oktober

»Wie weit ist es noch?«, fragte Eve. »Es kommt mir allmählich so vor, als würden wir schon ein paar Jahre in diesem Boot sitzen.«

»Nur vier Stunden.« Dufour manövrierte das Motorboot um eine riesige Mangrovenwurzel herum, die aus dem Wasser ragte. »Diese Bayous winden sich wie Aale. Sie können von Glück reden, dass Sie mich als Führer haben.« Er schaute Joe kurz an. »Vielleicht zahlen Sie noch etwas drauf, damit ich Sie wieder hier rausbringe.«

»Sie strapazieren meine Nerven«, sagte Joe, ohne ihn eines Blickes zu würdigen.

»Sich in einem Sumpf zu verirren, ist sehr gefährlich.«

»Ich werde mich nicht verirren.« Joe sah Dufour ins Gesicht. »Ich habe mir jede Biegung gemerkt, seit wir aufgebrochen sind. Soll ich Ihnen die Strecke beschreiben?«

Dufour blinzelte. »Nein.« Dann konzentrierte er sich wieder auf das schlammige Wasser vor ihm. »Können Sie keinen Spaß vertragen? Abgemacht ist abgemacht.«

Joe lächelte. »Ganz meiner Meinung.«

Eve zweifelte nicht daran, dass Joe zu wissen glaubte, wo sie waren, doch sie konnte es sich nicht vorstellen. Das Wetter war kühl und feucht, und seit sie die Anlegestelle verlassen hatten, kam es ihr vor, als befänden sie sich in einer fremden Welt. Dürre Zypressen bildeten ein dunkles Dach über dem schmalen, schlammigen Wasserlauf. Braunschwarze Schlangen glitten hin und wieder am Boot vorbei, und kahle Bäume klammerten sich verzweifelt im sumpfigen Grund fest, versuchten, in dieser feindseligen Umgebung zu überleben. Und die Vegetation war nicht das Einzige, was ums Überleben kämpfte.

»Was sind das für Hütten auf den kleinen Inseln? Wohnen da Leute drin?«, fragte Eve.

»Meinem Vetter würde es gar nicht gefallen, wenn Sie sein Zuhause als Hütte bezeichnen. Sein Haus sieht so ähnlich aus. Allerdings werden diese hier in erster Linie von Fischern und Jägern als Unterschlupf benutzt«, sagte Dufour. »Aber tiefer in den Sümpfen gibt es Leute, die dort wirklich leben und jagen. Ich sagte Ihnen ja, dass die Leute hier arm sind. Sie haben nicht den Mut, von hier wegzugehen und richtig Geld zu verdienen, so wie ich das mache, und sie sind froh, dass sie ein Dach über dem Kopf haben.«

»Armut zu überwinden, ist nicht immer eine Frage des Muts.«

Er zuckte die Achseln. »Es erfordert entweder Mut oder Dummheit.«

»Warum stehen diese Häuser auf Stelzen? Der Boden reicht doch bis an die Haustür heran.«

»Das ist kein Boden, das ist Schlamm. Wir sind hier in Meeresnähe, und wenn die Flut kommt, bringt sie den Schlamm mit. Bei Ebbe würden die Häuser unter Wasser sinken, wenn sie nicht auf Stelzen stünden.«

»Wie kann man nur unter so gefahrvollen Umständen leben?«, murmelte Eve. Gefahrvoll und bedauernswert. »Wie tief ist dieser Schlamm?«

»Manchmal fast zwei Meter.« Dufour grinste. »Nicht gut für Schlafwandler. Wenn man von der Veranda fällt, hat man sofort den ganzen Mund voll Dreck.« Er zeigte in die Richtung, in die sie fuhren. »In dem Haus da wohnt Jean.«

Es war eine kleine Holzhütte auf Stelzen und mit einem schmalen Bootssteg. Eine Frau trat auf die Veranda und schaute sie ernst an. Sie war klein, mager und hochschwanger. Zwei kleine Jungs in T-Shirts und Unterhosen klammerten sich an ihren Rock.

»Steh nicht da rum und glotz uns an, Marguerite«, blaffte Dufour, während er das Boot anlegte. »Sag Jean, er hat Besuch.«

»Die Art von Gästen, die du mitbringst, wollen wir hier nicht. Wir können keine Touristen gebrauchen.« Sie schaute Eve kurz an. »Wenn Sie sehen wollen, wie die Einheimischen leben, fahren Sie woanders hin. Lassen Sie uns gefälligst in Ruhe.«

»Unhöfliches Frauenzimmer.« Dufour schnalzte mit der Zunge. »Ich werde Jean sagen müssen, er soll dich öfter mal verprügeln.« Er vertäute das Boot und sprang auf den Steg. »Ist er da?«

Sie nickte. »Er will dich bestimmt nicht sehen.«

»O doch. Er kann sich ein bisschen was verdienen.« Er warf einen Blick auf den dicken Bauch der Frau. »Und ihr könnt offensichtlich Geld gebrauchen bei zwei kleinen Kindern und einem, das unterwegs ist.«

Nach kurzem Zögern drehte sie sich um. »Bring sie rein.«

»Warte hier, Eve.« Joe sprang aus dem Boot und ging auf das Haus zu. »Ich werde mich mal umsehen.«

Eve straffte sich, als er im Haus verschwand. Joe spielte mal wieder den großen Beschützer. Sie würde den Teufel tun und auf dem Boot bleiben.

Sie sprang auf den Steg, doch sie war kaum ein paar Schritte gegangen, als Joe in der Haustür erschien und sie zu sich winkte. Erleichtert atmete sie auf.

Sie waren in Sicherheit.

Vorerst.

»Kann sein, dass ich so eine Stelle kenne«, sagte Jean Pierdu langsam. »Wie viel?«

»Fünfhundert, wenn Sie uns hinbringen«, erwiderte Joe. »Weitere fünfhundert, wenn Sie uns irgendwas Interessantes über die Stelle sagen können.«

Jean sah ihn ausdruckslos an. »Ich weiß nichts über Muscheln.«

»Was wissen Sie denn über Gräber?«, fragte Eve.

Sein Gesichtsausdruck veränderte sich nicht. »Hier draußen kümmert sich jeder um seine eigenen Angelegenheiten.«

»Aber das bedeutet nicht, dass du nicht genau weißt, was sich hier abspielt«, sagte Dufour. »Ich hab Gerüchte gehört, die besagen, dass sich vor einigen Jahren ein paar Fremde hier rumgetrieben haben. Wir mögen keine Fremden, Jean. Warum willst du dir nicht ein bisschen Geld verdienen?«

»Wir brauchen es«, sagte Marguerite leise. »Er hat Recht, warum sollten wir uns über Fremde den Kopf zerbrechen?«

»Misch dich nicht ein, Marguerite.« Jean schwieg einen Moment lang. Dann nickte er. »Tausend.«

»Man merkt gleich, dass Sie mit Dufour verwandt sind«, knurrte Joe. »Siebenhundert.«

»Gib ihm die tausend, Joe.« Eve konnte ihren Blick gar nicht von Marguerite und den beiden Kindern abwenden.

Joe rang sich ein Lächeln ab. »Also gut.« Er wandte sich an Jean. »Wo ist die Stelle?«

»Erst das Geld.«

Joe nahm seine Brieftasche heraus und zählte das Geld ab. »Zufrieden?«

Jean steckte die Scheine in seine Hosentasche. »Ein paar Kilometer von hier entfernt gibt es zwei Inseln. Sie liegen in einer kleinen Bucht im Sumpf, und da sind die meisten

Muscheln angeschwemmt worden, als wir hier Hochwasser hatten. Das könnte die Stelle sein, nach der Sie suchen.«

»Sind es kleine Schlamminseln wie diese hier?«, fragte Eve.

Jean nickte. »Ich bin hier geboren, und ich kenne keine andere Stelle, an der es so viele Muscheln gibt.«

»Liegen diese Inseln dicht beieinander?«

»Ja.« Er überlegte. »Aber nur die zweite wird Sie interessieren. Auf der anderen gibt es nichts.«

Joe richtete sich auf. »Und was gibt es auf der zweiten?«

»Das Grab werden Sie nicht finden. Es ist nicht mehr da.«

»Aber es war da?«

»Nimm mehr Geld«, sagte Marguerite.

Jean sah sie entnervt an. »Das hatte ich gerade vor.«

Joe zählte weitere fünfhundert ab. »Hat es dort ein Grab gegeben?«

Jean nickte. »Zwei. Sie waren nicht gekennzeichnet, aber sie waren da. Ich hab selber gesehen, wie Etienne sie ausgehoben hat. Es war ein hartes Stück Arbeit. Er musste nämlich die Leichen an den Stützpfählen verankern, weil er nicht riskieren wollte, dass sie freigespült und gefunden wurden.«

»Etienne Hebert? Sie haben ihn gekannt?«

Jean nickte. »Er ist zusammen mit den anderen beiden gekommen. Aber er war nicht wie sie, er war ein Cajun wie wir.«

»Welche anderen? Wann war das?«

»Vor ungefähr zwei Jahren. Zwei Männer sind gekommen und haben ein paar von uns angeheuert, um ihnen auf der Insel ein Haus zu bauen. Wir durften niemandem erzählen, dass sie da waren.« Er zuckte die Achseln. »Sie haben uns gut bezahlt. Warum sollten wir uns dafür interessieren, was sie dort taten? Solange sie ihre Drogen nicht an unsere Kinder verkauften, konnten sie von uns aus so viele Pülverchen herstellen, wie sie wollten. Das ging uns nichts an.«

»Sie hielten die Männer für Drogenhändler?«

»Wir wussten es. Etienne hat es uns gesagt. Er ist manchmal mit einer Flasche Wein gekommen, dann hat er auf demselben Stuhl gesessen wie Sie jetzt und uns erzählt, was er alles von Houma auf die Insel geschafft hat.«

»Er war ein netter Mann«, sagte Marguerite. »Sie werden ihn doch nicht in Schwierigkeiten bringen? Ihn trifft keine Schuld.«

»Nein, Etienne wird ganz bestimmt keine Schwierigkeiten bekommen«, versprach Eve.

»Er meinte immer, diese Verrückten würden sich eines Tages noch selbst in die Luft sprengen mit all den Chemikalien, die er ihnen liefern musste«, sagte Marguerite. »Er war ganz bedrückt. Ich glaube, er mochte die beiden.«

»Und was ist mit ihnen passiert?«

»Genau das, was Etienne vorausgesagt hat. Eines Nachts gab es eine fürchterliche Explosion. Als wir hingefahren sind, um nachzusehen, war Etienne gerade dabei, die Gräber auszuheben. Er sagte, wir sollten machen, dass wir wegkommen, und vergessen, was wir gesehen hatten. Er meinte, die Polizei dürfte auf keinen Fall davon erfahren, sonst würden sie uns auch alle für Verbrecher halten.«

»Und Sie haben geschwiegen?«

»Klar, wir sind doch nicht blöd. Für die Polizei sind wir nur Abschaum. Etienne hatte Recht.«

»Und wie hießen die beiden Männer?«, wollte Joe wissen.

»Na, wie wohl?«, entgegnete Jean sarkastisch. »Smith und Jones natürlich. Glauben Sie vielleicht, die hätten uns ihre richtigen Namen genannt?«

»Wie lange waren sie auf der Insel, bis das Haus in die Luft geflogen ist?«, fragte Eve.

»Ungefähr vier Monate. Zwei Monate vorher sind sie zu uns gekommen, aber wir haben Zeit vergeudet, weil wir zuerst auf der ersten Insel zu bauen angefangen haben. Dann meinten sie auf einmal, es wäre besser, ein bisschen tiefer in den Sumpf zu gehen, und dann mussten wir auf der anderen Insel noch mal von vorne anfangen.«

»Wie weit liegen die Inseln voneinander entfernt?«

»Etwas mehr als einen Kilometer. Aber im Sumpf kann ein Kilometer viel ausmachen.«

»Sie sagten, das Grab ist nicht mehr da. Woher wissen Sie das?«

»Etienne ist noch mal hier gewesen. Er sagte, die Polizei hätte angefangen, Fragen zu stellen, und er müsste die Skelette verschwinden lassen.« Jean verzog das Gesicht. »Typisch. Um solche Verbrecher macht die Polizei sich Sorgen, aber uns versuchen sie immer nur Ärger zu machen. Es war nicht unsere Schuld, dass die sich in die Luft gesprengt haben.«

»Was wissen Sie über Etiennes Bruder?«

Jean zog die Brauen zusammen. »Er hat einen Bruder?«

»Hat er nicht von ihm gesprochen?«

Jean schüttelte den Kopf.

»Das reicht«, sagte Dufour. »Wenn sie noch mehr wissen wollen, sollen sie dir noch mehr Geld geben, Jean.« Er grinste. »Und einen kleinen Bonus für mich, weil ich sie hergebracht habe.«

»Du hast wahrscheinlich schon genug aus ihnen rausgequetscht, ohne dass du auch noch in meine Taschen greifst«, erwiderte Jean. »Und ich brauche all mein Geld, wenn ich mit meiner Familie für eine Weile untertauchen muss.«

»Warum müssen Sie untertauchen?«

»Glauben Sie etwa, ich würde Ihnen mehr trauen als diesen Leuten?« Er schaute Joe an. »Wir haben nichts getan. Wir haben nichts mit dem Tod von diesen Drogenhändlern zu tun. Das haben die sich selbst zuzuschreiben.«

»Wir machen Ihnen keine Vorwürfe«, sagte Eve. »Sie brauchen nicht fortzulaufen.«

Jean beachtete sie nicht. »Pack unsere Sachen, Marguerite.«

»Sie müssen uns zu dieser Insel bringen«, sagte Joe.

»Warum? Ich hab Ihnen doch gesagt, da ist nichts.«

»Womöglich gibt es dort mehr, als Sie denken.«

Jean warf die Arme in die Luft. »Reine Zeitverschwendung.« Er stand auf und ging zur Tür. »Sie wollen die Insel sehen? Sie haben doch einen Führer. Ich will damit nichts mehr zu tun haben.« Er winkte Dufour zu sich. »Komm, Jacques. Wir gehen auf den Steg, dann zeige ich dir, wo es langgeht.«

Joe stand auf. »Ich gehe mit«, sagte er zu Eve. »Ich möchte mir anhören, was Jean zu sagen hat, um mich zu vergewissern, dass wir in die richtige Richtung fahren.«

Eve wollte ihm gerade folgen, blieb jedoch bei Marguerite stehen, die dabei war, Kleidungsstücke aus einer alten Kommode zu nehmen. »Wo werden Sie hingehen?«

»Das geht Sie nichts an.«

»Wir wollen Ihnen wirklich nichts Böses.«

»Verschwinden Sie.«

Eve ging in Richtung Tür.

»Warten Sie.« Marguerite schluckte. »Uns wird schon nichts passieren. Wir werden eine Zeit lang bei Freunden wohnen, bis wir sicher sind, dass uns hier keine Gefahr mehr droht. In diesem Sumpf findet uns niemand, wenn wir das nicht wollen.«

»Warum haben Sie das Geld angenommen, wenn Sie doch wussten, dass Sie sich anschließend würden verstecken müssen?«

Marguerite sah sie erstaunt an. »Wir brauchen es. Für Sie ist das vielleicht keine große Summe, aber von dem Geld kann ich meine Kinder ein paar Monate lang ernähren.« Sie zog eine verblichene Reisetasche unter dem Bett hervor. »Es ist das Risiko wert.«

»Eve«, rief Joe von draußen.

»Ich komme.«

Joe musterte ihren Gesichtsausdruck, als sie aus dem Haus trat. »Hast du sie davon überzeugen können, dass wir nicht vorhaben, ihre Familie ins Gefängnis zu bringen?«

»Nein, sie glaubt mir nicht. Aber sie meinte, das Geld sei das Risiko wert. Diese beiden kleinen Jungs ... Ich frage mich, ob sie je genug zu essen bekommen. Armut ist schrecklich, Joe.«

Joe nickte, den Blick auf Jean geheftet. »Ja, und nicht nur das.«

Sie verstummte. »Wie meinst du das?«

»Das ist alles viel zu glatt gelaufen. Ich hätte eigentlich viel mehr bohren müssen, ihm all diese Informationen zu entlocken.«

Sie nickte nachdenklich. »Und es war irgendwie seltsam, dass sie nichts davon wussten, dass Etienne einen Bruder hatte. Nach allem, was wir wissen, war Etienne nicht besonders diskret.«

Joe lächelte. »Und ich dachte schon, du wärst so besorgt um die Kinder, dass du nicht aufgepasst hättest.«

»Ich bin besorgt, aber nicht blind. Du meinst, Hebert war vor uns bei Jean und hat uns eine Falle gestellt?«

»Möglich.«

»Dann ist also alles gelogen, was er uns erzählt hat?«

»Nicht unbedingt. Die besten Lügen sind immer die, die auf der Wahrheit beruhen.« Er schaute nachdenklich auf den Sumpf hinaus. »Etienne hat ihnen wahrscheinlich diese Geschichte von der Drogenküche aufgetischt, und Jean und seine Nachbarn haben angeblich nichts gesehen. Trotzdem kann es sein, dass Jules Hebert gestern Abend hier aufgekreuzt ist und ihnen so viel Geld geboten hat, dass unser Bestechungsversuch sich dagegen lächerlich ausnimmt.«

Ein kalter Schauer lief ihr über den Rücken. »Dann erwartet er uns also schon auf der Insel.«

»Das vermute ich.«

Sie holte tief Luft. »Gut. Wo finden wir jetzt –«

»Später.« Er half ihr ins Boot. »Überlass das mir.«

So wie sie es ihm überlassen hatte, als er sie außerhalb von New Orleans an der Straße hatte stehen lassen?

Das kam überhaupt nicht in Frage.

Achtzehn

Das ist die erste Insel.« Dufour zeigte auf einen Schlammhügel vor ihnen. »Die, die unseren Drogenhändlern nicht gefiel, weil sie ihnen zu exponiert schien. Sehr weit ist mein Vetter mit seinen Arbeiten auf der Insel nicht gekommen, nicht wahr?« Ein schmaler, verwitterter Steg führte zu einem ebenso verwitterten Gerüst, das wahrscheinlich als Fundament für die Drogenküche hatte dienen sollen. »Jean meinte, das Grab würden Sie auf der nächsten Insel finden.« Er grinste. »Oder auch nicht. Sind Sie sicher, dass Sie weiterfahren wollen?«

»Wir wollen weiterfahren«, sagte Joe. »Aber legen Sie zuerst bei dieser Insel an. Ich möchte mich vergewissern, dass Ihr Vetter Jean sich bezüglich des Muschelaufkommens nicht geirrt hat.«

Eve sah ihn verwundert an.

Dufour zuckte die Achseln. »Wollen Sie nicht lieber warten, bis Sie auf der richtigen Insel sind?«

»Legen Sie an.«

Nach kurzem Zögern steuerte Dufour das Boot in Richtung Steg. »Sie vergeuden wertvolle Zeit.«

»Es ist unsere Zeit, und Sie werden gut für Ihre Dienste bezahlt.« Joe sprang aus dem Boot und half Eve auf den Steg. »Wir sind gleich wieder da, Dufour.«

»Was zum Teufel soll das?«, fragte Eve leise, als sie Joe auf das Gerüst folgte.

»Ich habe gesehen, wie Dufour eine Taste auf seinem Handy gedrückt hat, bevor wir die letzte Biegung genommen haben. Wahrscheinlich ein Zeichen für Hebert. Ich wette, er wartet schon auf uns.«

»Und was machen wir dann hier?«

»Ich will eine Last zurücklassen.« Joe schaute auf den Sumpf hinaus. »Dich.«

Eve zuckte zusammen. »Last?«

»Das Wort gefällt dir nicht. Aber ich habe jetzt keine Zeit für Höflichkeit. Du wirst mir im Weg sein. Du bleibst hier.«

»Den Teufel werde ich tun. Du hast mich in New Orleans aus dem Auto geworfen. Das machst du nicht noch mal.«

»Doch, das mache ich.« Als er sich zu ihr umdrehte, lief es ihr eiskalt über den Rücken. Sein Gesichtsausdruck war kälter und härter, als sie es je erlebt hatte. »Ich werde nicht zulassen, dass einer von uns beiden draufgeht, bloß weil du dir in den Kopf gesetzt hast, dich nicht ausschließen zu lassen. Das ist mein Job, nicht deiner. Ich mische mich nicht ein, wenn du an deinen Schädeln arbeitest. Also misch du dich auch nicht in meine Arbeit ein.«

»Soll ich dich vielleicht einfach gehen lassen, auf die Gefahr hin, dass du getötet wirst?«

»Die Wahrscheinlichkeit, dass ich getötet werde, wäre viel größer, wenn ich mich auch noch um dich kümmern müsste. Und das werde ich verhindern.«

»Und wie willst du mich daran hindern, mit dir zu kommen?«

»Wenn es sein muss, werde ich dafür sorgen, dass du ein Nickerchen hältst. Zwing mich nicht dazu, Eve.«

Er würde es wirklich tun. Sie sah es ihm an. Er hatte es geplant, seit sie in den Sumpf gefahren waren. Die unterdrückte Erregung, die sie die ganze Zeit bei ihm gespürt hatte, hatte nun ganz Besitz von ihm genommen. Noch nie hatte sie ihn so lebendig erlebt ... oder so gefährlich. Er war ein Jäger, ein Krieger. »Du kannst es gar nicht erwarten, ihn in die Finger zu kriegen.«

Er nickte. »Ich bin nicht wie du. Du möchtest, dass Hebert getötet wird, weil er eine Gefahr ist.«

»Und du bist heilfroh, dass du endlich Gelegenheit dazu bekommst.«

»Du lernst vieles über mich, was du noch nicht kanntest.« Er grinste. »Zum Beispiel habe ich dir nie erzählt, warum ich bei den SEALs ausgestiegen bin. Von diesem Teil meines Lebens wolltest du nichts wissen. Das hatte alles zu viel mit Gewalt zu tun.«

»Warum bist du bei den SEALs ausgestiegen?«

»Weil ich zu großen Gefallen daran fand«, erwiderte er trocken. »Und ich war nahe daran, eine Grenze zu überschreiten, die niemand überschreiten sollte. Ich war eine Tötungsmaschine.«

»Das ist nicht wahr. Das bist du nicht.«

»Ich war es. Ich könnte es wieder sein. Ich könnte es jetzt sein.«

»Auf keinen Fall. Du könntest nie –«

»He, Quinn«, rief Dufour vom Boot aus. »Wollen Sie den ganzen Tag hier verbringen?«

»Er wird allmählich ungeduldig.« Joe lächelte. »Oder vielleicht ist es auch Hebert, der die Geduld verliert. Wir dürfen ihn nicht warten lassen.« Er langte in seine Tasche und gab ihr seine Pistole. »Für alle Fälle.«

»Bist du verrückt geworden? Willst du Hebert ohne Schusswaffe entgegentreten?«

»Ich werde sie nicht brauchen.« Er warf einen Blick auf die Machete an seinem Gürtel. »Im Sumpf bevorzuge ich andere Waffen.« Er wandte sich zum Gehen. »Bleib ganz ruhig und warte hier auf mich.«

»Joe, verdammt.«

Er sah sie über die Schulter hinweg an. »Du weißt, dass ich Recht habe. Du weißt, dass du mir ein Klotz am Bein wärst und mich in Lebensgefahr bringen würdest. Du weißt, dass du mich erschießen müsstest, um mich davon abzuhalten, ihn zu töten.«

»Ich würde es vielleicht tun.«

Er schüttelte den Kopf und sprang ins Boot. »Geben Sie Gas, Dufour.«

»*Joe!*«

»Sie sollten die Lady nicht allein lassen«, sagte Dufour. »Was ist, wenn eine Schlange –«

»Fahren Sie los«, sagte Joe.

Eves Hand umklammerte die Pistole, während das Boot sich von der Insel entfernte. Joe hatte den Kopf in den Wind gehoben, als würde er Witterung aufnehmen. Vielleicht tat er ja genau das. An diesem seltsamen, ihr ungewohnten, wild entschlossenen Joe hätte sie in diesem Moment nichts gewundert.

Sie hätte ihn nicht gehen lassen sollen. Sie hätte eine Möglichkeit finden müssen, ihn aufzuhalten.

Aber dennoch hatte er Recht. Joe wusste, was er tat, und sie hätte ihn in große Gefahr bringen können, wenn sie ihm in die Quere geraten wäre. Egal wie sehr sie ihm helfen wollte, die Logik sagte ihr, dass es ein Fehler gewesen wäre, mit ihm zu gehen.

Verdammte Logik. Sie konnte es nicht ausstehen, sich so hilflos zu fühlen.

Sie trat an den Rand des Gerüsts und schaute angestrengt nach dem Boot. Zu spät. Es war bereits um die Biegung verschwunden.

Komm zurück.

Lass dich nicht erwischen.

Komm zurück.

»Die Insel müsste gleich hinter der nächsten Biegung liegen, Quinn«, sagte Dufour, ohne sich umzudrehen. »Noch ein paar Minuten. Mehr nicht.« Wo war Hebert, dieser Scheißkerl? Dufour wollte sich nicht allein mit Quinn auseinander setzen müssen. Der Mann war gefährlich.

Hebert hatte ihm versprochen, es würde alles glatt laufen, aber Quinn hatte die Frau bereits in Sicherheit gebracht. Er würde Hebert sagen, dass er es nicht hatte verhindern können.

Eine weitere Minute verging.

Kein Hebert.

Er würde es selbst tun müssen.

»Da ist die Insel. Da links.« Er schaltete den Motor ab und zeigte mit der einen Hand in die Richtung, während er mit der anderen in seinen Rucksack griff und nach seiner Pistole langte. »Ziemlich gottverlassenes Plätzchen. Das Haus ist abgebrannt, und sehen Sie sich bloß –«

Er fuhr herum und drückte ab.

»Was zum Teufel –«

Da war niemand! Quinns Jacke und Stiefel lagen im Boot, aber Joe war nirgendwo zu sehen.

Dann entdeckte er ihn, unter Wasser auf der linken Seite des Boots, und er war schnell.

Mist. Er bewegte sich flink wie ein Fisch. Auf das Boot zu, nicht vom Boot weg.

Dufour zielte sorgfältig und drückte ab.

Eve schaute auf ihre Uhr. Gott, erst eine Viertelstunde war vergangen. Es kam ihr vor wie eine Stunde. Sie konnte es nicht länger aushalten. Was sollte sie tun?, fragte sie sich. Hinter Joe herschwimmen? Sie hätte ihn nie gehen lassen –

Ein Schuss.

Ihr blieb fast das Herz stehen. Joe hatte keine Schusswaffe. Die hielt sie in der Hand.

Noch ein Schuss. Dann noch einer.

O Gott.

»Wahrscheinlich ist er tot, Eve.«

Sie fuhr herum und hob die Pistole.

Eine Kugel traf die Pistole und riss sie ihr aus der Hand. Während sie stürzte, sah sie Hebert. Er saß in einem Kanu und hielt ein Gewehr auf sie gerichtet.

»So viel Gewalt. Das hätte ich Ihnen gar nicht zugetraut.« Er hielt das Gewehr in der Armbeuge und paddelte zum Steg. »Dabei war ich sogar gnädig und habe Ihnen noch ein bisschen Zeit gegeben. Ich hätte Sie töten können, bevor Sie wussten, wie Ihnen geschah. Sie haben mich nicht kommen hören, stimmt's?«

»Nein.«

»Das liegt daran, dass ich kein Motorboot benutze, wenn ich mich durch den Sumpf bewege. Ein Kanu kann völlig geräuschlos sein, wenn man damit umzugehen weiß. Ich werde jetzt aussteigen. Wenn Sie es wagen, sich zu rühren, puste ich Ihnen das Licht aus.« Hebert stand auf und sprang auf den Steg. »So. Jetzt dürfen Sie aufstehen.«

Langsam kam Eve auf die Beine. »Wo ist Joe, Rick?«

»Ach, Sie erkennen mich? Na ja, meine Verkleidung war ja auch nicht besonders raffiniert. Damals in der Nacht dachte ich, Sie wären zu krank, um irgendwas mitzubekommen. Aber als Rick Vadim war ich doch ein netter Kerl, oder?«

»Wo ist Joe?«

»Als ich ihn das letzte Mal gesehen habe, fuhr Dufour gerade um eine Biegung in der Nähe der Insel. Ich wollte Quinn erschießen, aber ich konnte nicht nah genug an ihn rankommen, ohne von ihm gesehen zu werden.«

»Wir dachten, Sie würden uns auf der Insel erwarten.«

Hebert schüttelte den Kopf. »Da gibt's zu wenig Deckung. Ich musste mich ein bisschen entfernen. Aber als ich sah, dass Sie nicht im Boot waren, wusste ich, dass Quinn Sie irgendwo abgesetzt haben musste. Und da hab ich mir gedacht, soll Dufour zusehen, wie er mit Quinn fertig wird, und bin hergekommen, um mich Ihnen zu widmen.«

»Sie haben mich also gefunden. Was haben Sie jetzt vor?«

»Sie haben die Schüsse gehört. Warten wir erst mal ab und sehen, ob Dufour allein zurückkommt.«

»Oder ob Joe allein zurückkommt.«

»Das wäre auch eine Möglichkeit. Ich habe gehört, Quinn ist sehr gut.«

»Besser als Sie. Besser als jeder andere.« Eves Nägel gruben sich in ihre Handflächen. »Er ist nicht tot.«

»Dann wird er zurückkehren, um Sie zu holen. Und ich werde hier sein. Sie hätten nicht herkommen sollen. Es ist zwecklos. Glauben Sie vielleicht, ich hätte nicht dafür gesorgt, dass es keine Beweise mehr gibt?«

»Sie sind nicht unfehlbar. Sie haben schon andere Fehler gemacht. Offenbar haben Sie auch diesmal einen gemacht.«

»Ich bin nicht der Einzige, der Fehler macht. Quinns Fehler war, Sie hier zurückzulassen.«

»Er dachte, ich wäre hier in Sicherheit. Er wollte mich schützen.«

»Und er würde alles tun, um Sie ihm wieder gewogen zu machen. Er wollte den Drachen töten und Ihnen meine Leiche zu Füßen legen.« Hebert lächelte. »Wissen Sie, es hat mir Leid getan, Ihre Tochter zu benutzen, um Sie dazu zu bringen, dass Sie den Auftrag annahmen, aber es hat sich ausgezahlt.«

»Wie bitte?«

»Ich bin schließlich nicht aus Stein.«

»Sie sind ein Mörder.«

»Genauso einer wie ein Soldat, der im Kampf einen Feind tötet und dafür einen Kriegsorden bekommt. Es ist alles eine Frage von Mittel und Zweck.«

»Sie sind kein Held.«

»Das habe ich auch nie behauptet. Ich kämpfe einfach für das, woran ich glaube.«

»Und Sie glauben, dass Sie ein Recht haben, mich zu töten.«

»Ich glaube, dass es notwendig ist. Aber es macht mich ein bisschen traurig. Ich bewundere Ihre Charakterstärke. Ich werde Ihnen so viel Zeit wie möglich lassen, bevor ich Sie erschieße. Ich weiß, wie wertvoll jeder Augenblick sein kann.« Hebert ließ seinen Blick über den Sumpf schweifen und trat in den Schatten neben dem Gerüst. »Bleiben Sie schön da stehen, wo Quinn Sie sehen kann, wenn er dort um die Biegung kommt.«

»Damit Sie ihn erschießen können.«

»Falls Dufour das noch nicht für mich erledigt hat. Ich habe ihn gut genug dafür bezahlt, aber ich bin mir nicht sicher, ob er den Mumm hat, es mit Quinn aufzunehmen.«

Eve holte tief Luft. »Joe muss nicht sterben.«

»Selbstverständlich muss er das. Er weiß zu viel. Es ist meine Pflicht, den Cabal zu schützen.«

»Das FBI weiß bereits von dessen Existenz.«

»Sie haben einen Verdacht.« Hebert lächelte. »Das ist ein Unterschied. Wir haben Leute in fast jedem FBI-Außenposten im ganzen Land. Beweismittel werden an falscher Stelle abgelegt, Informationen nicht weitergeleitet, Agenten, die zu viel wissen, erleiden ›Unfälle‹.«

»Wie Ihr Bruder. Sie haben ihn getötet, stimmt's?«

Sein Lächeln verschwand. »Er hat mich verraten. Er hat den Cabal verraten.«

»Wie denn?«

»Ich habe einen Fehler gemacht. Nachdem ich Bently und Simmons hier aufgespürt hatte, wo sie ihre Forschung an den Brennstoffzellen betrieben, habe ich ihnen Etienne geschickt, damit er für sie arbeitete und ihnen aus der Stadt Material besorgte. Ich dachte, wenn er mit ihnen zu tun hätte, wäre es einfacher für ihn, die beiden samt ihrer Ausrüstung auszuschalten. Sie vertrauten ihm. Jeder vertraute Etienne. Er war jedermanns Freund.«

»Solange er niemanden tötete?«

»Er hat niemanden getötet. Ich habe ihn beteiligt, weil ich dachte, wenn die Leute vom Cabal erst merkten, wie loyal er war, würden sie ihn akzeptieren. Ich habe ihm alles beigebracht, was ich konnte, doch er war nicht der Mann für diese Art von Arbeit. Aber ich wollte ihn einfach bei mir haben. Ich fühlte mich allein.« Er holte tief Luft. »Ich habe die Sprengstoffladung angebracht, aber Etienne ist dann später noch mal reingegangen, um sich zu vergewissern, dass die Männer alle beide bei der Explosion draufgegangen waren. Die Leute waren es gewöhnt, dass Etienne immer mal wieder auf die Insel fuhr, deswegen war es weniger verdächtig, wenn er es machte. Er sagte mir, er hätte die beiden Leichen gefunden und sie begraben.«

»Aber das hat er nicht?«

»Er mochte Bently und Simmons.« Hebert presste die Lippen zusammen. »Er mochte jeden. Er war noch jung und leicht zu beeinflussen. Ich dachte, alles wäre in Ordnung. Bis vor vier Monaten, als der Cabal aus zuverlässiger Stelle in Detroit darüber informiert wurde, dass irgendjemand ähnliche Materialien kaufte wie Bently vor zwei Jahren. Die Bestellung kam aus Louisiana.«

»Es könnte jemand anders gewesen sein, der ähnliche Experimente durchführte.«

»Ja, aber das war noch nicht alles. Während der vergangenen zwei Monate sind drei Cabal-Mitglieder aus Louisiana unter myteriösen Umständen ums Leben gekommen. Einerseits könnte es sich bei den Todesfällen um Unfälle handeln, aber alle drei Opfer waren bekannt dafür, dass sie gegen jegliche Umweltschutzmaßnahmen waren. Die Leute vom Cabal glauben nicht an Zufälle, und vor allem schätzen sie es nicht, wenn ihre Mitglieder irgendwelchen Anschlägen zum Opfer fallen.«

»Rache?«

»Möglich.« Hebert lächelte grimmig. »Es reichte jedenfalls, um Melton in Todesangst zu versetzen. Er fürchtete, er könnte der Nächste sein.«

»Aber woher sollten Bently oder Simmons wissen, wer zum Cabal gehört?«

»Es wundert mich, dass Sie noch nicht darauf gekommen sind. Bently war vier Jahre lang selbst Mitglied des Cabal. Er glaubte ebenso wie ich, dass die Macht des Cabal Wunder bewirken kann. Er war derjenige, der uns auf Simmons' Erfindung aufmerksam gemacht hat. Er wollte unsere Unterstützung. Aber nachdem beschlossen worden war, dass die Brennstoffzelle verschwinden musste, ist er untergetaucht und hat Simmons gleich mitgenommen.«

»Dann wurden Sie auf die beiden angesetzt.«

»Und ich habe sie gefunden. Ich finde sie immer.«

»Aber diesmal haben Sie versagt, stimmt's? Sie haben Ihren geliebten Cabal enttäuscht.«

»Ich habe ihn *nicht* enttäuscht«, erwiderte er beleidigt. »Ich habe einen Fehler gemacht, das ist alles. Einen Fehler, den ich wieder gut gemacht habe. Nachdem wir die Nachricht aus Detroit erhalten hatten, mussten wir dafür sorgen, dass sowohl die Forschung als auch diejenigen, die sie durchführten, von der Bildfläche verschwanden. Melton wollte von mir wissen, ob ich mir sicher war, dass Simmons und Bently tot waren. Natürlich war ich mir sicher. Hatte nicht der Mann, der mir am nächsten stand, der einzige Mann, dem ich vertraute, erklärt, sie seien tot? Aber sie wollten wissen, ob ich die Leichen mit eigenen Augen gesehen hätte. Was sollte ich ihnen sagen? Also befahlen sie mir, die Skelette zu besorgen und einen DNS-Test durchführen zu lassen. Ich war damals in Barcelona. Ich habe dann Etienne angerufen und ihm gesagt, er solle die Skelette auftreiben und mich in Sarah Bayou in der Nähe von Baton Rouge treffen. Melton hatte bereits einen forensischen Anthropologen und einen DNS-Experten organisiert. Die beiden sollten zu der Kirche kommen und die Untersuchungen durchführen.« Er schwieg einen Moment lang. »Als Etienne mit dem Sarg auftauchte, wusste ich sofort, dass irgendetwas nicht stimmte.«

»Er hatte die Skelette nicht?«

»Keins von beiden. Nur diesen verdammten Schädel. Anfangs behauptete er, die Skelette seien gestohlen worden. Dann, als er merkte, dass ich ihm nicht glaubte, sagte er, er hätte beide Skelette zerstört, aber Harold Bentlys Schädel mitgebracht.«

»Warum?«

»Er dachte, damit würde der Cabal sich zufrieden geben. Er hatte dafür gesorgt, dass man den Schädel unmöglich identifizieren konnte, aber er wollte mich nicht in Schwierigkeiten bringen. Er war ganz stolz darauf, dass ihm etwas eingefallen war, wie er meinen Hals retten konnte und wie die Leute vom Cabal trotzdem bekommen würden, was sie wollten.«

»Aber Etiennes Hals hat das alles nicht gerettet, nicht wahr?«

»Er hat überhaupt nichts begriffen. Ich habe stundenlang auf ihn eingeredet und versucht, aus ihm herauszuquetschen, ob die beiden Männer wirklich tot waren und um wessen Schädel es sich handelte. Aber er wollte mir nichts sagen. Er sagte mir nur immer wieder, es sei unrecht, was der Cabal tut, und wir sollten nur tun, was recht ist. Er wollte mich dazu bringen, mit dem Cabal zu brechen.« Er schüttelte den Kopf. »Er hat das einfach nicht verstanden. Wenn der Cabal nicht für Ordnung sorgte, würde auf der Welt nur Chaos herrschen. Es muss ein Kontroll- und Sicherheitssystem geben. Irgendjemand muss uns den Weg weisen.«

O Gott, er glaubte tatsächlich, was er da sagte. »Ich bin derselben Meinung wie Etienne. Ich verstehe das Konzept auch nicht. Es ist reine Propaganda. Sie haben ihn also getötet?«

»Es klingt so banal, wie Sie das sagen«, erwiderte er bitter. »Glauben Sie, es wäre mir leicht gefallen? Ich habe ihn geliebt. Wenn es eine Möglichkeit gegeben hätte, ihn zu verschonen, hätte ich es getan.«

»Man hat immer eine Entscheidungsmöglichkeit.«

»Ich musste den Cabal-Leuten sagen, was er getan hatte. Es war meine Pflicht. Er hatte sie verraten.«

»Und sie haben Ihnen gesagt, was Sie zu tun hatten.«

»Ja. Melton sagte, locken Sie ihn in die Kirche und beseitigen Sie ihn. Die Kirche lag abgelegen genug für unsere Zwecke und auch für das, was ich tun musste. Ich sagte Etienne, wir würden eine Möglichkeit finden, den Cabal hinters Licht zu führen. Ich würde ein Skelett von einem der alten Friedhöfe außerhalb der Stadt stehlen und es in den Sarg legen, damit wir den Experten, die in der Kirche auf uns warten würden, etwas präsentieren konnten.« Er schluckte. »Es war ganz leicht. Er fand die Idee wunderbar. Er wollte mir glauben. Er wollte mir immer glauben.«

»Bis zu dem Augenblick, als er starb?«

»Bis zu dem Augenblick, als er starb.« Heberts Augen füllten sich mit Tränen. »Es war ein gnädiger Tod. Er ist glücklich gestorben.«

»Kein Tod ist gnädig.«

»Es hätte schlimmer kommen können. Melton verlangte, ich sollte ihn erst zum Reden bringen. Deswegen sollte ich ihn in die Kirche locken – damit ich ungestört war. Ich bin sehr gut darin, Leute zum Reden zu bringen. Ich kenne jede Foltermethode. Aber Etienne konnte ich das nicht antun. Er war sehr willensstark. Es hätte sehr lange gedauert, bis er aufgegeben hätte, und dann hätte er sowieso sterben müssen. Deswegen habe ich mich dem Befehl widersetzt und ihn schnell getötet.« Seine Mundwinkel zuckten. »Das hat Melton überhaupt nicht gefallen. Ich musste eine Ersatzlösung dafür finden, dass ich die Informationen, die ich eventuell von Etienne hätte bekommen können, vernichtet hatte.«

»Und dann haben Sie mich gefunden.«

»Dann habe ich Sie gefunden.«

»Aber Sie konnten nicht wissen, ob Etienne Ihnen die Wahrheit über Bentlys Schädel gesagt hatte.«

Hebert schüttelte den Kopf. »Ich glaubte ihn gut genug zu kennen, um zu wissen, ob er die Wahrheit sagte – obwohl er mich zwei Jahre lang an der Nase herumgeführt hatte. Ich konnte nur hoffen.« Er überlegte. »Aber nach dem Vorfall mit der Lebensmittelvergiftung wusste ich, dass entweder Bently oder Simmons noch am Leben sein mussten. Einer von den beiden wollte Sie aus dem Weg räumen, damit niemand erfuhr, dass er noch lebte und nach wie vor an den Brennstoffzellen arbeitete. Ich habe Marie Letaux an dem Abend vor ihrem Tod ausgefragt, aber sie hatte wirklich keine Ahnung, wer sie angeheuert hatte. Sie hatte einen Anruf erhalten, einen Umschlag mit Geld in ihrem Briefkasten und das Versprechen, dass sie einen weiteren Betrag erhalten würde, sobald sie ihren Auftrag erledigt hatte. Sie hat mir immer wieder beteuert, dass das Gift bei Ihnen nur Übelkeit verursachen sollte und dass es nicht ihre Schuld sei.« Er zuckte die Achseln. »Sie hat mir nicht weitergeholfen. Ich musste warten, bis Sie die Rekonstruktion beendet hatten, um herauszufinden, wer von den beiden Marie angeheuert hatte.«

»Wie haben Sie erfahren, dass es sich um Bentlys Schädel handelte?«

»Ein Maulwurf im Büro von Rusk. Kurz vor seinem Tod hat Jennings Rusk mitgeteilt, dass es mit Sicherheit Bentlys Schädel war. Nach Jennings' Tod stand das ganze FBI Kopf, da war es ganz leicht, an die Information heranzukommen.«

»Dann muss Ihr Maulwurf auch wissen, was Jennings in Boca Raton in Erfahrung gebracht hat. Was war das?«

Heberts Lächeln verschwand, und er schüttelte den Kopf. »Damit Sie alles verhindern können? Sie glauben wohl immer noch, dass Sie das hier überleben werden, was? Komisch, es ist immer dasselbe, niemand glaubt, dass er stirbt, bis es dann passiert. Ich versichere Ihnen, Eve, selbst wenn ich Ihnen sagte, was passieren wird, würden Sie den alten Tiger nicht retten können. Der Plan befindet sich bereits in Ausführung, und er ist bis ins kleinste Detail durchkalkuliert.«

»Dann können Sie es mir ja ruhig erzählen.«

»Ach nein, lieber nicht. Das Leben muss doch noch ein paar Geheimnisse bergen. Sie würden sich nur aufregen, und die letzten Minuten Ihres Lebens sollten Sie doch sorgenfrei verbringen.«

»Aber Sie sind nicht sorgenfrei. Selbst wenn Sie mich töten, müssen Sie sich immer noch mit Simmons auseinander setzen.«

»Ich werde ihn finden. Jetzt weiß ich ja, nach wem ich suche. In dieser Welt kann ein Mann sich nicht so leicht verstecken, vor allem, wenn der Cabal hinter ihm her ist.« Hebert trat näher an das Gerüst heran und ließ seinen Blick erneut über den Sumpf schweifen. »Quinn ist schon verdammt lange weg. Ich frage mich allmählich, ob –«

Er schrie auf.

Eine Machete war durch Knochen und Sehnen der Hand gedrungen, die das Gewehr hielt. Die Waffe fiel ihm aus der fast abgeschlagenen Hand, und Eve hechtete los, um sie aufzuheben.

»Nein!« Joe spuckte das grüne Zeug aus, das zwischen seinen Zähnen hing. »Bleib weg von ihm.« Er sprang auf Hebert zu, packte ihn an den Knien und riss ihn rücklings in den Schlamm.

Hebert wehrte sich verzweifelt. Plötzlich sah sie in seiner linken Hand etwas aufblitzen.

O Gott, Hebert hatte ein Messer. Und Joe hatte seine Waffe nach ihm geschleudert.

Eve hob das Gewehr und zielte auf Hebert, aber die beiden Männer rangen miteinander im Schlamm. Wenn sie schoss, würde sie am Ende noch Joe treffen.

Sie sprang von dem Gerüst herunter und watete auf die Kämpfenden zu.

»Joe, lass ihn mal einen Moment los, so kann ich nicht –«

Plötzlich, nach einem Handkantenschlag von Joe, flog Heberts Messer im hohen Bogen in den Schlamm.

Dann war Joe auf Hebert, hielt ihm mit beiden Händen die Kehle zu und drückte seinen Kopf unter Wasser. Hebert strampelte hilflos mit Armen und Beinen, während er nach Luft rang. Der Schlamm erstickte ihn.

»Joe«, flüsterte Eve.

Einen Augenblick lang war sie sich nicht sicher, ob er sie gehört hatte, und als er ihr aus den Augenwinkeln einen Blick zuwarf, erschrak sie über die blindwütige Entschlossenheit in seinem Gesichtsausdruck.

Joe holte tief Luft, nahm all seine Kraft zusammen, und dann hörte sie ein Knacken, als er Heberts Genick brach.

Er ließ Hebert los, stand auf und trat einen Schritt zurück. »Ich hätte gedacht, dass ich es schwerer haben würde mit ihm.«

»Warum?« Eve schluckte. »Du hast ihm doch beinahe die Hand abgehackt mit deiner Machete.«

»Er hatte ein Gewehr auf dich gerichtet.«

Ein Schauer lief ihr über den Rücken, als sie Jules Hebert betrachtete, der da im Schlamm lag, das Gesicht unter Wasser.

»Hat er dich verletzt?«

Eve drehte sich zu Joe um. Wie er so dastand, von oben bis unten mit Schlamm bedeckt, wirkte er beinahe immer noch so bedrohlich wie vorhin, als er wie eine Tötungsmaschine aus dem Sumpf aufgetaucht war.

»Verdammt, hat er dich verletzt?«, wiederholte Joe.

»Er hat mich nicht angerührt. Was ist mit dir?«

»Ein paar blaue Flecken. Aber die sieht man unter all

dem Schlamm nicht. Du bist ja fast so dreckig wie ich. Warum zum Teufel hast du dich nicht rausgehalten?«

Weil sie nicht tatenlos zusehen konnte, wenn er sich in Lebensgefahr befand. »Er hatte ein Messer.«

»Hattest du den Eindruck, dass ich hilflos war?«

Nein, er hatte absolut furchterregend gewirkt. Sie versuchte zu lächeln. »Du hast mich an Swamp Thing erinnert.«

»So fühle ich mich auch.« Joe packte Eve an den Schultern und schaute sie eindringlich an. »Hör mir gut zu. Nie wieder. Das ist das letzte Mal, dass du deinen Hals riskiert hast. Ich kann es nicht ertragen. Zum Teufel mit der Emanzipation.« Er drehte sich um, watete zu Heberts Kanu hinüber und stieg ein. »Bin gleich wieder da. Ich paddle mit dem Kanu zu Dufours Motorboot, dann fahren wir in die Stadt und bringen die Sache zu Ende.«

»Was ist mit Dufour passiert?«

»Er wird uns nicht mehr belästigen.«

Ich war eine Tötungsmaschine. Ich könnte wieder eine sein.

Eve schauderte und schaute zu Heberts Leiche hinüber. »Und was machen wir mit ihm?«

»Wir lassen ihn hier verrotten.« Joe verzog das Gesicht. »Okay, ich weiß, ich bin ein unsensibler Mistkerl, wenn es um die lieben Verblichenen geht. Wir sagen der Polizei in Houma, wo sie ihn finden können.«

»Noch nicht.«

»Ach nein? Das ist ja eine Überraschung.«

»Die Cabal-Leute wissen nicht, dass er tot ist und wir am Leben sind. Wenn wir noch nichts verlauten lassen, könnten wir noch etwas Zeit gewinnen, bevor sie uns jemanden auf den Hals schicken.«

»Hat er dir irgendwas darüber erzählt, was in Boca Raton vor sich geht?«

»Nicht viel.« Aber Hebert hatte etwas gesagt … Seine

Worte mussten doch irgendeine Spur, eine Andeutung enthalten haben. »Vielleicht. Er hat etwas von einem Tiger gefaselt und dass wir ihn nicht würden retten können. Dass alles bis ins letzte Detail geplant ist.« Sie rieb sich die Schläfen. »Ich weiß nicht. Ich kann nicht klar denken.«

Joe musterte sie. »Es gefällt mir nicht, wie du zitterst.«

»Ich friere nur ein bisschen.«

»Durchgefroren, unter Schock und klatschnass. Der Oktober ist keine gute Jahreszeit, um ein Schlammbad zu nehmen.«

»Du hast auch im Schlamm gebadet.«

»Ja, aber ich habe keinen einzigen sensiblen Nerv am Leib.«

»Red nicht so einen Blödsinn.«

»Du musst wirklich sehr mitgenommen sein, wenn du jetzt schon anfängst, mir Gefühle anzudichten. Ich muss dich schleunigst ins Hotel bringen, damit du heiß duschen kannst.« Joes Paddel stach ins Wasser. »Rühr dich nicht von der Stelle.«

Leicht gesagt. Vor Kälte und Erschöpfung zitterte sie am ganzen Körper. Sie musste nachdenken, aber ihr Verstand war ebenso in Mitleidenschaft gezogen wie ihr Körper.

Sie musste dagegen ankämpfen. Die Zeit lief ihr davon. Sie musste sich erinnern, was Hebert gesagt hatte.

Tiger. Irgendetwas über einen Tiger und dessen letzten Atemzug. Das bedeutete Tod, Mord. Warum fiel ihr nicht mehr ein, was er gesagt hatte?

Sie musste sich unbedingt erinnern, sonst wäre mit Heberts Tod nichts gewonnen. Dann hätte er doch noch gesiegt, und das Morden würde weitergehen.

Es blieb nicht mehr viel Zeit.

Joe drehte den Hahn auf und bugsierte Eve nackt unter den warmen Wasserstrahl. Einen Augenblick später war auch er unter der Dusche und wusch ihr die Haare.

»Das kann ich allein. Kümmere dich um dich selbst.«

»Halt die Klappe.« Er seifte sie von Kopf bis Fuß ein, dann schob er sie wieder unters Wasser, um sie abzubrausen. »Bleib einfach stehen und wärm dich auf, während ich mir den Dreck vom Leib schrubbe.«

»Wir haben keine Zeit. Ich muss nachdenken. Irgendjemand soll ermordet werden, Joe.«

»Ich weiß. Das hast du mir unterwegs hierher schon erzählt. Mehrmals.«

»Hab ich das? Ich verabscheue Mord.«

»Das weiß ich.«

»Ich verstehe solche Killer wie Hebert einfach nicht. Einen Menschen zu töten, lässt ihn völlig kalt, nur der Tod seines Bruders hat ihm etwas ausgemacht. Aber die anderen, die auch Eltern, Geschwister, Kinder hatten ...«

»Hör auf. Wird dir allmählich wärmer?«

»Er wollte Jane und meine Mutter töten. Zwei wunderbare Menschen, einfach so –«

»Wird dir wärmer?«

Das hatte er sie schon einmal gefragt. Sie dachte darüber nach. Das Zittern hatte aufgehört, und die Lethargie ließ auch langsam nach. »Ja.«

»Gut.« Er trat aus der Dusche und griff nach einem Handtuch. »Dann trockne dich jetzt ab und leg dich ins Bett.«

»Ich kann –«

»Still.«

»Weißt du, irgendwie habe ich nicht an die Existenz des Cabal geglaubt, bis ich Hebert darüber reden hörte. Es kam mir einfach so unwirklich vor. Jetzt glaube ich, dass es diesen Geheimbund gibt. Diese Leute waren es, die Hebert auf Jane und meine Mutter angesetzt haben. Jemand muss ihnen das Handwerk legen. So viel Böses ...«

»Ja.«

»Jennings hat gesagt, es sei alles direkt vor seiner Nase

gewesen, er hätte es nur nicht gesehen. Was hat er nicht gesehen, Joe?«

»Das kriegen wir später raus.« Er wickelte sie in ein trockenes Handtuch und bugsierte sie sanft in Richtung Bett. »Ruh dich ein bisschen aus, während ich mich abtrockne.«

»Wenn es direkt vor ihm lag, dann muss es auch direkt vor uns liegen, Joe.«

»Das Einzige, was jetzt vor dir liegt, ist das Bett.«

»Ich kann nicht schlafen. Ich muss über das alles nachdenken.«

»Erst musst du dich ausruhen.« Er schob sie auf das Bett zu. »Komm, ich halte dich in den Armen und wärme dich, dann kannst du dir dein süßes Köpfchen zerbrechen.« Er schlüpfte unter die Decke, zog sie neben sich und kuschelte sich an sie. »Besser?«

Besser? Wärme und Schutz gegen die kalte Unausweichlichkeit des Todes. »Lass mich nicht einschlafen.«

»Dafür kann ich nicht garantieren. Das liegt ganz bei dir. Ich verspreche dir nur, dass ich nicht von deiner Seite weichen und dich morgen früh wecken werde.«

Ein wunderbares Versprechen ...

Ein bittersüßes Versprechen.

»Du machst dich ja ganz steif«, sagte er. »Hör auf damit. Genieße diesen Augenblick, Eve. Ich möchte ihn dir schenken.«

Und sie wollte ihn genießen. Sie entspannte sich und kuschelte sich an ihn.

»So ist es schon besser.«

»Das ist keine gute Idee.«

»Schsch.« Er streichelte ihr übers Haar. »Leg dich nie mit Swamp Thing an.«

Gott, sie lächelte tatsächlich. Oder weinte sie? Vielleicht ein bisschen von beidem. »Das würde ich im Traum nicht tun. Wenn Swamp Thing nur die Klappe halten würde, damit ich nachdenken kann.«

»Das lässt sich machen.« Er küsste ihre Schläfe. »Mach die Augen zu, dann kannst du dich besser konzentrieren.«

Er wollte bloß, dass sie einschlief.

Sie fürchtete sehr, dass sein Wunsch in Erfüllung gehen würde. Ihre Augenlider waren so schwer ...

Nein, sie musste dagegen ankämpfen. Sie musste sich alles ins Gedächtnis rufen, was Nathan und Jennings gesagt hatten. Sie musste einen klaren Kopf bekommen und sich an alles erinnern, was Hebert ihr in den wenigen Minuten erzählt hatte, bevor Joe ihn getötet hatte.

Und ihre verdammten Augen offen halten.

Houma
3.35 Uhr
27. Oktober

Es lag direkt vor mir.
Den alten Tiger können Sie nicht retten.
Es ist alles geplant bis zu seinem letzten Atemzug.
Königliche Hochzeiten ... Olympische Spiele ...

»O mein Gott.« Eve fuhr aus dem Schlaf. »Es ist ein Begräbnis, Joe.«

»Was?« Joe stützte sich auf einen Ellbogen. »Wovon redest du?«

»In Boca Raton wird tatsächlich eine Versammlung des Cabal stattfinden. Aber sie brauchten einen Vorwand. Keine Olympischen Spiele, keine königliche Hochzeit. Es ist eine Beerdigung. In Boca Raton wird es ein Begräbnis von solcher Bedeutung geben, dass Würdenträger aus der ganzen Welt daran teilnehmen werden.«

Joe nickte langsam. »Möglich.«

»Aus welchem anderen Grund sollte der Cabal seinen

Topkiller nach Boca Raton schicken?« Ihr wurde übel. »Himmel, ich möchte wissen, wie viele wichtige Leute ermordet wurden, um dem Cabal einen Vorwand für eine Versammlung zu liefern.«

»Moment mal. Noch wissen wir nicht, ob du Recht hast.«

»Wir wissen aber auch nicht, ob ich Unrecht habe.« Eve schwang die Beine aus dem Bett. »Aber so wie Hebert geredet hat, hörte es sich an, als würde das vorgesehene Opfer noch leben. Er sagte, ich könnte es nicht verhindern, aber das bedeutet, er lebt noch. Vielleicht können wir Mittel und Wege finden, ihn zu retten.«

»Vorausgesetzt, wir finden heraus, um wen es sich handelt.«

»Er muss prominent genug sein, dass sein Tod weltweites Aufsehen erregt.« Ihre Gedanken rasten. »Wahrscheinlich irgendein Entertainer oder ein Filmstar. Er wohnt in Boca Raton und möchte dort beerdigt werden. Sonst hätten sie die Versammlung an einem anderen Ort geplant.« Sie griff nach dem Telefon. »Wie lautet Nathans Handynummer?«

Joe langte in seine Tasche und holte sein Adressbuch heraus. »Du hast Recht. Nathan ist Journalist. Er müsste in der Lage sein herauszufinden, auf wen sie es abgesehen haben.«

»Und er ist in Boca Raton.« Hastig wählte sie die Nummer. »Wo wir auch hinmüssen. Kannst du am Flughafen anrufen und uns Tickets besorgen, während ich mit Nathan spreche?«

Neunzehn

»Verdammt.« Nathan schwieg eine Weile, nachdem Eve ihm alles berichtet hatte. »Es muss Franklin Copeland sein.«

Ein Schauer lief ihr über den Rücken. »Was?«

»Es wundert mich, dass Sie nicht selbst drauf gekommen sind. Seit Tagen wird darüber in allen Zeitungen und Fernsehsendungen berichtet. Der Alte Tiger ist krank.«

»Wir haben die Nachrichten nicht verfolgt.«

»Ich kann mir vorstellen, dass Sie ziemlich beschäftigt waren.«

»Der Alte Tiger«, wiederholte sie. »So hat Hebert ihn auch genannt.«

»Das war Copelands Spitzname in Vietnam, bevor er Präsident wurde. Kriegsheld, ehemaliger Präsident der Vereinigten Staaten und seit fünfzehn Jahren bekannt für seine Arbeit bei der UNESCO. Ich würde sagen, die Gästeliste für seine Beerdigung dürfte ziemlich eindrucksvoll ausfallen.«

»Soll er in Boca beerdigt werden?«

»Das weiß ich nicht. Aber ich kann es in Erfahrung bringen.« Stille. »Gott, ich habe Copeland kennen gelernt, als er in New Orleans Vorträge gehalten hat. Sympathischer Mann. Hat mich sehr beeindruckt.«

Eve war ihm nie begegnet, aber auch ihr hatte gefallen,

was sie über ihn gehört hatte. Er schien ein warmherziger, intelligenter Mann zu sein, ohne Anflug von Größenwahn.

»Wir reden ja schon über ihn, als sei er bereits tot«, sagte Nathan. »Was zum Teufel können wir tun, um ihn zu retten?«

»An welcher Krankheit leidet er denn?« Plötzlich schoss ihr ein Gedanke durch den Kopf. »Anthrax?«

»Nein.«

Ihr erster Gedanke war gewesen, dass Copelands Krankheit etwas mit dem Anthraxskandal in Boca Raton vor zwei Jahren zu tun haben könnte.

»Was ist es dann?«

»Nichts Verdächtiges. Er hat Herzprobleme, die durch schweres Asthma verschlimmert werden. Das Asthma schien in den letzten Jahren ganz gut unter Kontrolle zu sein, aber in den vergangenen Wochen hat er mehrere starke Anfälle gehabt. Er war schon dreimal im Krankenhaus – und der letzte Asthmaanfall hat einen Herzinfarkt ausgelöst.«

»Asthma ... Was kann einen Asthmaanfall verursachen? Irgendein Gift?«

»Keine Ahnung. Aber der Secret Service müsste das rausfinden können, wenn sie erst mal wissen, was hier gespielt wird. Sind Sie auf dem Weg hierher?«

»Mit dem nächsten Flugzeug. Besorgen Sie uns ein Zimmer außerhalb der Stadt. Wir müssen uns unauffällig verhalten. Niemand soll erfahren, dass Hebert tot ist.«

»Gut gedacht. Dann soll ich sicher als Nächstes Copelands Secret-Service-Leute aufsuchen und ihnen sagen, was wir wissen.«

»Genau.«

»Alles klar. Vielleicht können sie den alten Knaben noch retten. Lassen Sie mich wissen, mit welchem Flug Sie ankommen, dann hole ich Sie vom Flughafen ab.«

»Gott, ich hoffe, es ist noch nicht zu spät.« Sie legte auf und wandte sich an Joe. »Franklin Copeland.«

Er pfiff leise durch die Zähne. »Das würde passen. Nicht nur berühmt, sondern auch bei den Massen beliebt.«

»Und sie töten ihn, nur um einen Vorwand für eine Versammlung zu haben.« Ihre Augen füllten sich mit Tränen. »Ich wünschte, sie würden alle zur Hölle fahren.«

»Das muss eine ziemlich wichtige Versammlung sein«, sagte Joe nachdenklich. »Etienne hat Nathan gesagt, sie würden sich nur persönlich treffen, wenn es um irgendwas Entscheidendes geht. Würde mich interessieren, was auf ihrem Programm steht.«

»Mich auch. Wir werden es herausfinden.« Sie schluckte. »Aber im Moment ist nur Copeland wichtig. Wann können wir losfliegen?«

»Der erste Flug geht um zehn Uhr nach Fort Lauderdale. Das ist eine Dreiviertelstunde Fahrt von Boca entfernt. Es gibt keinen Direktflug.«

Sie ging in Richtung Bad. »Dann lass uns aufbrechen.«

Nathan erwartete sie am Flugsteig. Eve brauchte nicht zu hören, was er ihnen zu sagen hatte. Es stand ihm ins Gesicht geschrieben.

»Tut mir Leid. Copeland ist vor zwei Stunden gestorben.«

Sie schluckte. Wider besseres Wissen hatte sie gehofft, dass sie ihn noch retten könnten. Tränen traten ihr in die Augen.

»Lass uns machen, dass wir hier wegkommen.« Joe nahm ihren Arm und führte sie den Korridor hinunter. »Was ist mit dem Secret Service? Haben Sie mit denen Kontakt aufgenommen?«

Nathan nickte. »Auch wenn es mir mehr Ärger gemacht hat als sonst was. Ich habe wichtige Zeit vergeudet, um sie davon zu überzeugen, dass ich es ernst meinte. Die haben mich anfangs für irgendeinen übergeschnappten Journalisten gehalten, der eine große Story aus dem Boden stampfen wollte. Schließlich haben sie Rusk beim FBI angerufen, um sich zu vergewissern, dass gegen den Cabal Ermittlungen laufen.«

»Und hat es was gebracht?«

Er schüttelte den Kopf. »Rusk ist gestern Nachmittag auf dem Heimweg vom Büro bei einem Autounfall ums Leben gekommen.«

Eve zuckte zusammen. »Was?«

»Er wurde überfahren, als er die Straße zu einem Supermarkt überquerte. Fahrerflucht.«

Noch ein Mord. Himmel, würde das je aufhören? »Der Cabal.«

»Das ist meine Vermutung. Zuerst Jennings, jetzt Rusk. Sie beseitigen alle Schwachstellen.«

»Den Fahrer hat man noch nicht gefasst?«

Nathan schüttelte den Kopf. »Ein Zeuge hat ausgesagt, dass es sich bei dem Unfallwagen um einen alten, zerbeulten Buick handelte. Der Fahrer war möglicherweise hispanischer Abstammung.«

»Aber den Leuten vom Secret Service muss es doch verdächtig erschienen sein, dass Rusk gerade im passenden Augenblick tödlich verunglückt ist.«

»Sein Tod muss nicht unbedingt etwas mit der Sache zu tun haben. Keiner von Rusks Mitarbeitern wusste irgendetwas über Copeland oder darüber, dass hier in Boca Raton etwas geplant ist.«

Beweismittel werden an falscher Stelle abgelegt ... Agenten kommen bei »Unfällen« ums Leben.

Heberts Worte gingen ihr wieder durch den Kopf.

»Man hat Sie also nicht ernst genommen«, sagte Eve tonlos.

»Das habe ich nicht gesagt. Als sie zu dem Schluss kamen, dass an der Theorie von einem geplanten Anschlag auf Copeland etwas dran sein könnte, sind sie aktiv geworden. Aber es war zu spät. Copeland war bereits tot.« Er verzog das Gesicht. »Ich mache mir fürchterliche Vorwürfe, weil es mir nicht gelungen ist, sie schneller zum Handeln zu bewegen.«

»Wir hätten es wahrscheinlich auch nicht besser machen können«, sagte Eve. »Wir haben noch nicht mal Beweise dafür, dass ein Anschlag auf Copeland geplant war. Wird es eine Autopsie geben?«

Nathan nickte. »Ich hoffe es jedenfalls. Ich denke, ich habe diesen Wilson vom Secret Service davon überzeugen können, dass es notwendig ist. Aber die Ermittlungen werden diskret durchgeführt. Sie wollen nicht, dass seine Angehörigen oder seine hochrangigen Freunde bloßgestellt werden, falls sich herausstellt, dass meine Geschichte sich als Blödsinn erweist. Copelands Tod soll ebenso würdevoll aussehen wie sein Leben.«

»Die Vorbereitungen für das Begräbnis werden also fortgesetzt?«

Nathan nickte. »Sieht so aus.«

»Und die Cabal-Leute bekommen, was sie wollen.«

»Zumindest weiß der Secret Service, dass sie sich hier treffen werden.« Nathan öffnete die Beifahrertür eines grauen Mietwagens. »Das könnte immerhin etwas in Gang bringen.«

»Es sei denn, sie wissen nicht, nach wem sie suchen sollen.« Eve stieg in den Wagen. »Und wenn sie keinen Beweis dafür finden, dass Copeland ermordet wurde, werden sie ihre Ermittlungen sofort einstellen.«

»Aber wir kennen ein Mitglied des Cabal, das mit Sicherheit hier sein wird«, sagte Joe. »Melton.«

Eve schüttelte den Kopf. »Falls er wirklich kommt. Hebert meinte, Melton hätte eine Heidenangst, Thomas Simmons könnte hinter ihm her sein. Drei Cabalmitglieder von seinem Rang sind kürzlich bei Unfällen zu Tode gekommen. Melton vermutet aber, dass es sich dabei nicht um Unfälle gehandelt hat, und er fürchtet, er könnte der Nächste sein.«

»Eine Versammlung des Cabal findet sicherlich nicht sehr häufig statt, und diesmal scheint es um etwas sehr Wichtiges zu gehen«, sagte Joe. »Ich könnte mir vorstellen, Melton müsste schon einen verdammt sicheren Beweis dafür vorbringen, dass sein Leben in Gefahr ist, um eine Entschuldigung für sein Fernbleiben zu haben.«

»Das habe ich mir auch gesagt.« Nathan fuhr rückwärts aus der Parklücke. »Wir sind also immer noch am Ball. Wir heften uns Melton an die Fersen, bis wir wissen, wo sie sich treffen, und dann schalten wir das FBI ein.«

Eve schüttelte den Kopf. »Was würde uns das nützen? Das sind wichtige Leute, prominente Bürger ihrer Länder. Wie sollen wir beweisen, dass sie etwas Illegales im Schilde führen? Glauben Sie im Ernst, das FBI wird irgendetwas unternehmen? Unser Wort steht gegen das ihre.«

Nathans Lippen spannten sich. »Ich werde nicht aufgeben. Ich sitze hier seit Tagen und drehe Däumchen auf der Suche nach dem Cabal und nach Simmons, und jetzt habe ich eine Spur. Okay, vielleicht gelingt es uns nicht, die Kavallerie auf den Plan zu rufen. Aber wir können diesem verdammten Geheimbund ganz schön die Hölle heiß machen. Wir können Namen und Gesichter registrieren.«

»Und vielleicht auch noch etwas Konkreteres«, sagte Joe nachdenklich. »Wir könnten Abhörgeräte einsetzen. Videos und Fotos machen.«

»Sie werden bestimmt narrensichere Sicherheitsmaßnahmen ergreifen«, warf Eve ein. »Es wird schwierig werden, so nah an sie ranzukommen.«

»Aber Hebert, ihr bester Mann, ist nicht zur Stelle. Das konnte uns eine kleine Lücke verschaffen.«

»Das bezweifle ich. Sie würden sich nicht einzig auf Hebert verlassen. Und wenn sie merken, dass sie ihn nicht erreichen können, werden sie Verdacht schöpfen. Dann werden sie vielleicht noch vorsichtiger vorgehen.«

Nathan sah Eve an. »Soll das etwa heißen, Sie wollen kneifen?«

»Auf keinen Fall. Ich sage nur, wie ich die Sache sehe. Wir werden vielleicht nicht alles bekommen, was wir gern hätten, aber ich nehme, was ich kriege.«

Nathan lächelte. »Und, wie Quinn bereits sagte, das könnte mehr sein, als wir erwarten. Am Ende bekomme ich doch noch den Pulitzerpreis.«

Das kleine, weiße Strandhaus, in das Nathan sie brachte, lag mehrere Kilometer außerhalb der Stadt. »Das ist das Beste, was ich in der kurzen Zeit auftreiben konnte. Ich habe den Mietvertrag telefonisch abgeschlossen.«

»Es ist in Ordnung.« Eve stieg aus dem Wagen. »Hauptsache, wir sind hier ungestört.«

»Ich werde mich kurz auf dem Grundstück umsehen. Bin gleich wieder da.« Joe ging um das Haus herum und hinunter in Richtung Strand.

»Der Schlüssel müsste in einem Minisafe unter der Palme liegen …« Nathan fand den Safe, wählte die Kombination und öffnete die Haustür. »Gehen Sie schon rein. Ich werde mal sehen, ob ich Quinn irgendwie behilflich sein kann.«

»Er braucht keine Hilfe.«

»Ich mach's trotzdem. Ich fühle mich verantwortlich, solange Galen nicht da ist.« Nachdrücklich fügte er hinzu: »Gott sei Dank ist er nicht hier.«

Kopfschüttelnd schloss Eve die Tür. All das Theater um ihre Sicherheit, aber niemand war in der Lage gewesen, für die Sicherheit des alten Mannes zu garantieren. Nicht einmal seine Leibwache vom Secret Service. Wie war es Hebert bloß gelungen, ihn zu töten?

Sie ging ins Wohnzimmer zum Fernseher und schaltete CNN ein.

Franklin Copelands Konterfei erschien auf dem Bildschirm. Sie brachten gerade einen Nachruf auf ihn, und Eve ließ sich auf das Sofa sinken, um sich die Sendung anzusehen. Seine Frau Lily lebte noch, und sie zeigten sie am Krankenbett ihres Mannes wenige Wochen zuvor. Sie war eine schmale, elegante Frau von Anfang siebzig. Dass die beiden sich sehr nahe standen, war nicht zu übersehen. Am Ende der Sendung wurden Copelands umfangreiche Verdienste auf dem Gebiet der Wohlfahrt aufgezählt. Eine eindrucksvolle Liste. Eve hatte gar nicht gewusst, dass Copeland sich für die Gesellschaft ›Habitat for the Humanity‹ eingesetzt hatte. Sie hatte der Laufbahn des Mannes keine besondere Aufmerksamkeit geschenkt.

Aber seinem Tod würde sie verdammt große Aufmerksamkeit zukommen lassen.

Wenige Minuten später kamen Nathan und Joe ins Haus. Joe ließ sich neben Eve aufs Sofa fallen. »Irgendwelche Neuigkeiten?«

»Der Trauergottesdienst findet übermorgen in der St.-Catherine's-Kathedrale statt.«

»Am neunundzwanzigsten Oktober«, sagte Joe.

»Genau nach Plan.« Mit einer Kopfbewegung deutete sie auf den Bildschirm, wo gerade zu sehen war, wie Kim Basinger in Los Angeles in ein Flugzeug stieg. »Sie ist mit Copeland für die UNESCO in Afrika gewesen. Sie ist auf dem Weg zur Beerdigung.«

»Ich bezweifle, dass sie zum Cabal gehört«, bemerkte Nathan trocken.

»Eben haben sie James Tarrant, den britischen Medienmogul gezeigt, wie er von einer Besprechung in London zum Flughafen geeilt ist. Er sagte, die Welt habe einen großen Mann verloren und er wolle ihm die letzte Ehre erweisen.«

»Rührend«, sagte Joe.

Nathan nickte. »Es wird schwer werden, die Spreu vom Weizen zu trennen. Aber Melton könnte unsere Schlüsselfigur sein.« Er wandte sich zum Gehen. »Ich fahre zum örtlichen Zeitungsbüro und sehe mal, ob ich in Erfahrung bringen kann, wann Melton hier aufkreuzt. Ich melde mich, sobald ich etwas Neues weiß.«

»Wir brauchen ein paar Fotos von Simmons. Können Sie uns welche besorgen?«

»Ah, der Schattenmann.«

Das war die passende Bezeichnung, dachte Eve. Simmons hatte die ganze Zeit im Hintergrund gelauert, überschattet von der Gefahr, die von Hebert drohte. »Dieser ›Schattenmann‹ hat versucht, mich zu töten, und offenbar hat er mindestens drei Cabalmitglieder auf dem Gewissen. Ich würde ihn gern erkennen, wenn ich ihn sehe.«

»Ich bin Ihnen einen Schritt voraus. Als ich hier angekommen bin, habe ich im Internet die Homepage des California Institute of Technology aufgerufen und ein Foto von der Belegschaft gefunden, das in der Collegezeitung veröffentlicht worden war. Ich mache für Sie und Quinn ein paar Kopien davon.«

»Wie hieß noch Copelands Secret-Service-Mann, mit dem Sie gesprochen haben? Wilson?«, fragte Joe. »Es ist zwar vielleicht noch ein bisschen verfrüht, aber ich würde mal gern nachfragen, ob sie schon die Ergebnisse der Autopsie haben.«

»Ja, Pete Wilson.« Nathan verzog das Gesicht. »Ich hoffe, Sie haben mehr Glück bei dem als ich.« Dann schloss er die Tür hinter sich.

Eve schaute Joe an. »Und jetzt?«

»Wir brauchen einen Wagen. Und wir brauchen ein Überwachungsgerät. Außerdem brauchen wir Informationen. Wenn wir Glück haben, werden wir die von Nathan bekommen. Um den Rest werde ich mich jetzt kümmern.«

»Warte noch.« Sie zögerte. »Lass uns Galen anrufen.« Sie hob eine Hand, als er protestieren wollte. »Unter anderem ist Galen verdammt gut darin, Dinge zu organisieren. Er hat überall Kontakte. Ich wette, er braucht nur den Telefonhörer abzunehmen, und er könnte uns alles von einem Raumanzug bis zu einer Atombombe besorgen. Wir brauchen ihn, Joe.«

»Wir sind nicht auf ihn angewiesen.« Er zögerte, dann lachte er grimmig. »Aber wir könnten ihn gebrauchen.«

Ihre Augen weiteten sich vor Staunen.

»Ich kann mit ihm zusammenarbeiten. Er hat mich in Baton Rouge in alles eingeweiht, weil unsere persönlichen Differenzen ihm scheißegal waren, solange es um deine Sicherheit ging. Deswegen müssen sie mir auch scheißegal sein. Willst du ihn anrufen, oder soll ich das tun?«

»Ich mache das.«

»Gut.« Er ging in Richtung Küche. »Ich setze Kaffee auf, dann rufe ich Wilson an, und anschließend telefoniere ich mit Carol auf dem Revier, um zu hören, ob sie schon die Berichte von der Spurensicherung hat.«

Eve nickte abwesend, während sie Galens Nummer wählte.

»Hebert ist tot? Halleluja!«, sagte Galen, nachdem sie ihn auf den neuesten Stand gebracht hatte. »Und welch eine interessante Methode, ihn um die Ecke zu bringen. Quinn ist ein guter Mann.«

»Ich bin sicher, darüber wird er sich freuen. Können Sie uns die Sachen besorgen, die wir brauchen? Es wäre besser, den Cabal nicht wissen zu lassen, dass Joe und ich noch am Leben sind.«

»Kein Problem. Geben Sie mir Ihre Adresse und Telefonnummer.«

»Ich weiß nicht, was für eine –« Sie entdeckte die Nummer auf dem Telefon und nannte sie ihm, dann ging sie nach draußen, um die Adresse vom Briefkasten abzulesen.

»Gut«, sagte Galen. »Ich werde das regeln. Ich glaube, Jonas Faber ist noch in Orlando. Er kann uns helfen.«

»Wer ist Jonas Faber?«

»Stellen Sie ihm keine Fragen, er wird Ihnen nur Lügen

auftischen. Akzeptieren Sie einfach, dass er Sie mit dem Nötigen versorgen kann. Ich versuche inzwischen herauszufinden, wo die Versammlung stattfinden wird.«

»Nathan hat sich bereits an Meltons Fersen geheftet.«

»Lassen Sie einen Jungen keine Männerarbeit tun. Um die technische Ausrüstung kümmere ich mich sofort.« Er legte auf.

»Nun?« Joe stand in der Tür.

»Er sagt, er wird das regeln. Hast du von Wilson irgendwas erfahren?«

Joe schüttelte den Kopf. »Es wird keine Autopsie geben.«

»Was?«

»Der behandelnde Arzt erklärte, es bestehe kein Zweifel daran, dass Copeland eines natürlichen Todes gestorben ist. Er hatte eine Schimmelpilzallergie, und in letzter Zeit hatte die Allergie gefährliche Ausmaße angenommen. Er wurde im Krankenhaus mehrmals untersucht, und es war immer dasselbe Problem. Sie haben alles getan, um seine Umgebung steril zu halten und ihn vor Schimmelpilzen zu schützen, aber er weigerte sich, sein Haus hier in Florida zu verlassen oder in einer keimfreien Glaskugel zu leben. Hier gibt es überall Schimmelpilze.«

»Aber eine Autopsie könnte noch andere Dinge zutage fördern.«

Er schüttelte den Kopf. »Ohne konkrete Beweise will er die Familie nicht in Aufruhr versetzen. Die Leiche könne jederzeit exhumiert werden, falls sich herausstellt, dass Copeland ermordet wurde.«

Zwei Stunden später wurde von einer Mietwagenfirma ein schwarzer Chevrolet-Offroader geliefert.

Nach dem Abendessen erhielten sie erst einen Anruf und kurz darauf Besuch von Jonas Faber. Er war ein kleiner, gut gelaunter Mann, der Joe höflich bat, ihn zu seinem Van zu begleiten.

Zwanzig Minuten später kam Joe kopfschüttelnd zurück.

»Stimmt irgendwas nicht?«

»Nicht, wenn ich demnächst einen Spezialladen für Spionageausrüstung und Handfeuerwaffen eröffnen will. So eine ausgefuchste Überwachungsausrüstung, wie Faber sie uns beschafft hat, besitzt noch nicht mal das FBI. Er hat einen mit Hightech vollgestopften Lieferwagen in unserem Garten geparkt.« Er grinste. »Und er liefert das Ganze komplett mit einem Schnellkurs. Er will sich vergewissern, dass ich mich mit jeder Kamera und jedem einzelnen Gerät auskenne. Er wollte mir sogar zeigen, wie man mit einer AK-7 umgeht. Ich hab ihm gesagt, dass ich im Umgang mit Feuerwaffen nicht gerade ein Amateur bin.«

High Tech und Waffen? Sie hatte nur um eine Überwachungsausrüstung gebeten. »Es sieht so aus, als würde Galen es wirklich ernst meinen, wenn er sagt, dass er das regeln will.«

Eine Stunde später rief Nathan an. »Melton ist in Boca. Er ist vor zwei Stunden eingetroffen und direkt zu Copelands Haus gefahren, um der Witwe sein Beileid auszusprechen. Dieser Mistkerl.«

»Sie folgen ihm?«

»Auf Schritt und Tritt.«

»Seien Sie vorsichtig.«

»Kein Problem. Mein Hals ist mir teuer.«

»Ich möchte Sie um einen Gefallen bitten. Ich gehe morgen zu dem Trauergottesdienst.«

»Warum?«

»Ich möchte dabei sein. Ich möchte mir jeden Einzelnen ansehen, der in der Kirche ist, damit ich ihn später wiedererkenne. Könnten Sie mir einen schwarzen Hut und einen Schleier besorgen?«

»Ich glaube kaum, dass es was bringt, wenn Sie da hingehen.«

Das wusste sie. Sie wusste auch, dass sie Copeland persönlich die letzte Ehre erweisen wollte. Er war ein bedeutender Mann gewesen, und sie empfand nicht nur Trauer, sondern auch eine Art … Verbundenheit. »Es kann jedenfalls nicht schaden. Ich möchte nicht hier rumsitzen und Däumchen drehen. Joe wird damit beschäftigt sein, sich mit der Überwachungsausrüstung vertraut zu machen.«

»Sie werden sich aber draußen unter die Menge mischen müssen. Um in die Kirche reinzukommen, müssen Sie auf der Gästeliste stehen.«

»Ich werde dabei sein.«

»In Ordnung. Sobald ich mich vergewissert habe, dass Melton sich für die Nacht in sein Hotel zurückgezogen hat, bringe ich Ihnen den Hut und die Fotos von Simmons vorbei.«

»Hier ist Ihr schwarzer Hut.« Nathan reichte ihr eine Plastiktüte. »Das war gar nicht so einfach. Die normalen Geschäfte waren schon geschlossen, deswegen bin ich in einen Drugstore gegangen, der die ganze Nacht geöffnet hat, und habe einen schwarzen Strandhut und ein hauchdünnes schwarzes Halstuch gekauft. Daraus müssen Sie sich halt einen Schleier basteln.«

»Das kriege ich schon hin. Vielen Dank, Nathan.«

»Gern geschehen.« Er griff in seine Tasche und reichte ihr einen Umschlag. »Simmons.«

Sie nahm die Fotos heraus. Das eine war ein Schnappschuss, vor einem Gebäude aufgenommen. Das andere ein Porträt, das in der College-Zeitung erschienen war, nachdem Simmons seine Stelle am California Institute of Technology angetreten hatte. Professor Thomas Simmons war etwa Mitte dreißig, hatte ebenmäßige Züge und eine auffallend volle Unterlippe. Er trug eine Hornbrille und lächelte selbstbewusst in die Kamera. »Gut aussehender Mann. Kaum zu glauben, dass er ein Mörder ist.«

»Vielleicht ist er durchgedreht, als der Cabal versucht hat, ihn in die Luft zu sprengen.« Nathan sah sich um. »Wo ist Quinn?«

»Draußen im Van.« Eve verzog das Gesicht. »Er ist völlig fasziniert von all der Technik. Er hat beschlossen, mich zur Audiotechnikerin zu ernennen.«

»Ziemlich kompliziertes Zeug.«

»Eigentlich nicht. Faber hat dafür gesorgt, dass es recht benutzerfreundlich ist.«

»Na, dann sehe ich mal zu, dass ich zurück ins Hotel komme und Melton im Auge behalte, damit Sie was zum Aufnehmen haben.« Er wandte sich zum Gehen. »Ich werde mit Ihnen in Verbindung bleiben, aber jetzt, wo Melton hier ist, werde ich nicht mehr von seiner Seite weichen. Wir treffen uns übermorgen vor der Kirche.«

»In Ordnung.« Nachdem die Tür sich hinter ihm geschlossen hatte, nahm Eve den Hut und das Halstuch aus der Plastiktüte. Beides war billiger Kram, aber das spielte keine Rolle. Mit dieser Verkleidung würde sie unerkannt bleiben, ohne aufzufallen.

»Hat Nathan das Foto gebracht?«

Als sie sich umdrehte, stand Joe in der Küchentür. »Zwei.« Sie hielt ihm den Umschlag hin. »Feierabend für heute?«

Er schüttelte abwesend den Kopf, während er die Fotos betrachtete.

»Ich habe Nathan gesagt, es ist schwer, sich vorzustellen, dass dieser Mann ein Mörder ist.«

»Damit habe ich kein Problem. Ich habe mehr Mörder gesehen als du.«

»Vielleicht verwirrt mich das alles einfach nur«, sagte Eve müde. »Wahrscheinlich war Thomas Simmons mal ein guter Mann mit einer viel versprechenden Zukunft. Dann ist sein Leben aus den Fugen geraten, und er wurde zum Mörder. Das ist schwer nachzuvollziehen.«

»Für mich nicht. Beim Töten kommt es auf den Standpunkt an. Man trifft eine Entscheidung, und dann wägt man die Konsequenzen ab. Ich bin Polizist, aber ich habe kein Problem damit, die Überreste irgendeines Verbrechers von der Straße zu kratzen.« Er steckte die Fotos ein und wandte sich ab. »Jedenfalls hat er die falsche Entscheidung getroffen, als er versucht hat, dich zu töten.«

Boca Raton
29. Oktober

An den mit Absperrseilen gesicherten Straßen rund um die St.-Catherine's-Kathedrale drängten sich die Menschenmassen. Eve brauchte mehrere Minuten, bis sie Nathan entdeckt und sich ihren Weg zu ihm gebahnt hatte.

»Eve?« Nathan spähte durch den dunklen Schleier in ihr Gesicht.

Sie nickte. »Ist Melton drinnen?«

»Er ist vor einer halben Stunde reingegangen. Wahrscheinlich wollte er genug vom Rampenlicht abbekommen, bevor der Präsident eintraf.«

»Der Präsident ist hier?«

»Er ist vor zehn Minuten eingetroffen.« Mit einer Kopfbewegung deutete Nathan auf vier Männer in dunklen Anzügen und Sonnenbrillen, die auf den Stufen vor dem Portal standen. »Secret Service.«

»Ich hoffe, sie sind in der Lage, den Präsidenten zu schützen. Bei Copeland haben sie sich nicht gerade mit Ruhm bekleckert.« Sie schaute zum Kirchenportal hinüber. »Ich bin froh, dass Präsident Andreas hier ist. Copeland hat alle Ehre verdient.«

»Sie nehmen das ja richtig persönlich.«

Sie zuckte die Achseln. »Wahrscheinlich habe ich einfach Schuldgefühle. Wenn ich früher begriffen hätte, was hier gespielt wird, hätten wir Copeland vielleicht retten können.«

»Vielleicht auch nicht. Als Sie endlich rausgefunden haben, dass Hebert es auf Copeland abgesehen hatte, war es schon zu spät.«

»Wenn ein Mensch stirbt, ist jede Minute wichtig.« Sie sah zu, wie eine Limousine nach der anderen vor der Kathedrale hielt und weitere Trauergäste eintrafen. »Ich weiß nicht, ob – Mein Gott.« Sie packte Nathans Arm. »Sagen Sie mir, dass ich verrückt bin. Ist das da drüben Thomas Simmons?«

Nathan zuckte zusammen. »Wo?«

»Auf der anderen Straßenseite. Grünes Polohemd. Verdammt, er steht keine drei Meter von diesem Secret-Service-Mann entfernt.« Sie starrte den Mann an, der die ankommenden Gäste aufmerksam musterte. Dieselbe volle Unterlippe, dieselbe Hornbrille ... »Das *ist* er, Nathan.«

»Wenn nicht, ist er ein Double.« Nathan arbeitete sich nach vorne vor. »Vielleicht können wir ja näher rankommen.«

Eve schob sich hinter Nathan her durch die Menge. O Gott, Simmons ...

Plötzlich hob Thomas Simmons den Kopf und schaute direkt zu Nathan hinüber, der sich ihm bis auf wenige Meter genähert hatte.

Nathan lächelte. »Hallo, könnten wir vielleicht –«

Simmons drehte sich auf dem Absatz um und verschwand in der Menge. Mit den Ellbogen bahnte er sich seinen Weg, und als die Menschen sich nicht mehr so dicht drängten, begann er zu laufen.

»Scheiße.« Nathan rannte ihm nach.

Eve versuchte den beiden zu folgen, kam jedoch vor lauter Leuten nicht recht vom Fleck. An der Straßenecke blieb sie stehen. In welche Richtung waren die beiden gelaufen?

Dann entdeckte sie Nathan.

Sie rannte los.

In einiger Entfernung stieg Simmons hastig in einen beigefarbenen Toyota.

Nathan beschleunigte sein Tempo. »Warten Sie! Sie können nicht entkommen! Ich will Ihnen –«

Der Toyota fuhr los und raste die Straße entlang.

Nathan blieb fluchend stehen und schaute dem Wagen nach, der schnell aus seinem Blickfeld verschwand.

»Das war er, nicht wahr?« Eve hatte ihn eingeholt. »Das war Simmons.«

»Ich glaube schon.« Nathan zog ein Notizheft aus der Tasche. »Und ich hoffe, dass ich mir das Nummernschild richtig gemerkt habe.« Er kritzelte ein paar Ziffern in sein Heft. »Auch wenn das wahrscheinlich ein Mietwagen ist und die Nummer uns nichts nützen wird. Glauben Sie, Quinn kann das rausfinden?«

Sie nickte und nahm den Zettel entgegen, den Nathan ihr reichte. »Was wollte der bloß hier?«

»Wer weiß? Wenn er diese anderen Cabal-Mitglieder wirklich getötet hat, hat er vielleicht auf sein nächstes Opfer gewartet. Oder er beschattet Melton, so wie ich. Oder, falls er völlig durchgeknallt ist, kann er sonst was für einen Grund gehabt haben.« Keuchend lehnte er sich gegen eine Hauswand. »Gott, ich muss unbedingt ein paar Pfunde abspecken. Diese Verfolgungsjagd hätte mich beinahe umgebracht.«

»Zumindest wissen wir jetzt, dass er hier ist.«

»Nun, ein Schatten ist er jedenfalls nicht.« Nathan zog die Nase kraus. »Und er ist wesentlich besser in Form als ich.« Er trat von der Hauswand weg. »Ich muss zurück und warten, bis Melton seine Krokodilstränen getrocknet hat und die Kirche verlässt. Kommen Sie mit?«

Sie schüttelte den Kopf. »Ich gebe Joe die Autonummer durch und fahre zurück ins Haus.«

Haus am See
Atlanta, Georgia
15.05 Uhr
29. Oktober

Der Trauergottesdienst hatte bereits begonnen, als Galen den Fernseher einschaltete. Jonathan Andreas, der Präsident der Vereinigten Staaten, stand auf einem Podest und hielt die Trauerrede.

Volles Haus, dachte Galen, während die Kamera über die Anwesenden wanderte. Mindestens fünfzehnhundert Trauergäste füllten die Kathedrale. Galen erkannte mehrere wichtige Persönlichkeiten: Tony Blair, Norman Schwarzkopf, Colin Powell. Bei diesem Aufgebot an einflussreichen Leuten dürfte es sehr gut möglich sein, dass –

»Könnte ich Sie einen Augenblick sprechen, Galen?« David Hughes stand in der Tür.

»Probleme?«

»Möglich.« Er runzelte die Stirn. »Ich verstehe das einfach nicht. Irgendetwas stimmt nicht. Kommen Sie, und sehen Sie sich das an.«

Zwanzig

Das ist kein Mietwagen von einer Firma hier aus der Gegend«, sagte Joe, als er den Hörer auflegte. »Sie haben die Daten in ihren Computer eingegeben. Es dürfte nicht allzu lange dauern, bis wir ein Ergebnis haben.«

Eve runzelte die Stirn. »Das hoffe ich. Die Vorstellung, dass Simmons da draußen irgendwo auf der Lauer liegt, ist mir unheimlich.«

»Wenn wir rausfinden können, wo er sich jetzt aufhält, wird er uns garantiert nie wieder beunruhigen.«

Plötzlich musste sie daran denken, wie Joe und Hebert im Schlamm miteinander gerungen hatten. »Warum glaubst du eigentlich immer, dass du derjenige bist, der –«

Ihr Handy klingelte.

»Glück gehabt«, murmelte Joe, als sie den Anruf entgegennahm.

»Ich hab's rausgefunden«, sagte Nathan mit vor Aufregung zitternder Stimme. »Nach der Beerdigung hat Melton sich vor seinem Hotel mit einem Mann getroffen. Sie haben ein paar Minuten lang am Zeitungskiosk miteinander gesprochen. Ich wusste, dass Melton von Journalisten umringt sein würde, deswegen bin ich dem Mann auf gut Glück gefolgt.«

»Wohin?«

»Zum Flughafen in Fort Lauderdale.«

»Was?«

»Na ja, es war nicht direkt der Flughafen. Es gibt da unten einen verlassenen Marinefliegerstützpunkt. Die örtliche historische Gesellschaft und die Flughafenverwaltung streiten sich um die Nutzungsrechte. Von dort aus sind damals, 1945, die Flugzeuge gestartet, die dann im Bermudadreieck verschollen sind. Da steht ein großes Betongebäude, wo die Cabal-Versammlung offenbar stattfinden soll. Es ist umgeben von einem Maschendrahtzaun, ist vollkommen abgelegen, und es wird von dem Mann, der sich mit Melton getroffen hat, und mindestens fünf weiteren Männern bewacht.«

»Ein Flughafen«, murmelte Eve.

»Der Ort ist perfekt. Die Mitglieder fahren irgendwann nach der Beerdigung einzeln aus Boca Raton ab, angeblich, um nach Hause zu fliegen. Dann treffen sie sich auf dem Marinefliegerstützpunkt, halten ihre Versammlung ab und fahren anschließend in unregelmäßigen Abständen nacheinander zum Flughafen, um ihre Heimreise anzutreten. Sehr raffiniert eingefädelt.«

»Aber wann wird die Versammlung stattfinden?«

»Wahrscheinlich mitten in der Nacht. Sie wollen natürlich, dass niemand sich in der Gegend herumtreibt. Ich werde mitbekommen, wenn Melton sich in Bewegung setzt, dann melde ich mich bei Ihnen. Lassen Sie mich noch kurz mit Quinn reden.«

Eve reichte Joe das Telefon.

Er sprach nur wenige Minuten mit Nathan. »Ich bin unterwegs.« Joe legte auf und schaute Eve an. »Er möchte, dass ich die Überwachungsausrüstung zu dem Marinefliegerstützpunkt schaffe und vor dem Zaun in Position bringe. Er meinte, es gibt keine Möglichkeit, an den Wachen vorbei und in die Nähe des Gebäudes zu gelangen, aber in einiger Entfernung gibt es einen Graben, der gute Deckung bietet. Die Kamera und das Mikrofon der Überwachungsanlage haben eine Reichweite von über einer Meile.«

Eve nickte. »Okay, fahren wir.«

»Eve.«

»Kein Wort. Seit wir hier angekommen sind, sitze ich da und drehe Däumchen. Und die ganze Zeit muss ich mir im Fernsehen diese Heuchler ansehen, die der Welt verkünden, was für ein großartiger Mann gerade gestorben ist.«

»Einige von ihnen haben es ernst gemeint.«

»Aber welche? Ich muss es herausfinden.« Eve ging auf die Tür zu. »Ich möchte, dass die ganze verdammte Welt es erfährt.« Sie schaute ihn über die Schulter hinweg an. »Und glaub ja nicht, du könntest mich am Straßenrand oder auf irgendeiner einsamen Insel aussetzen. Das machen wir zusammen. Verstanden?«

»Also gut, aber wir müssen –« Sein Handy klingelte. Er meldete sich. »Quinn.« Er lauschte. »Was zum Teufel –?« Er erstarrte. »Plastik?«

Fort Lauderdale
Marinefliegerstützpunkt
2.45 Uhr
30. Oktober

Die Fenster des weißen Betongebäudes waren abgedichtet, sodass kein Licht nach außen drang. Wachmänner patrouillierten mit Dobermännern auf dem Gelände.

»Da kommt der Nächste«, murmelte Joe, während er die Videokamera scharf einstellte. Er hielt sie auf die schwarze Limousine gerichtet, deren Tür sich gerade öffnete, um einen Mann aussteigen zu lassen. »Den kenne ich. Großes Tier. Scheich Hassan Ben Abar.«

Eve nickte. »OPEC.«

Während der letzten Stunde waren erstaunlich viele Geschäftemacher aus allen Lebensbereichen vorbeigezogen. Eve nahm den Kopfhörer ab. »Im Moment kann ich nichts hören. Jedes Mal, wenn ein Flugzeug startet, fängt es an zu rauschen.«

»Hast du irgendwas Interessantes aufgeschnappt?«

»Vielleicht. Es ist auf jeden Fall nicht nur Smalltalk, aber ich bin keine Sprachenexpertin. Ich muss mich auf ein paar von den Englisch sprechenden Leuten konzentrieren.« Sie setzte den Kopfhörer wieder auf, drehte an einem der Knöpfe an der Schalttafel vor ihr. »Das ist besser.« Einen Moment lang lauschte sie. »Irgendwas über eine Schlucht. Sie brauchen eine eindeutige Mehrheit, weil es sehr riskant ist ... Was ist riskant, verdammt? Jetzt redet schon drüber!« Sie richtete das Gerät auf einen anderen Teil des Gebäudes. »Tarrant, der britische Medientycoon. Er redet über Geld und die Auswirkungen auf die Weltbank. Er ist sich nicht sicher, wie sie die Rückzahlung der Kredite regeln sollen, falls das Regime stürzt.«

»Welches Regime?«

»Schsch.« Sie hielt eine Hand hoch und lauschte angestrengt. Plötzlich erstarrte sie. »O mein Gott.«

»Eve?«

Sie schüttelte den Kopf. Himmel, sie konnte nicht glauben, was sie da hörte. Sie sollte endlich aufhören zu zittern. Ihre Arbeit tun. Sicherstellen, dass alles aufgenommen wurde. Sie warf einen Blick auf die Schalttafel. Ja, es klappte.

Joe runzelte die Stirn. »Du bist ja leichenblass. Was zum Teufel –« Er beobachtete sie schweigend.

Erst zehn Minuten später nahm sie den Kopfhörer ab. »Es geht um den Drei-Schluchten-Damm in China. Erinnerst du dich an die Sondersendung auf PBS, die wir letztes Jahr gesehen haben? Da ging es um den Bau des Staudamms am Jangtse.«

»Ja. Das größte Projekt seit dem Bau der Chinesischen Mauer. Er soll achtzehntausend Megawatt Strom produzieren und Überflutungen verhindern.«

Sie nickte. »Im Lauf der letzten hundert Jahre sind dreihunderttausend Menschen bei Überschwemmungen am Jangtse ums Leben gekommen.« Sie holte tief Luft. »Sie haben es auf den Damm abgesehen. Die Sache muss bald über die Bühne gehen, und zwar noch vor Vollendung der ersten Baustufe. Im Moment herrscht noch relativ viel Chaos, sodass es ein Leichtes wäre, den Bau zu sabotieren. Aber die chinesische Regierung hat die Zügel angezogen und angekündigt, dass die Sicherheitsvorkehrungen verschärft werden sollen.«

»Sabotage?«

Sie nickte. »Es muss vor dem dritten November passieren, weil dann die strengeren Sicherheitsmaßnahmen in Kraft treten. Deswegen war es so wichtig, dass die Versammlung vor dem Neunundzwanzigsten stattfand. Auch so bleiben ihnen nur wenige Tage zum Handeln. Wenn sich keine eindeutige Mehrheit für die Durchführung des Plans entscheidet, sodass sie bald zuschlagen können, müssen sie warten, bis der Damm fertig ist, und dann wird die Sache komplizierter.« Sie befeuchtete ihre Lippen. »Kannst du dir das Ausmaß an Verwüstung vorstellen …«

»Nur zu gut. Warum wollen sie den Damm zerstören?«

»Die von dem Staudamm produzierte Energie würde Chinas Wirtschaft einen enormen Aufschwung bescheren. Unter dem derzeitigen Regime geht die wirtschaftliche Entwicklung zu schnell, und der Cabal hat Probleme, die Kontrolle darüber zu gewinnen.« Ihre Mundwinkel zuckten. »Kontrolle ist offenbar das, worum sich beim Cabal alles dreht.«

»Und wenn der Staudamm nicht gebaut oder zerstört wird, stürzt das Regime.«

»Das ist der Plan. Und der Cabal würde dafür sorgen,

dass im neuen Regime einige seiner hochrangigen Mitglieder sitzen. Kontrolle.«

»Ein ungeheuerlicher Plan.«

»Eine Tragödie.« Eve schloss die Augen. »Der Himmel weiß, wie viele Menschen bei einem solchen Sabotageakt ums Leben kommen würden ...« Plötzlich straffte sie sich und setzte den Kopfhörer wieder auf. »Mal hören, ob sie noch irgendwelche anderen schmutzigen Tricks auf Lager haben. Wir können sie nicht aufhalten, wenn wir nicht wissen, was –«

»Schmutzige Tricks?«, fragte Nathan hinter ihnen. Er stieg in den Wagen und schloss die Tür hinter sich. »Was gibt's?«

»Ein Sabotageanschlag auf den Drei-Schluchten-Damm in China«, sagte Joe.

Nathan pfiff durch die Zähne. »Das ist es also.«

»Alle reden nur über dieses eine Thema.« Eve drehte an einem anderen Knopf. »Ich versuche gerade rauszufinden, ob noch andere größere Dinge geplant sind.«

»Ich wette, es wird noch interessanter«, sagte Nathan. »Melton wird als Nächster hier eintreffen. Ich bin ihm bis in die Nähe des Stützpunkts gefolgt und dann auf einem Umweg hierher gekommen. Konnten Sie ermitteln, wie viele es inzwischen sind?«

»Zweiundfünfzig«, sagte Eve. »Und Joe hat von jedem einen Schnappschuss gemacht.«

»Passen Sie auf, dass Sie Melton erwischen.« Nathan hob sein Fernglas an die Augen. »Da kommt er ...«

»Bingo«, sagte Joe, als Melton im Gebäude verschwand. »Wir haben den guten Senator für die Nachwelt auf einem Foto festgehalten.«

»Sie sind ein wahrer Held«, sagte Eve zu Nathan.

»Wahrheit ist etwas Schönes, nicht?« Nathan betrachtete das Gebäude. »So schlicht und einfach.«

»Sieht so aus, als wäre Melton der Letzte gewesen.« Joe

stand auf und ging zur Tür. »Ich werde mal die Gegend erkunden und mich vergewissern, dass die Wachen schön innerhalb des umzäunten Geländes bleiben. Wir wollen doch nicht von ihnen überrascht werden.«

»Gute Idee.« Eve stellte eine andere Frequenz ein. »Die Versammlung wurde eröffnet. Melton hält gerade die Begrüßungsansprache.«

»Dann sind jetzt wirklich alle da.« Nathan stand auf. »Ich werde mal eben beim FBI anrufen und dann sehen, ob ich Quinn helfen kann.«

»Moment noch, Nathan.«

»Wir müssen jetzt schnell handeln, sonst –« Er erstarrte, als er die Pistole in ihrer Hand sah. »Eve! Was zum Teufel machen Sie da?«

»Franklin Copeland war ein guter Mann. Hatten Sie nicht wenigstens eine Spur von schlechtem Gewissen, als er gestorben ist?«

Er sah sie verblüfft an. »Warum? Ich habe ihn doch nicht getötet.«

»Sie haben ihn nicht getötet. Sie haben ihn bloß sterben lassen.«

Er verstummte. »Wie bitte? Ich habe mich an den Secret Service gewandt. Aber die wollten nicht auf mich hören.«

»Joe hat heute Nachmittag mit dem Secret Service telefoniert und ein paar Erkundigungen eingezogen. Erst vier Stunden, nachdem ich Sie angerufen hatte, haben Sie mit ihnen Kontakt aufgenommen. *Vier* Stunden, Nathan.«

»Es hat eine ganze Weile gedauert, bis ich zu ihnen durchgedrungen bin. Sie wissen doch, wie schwerfällig diese Behörden sind. Aber es hätte sowieso keinen Unterschied gemacht.«

»Es hätte vielleicht einen großen Unterschied gemacht, wenn Sie den Leuten beim Secret Service nicht absichtlich den Eindruck vermittelt hätten, Sie seien nicht ganz richtig im Kopf. Agent Wilson sagte, Sie hätten getobt wie ein Verrückter, als sie in sein Büro kamen. Kein Wunder, dass sie Ihnen nicht geglaubt haben.«

»Ich war verzweifelt, verdammt. Sie wollten mir einfach nicht zuhören. Nicht dass sie irgendwas Verdächtiges hätten finden können. Hebert war zu gerissen für uns.«

»Sie haben aber etwas gefunden – und zwar nachdem Joe sie dazu überredet hat, heute am frühen Abend mit ihm zu Copelands Haus zu fahren und es gründlich zu durchsuchen. Es war der Filter im Lüftungsschacht in seinem Schlafzimmer. Er war mit einer Substanz bedeckt, auf die Copelands Lunge wie auf Schimmelpilz reagiert hat. Jeder Atemzug, den Copeland tat, konnte einen Asthmaanfall auslösen.«

»Das ist ja teuflisch.«

»Hebert hat gesagt, alles sei bis zum letzten Atemzug geplant. Ich bin sicher, die Ärzte des Cabal haben den Erreger so berechnet, dass der tödliche Anfall nicht später als am Siebenundzwanzigsten ausgelöst würde. So konnten sie sich darauf verlassen, dass die Beerdigung zwei Tage später stattfinden und keinem auffallen würde, dass die Mitglieder kurz vorher alle eintrudelten.« Sie holte tief Luft. »Copeland war ein guter Mann. Sie hätten ihn nicht sterben lassen dürfen.«

»Ich habe Ihnen doch gesagt, dass –« Seine Augen verengten sich zu Schlitzen. »Das ist das zweite Mal, dass Sie das sagen. Einfach lächerlich. Warum hätte ich ihn sterben lassen sollen?«

»Weil Sie nicht wollten, dass die Cabal-Versammlung abgeblasen wird. Sie wollten, dass sie alle herkommen. Sie haben das geplant, seit Etienne Ihnen gesagt hat, dass die Versammlung in Boca Raton stattfinden würde.«

»Aber das hat er mir gar nicht gesagt.«

»Doch, das hat er. Warum hätte er es auch nicht tun sollen? Er mochte Sie, und er vertraute Ihnen. Immerhin haben Sie ihn zwei Jahre lang bearbeitet, um ihn so weit zu bekommen.«

»Zwei Jahre?«

»Seit er den Posten im Forschungszentrum angenommen hat, um für Sie zu arbeiten.«

»Was?«

»Herrgott noch mal, hören Sie endlich auf mit dem Theaterspiel. Es ist vorbei. Sie sind nicht Bill Nathan.«

Er hob die Brauen. »Ach nein?« Er legte den Kopf schief. »Wer bin ich dann? Mal überlegen. Ein guter Journalist müsste eigentlich drauf kommen, worauf Sie hinauswollen. Sie glauben, ich sei Thomas Simmons?«

Sie schüttelte den Kopf. »Das ist eine weitere falsche Fährte, die Sie gelegt haben. Wie lange glaubten Sie eigentlich, mir vorenthalten zu können, dass Sie Harold Bently sind?«

Seine Mundwinkel zuckten. »Was? Sind Sie verrückt geworden?«

»Joe hat von seinen Kollegen einen Anruf erhalten wegen der Explosion, die Jennings getötet hat. Es gab keine Bombe in dem Wagen. Der Sprengstoff befand sich in dem Schädel, und die Explosion wurde durch Fernsteuerung ausgelöst.« Sie schaute ihn an. »Und der Schädel war nicht derselbe, an dem ich gearbeitet habe. Es war überhaupt kein menschlicher Schädel. Es war eine sehr gute Imitation aus Plastik, mit einem Überzug aus Ton. Das heißt also, der Schädel muss ausgetauscht worden sein. Ich habe mich gefragt, wer Gelegenheit hatte, Victor gegen den Plastikschädel auszutauschen, und warum er das getan hatte. Dann rief Galen an und sagte mir, Hughes hätte etwas metallisch Glänzendes unter der Veranda entdeckt. Sie fanden ein ganz kleines, sehr ausgeklügeltes Lauschgerät mit großer Reichweite. Der Regen hatte den Haufen Laub fortgespült, unter dem es verborgen gewesen war. Irgendjemand wollte genau wissen, was in unserem Haus vor sich ging, und Hebert konnte unmöglich so nah herangekommen sein. Aber Sie haben sich die meiste Zeit draußen auf der Veranda aufgehalten, und Sie waren auch an dem Abend, als ich aus dem Haus kam, nachdem ich die Explosion gehört hatte, auf der Veranda. Womöglich haben Sie Jennings' Gespräch mit Rusk belauscht und anschließend seinen Wagen in die Luft gesprengt. Auf einmal passte alles zusammen. Ich habe Galen gebeten, ein paar Fotos von Simmons zu besorgen, sie in den Computer einzuscannen und mir per E-Mail zu schicken. Und siehe da: Victor war gar nicht Harold Bently, sondern Thomas Simmons.«

Bently schwieg einen Moment. »Schade. Das bedeutet wohl, ich bin enttarnt.«

»Und gestern Abend, als Sie uns die Fotos von dem Mann gaben, den Sie Simmons nannten, war das noch eins von Ihren Verwechslungsspielchen. Sie haben das Gesicht per Computer in die Bilder vom California Institute of Technology einfügen lassen. Das ist heutzutage mit einem Fotoprogramm ein Kinderspiel. Wer war der Mann an der Kirche?«

»Irgendein Kerl, den ich auf der Straße aufgelesen und bezahlt habe. Er hat seinen Job ganz gut erledigt, finden Sie nicht?«

»Warum haben Sie sich all die Mühe gemacht?«

»Ich habe gefürchtet, Sie würden Verdacht schöpfen, wenn ich dem ›Schattenmann‹ nicht ein bisschen Substanz verpasste.«

»Und wann haben Sie die Schädel ausgetauscht?«

»In Galens Haus, als ich Ihre Sachen eingepackt habe. Deswegen musste ich ja auch mit Ihnen fahren. Ich musste verhindern, dass Sie den Schädel noch einmal auspackten, um weiter daran zu arbeiten.«

»Weil die Attrappe Sie zeigte und Victor sich als Thomas Simmons entpuppt hatte. Sie sind ein hohes Risiko eingegangen.«

»So hoch war es gar nicht. Sie waren so besorgt wegen Ihrer Tochter, dass Sie kaum noch an Victor gedacht haben.

Außerdem kam es mir sehr gelegen, dass Sie sich stets weigern, sich Fotos desjenigen anzusehen, dessen Gesicht Sie gerade rekonstruieren. Ich wusste natürlich, dass Sie es irgendwann rausfinden würden, aber ich hoffte, dass das noch lange genug dauern würde.«

»Sie meinen, Sie hofften, Hebert würde mich töten, bevor ich dazu kam, einen Fotovergleich mit der Rekonstruktion zu machen.«

»Mit Hoffnung hatte das nichts zu tun. Es war einfach eine weitere tragische Notwendigkeit in einer bereits tragischen Situation.« Bently verzog das Gesicht. »Von dem Augenblick an, als Hebert Sie anheuerte, wusste ich, dass Sie würden sterben müssen. Das war in meinen Plänen nicht vorgesehen. Ich respektiere und bewundere Sie.«

»Haben Sie Marie deswegen bestochen, mich zu vergiften?«

»Ich wollte Zeit gewinnen. Wenn Sie gestorben wären, hätten sie sich einen anderen forensischen Schädelrekonstrukteur suchen müssen. Es hätte sie aufgehalten. Ich brauchte diesen Aufschub.«

»Aber dann hat Hebert sich eingeschaltet und Marie umgebracht, damit ich nicht aus Furcht, man hätte es auf mich abgesehen, alles stehen und liegen lassen würde.«

»Ja, dieser verdammte Blödmann. Als Sie mit der Arbeit an der Rekonstruktion anfingen, wusste ich, dass mir die Zeit weglief. Wenn die Leute vom Cabal erführen, dass ich noch lebe, würden sie alle ihre Bluthunde auf mich hetzen. Ich weiß, über welche Macht sie verfügen. Es hätte keine Woche gedauert, bis sie mich aufgespürt hätten. Das konnte ich nicht riskieren. Ich brauchte nur diese zwei Wochen, dann würde der Cabal sich hier versammeln.«

»Und deswegen haben Sie auch Jennings getötet?«

»Anfangs wollte ich ihn nur benutzen, um den Cabal von meiner Spur abzulenken und auf Simmons anzusetzen. Er sollte den Schädel identifizieren, dann wollte ich das Ding in die Luft sprengen und dafür sorgen, dass Hebert dafür verantwortlich gemacht wurde. Aber ich merkte, dass Jennings zu dicht daran war rauszufinden, was Hebert in Boca Raton plante. Ich musste ihn einfach aufhalten.«

»So viele Tote.« Eve schüttelte den Kopf. »Warum, zum Teufel, haben Sie nicht einfach Ihre Brennstoffzelle genommen und das Land verlassen? Sie hätten doch irgendwo anders daran arbeiten können.«

»Weil mir, nachdem der Cabal versucht hatte, mich zu töten, klar war, dass die niemals aufgeben würden. Dass sie eine Möglichkeit finden würden, mich zu begraben, genauso wie sie Simmons und seine Erfindung begraben haben.« Seine Lippen spannten sich. »Haben Sie eine Ahnung, was für ein Wunder diese Brennstoffzelle gewesen wäre? Wie vielen Millionen von Menschen sie Gutes gebracht hätte? Sie hätte unseren ganzen Planeten sauber gemacht. Aber der Cabal wollte das verhindern. Wir gerieten ihnen in die Quere, sie hätten weniger Profite gemacht, weniger Kontrolle gehabt. Sie haben uns ebenso ausgelöscht wie sie jeden Fortschritt zunichte machen, der ihren Interessen im Weg ist.« Bently lächelte bitter. »Denken Sie mal drüber nach. Wie oft haben Sie schon von erstaunlichen Erfindungen gelesen, die dann einfach in der Versenkung verschwunden sind? Haben Sie von dem Auto in Daytona gelesen, dem Wagen mit dem extrem leistungsfähigen Elektromotor, der allen Wünschen der Umweltschützer entsprach? Die Erfindung wurde von Detroit gekauft, und danach hat man nie wieder davon gehört. Die Erfinder werden mit Geld oder mit Drohungen zum Schweigen gebracht oder von den Medien, von Verbraucherorganisationen oder der Regierung der Lächerlichkeit preisgegeben. Sie verschwinden, als hätte es sie nie gegeben. Aber Simmons und ich wollten nicht einfach verschwinden. Ich verfügte über das nötige Kapital, und er hatte die Brennstoffzelle. Wir wollten die letzten Feinheiten ausklügeln, ein paar einflussreiche Leute kontaktieren, und dann wären wir so weit gewesen.«

»Bis Hebert das Haus in die Luft gesprengt hat.«

Er nickte. »Simmons war sofort tot. Ich hatte Brandwunden, aber ich konnte in den Schlamm rauskriechen und die Flammen löschen. Dort hat Etienne mich gefunden.«

»Und Ihnen geholfen?«

»Er hat mich in eine Hütte in Houma gebracht und mich dort monatelang gepflegt. Ich hatte viel Geld in einem Safe auf der Insel, aber er fürchtete sich, einen Arzt zu rufen. Ein paar Mal wäre ich beinahe gestorben. Als es mir schließlich besser ging, habe ich angefangen zu überlegen, was ich als Nächstes tun sollte. Ich wollte Simmons' Arbeit fortsetzen, aber es war zu gefährlich, allein gegen den Cabal anzutreten. Dann hatte ich plötzlich die Lösung: die Medien. Was würde ein Geheimbund am meisten fürchten? Die Aufmerksamkeit der Öffentlichkeit. Ich ließ Etienne bei Bill Nathan anrufen und ihn bitten, sich heimlich mit mir zu treffen, weil ich glaubte, er würde meine Sache unterstützen.«

»Aber das tat er nicht?«

»Oh, er stand meiner Sache durchaus positiv gegenüber, solange er kein Risiko eingehen musste. Er war ein erbärmlicher Feigling. Ich wusste, er würde sich wahrscheinlich sofort an Melton wenden. Das konnte ich nicht zulassen. Nicht nach allem, was ich durchgemacht hatte.«

»Also haben Sie ihn getötet und seine Identität angenommen.«

»Das war nicht allzu schwierig. Er war geschieden und als freier Journalist viel im ganzen Land unterwegs. Ich hatte Verbrennungsnarben im Gesicht und musste mich sowieso einigen Operationen unterziehen. Ich ließ mir von Etienne einen gefälschten Führerschein und einen gefälschten Pass besorgen, flog nach Antigua und ließ mich operieren. Nathan und ich hatten ähnliche Züge, die nur noch ein bisschen ähnlicher gemacht zu werden brauchten.«

»Und in Antigua haben Sie auch den Plastikschädel anfertigen lassen?«

»Nein, das war später. Darauf bin ich erst gekommen, nachdem es mir misslungen war, Sie auszuschalten.«

»Ach, kommen Sie, das haben Sie doch garantiert von Anfang an geplant.«

»Nun, ich wusste, dass es auffallen würde, wenn ich die Komponenten für die Brennstoffzelle kaufen würde. Ich wusste genug über Simmons' Erfindung, um sie zu Ende bringen zu können, aber ich musste vorbereitet sein für den Fall, dass der Cabal meinen Tod anzweifelte.«

»Darauf vorbereitet sein, mich in die Luft zu sprengen?«

»Falls ich die Bombe nicht für Sie brauchte, dachte ich, sie wäre ein nettes Geschenk für den Cabal bei dessen nächster Versammlung. Aber dann ergaben die Umstände, dass ich sie anderswo einsetzen musste. Bei Jennings. Tja, das ist Schicksal.«

»Mord.«

»Nennen Sie es, wie Sie wollen. Ich habe getan, was ich tun musste, um zu überleben und der Welt etwas Sinnvolles zu schenken.« Er zuckte die Achseln. »Der Cabal hat mich gelehrt, bei der Wahl meiner Mittel nicht allzu zimperlich zu sein.«

»Also sind Sie so geworden wie diese Leute.«

»Nein!« Bently bemühte sich, nicht aufzubrausen. »Ich habe meine Frau, meine Kinder und das Leben, das ich liebte, aufgegeben, um die Welt zu einem besseren Ort zu machen. Der Cabal hat erst versucht, mich zu ermorden, und mich dann gezwungen, mich wie ein verwundetes Tier zu verstecken. Ich habe es nicht gewagt, nach Hause zu gehen, weil ich wusste, dass sie dann meine Familie bedrohen würden. Jede Gewalttat, die ich begangen habe, hat der Cabal verschuldet.«

Eve schüttelte den Kopf. »Mord ist Mord.«

»Das sagen Sie so leicht. Manchmal müssen für eine große Sache große Opfer gebracht werden.«

»Sie reden ja schon wie Hebert. Auf Ihre Art sind Sie ebenso pervers wie er. Und Sie haben Etienne bearbeitet, bis er bereit war, alles zu tun, was Sie von ihm verlangten.«

»Nicht alles. Ich konnte ihn nicht davon abhalten, Jules Simmons' Schädel zu bringen. Er war ein simpler Charakter. Er wollte uns beiden gefällig sein.«

»Sie wussten, dass Jules ihn töten würde.«

»Wenn er es nicht getan hätte, hätte ich es selbst tun müssen. Deswegen bin ich Etienne nach Baton Rouge gefolgt. Ich konnte nicht riskieren, dass er redete.«

Sie schüttelte ungläubig den Kopf. »Sie sind einfach unglaublich. Er hat Ihnen das Leben gerettet. Wenn Sie an Ort und Stelle gewesen wären, hätten Sie auch ihm das Leben retten können.«

Seine Mundwinkel zuckten. »Aber ich brauchte die Zeit. Nachdem Etienne mir erzählt hatte, was hier geplant war, wusste ich, dass das die Gelegenheit für mich war. Die einzige Möglichkeit sicherzustellen, dass der Cabal die Forschung nicht sabotierte, war, diese Leute zur Strecke zu bringen. Und ich wusste, ich konnte sie nur alle erwischen, wenn sie sich wie die Geier an einem Ort versammelten.« Sein Blick wanderte zu dem Gebäude hinüber. »Und jetzt sind sie alle da. Dreiundfünfzig der mächtigsten und egozentrischsten Scheißkerle der Welt.«

»Aber sie werden nicht mehr lange da sein. Joe telefoniert gerade mit dem Mann vom Secret Service, mit dem er heute Nachmittag gesprochen hat. Er hat Pete Wilson gebeten, sich bereitzuhalten.«

»Es wundert mich, dass er Sie mit mir allein gelassen hat für die große Konfrontation.«

»Er weiß nichts von der Konfrontation. Er glaubt, ich würde Ihr Spiel einfach so lange mitmachen, bis der Secret Service aufkreuzt.«

Bently lächelte. »Aber Sie wollten den Behörden nicht nur die Aufnahmen von der Versammlung des Cabal präsentieren. Sie haben unser kleines Gespräch die ganze Zeit aufgezeichnet, stimmt's?«

»Wenn Sie das geahnt haben, warum haben Sie dann mit mir geredet?«

»Weil es mir egal ist. Es wird keine Rolle mehr spielen. An einem Kai hier in der Nähe wartet ein Boot auf mich. Ich werde mich damit auf den Weg in die Karibik machen, wo ich ein Labor eingerichet habe. Ich habe Simmons rund um die Uhr bei der Arbeit an der Brennstoffzelle zugeschaut. Ich bin in der Lage, seine Erfindung zu rekonstruieren. Außerdem fand ich, dass Sie nach all der Arbeit ein paar Antworten verdient haben.«

»Gott, ich habe eine Waffe auf Sie gerichtet. Es wird eine Rolle spielen. Sie müssten völlig verrückt sein, zu –«

»Eve.« Die Hecktür wurde aufgerissen, und Joe stand im Wagen. Er schüttelte resigniert den Kopf, als er die Pistole in ihrer Hand sah. »Ich hatte befürchtet, dass das passieren würde.«

»Also sind Sie herbeigeeilt, um die Dame zu beschützen«, sagte Bently. »Und, ist der Secret Service bereits unterwegs?«

Joe nickte. »In höchstens zehn Minuten werden sie hier sein.«

»Glauben Sie im Ernst, diese Secret-Service-Leute werden irgendetwas gegen den Cabal unternehmen? Vergessen Sie's. Die Cabal-Leute werden einfach behaupten, sie würden eine private Trauerfeier für Copeland abhalten. Die Behörden werden sie mit aller Höflichkeit befragen und sich anschließend für ihr Vorgehen entschuldigen.«

»Aber sie werden wissen, wer an der Versammlung teilgenommen hat. Wir haben Tonbandaufnahmen und Videos. Sie werden alle auf der schwarzen Liste stehen. Der Geheimbund ist nicht länger geheim. Und diese Art von Machtspielen werden sie kaum weiterhin organisieren können, wenn man sie von allen Seiten verdächtigt. Und damit werden sie alle ins Rampenlicht gezerrt.«

»Das Rampenlicht leuchtet nicht ewig.«

»Nichts währt ewig«, sagte Eve.

»Da irren Sie sich. Es gibt etwas, das von großer Dauer ist.« Bently schaute wieder zu dem Gebäude hinüber. »Während meiner Genesungszeit habe ich eine Menge über Sprengstoff gelernt. Etienne war ein hervorragender Lehrer. Er war bei einem Meister in die Lehre gegangen. Er wusste, wie man Bomben dort legt, wo sie nicht entdeckt werden. Wussten Sie, dass es sogar möglich ist, ihren Geruch vor Spürhunden zu verbergen? Auf seine Kenntnisse war er sehr stolz.«

Eve erstarrte, als ihr plötzlich klar wurde, dass er nicht von dem Sprengstoff sprach, den er in dem Schädel deponiert hatte. »Sie bluffen doch. Bei den vielen Wachen können Sie unmöglich nahe genug an das Gebäude herangekommen sein.«

»Vor drei Wochen waren hier keine Wachen.«

O Gott, all die Halblügen, die Halbwahrheiten. »Etienne hat Ihnen genau beschrieben, wo die Versammlung stattfinden würde.«

Bently nickte. »Habe ich vergessen, das zu erwähnen? Nachdem Sie alles andere herausbekommen haben, hätte ich gedacht, dass Sie auch darauf gekommen wären.«

Sie ging in Richtung Wagentür. »Um Gottes willen, wollen Sie etwa –«

Der Wagen schaukelte unter der Wucht der Explosion.

Die Pistole flog Eve aus der Hand, als sie gegen die Wand geschleudert wurde. Joe, der zu Boden gestürzt war, lag einen Augenblick lang benommen da.

Bently war bereits an der Tür, als Eve sich aufrichtete. Mit grimmiger Genugtuung schaute er sie über die Schulter hinweg an. »Der Tod währt ewig, Eve. Nichts währt länger. Jetzt gibt es keinen Cabal mehr.«

Dann war er verschwunden.

Eve schnappte sich die Pistole, hastete quer durch den Wagen und sprang hinaus.

»Bleib hier.« Joe rappelte sich vom Boden auf. »Ich kriege ihn schon.«

»Großer Gott.« Eve blieb erschüttert stehen, als sie sah, wie wenig von dem Gebäude übrig geblieben war. Überall lagen riesige Betonteile auf dem Boden, die Trümmer standen in Flammen.

Sie riss sich von dem Anblick los. Bently.

Er rannte auf einen Abwassergraben zu. Hilflos rannte sie hinter ihm her.

Joe war vor ihr, er hatte Bently beinahe eingeholt.

Bently watete durch den Graben. Im nächsten Augenblick kletterte er auf der anderen Seite wieder hinaus und verschwand im Gebüsch.

Joe schaute über die Schulter zu Eve hinüber. »Verdammt, ich hab dir gesagt, du sollst im Wagen bleiben. Womöglich hat er noch eine Bombe –«

Die Erde bebte, als eine weitere Explosion das Gebäude erschütterte. Trümmer flogen in alle Richtungen wie tödliches Schrapnell.

»Runter!«, brüllte Joe.

Eve ließ sich zu Boden fallen, während ihr Betonbrocken um die Ohren flogen. Gott, sie kam sich vor wie bei einem Vulkanausbruch. Als sie den Kopf hob, brannte ihre Haut, weil ein Hagel aus winzigen Steinchen ihr Gesicht traf. »Joe, wo bist du –«

»Joe!«

Einundzwanzig

Joe lag zusammengekrümmt am Boden. Er rührte sich nicht.

Sie rannte zu ihm hin und sank neben ihm auf die Knie. »Joe.«

Er war blass. Die Augen waren geschlossen. An seiner Schläfe klaffte eine blutende Wunde. Atmete er noch? Er musste noch atmen.

»Joe. Sprich mit mir. Hörst du mich? Sprich mit mir!«

Seine Augen blieben geschlossen.

O Gott, lass ihn nicht sterben.

Sie nahm ihr Handy aus der Tasche. 911. Sie musste den Notruf wählen.

Scheinwerfer.

Mehrere Autos hielten vor dem brennenden Marinefliegerstützpunkt. Der Secret Service.

Egal.

Sie musste 911 wählen und Joe retten.

Joes Augen öffneten sich. »Hallo. Alles ... in Ordnung?«

Eve nickte. »Und mit dir auch. Du hast eine Gehirnerschütterung.« Sie rang sich ein Lächeln ab. »Du hast mir vielleicht einen Schrecken eingejagt. Du bist gar nicht mehr aufgewacht. Zwei Tage lang.«

Er nahm ihre Hand. »Tut mir Leid.«

»Das sollte es auch.«

»Wird nicht wieder vorkommen.« Seine Augen fielen wieder zu. »Ich bin müde ...«

»Dann schlaf.«

»Bleibst du hier?«

»Darauf kannst du Gift nehmen.«

»Bently?« Seine Augen waren wieder offen. »Ist er entkommen?«

»Er hat es auf sein Boot geschafft und das offene Meer erreicht. Nachdem ich den Secret-Service-Leuten gesagt hab, dass er auf diese Weise flüchten wollte, haben sie die Küstenwache alarmiert. Die haben ihn dann später abgefangen.«

Joe musterte Eves Gesicht. »Und?«

»Das Boot ist explodiert, bevor sie an Bord gehen konnten.«

»Selbstmord?«

Sie nickte. »Vielleicht ist es besser so, dass der Secret Service sich nicht mit ihm befassen musste. Sie haben schon genug Ärger damit, den Tod so vieler einflussreicher Männer zu erklären.«

»Sind sie alle tot?«

»Sie hatten keine Chance. Die Behörden haben noch Probleme mit der Identifizierung der Leichen.«

»Hast du irgendwelchen Ärger bekommen?«

»Was glaubst du wohl? Das ist ein Riesending. Der Secret Service hat mich fünf Stunden lang verhört, und das FBI noch mal drei Stunden. Dich werden sie sich auch noch vorknöpfen. Gott sei Dank haben wir die Tonbänder.«

Joe gähnte. »Sobald ich wach genug bin, rede ich mit ihnen und sorge dafür, dass sie dich in Ruhe lassen.«

»Joe, ich komme schon klar.«

»Ein bisschen Unterstützung kann nie schaden ...«

»Schlaf jetzt wieder.«

»Irgendwas stimmt doch nicht.« Er sah sie eindringlich an. »Irgendwas verschweigst du mir.«

»Ich habe dir alles erzählt, was passiert ist.«

»Nein, etwas, was mit dir zu tun hat. Über irgendwas machst du dir Sorgen. Was ist es?«

»Ich mache mir keine Sorgen –« Ihre Blicke begegneten sich. »Es ist etwas, was Bently gesagt hat. Etienne hatte ihm den Ort der Versammlung genannt, und Bently hat sich gefragt, warum wir nicht vermutet haben, dass er uns in dem Punkt anlügen würde. Ich habe einfach überlegt, ob ich irgendwo in meinem Unterbewusstsein doch draufgekommen bin und es einfach ignoriert habe.« Sie betrachtete ihre verschränkten Hände. »Der Cabal hatte es verdient, zerschlagen zu werden, und wir konnten nicht sicher sein, dass es ausreichen würde, wenn wir sie dem Licht der Öffentlichkeit preisgeben würden. Habe ich meine Augen absichtlich verschlossen, damit Bently sie in die Luft sprengen konnte?«

»Blödsinn.«

»Habe ich das getan, Joe?«

»Nein, das hast du nicht.« Er klang, als wäre er sich absolut sicher. »Ich kenne dich. Es waren so viele Lügen und falsche Fährten und Halbwahrheiten im Spiel, dass du das einfach übersehen hast. Auch wenn du dir noch so sehr gewünscht hast, dass der Cabal vom Erdboden verschwindet, das hättest du nicht fertig gebracht. Der Tod ist dein Feind. Du bekämpfst ihn Tag für Tag.« Er nahm ihre Hand und küsste sie. »Also vergiss es, in Ordnung?«

Sie befeuchtete ihre Lippen. »In Ordnung.«

»Gut.« Joe schloss die Augen. »Dann lass mich jetzt schlafen, damit ich Kraft sammeln kann, um mich mit diesen Arschlöchern vom Secret Service auseinander zu setzen …«

»Das sind keine Arschlöcher. Sie tun einfach ihre –«

Er war bereits eingeschlafen.

Eve saß da, hielt seine Hand und betrachtete sein Gesicht.

Sie war wieder mit sich im Reinen. Ein weiteres Geschenk von Joe.

Aber er hatte nur von ihrer Unschuld gesprochen, schoss es ihr plötzlich durch den Kopf. Er hatte nicht gesagt, *er* sei nicht darauf gekommen, dass Bently genug gewusst haben könnte, um eine tödliche Falle vorzubereiten. Joe war einer der klügsten Männer, die sie kennen gelernt hatte, und er hatte ein untrügliches Gedächtnis. Hatte er geahnt, dass die Cabal-Mitglieder den Abend womöglich nicht überleben würden?

Ihre Hand umklammerte die seine.

Sie wusste, dass sie ihm diese Frage niemals stellen würde.

»Bently ist also tot«, wiederholte Galen nachdenklich. »›Seemannslos …‹«

»Wir kommen morgen nach Hause«, sagte Eve. »Die Verhöre sind noch nicht beendet, aber sie lassen uns fahren.«

»Jane wird sich riesig freuen. Geht es Quinn gut?«

»Er hat noch Kopfschmerzen. Aber das ist normal.«

»Wenn Sie mich mitgenommen hätten, wäre das nicht passiert. Das sollte Ihnen eine Lehre sein.«

»Ich nehme es als weiteres Beispiel für Ihr aufgeblasenes Ego.«

Galen lachte in sich hinein. »Vielleicht. Werden Sie Jane anrufen, oder soll ich das machen?«

»Ich rufe sie an.«

»Verdammt, ich wollte endlich mal was tun, womit ich mich bei ihr beliebt mache. Wahrscheinlich würde sie vor lauter Freude für einen Moment vergessen, dass sie mich für ein Arschloch hält.«

Eve lächelte. »Jane hat schon immer ein unfehlbares Urteilsvermögen besessen.«

»Grausamkeit, dein Name ist Eve.«

»Ich muss sofort aufs Revier. Die Jungs sind sauer, weil sie weniger wissen als das FBI.« Joe stellte die Koffer im Haus ab. »Kommst du allein zurecht?«

»Selbstverständlich.«

»Versuch, dich ein bisschen auszuruhen.«

»*Ich* hab doch keinen Schlag auf den Kopf abbekommen.« Ihr Blick wanderte über den See zu den verkohlten Bäumen, wo Jennings gestorben war, und dann zu Bonnies Hügel.

»Mist.« Joe war ihrem Blick gefolgt. »Ich weiß, verdammt. Kaum sind wir außer Gefahr, fängt das schon wieder an. Ich wusste, dass es so kommen würde. Es wird immer so sein.«

»Was soll ich denn tun? Ich kann es nicht vergessen, Joe.«

»Ich bin doch kein Idiot. Wir müssen uns damit auseinandersetzen. Aber tu mir einen Gefallen«, sagte Joe. »Fang nicht an zu grübeln. Triff keine Entscheidungen. Du bist erschöpft. Versuch einfach, in der Gegenwart zu leben, bis ich die nächsten Tage mit Bürokram hinter mich gebracht habe, dann können wir reden.«

Sie nickte. »Ich versuch's.«

Er ging die Stufen hinunter. »Auf dem Rückweg hole ich Jane, deine Mutter und Toby ab. Wenn die erst mal da sind, werden sie dich schon in Atem halten, sodass du nicht zum Grübeln kommst.«

Eve warf noch einen letzten Blick auf den Hügel, als Joe davonfuhr. Sie hatte gehofft, der Schmerz würde vergehen, aber er war immer noch da. Halte dein Versprechen, ermahnte sie sich, und ging ins Haus. Nicht nachdenken. Einfach für den Augenblick leben. Es war der beste Rat, den sie –

Auf dem Wohnzimmertisch lag ein Zettel mit einer Nachricht.

Eve,

ich muss noch ein paar Dinge erledigen. Ich werde Sie anrufen. Sagen Sie Jane, ich bin nicht davongelaufen, weil sie mich eingeschüchtert hat. Ich habe keine Angst vor ihr … jedenfalls nicht viel.
Galen

Lächelnd legte sie den Zettel wieder auf den Tisch. Ein paar Dinge zu erledigen? Was zum Teufel mochte dieser Kerl wieder im Schilde führen …

Zwei Tage später rief Galen an.

»Verflixt noch mal, wo stecken Sie?«

»Ich war sehr beschäftigt. Ich wollte Sie nur auf den neuesten Stand bringen. Ich habe Hughes angewiesen, bis zum Ende der Woche in Ihrer Nähe zu bleiben und seine schützende Hand über Sie zu halten. Das müsste reichen, um Ihnen die Medien einigermaßen vom Hals zu halten. Haben Sie Jane nach Hause geholt?«

»Ja. Sie und meine Mutter.« Eves Blick wanderte nach draußen, wo Jane mit Toby herumtollte. »Sie ist überglücklich. Wo sind Sie, Galen?«

»Barbados. Ich brauchte ein paar Tage Urlaub.«

»Einfach so?«

»Mein letzter Job war ziemlich anstrengend. Mit Ihnen zusammenzuarbeiten ist gar nicht so einfach, Eve.«

»Warum sind Sie in Barbados?«

»Ach, die Sonne. Mir ist ein bisschen kühl geworden bei Ihnen am See.«

»Galen.«

Er schwieg einen Moment lang. »Es ist einfach meine misstrauische Natur. Ich glaube nicht, dass Bently der Typ ist, der Selbstmord begeht. Außerdem kam es mir allzu zweckmäßig vor, dass sein Tod sich mitten auf dem Meer ereignet hat, wo seine Überreste nicht gefunden werden können.«

»Sie glauben also, er hat das Ganze inszeniert?«

»Er ist sehr, sehr klug. Das muss er sein, wenn er es geschafft hat, mir weiszumachen, dass er ein Idiot ist.«

»Sie fühlen sich in Ihrer Ehre gekränkt.«

»Ja, vielleicht. Ich gehe einfach alle Möglichkeiten durch. Er hat den Cabal ausgeschaltet, seinen größten Feind. Er war besessen von der Idee mit der Brennstoffzelle, und er hat Ihnen gesagt, er weiß genug, um sie zu rekonstruieren. Warum sollte er nicht auch seinen eigenen Tod inszenieren, um ungestört weiter daran arbeiten zu können?«

»Glauben Sie, Simmons' Brennstoffzelle könnte eines Tages Wirklichkeit werden?«

»Das werden wir sehen, nicht wahr? Jedenfalls glaube ich nicht, dass Bently eine Gefahr für Sie darstellt. Sie interessieren ihn nicht mehr. Ich werde einfach meine Fühler ausstrecken und sehen, was ich hier unten in Erfahrung bringen kann.«

»Und was ist, wenn Sie ihn finden?«

»Das werde ich dann entscheiden. Ich schütte nicht gern das Kind mit dem Bade aus.«

»Wann werden Sie zurückkommen?«

»Vorerst nicht. Sie sind auf sich gestellt. Na ja, nicht ganz. Sie haben ja immer noch Quinn. Wie geht's ihm denn so?«

»Ganz gut, denke ich. Ich habe ihn kaum gesehen, seit wir wieder zu Hause sind. Er hockt von morgens bis abends mit den Leuten vom Secret Service und dem FBI zusammen.«

»Was für eine Plackerei. Er ist nicht zu beneiden. Ich ziehe ein leichtes Leben vor. Falls ich Bently nicht finde, mache ich vielleicht einen richtigen Urlaub. Und dann werde ich zusehen, dass ich mein Leben in den Griff bekomme. Das ist sehr empfehlenswert. Sollten Sie auch mal versuchen.« Er legte auf.

Verdammter Mistkerl, dachte Eve, als sie verärgert ihr Telefon ausschaltete. Sie war tatsächlich dumm genug gewesen, sich während der vergangenen Tage um Galen Sorgen zu machen. Sie hätte wissen müssen, dass er irgendwann wie ein verrückter Kistenteufel wieder auftauchen würde.

Seine Zweifel an Bentlys Tod waren vielleicht ein bisschen weit hergeholt, aber nicht ganz abwegig. Bently hatte ihr ja selbst von dem Boot und von seinen Fluchtplänen erzählt.

Damit sie es den Behörden weitersagen und er seinen eigentlichen Plan durchführen konnte?

Sollte Galen sich darüber den Kopf zerbrechen. Eve und ihre Familie waren in Sicherheit, und sie hatte keine Lust, über Bently nachzudenken. Wie Galen war sie der Meinung, dass Bently, falls er noch lebte, kein Interesse mehr an ihr haben würde.

Sie trat auf die Veranda und schaute auf den See hinaus, der wunderschön und still vor ihr lag. Wenn sie nicht gewusst hätte, dass Hughes und seine Männer ihr Zuhause diskret bewachten, wäre es ihr fast vorgekommen wie zu der Zeit, als sie noch nichts von dem falschen DNS-Bericht gewusst hatte.

Ihr Blick wanderte zum Hügel hinauf. Würde sie je wieder dieses Grab betrachten können, ohne an Jules Hebert und seinen Tod im Sumpf denken zu müssen? Oder daran, wie Bonnies Name auf dem Grabstein mit der hässlichen roten Farbe beschmiert worden war?

Nehmen Sie Ihr Leben in die Hand, hatte Galen ihr geraten.

Manchmal kommen einem Dinge in die Quere, und dann vergisst man, wer man ist und was man tut.

Warum kamen ihr Janes Worte plötzlich in den Sinn? Sie hatte sie ausgesprochen, als sie versucht hatte, Eve dazu zu überreden, sich an Heberts Fersen zu heften, und sie hatten nichts zu tun mit –

Sie erstarrte. »Mein Gott …«

Langsam ging sie die Verandastufen hinunter.

Jane saß auf der Verandaschaukel, als Joe vom Revier zurückkehrte. Toby lag zu ihren Füßen.

»Du musst ihn ja ganz schön fertig gemacht haben.« Joe streichelte den kleinen Hund. Toby hob den Kopf und leckte Joes Hand. »So ruhig hab ich ihn ja noch nie erlebt.«

»Er rennt durch die Gegend, bis er nicht mehr kann, und dann bricht er zusammen. Hör auf damit, Toby, du machst seine Hand ganz nass.« Jane runzelte die Stirn. »Ich hab auf dich gewartet.«

»Probleme? Warum hast du nicht angerufen?«

»Eve wollte es nicht.«

Er zuckte zusammen. »Eve?« Sein Blick schoss zur Haustür. »Was ist passiert? Ist sie fort?«

Jane schüttelte den Kopf. »Ich soll dir was ausrichten. Du sollst zum Grab raufgehen.«

»Was?«

»Genau das hat sie gesagt. Sie ist vor über einer Stunde weggegangen. Ich hab sie gefragt, ob ich sie begleiten soll, aber sie hat Nein gesagt.«

»Bist du sicher, dass sie zum Grab gegangen ist?« Er schaute zum Hügel hinüber. »Hat sie irgendeinen Grund angegeben?«

Jane schüttelte den Kopf.

»Wie hat sie denn gewirkt?«

Sie zuckte die Achseln. »Manchmal ist es schwer zu sagen, was Eve denkt. Sie wirkte nicht sauer, aber sie hat auch nicht gelächelt. Ich weiß es nicht, Joe.«

»Dann sollte ich wohl lieber mal nach ihr sehen.« Er ging die Stufen hinunter.

»Ich hoffe, alles ist in Ordnung, Joe.«

»Ich auch.« Er machte sich auf den Weg in Richtung Hügel. »Ich auch …«

Eve stand vor dem Grab und betrachtete den Grabstein.

»Eve?«

Sie sah ihn nicht an. »Da sind immer noch Spuren von der roten Farbe zu sehen. Ich dachte, wir hätten alles abgewischt.«

»Ich kümmere mich morgen darum.«

»Nein, es spielt keine Rolle.«

Schweigen.

»Warum bist du hier, Eve?«

»Ich musste einen klaren Kopf bekommen. Ich hatte das Gefühl, dass ich das hier am besten könnte.«

»Es muss wehtun, diesen Grabstein zu sehen.«

»Natürlich tut es das.«

»Und es macht dich noch wütender auf mich.«

»Ein bisschen.«

»Nur ein bisschen?«

Eve wandte sich ihm zu. »Ich versuche, ehrlich zu dir zu sein. Galen hat heute angerufen. Er ist in Barbados.«

»Und was macht er da?«

»Er vermutet, dass Bently seinen eigenen Tod inszeniert hat. Er sieht sich um.« Sie musterte sein Gesicht. »Du wunderst dich nicht?«

»Mir war die Möglichkeit auch schon in den Sinn gekommen, ich war in Versuchung, in die Karibik zu fliegen und die Gegend ein bisschen zu erkunden. Aber dann habe ich mir gesagt, dass meine Prioritäten hier liegen.«

»Galen meint, selbst wenn Bently noch lebt, stellt er für uns keine Gefahr mehr dar.« Sie schluckte. »Und er hat mir geraten, mein Leben in den Griff zu bekommen.«

»Und was hast du ihm geantwortet?«

»Ich bin nicht dazu gekommen, ihm eine Antwort zu geben.« Eve schaute wieder auf den Grabstein hinunter. »Aber es hat mich nachdenklich gemacht. Und dann ist mir etwas eingefallen, was Jane gesagt hat, als sie versuchte, mir klarzumachen, dass ich mich nicht länger verstecken dürfe.

Sie sagte, alles würde mir in die Quere kommen und mich vergessen lassen, wer ich bin und was ich tue. Auch das hat mich nachdenklich gemacht. Ich renne im Kreis, verletzt und so auf Abwehr bedacht, dass ich alles andere verdränge.«

»Wer sollte dir deswegen einen Vorwurf machen?«

»Ich mache mir selbst Vorwürfe«, erwiderte sie heftig. »Ich fühle mich so sehr als Opfer, dass ich vergessen habe, wer ich bin und was ich zu tun habe.« Sie zeigte auf den Grabstein. »Ich habe immer nur an Bonnie gedacht. Ich habe nie an das kleine Mädchen gedacht, das wir hier an ihrer Stelle begraben haben. Sie ist auch eine der Verlorenen, und ich habe noch nicht einmal einen Gedanken an sie verschwendet.«

»Niemand kann von dir erwarten –«

»Quatsch. Ich habe vor Jahren beschlossen, wenigstens den Eltern anderer verlorener und ermordeter Kinder zu helfen, wenn ich Bonnie schon nicht helfen kann. Jahrelang habe ich mich dieser Aufgabe gewidmet, und doch habe ich mich immer wieder ablenken lassen, weil ich so voller Selbstmitleid war. Das kleine Mädchen, das hier begraben liegt, war ungefähr genauso alt wie Bonnie. Sie hatte ein ganzes Leben vor sich, und es wurde ihr genommen.« Ihre Hände ballten sich zu Fäusten. »Und ich habe nie an sie gedacht. Ich hatte kein Recht, so egoistisch zu sein, bloß weil ich Kummer hatte.«

»Du warst nicht egoistisch. Wenn du unbedingt jemandem die Schuld geben musst, dann gib sie mir.«

»Ich bin es leid, dir die Schuld zu geben.«

Joe lächelte. »Dann werde ich dich nicht dazu drängen, es weiterhin zu tun. Ich weiß es zu schätzen, wenn man mir eine Atempause gönnt.« Sein Lächeln verschwand, als sein Blick auf den Grabstein fiel. »Also, warum wolltest du, dass ich hier raufkomme?«

»Weil ich wissen wollte, wie ich mich fühlen würde, wenn ich mit dir hier stehe.«

Er straffte sich. »Und, wie fühlst du dich?«

»Traurig. Verwundet.«

»Und was bedeutet das?«

»Es bedeutet, dass du einen Fehler gemacht hast, der mich sehr verletzt hat. Es bedeutet, dass ich auch einige Fehler gemacht habe. Es bedeutet, dass ich meinen Schmerz überwinden muss und dass das eine Weile dauern wird.« Ihre Blicke trafen sich. »Aber ich möchte es nicht allein tun. Ich möchte dich an meiner Seite. Ob es wehtut oder nicht, ich kann mir ein Leben ohne dich nicht vorstellen.«

»Halleluja«, flüsterte er.

»Ich verspreche dir nicht, dass alles so sein wird wie früher. Aber andererseits hast du ja gesagt, dass du das vielleicht gar nicht möchtest.«

»Ich hätte es akzeptiert.« Joe trat einen Schritt näher auf sie zu, berührte sie jedoch nicht. »Sag mir, was du von mir erwartest.«

»Ich möchte, dass du dieses kleine Mädchen exhumieren lässt. Ich werde ihr Gesicht rekonstruieren. Und dann möchte ich, dass du mir hilfst herauszufinden, wer sie ist.«

»Abgemacht.«

»Und ich werde meine Bonnie finden. Wirst du mir dabei helfen?«

»Himmelherrgott, selbstverständlich werde ich dir dabei helfen.« Er holte tief Luft. »Ich habe nie aufgehört, nach ihr zu suchen. Ich bin jedem Bericht nachgegangen, habe jede Spur verfolgt, die aufgetaucht ist, selbst nachdem ich Leute bestochen habe, damit man dir den falschen DNS-Bericht zuschickt.«

Sie schaute ihn ruhig an. »Das hast du mir gar nicht gesagt.«

»Ich hatte das Gefühl, dass du nicht in der Stimmung warst, um mir zu glauben.«

»Vielleicht war ich das nicht. Hättest du es mir gesagt, wenn du sie gefunden hättest?«

Er lächelte schief. »Das habe ich mich tausendmal gefragt. Ich glaube schon. Ich hoffe es zumindest. Aber ich kann es nicht beschwören.«

»Ich hoffe auch, das du es mir gesagt hättest. Weil ich dir wieder vertrauen möchte, Joe.«

»Das tust du bereits. Du musst dir nur noch darüber klar werden. Warum solltest du sonst bereit sein, einen Neuanfang zu wagen?«

»Weil ich dich so sehr liebe, dass mein Leben ohne dich keinen Pfifferling wert ist«, erwiderte sie. »Trotz allem, was geschehen ist, läuft es darauf hinaus.«

Joe holte tief Luft und streckte ihr seine Hand hin. »Ja, darauf läuft es hinaus.«

Eve zögerte, dann nahm sie langsam seine Hand.

Stärke. Trost. Liebe. Seine Berührung war so vertraut, und doch hatte sie etwas Zögerliches, etwas ganz und gar Neues.

Wiedergeburt? Vielleicht.

Was auch immer es war, sie würde es akzeptieren, wie Joe auch.

Sie fasste seine Hand ganz fest und wandte sich vom Grab ab. »Lass uns zurück zum Haus gehen. Ich glaube, Jane macht sich Sorgen.«

»Ja, ich weiß.« Nebeneinander gingen sie den Pfad entlang. »Sie hatte Angst, du würdest mich fortschicken. Wahrscheinlich hat sie sich Sorgen gemacht, wer das Sorgerecht für Toby bekommt.«

»Sei nicht albern. Jane würde sich das Sorgerecht für Toby niemals abnehmen lassen, selbst wenn es bedeuten würde, dass sie mit dem Hund von zu Hause weglaufen müsste.« Sie blieb stehen und schaute über die Schulter zu dem Grab zurück, das sie die ganze Zeit für Bonnies gehalten hatte.

»Alles in Ordnung?«, fragte Joe leise.

Allmählich hatte sie das Gefühl, dass alles wieder in Ordnung kommen würde. Hoffnung war etwas Wunderbares, und sie hatten eine solide Basis. »Natürlich. Ich habe nur über dieses kleine Mädchen nachgedacht. Ich möchte so bald wie möglich mit der Rekonstruktion anfangen.« Sie ging weiter. »Ich denke, ich werde sie Sally nennen ...«

Epilog

»Sally gefällt mir. Ein schöner Name«, sagte Bonnie. »Ich hatte in der Schule eine Freundin, Sally Meyers. Erinnerst du dich an sie, Mama?«

Als Eve sich umschaute, sah sie Bonnie auf der Fensterbank hocken. »Du hattest viele Freundinnen.« Sie beugte sich wieder über den Schädel, um ihn zu vermessen, damit sie die Tiefenmarkierungen anbringen konnte. »Und wenn ich mich an sie erinnern würde, hätte ich dieses arme Kind sicherlich nicht nach ihr benannt.«

»Warum nicht?« Bonnie kicherte. »Du bist ja richtig abergläubisch. Du glaubst, das würde Unglück bringen.«

»Ich bin nicht abergläubisch.«

»Doch, das bist du.«

»Ich habe gerade gelernt, kein Risiko einzugehen, du Frechdachs.«

»Sally geht es gut. Ihr Vater hat ihr ein Auto geschenkt, und letztes Jahr wäre sie beinahe bei einem Verkehrsunfall ums Leben gekommen. Aber sie ist schon wieder auf dem Weg der Besserung.«

»Das würde ich nicht gut gehen nennen.«

»Na ja, hier bei uns wäre sie glücklicher gewesen, aber es geht ihr gut.«

»Deine Vorstellung von einem glücklichen Leben nach dem Tod kann ich auch nicht nachvollziehen.«

»Ich weiß. Das liegt außerhalb deines Erfahrungsbereichs. Deswegen bist du so versessen darauf, mich zu finden.«

»Hör auf, so von oben herab mit mir zu reden. Ich bin immer noch deine Mutter.«

»Ja, das bist du.« Bonnie lächelte sie liebevoll an. »Und ich kann verstehen, warum du mich nach Hause holen willst. Ich möchte nur nicht, dass du darunter leidest. Diesmal hättest du Joe beinahe verloren.«

»Wir kriegen das wieder hin.«

»Ja.« Bonnie lehnte sich gegen das Fenster. »Ich spüre es in dir.«

»Was spürst du?«

»Eine Art Glühen, eine Art Gelassenheit ...«

»Ich bitte dich, übertreib nicht.«

»Habe ich dich verlegen gemacht? Das geschieht dir recht, weil du so eine Zynikerin bist.« Sie schaute zu Sally hinüber. »Ich hoffe, es wird dir gelingen, sie nach Hause zu bringen. Sie ist schon lange verloren.«

»Wie lange?«

»Länger als ich. Hast du irgendwas von Galen gehört?«

»Nein, du?«

»Meinst du, er ist tot? Das glaube ich nicht.«

»Ich hätte dich gar nicht fragen sollen. Ich weiß gar nicht, warum es mich überhaupt beschäftigt. Er lebt nach seinen eigenen Gesetzen. Ich weigere mich, mir Sorgen um ihn zu machen.«

Bonnie lachte in sich hinein. »Du kommst sowieso nicht dagegen an.« Sie schwieg einen Moment lang. »Ich muss jetzt gehen. Jane und Toby kommen gleich aus dem Garten. Sie will dir einen Trick zeigen, den sie Toby beigebracht hat.«

»Soll mir das beweisen, wie hellsichtig du bist? Sie bringt ihm jeden zweiten Tag einen neuen Trick bei.«

»Na ja, ich dachte, ich versuch's mal. Du bist wirklich eine harte Nuss. Bis die beiden zur Tür reinkommen, wirst du dich davon überzeugt haben, dass du gerade von einem Mittagsschlaf aufgewacht bist und deine Arbeit an Sally wieder aufgenommen hast.«

»Wahrscheinlich genau das, was passiert ist.« Sie hörte, wie Toby die Verandastufen heraufsprang und sich dann schüttelte. »Hört sich an, als wäre er im Wasser gewesen. Unmöglich, ihn trocken zu halten. Er lässt sich nicht daran hindern, im See herumzutollen. Ein richtiger Satansbraten.«

»Er sprüht vor Lebensenergie. Du solltest dir von ihm eine Scheibe abschneiden. Lass das Leben in dein Herz, Mama.«

Die Tür wurde aufgerissen, und Eve wusste, wenn sie zum Fenster schaute, würde sie Bonnie nicht mehr dort sitzen sehen.

»Eve, das musst du dir ansehen!«

Bonnie war fort, aber das Leben war da, stürmte fröhlich mit Toby und Jane ins Haus.

»Ich kann's kaum erwarten.« Eve wischte sich den Ton von den Händen und machte sich auf, dem Leben zu begegnen.

Von der Autorin des Bestsellers
Das verlorene Gesicht

Eine Präsidententochter in Lebensgefahr, die magischen Augen einer jahrhundertealten Statue und die kriminellen Machenschaften eines höchst intelligenten Gegenspielers: Nach dem brutalen Überfall auf das Landhaus ihres Vaters versinkt die kleine Cassie immer tiefer in der Welt ihrer Alpträume. Doch hatten es die Täter wirklich auf sie abgesehen? Und wird es der Ärztin Jessica Riley gelingen, Cassie zu retten?

»Ein unglaublicher Plot, schnelle Dialoge und filmreife Szenenwechsel – ein Thriller der Extraklasse.«
Publishers Weekly

Iris Johansen
Das Auge des Tänzers
Roman

ULLSTEIN TASCHENBUCH